KNAUR

Shelley Burr

HELL

Australien-Thriller

Aus dem Englischen
von Anke Kreutzer

KNAUR

Die englische Originalausgabe erschien 2022
unter dem Titel »Wake« bei Hodder & Stoughton, London.

Besuchen Sie uns im Internet:
www.knaur.de

Aus Verantwortung für die Umwelt hat sich die Verlagsgruppe
Droemer Knaur zu einer nachhaltigen Buchproduktion verpflichtet.
Der bewusste Umgang mit unseren Ressourcen, der Schutz unseres
Klimas und der Natur gehören zu unseren obersten Unternehmenszielen.
Gemeinsam mit unseren Partnern und Lieferanten setzen wir uns
für eine klimaneutrale Buchproduktion ein, die den Erwerb von
Klimazertifikaten zur Kompensation des CO_2-Ausstoßes einschließt.
Weitere Informationen finden Sie unter: www.klimaneutralerverlag.de

FSC
www.fsc.org
MIX
Papier | Fördert
gute Waldnutzung
FSC® C083411

Deutsche Erstausgabe August 2023
Knaur Taschenbuch

Redaktion: Sabine Thiele
Covergestaltung: ZERO Werbeagentur, München
Coverabbildung: Collage unter Verwendung von
Simon Phelps Photography/gettyimages.com
und David Trood/gettyimages.com
Satz: Adobe InDesign im Verlag
Druck und Bindung: CPI books GmbH, Leck
ISBN 978-3-426-52956-0

2 4 5 3 1

Meiner Liebe und meiner Freude gewidmet

EINS

Ich wohne in dem Haus, das ihr in den Nachrichten gesehen habt. In dem Sommer, als ich sechzehn wurde, haben wir es eierschalenblau gestrichen, aber ihr kennt es nur in Weiß. Zwei kleine rosa Fahrräder lehnen an der Veranda, und eine Wand leuchtet im Blaulicht eines Streifenwagens. Immer wenn es etwas »Neues« darüber zu berichten gibt, greift man auf dasselbe Foto zurück. Niemand macht sich die Mühe, für eine aktuelle Aufnahme extra einen Fotografen rauszuschicken, zumal sie nicht auf die zwei kleinen Fahrräder und das Blaulicht verzichten wollen.

Niemand will sich vor Augen führen, dass eins dieser kleinen Mädchen inzwischen erwachsen ist.

* * *

Auf dem Schild über dem Eingang zum Gemischtwarenladen, der gleichzeitig auch als Post diente, stand *KLIMAANLAGE LÄUFT – BITTE TÜR GESCHLOSSEN HALTEN,* doch selbst wenn es stimmte, richtete sie gegen die schwüle Spätsommerhitze nicht viel aus. Mina erinnerte sich noch genau, wie ihnen in ihrer Kindheit ein kalter Luftschwall entgegenschlug, sobald sie die Tür aufstießen. Von den vielen Besorgungen erschöpft, die sie mit jeder Fahrt in die Stadt verband, kaufte ihre Mutter ihnen am Schluss ihrer Runde im Laden ein Eis. Entweder gab das klapprige Kühlgerät allmählich den Geist auf, oder die Strompreise waren zu stark gestiegen, oder Mrs Gilligan war jetzt so alt, dass sich nur noch Haut über ihre Knochen spannte und sie bei jeder Temperatur fröstelte. Mina hätte sie wohl darauf ansprechen können, doch wenn man Interesse zeigte, ermunterte man die Leute nur zu Gegenfragen.

»Du willst sicher deine Bestellung abholen, Liebes?«, fragte Mrs Gilligan.

Das Geschäft glich eher einem Tante-Emma-Laden als einem Supermarkt, war jedoch in Nannine die einzige Einkaufsmöglichkeit für Lebensmittel. Anfangs war es ihr peinlich gewesen, ein Paket abzuholen, das offensichtlich aus einem Großvorrat an Trockenwaren wie Mehl, Tee, Zucker und Konserven bestand. Doch Mrs Gilligan hatte nie ein Wort darüber verloren oder ihr auch nur einen schiefen Blick zugeworfen.

Grundsätzlich war es Mina lieber, wenn die Leute ihr ins Gesicht sagten, was sie dachten, und sie wusste, woran sie bei ihnen war. Diejenigen, die einem immer nett kamen, blieben für sie ein großes Fragezeichen.

»Dein Paket ist hinten«, sagte Mrs Gilligan und erhob sich mühsam von ihrem Schemel. »Ich habe die beiliegende Rechnung überprüft und festgestellt, dass ein paar Sachen fehlen.« Sie schob Mina das Blatt über die Theke zu. »Die hätte ich gerade alle auf Lager.«

Mina überflog die Liste in der Hoffnung, dass nur das Junkfood fehlte, das sie spontan hinzugefügt hatte. Oder die Batterien, auf die sie auch noch sechs Wochen warten konnte. Pech gehabt. Was fehlte, war unverzichtbar. Die Dosenbohnen. Zwei der fünf Packungen getrocknete Linsen. Der gemahlene Kreuzkümmel auch.

Sie trommelte mit den Fingern auf der Theke und rechnete nach. Der Kreuzkümmel war bei vielen Gerichten die entscheidende Zutat, besonders wenn ihre Vorräte zur Neige gingen und sie aus den letzten Resten in der Vorratskammer etwas kochen musste. Manchmal war fast alles aufgebraucht, doch sie konnte sich nicht zu der langen Fahrt in die Stadt aufraffen. Das hatte sie zur Expertin für Gerichte gemacht, die ihre Großmutter, Urgroßmutter und Ururgroßmutter mit Stolz erfüllt hätten.

Hinter ihr betrat ein Mann den Laden. Sie musterte sein verzerrtes Spiegelbild in der Glastür des Zigarettenschranks. Er war groß und breitschultrig und trug trotz der Hitze einen schwarzen Pullover und Cargohose. Unter der schwarzen Strickmütze quoll krauses blondes Haar hervor, das sich mit der richtigen Spülung zu Locken hätte bändigen lassen. Ein unbekanntes Gesicht besaß Seltenheitswert in der Stadt. Nannine war ein kleiner Ort in Central New South Wales und lag an keinem Highway, es gab hier nicht viel Durchgangsverkehr mit Reisenden, die auf der Suche nach etwas zu essen und öffentlichen Toiletten pausierten, und die Saisonarbeiter waren um diese Jahreszeit längst auf den umliegenden Farmen.

Mrs Gilligan blickte dem Kunden mit unverhohlener Neugier entgegen. Mina war also nicht der neueste Klatsch entgangen, sondern der Mann war tatsächlich ein Fremder, was ihr Bauchschmerzen bereitete.

Rasch trat sie von der Theke zurück und fixierte auf dem Weg an ihm vorbei die untersten Regalfächer, als habe sie nur Augen für die billigsten Fußbodenreiniger im Angebot.

Obwohl sie selten hierherkam, hatte sie genau im Kopf, wo sich ihre üblichen Einkäufe befanden. Drei Gänge mit je sechs Fächern sowie eine Reihe Kühlregale und Tiefkühltruhen an der Rückwand. Während sie sich durch die Abteilungen bewegte, war sie sich des Mannes nur allzu bewusst. Er schlenderte gemächlich herum und warf willkürlich Waren in seinen Einkaufskorb. Wenn er am Ende eines Gangs vorbeikam, in dem sie sich gerade befand, sah er zu ihr und musterte sie einen Moment.

Nichts Ungewöhnliches, sagte sie sich. Wenn er neu in der Stadt war, konnte er nicht wissen, was sich wo befand. Und natürlich warf man jemandem im Vorübergehen einen Blick zu, wenn dieser die einzige andere Person in der Nähe war.

Es war normal.

Er beobachtete sie nicht.

Sie schnappte sich die Tüte Kreuzkümmel vom Regal und warf sie mit einer so schwungvollen Bewegung in ihren Korb, als versuche sie, einen Vogel in der Luft zu fangen.

In dem Überwachungsspiegel an der Decke sah sie, wie der Mann am Ende ihres Gangs stehen blieb. Er betrachtete das Chipsangebot, schielte jedoch einmal zu ihr herüber.

Sie straffte die Schultern, starrte auf ihren Einkaufskorb und holte tief Luft. Er wäre nicht der Erste, der sie observierte, doch das erste Mal in aller Öffentlichkeit.

Er wartete, bis sie auf ihrem Weg zur Kasse an ihm vorbeimusste. Wie lange würde es ihnen beiden gelingen, dazustehen und so zu tun, als ob sie sich für die Auslagen interessierten?

»Liebes«, sagte Mrs Gilligan freundlich.

Mina zuckte so heftig zusammen, dass ihre Einkäufe im Metallkorb klapperten. In ihrer Alarmbereitschaft hatte sie sich derart auf den Mann konzentriert, dass sie gar nicht bemerkt hatte, wie sich die alte Ladenbesitzerin von der anderen Seite genähert hatte.

»Könntest du mir die Dosenpfirsiche da vom obersten Fach runterholen? Sonst bräuchte ich den Tritthocker«, sagte sie und deutete mit dem Kinn nach oben, wo ein Kunde, der wesentlich größer gewesen sein musste als die winzige Frau, seinen Einkauf zwischen Kondensmilchdosen zurückgestellt hatte, nachdem er es sich anders überlegt hatte. Sie lächelte, und in ihrem Blick stand deutlich: *Ich sehe deine Angst. Vergiss nicht, ich bin auch noch da.*

Mina erwiderte das Lächeln. Man kann über Kleinstädte sagen, was man will, aber wenn man dazugehört, wissen die anderen, wann sie zusammenhalten und einen beschützen müssen.

Als sie ihr die Pfirsiche reichte, nahm Mrs Gilligan die Dose mit beiden Händen entgegen und drückte ihr dabei die Finger zwischen dem kalten Metall und ihren warmen Handflächen. »Die paar Sachen habe ich schon eingetippt«, sagte sie. »Nach den

Warennummern auf der Rechnung. Soll ich sie von eurem Kundenkonto abbuchen?«

Mina hatte kein Kundenkonto. So etwas gab es hier schon seit Ewigkeiten nicht mehr. »Ja, das wäre nett.«

Draußen auf der Straße herrschte gähnende Leere unter der gleißenden Sonne. Die wenigen Parkplätze waren bei ihrer Ankunft besetzt gewesen, sodass sie ihren Wagen am Straßenrand vor dem Pub abstellen musste. Von den Fahrzeughaltern war weit und breit nichts zu sehen – Pub und Schnellimbiss machten nicht vor elf Uhr auf, und sämtliche Geschäfte dazwischen hatten längst geschlossen. Demnach parkten sie dort wahrscheinlich schon seit Freitag und hatten von hier aus den Zug genommen. Niemand ließ seinen Wagen auf dem Parkplatz am Bahnhof hinter der Ladenzeile stehen, wenn er es nicht darauf anlegte, ihn sich stehlen oder bis auf die Karosserie ausschlachten zu lassen. Jeder wusste, dass ein dort geparkter Wagen mindestens eine Woche lang unbeaufsichtigt war.

Nannine war als Umschlagplatz für Farmer entstanden, die ihre Tiere zu den Viehmärkten und ihr Getreide zu den Lagerspeichern brachten, doch die landwirtschaftlichen Familienbetriebe verschwanden allmählich. Immer weniger Bewohner schlugen hier Güter um, und seit es keine Viehmärkte mehr gab, fuhren die Leute in die nächste Stadt. Die Güterzüge ratterten ohne Halt durch. Die Stadt war aufs Lebensnotwendige geschrumpft, und ihr wichtigster Wirtschaftszweig war ihre Dickköpfigkeit. Auf dem Weg zum Wagen war sich Mina jedes Fensters bewusst, an dem die Gardinen zugezogen oder dessen Scheiben von innen mit Zeitungspapier verklebt waren.

Sie blickte über die breite Straße zur Tankstelle hinüber. Dort war die Kasse sicher besetzt, und es gab eine Überwachungskamera. Doch sie schob den Gedanken beiseite. Sie übertrieb. Sie brauchte keine Zeugen, sondern musste einfach nur ein paar Meter zu ihrem Fahrzeug zurücklegen.

Sie lief zügig, ohne zu rennen, die Schlüssel so in der Hand, dass der spitzeste Bart zwischen Zeige- und Mittelfinger hervorragte. Wegrennen wäre eine hysterische Überreaktion gewesen.

Der Mann hinter ihr hatte keine solchen Bedenken. Seine Schritte waren unüberhörbar, und es zog ihr das Herz zusammen.

»Entschuldigen Sie«, rief er in überraschend sanftem Ton, der so gar nicht zu dem Aufruhr passte, in den er sie versetzt hatte.

Vor der alten Bank blieb sie stehen. Es war das prächtigste Gebäude in ganz Nannine, ein kolonialer Boomtown-Protzbau mit Sandsteinbögen, zwei Säulen und einem Türsturz, an dem die Jahreszahl 1871 prangte. Die Fenster waren mit schmiedeeisernen Gittern gesichert, die riesige Flügeltür aus schwerem Holz verriegelt. Die Filiale hatte schon lange dichtgemacht, statt Schalterbeamten gab es nur noch einen Geldautomaten in einer versteckten Ecke.

»Da ist eine Kamera«, rief sie ihm zu. »Sie werden gefilmt.«

»Ähm …« Er blieb stehen und sah sich um. »Tatsächlich filmt die Kamera nur so lange, wie jemand den Automaten benutzt. Aber wenn Sie was abheben wollen, kann ich gerne warten.«

Sie schwankte. Wenn sie jetzt in ihrer Tasche nach der Karte kramte, musste sie ihn für eine Sekunde unbeobachtet lassen und hätte außerdem keine Hand frei. Wäre angreifbar.

»Sind Sie Mina McCreery?«

»Wozu fragen Sie, wenn Sie es schon wissen?«, konterte sie.

Im selben Moment merkte sie, dass sie nur mit den wenigen zusätzlichen Einkäufen aus dem Laden geflohen war. Erschöpfung übermannte sie. Die Lieferung, deretwegen sie eigentlich gekommen war, wartete noch in Mrs Gilligans Lagerraum. Sie musste wohl oder übel noch einmal zurück.

»Und Evie McCreery war Ihre Zwillingsschwester?«

»Evelyn McCreery«, fauchte sie. Widerwillig und nur, um die viel schlimmere Alternative »Willie« zu verhindern, hatte Mina eine Abkürzung für das unhandliche »Wilhelmina« akzeptiert, doch bei Evelyn machte sie keine Zugeständnisse. »Evie« war eine Erfindung der Presse, die in den Schlagzeilen Platz sparte und irgendwie niedlich klang.

»Tut mir leid«, sagte er. »Das wusste ich eigentlich.«

Natürlich wusste er es. Wetten, er wusste genug über sie, um damit ein ganzes Notizbuch zu füllen. Und ein zweites mit Fehlinformationen. Sie hingegen kannte nicht einmal seinen Namen.

»Wer sind Sie?«, fragte sie.

»Ich heiße Lane«, antwortete er und zog seinen Geldbeutel aus der Tasche. »Lane Holland.« Er zeigte ihr den Führerschein. »Ich bin auf alte, ungeklärte Fälle spezialisiert.«

»Das ist keine Polizeimarke«, entgegnete sie und nahm ihm die Brieftasche aus der Hand. Sie registrierte sein verblüfftes Gesicht. So etwas tat man nicht, doch Benimmregeln konnten sie mal.

Der Führerschein war, soweit sie es beurteilen konnte, echt. Ausgestellt in Byron Bay. Wenn er die weite Fahrt gemacht hatte, um mit ihr zu sprechen, würde sie ihn wohl nur schwer wieder los. Sie drehte das Dokument im Licht hin und her und überzeugte sich davon, dass es keine Kratzer oder Verfärbungen aufwies, die darauf hingedeutet hätten, dass er etwas verändert hatte. Auf dem Foto blickte ihr dasselbe Gesicht entgegen, mit denselben dunklen Augen, demselben blonden Haar und derselben kräftigen Kinnpartie wie der Mann vor ihr.

»Ich bin nicht von der Polizei«, erklärte er, »ich bin Privatdetektiv.«

Sie warf ihm die Brieftasche wieder zu »Verstehe. Und? Schon einen Buchvertrag unter Dach und Fach? Denn falls Sie einen an Land ziehen wollen, haben Sie Pech. Da sind schon zwei Bücher in der Pipeline, die rechtzeitig zum zwanzigsten Jahrestag auf den Markt kommen sollen, ein drittes kann kein Mensch gebrauchen.«

»Ich schreibe an keinem Buch«, erwiderte er. »Ich will nur ein paar Gespenster zur ewigen Ruhe betten.«

»Und wie kommen Sie darauf, dass meine Gespenster Ihre Hilfe brauchen?«, fragte sie.

»Ich habe, wenn Sie mir die Eigenwerbung verzeihen, einige Erfolge mit Cold Cases nachzuweisen, bei denen alle anderen aufgegeben hatten. Der Fall Tammie Peterson in Walgett sagt Ihnen vielleicht was? Oder der Mord an Bronte und Regina Fermin in Albury?«

Von beiden Fällen hatte sie noch nie gehört, was sie ein wenig milder stimmte. Wer nur auf Publicity aus war, nahm bestimmt keine Fälle an, von denen nicht einmal sie als Betroffene je gehört hatte.

»Drei Mädchen«, bemerkte sie. »Alles Kinder?«

»Ja, darauf bin ich spezialisiert.« Mit einem Mal klang er angespannt, fast schroff. »Ich habe eine jüngere Schwester.«

Bei diesem Klischee verkniff sich Mina ein genervtes Stöhnen. »Dann sind Sie vermutlich an der Belohnung interessiert«, sagte sie stattdessen seufzend.

»Die lehne ich nicht ab«, erwiderte er, »das ist schließlich mein Beruf, und ich muss auch was essen.«

»Na, dann viel Glück«, sagte sie und ging an ihm vorbei zum Laden zurück.

»Bitte.« In einigem Abstand folgte er ihr wie ein Luftballon an einer Schnur. »Ich weiß, wie wichtig Ihnen Ihre Privatsphäre ist.«

»Offensichtlich nicht«, konterte sie und fasste die Schlüssel in der Hand wieder so, dass der spitzeste wie eine Klaue zwischen den Fingern hervorstach.

Er bemerkte die Bewegung und ließ sich zurückfallen, blieb aber nicht stehen. »Genau deshalb kann ich Ihnen helfen. Sie wollen doch Frieden finden, oder?«

»Ich habe meinen Frieden gefunden«, fauchte sie, riss die Ladentür auf und ließ sie vor ihm zufallen.

ZWEI

MyMurder-Forum
Unterforum: Allgemeines
Thread: So gut wie aufgeklärt
VolcanicJudo: Kann hier jemand Beispiele für Fälle nennen, die im Prinzip aufgeklärt, aber noch nicht geschlossen wurden, weil sie aus irgendeinem Grund nicht vor Gericht kommen können? Ich meine, so wie Nicole Brown, Evie McCreery, Lizzie Borden usw.
Brava89: Hinterkaifeck. Der taucht ständig in diesen gruseligen Blogs, diesen Listicles, auf, aber wenn man dann bei den Leuten nachfragt, die in der Gegend wohnen, ist es meistens ein offenes Geheimnis. Schaut selbst nach.
LionSong: In welchem Universum ist denn der Fall Evelyn McCreery so gut wie gelöst?
VolcanicJudo: In jedem vernünftigen?

Mina setzte sich hinters Lenkrad und betätigte die Zentralverriegelung. Sie glaubte nicht, dass Lane ihr bis nach Hause folgen würde. Ganz offensichtlich stellte er keine Bedrohung dar, sondern war einfach nur ein Arschloch. Eins von vielen, das sich einbildete, seine Besessenheit von ihrer Schwester räumte ihm irgendwelche Rechte ein. Was sie wollte, zählte offenbar nicht. Alles in ihrem Leben war jetzt öffentliches Eigentum.

Sie nestelte an den Schlüsseln und überlegte. Meistens bereute sie am Ende den langen Weg, um Alanna in der Bibliothek zu besuchen. Wenn sie losfuhr, kam es ihr gar nicht so lang vor – brach sie um zehn Uhr auf, war sie um eins da, zwanzig nach, wenn sie an der Tankstelle auf eine Schokomilch anhielt. Doch nach anderthalb Stunden Fahrt machte ihr linkes Knie irgendwann Probleme, und Alanna war immer noch so weit weg. Andererseits brachte ihr die Aussicht, in ein stilles Haus zurückzukehren, ausnahmsweise keinen Trost.

Bei den Einkäufen handelte es sich ausschließlich um Trockenwaren, die unterwegs nicht schlecht werden konnten, andererseits war es absurd, sie den ganzen Weg bis nach Danby mit seinen drei Supermärkten zu kutschieren. Dann hätte sie sich die Bestellung sparen können. Ganz zu schweigen vom Spritverbrauch.

Was soll's.

In den letzten fünf Lebensjahren ihrer Mutter hatte die Bibliothek für reichlich Zündstoff in der Familie gesorgt. Evelyn hatte sie geliebt, weshalb eine großzügige Spende von der Evelyn-McCreery-Stiftung seinerzeit verhindert hatte, dass sie mit einer anderen Bibliothek fünfzig Kilometer entfernt zusammengelegt wurde. Als der Stadtrat vorschlug, sie dafür in Evelyn McCreery Memorial Library umzubenennen, hatten Mina und ihr Vater die Idee begrüßt. Ein greifbares Andenken daran, dass ihr Verlust wenigstens etwas Gutes hervorgebracht hatte, war ein Trost. Ihre Mutter hatte bei der Vorstellung einen Anfall bekommen, ihre Tochter hätte eine Gedenkstätte nötig, solange sie rein theoretisch noch am Leben sein könnte. Nicht einmal der Kompromiss, das betreffende Wort einfach wegzulassen, konnte sie beschwichtigen. Allein der Gedanke war für sie ein Affront – für Beverley war das Wort nicht wegzudenken, auch wenn es nicht über dem Eingang eingemeißelt war.

Mit ihrer Mutter wurde auch der Streit zu Grabe getragen. Da es nun aber einen schlechten Beigeschmack gehabt hätte, den letzten Wunsch der Verstorbenen einfach zu übergehen, prangte jetzt der Name des einzigen Familienmitglieds an der Beverley McCreery Memorial Library, das unzweifelhaft tot war.

Mina wusste nicht, ob sie dies als einen Sieg ihrer Mutter oder ihren eigenen werten sollte. Wenn eine Schlacht lange genug wütet, verliert man leicht aus dem Blick, was genau der Gewinn ist.

Eine ideale Bibliothek, so wie diejenigen, über die sie gelesen hatte, hüllte sich in ehrfurchtsvolle Stille, in der man nur ab und an das Rascheln einer Seite hört. Diese hier war das genaue Gegenteil. Ein Vater las auf einem Stapel Kissen zwei Kleinkindern vor, eine Gruppe Senioren zankte sich in einer Fensternische über einem Scrabble-Brett, und ein junger Mann stöberte in den Beständen, während er die Musik in seinen Kopfhörern so aufgedreht hatte, dass sie genauso gut Lautsprecher hätten sein können.

Mit gesenktem Kopf schlüpfte Mina durch die Angestelltentür hinter die Ausleihtheke.

Alanna Rennold sah von ihrer Arbeit auf, die darin bestand, mit einem feinen Pinsel Leim auf ein Pop-up-Känguru aufzutragen und den Schaden zu reparieren, den übereifrige Kinderhände angerichtet hatten. »Was ist los?«

Als Mina fünfzehn war, hatte ihre Mutter sie gebeten, einem Mädchen einen Brief zu schreiben, von dem sie in der Zeitung gelesen hatte, einem Mädchen, dessen Schwester ebenfalls verschwunden war. Die Umstände mochten zwar ganz anders sein – ihr Vater hatte die Schwester von der Straße weg entführt, und die beiden wurden nie wieder gesehen –, doch die Gefühle der Zurückgebliebenen waren sicher vergleichbar. Mina weigerte sich, weil sie die Idee gruselig fand. Ihre Mutter bestand darauf. Sie sollte sich nur einmal vorstellen, sagte sie, damals, in den ersten schrecklichen Tagen, hätte sich jemand bei ihr gemeldet, der verstand, was sie durchlitt.

Mina verstand es nicht. Nur weil sie Trauer erfahren hatte, verfügte sie doch noch lange nicht über ein Geheimrezept, wie man am besten damit umging. Trotzdem hatte sie es versucht. Sie hatte dieser Fremden einen Brief geschrieben – einen Brief an ihr jüngeres Selbst, über das, was ihr bevorstand. Das Ergebnis bot nicht den geringsten Trost. Ihre Worte waren bitter und wütend, und als sie sie noch einmal durchlas, war sie klug genug zu begreifen, dass sie in den Papierkorb gehörten.

Dahin wanderte der Brief auch, und alle weiteren Vorstöße ihrer Mutter, sie beide miteinander in Kontakt zu bringen, wurden ignoriert. Irgendwann gab ihre Mutter auf.

In den letzten Jahren vor Beverleys Tod tauchte Alannas Name plötzlich wieder auf, nachdem ihre Mutter selbst Kontakt zu ihr aufgenommen hatte. Alanna war ja so nett. Alanna war ja so klug. Alanna war ja so hübsch. Alanna gefielen ihre Make-up-Tipps. Alanna hörte auf ihren Rat. Wenn Beverley Alanna Kleider schenkte, dann trug sie die auch.

Beverley hatte sich eine Tochter in ihr Leben zurückgeholt, und wenn Alanna für ihre Mutter die Rolle ausfüllte, ging das Mina nichts an.

Bei Beverleys Beerdigung lernten sie sich schließlich doch noch kennen, und falls es ein Leben nach dem Tod gab, lachte sich Beverley da oben zweifellos schlapp darüber, dass Alanna mittlerweile Minas engste, genauer gesagt, einzige Freundin war. Sah ihr ähnlich, auf ihrer letzten Reise noch ein letztes »Habe ich es dir nicht gesagt?« anzumerken.

»Was soll denn sein?«, antwortete Mina, als seien ihr verstörter Blick und ihr bleiches Gesicht nur ein Fashion-Statement. Sie kauerte auf der Kante des harten Sofas.

»Erstens stehen keine für dich reservierten Bücher im Regal, und zweitens fährst du nicht einfach mal drei Stunden, um Hallo zu sagen«, entgegnete Alanna und beugte sich wieder über das Buch.

»Zwei Stunden. Ich war in Nannine, nicht zu Hause. Und vielleicht hast du mir ja einfach nur gefehlt«, sagte Mina.

»Dann solltest du mich auf Facebook adden.«

»Vergiss es.« Statt wie beabsichtigt scherzhaft klang die Antwort barsch, und Mina war zu aufgewühlt, um etwas Versöhnliches hinterherzuschieben. Mist. Offenbar hatte sie sich nur so lange zusammenreißen können, wie sie damit beschäftigt war, den Privatdetektiv abzuhängen und hierherzufahren, und jetzt, wo sie in Sicherheit war, holte die Panikattacke sie ein.

»Wie kann ich dir helfen?«, fragte Alanna.

Mina schüttelte den Kopf. Sie wollte ihre Freundin beruhigen und ihr sagen, es sei nichts, das sei gleich vorbei, brachte aber kein Wort heraus. Sie versuchte, sich die Atemübung ins Gedächtnis zu rufen, die ihr die Psychologin beigebracht hatte. Waren es vier Atemzüge ein und drei aus oder umgekehrt? Und überhaupt, wer sagte denn, dass sie mitten in einer Panikattacke eine Rechenaufgabe brauchte?

»Hier.« Alanna legte ihr Handy auf die Sofalehne. Auf dem Display schwoll ein hellblauer Kreis zu einem Ballon an und zog sich wieder zu einem Punkt zusammen. »Einatmen, während er sich ausdehnt, und ausatmen, wenn er schrumpft. Na los.«

Auch wenn es Mina albern fand, sich von einem verdammten GIF etwas vorschreiben zu lassen, hatte die Animation etwas Beruhigendes an sich, und tatsächlich schlug ihr Herz allmählich langsamer, und sie atmete gleichmäßiger. Es erinnerte sie daran, wie ihr Hund Echo manchmal mit dem Kopf auf ihrem Knie einschlief und entspannt schnaufte.

Scheiße, sie war drei Stunden von zu Hause weg, und Echo rechnete jede Minute mit seinem Fressen. Wenigstens war es kein Werktag, und sie musste sich nicht auf eine Reihe immer schlechter gelaunter Nachrichten von ihrer Vorgesetzten wegen ihrer Abwesenheit vom Arbeitsrechner gefasst machen, wenn sie nach Hause kam. Nur auf die traurigen Augen eines Hundes, der nicht böse wurde, sondern nur herzzerreißend enttäuscht war.

»Darf ich mal? Ich will nur fragen, ob Mrs Tamm kurz rüberlaufen kann, um Echo zu füttern.«

Alanna nickte, behielt sie aber im Auge. Mina merkte, dass sie soeben zugegeben hatte, spontan nach Danby gekommen zu sein, und dass es sich keineswegs um eine zufällige Panikattacke auf einer geplanten Fahrt gehandelt hatte. Sie entfernte sich ein paar Schritte, um zu telefonieren, wohl wissend, dass Alanna sie danach ins Kreuzverhör nehmen würde.

Alanna hatte schon eine Tasse Tee für sie aufgebrüht – dem blumigen Duft nach eine von diesen ausgefallenen Sorten, die sie sammelte. Mina lehnte sich auf dem Sofa zurück und trank einen Schluck. Lavendel und Vanille. Nicht ganz nach ihrem Geschmack, aber angenehm und vertraut.

»Kommst du diese Woche zum Treffen?«, fragte Alanna.

»Nein«, antwortete Mina. Sie hasste die Selbsthilfegruppe Angehöriger von vermissten Personen. Anfänglich war bei der Begegnung mit Menschen, die in ihrem Leben dasselbe durchgemacht hatten, ein Funken übergesprungen, doch der Reiz war nach kurzer Zeit verflogen. Ihr war schleierhaft, woher Alanna die Kraft nahm, ihre Geschichte immer wieder zu erzählen und in Gegenwart fremder Menschen ihr Trauma erneut zu durchleben. Wenn Mina das Bedürfnis hatte, sich über etwas auszusprechen, hatte sie Alanna. »Nachdem ich heute schon hergekommen bin, will ich nicht zweimal in einer Woche fahren.«

»Willst du dann jetzt darüber sprechen, was heute Morgen passiert ist? Ich weiß, wie fantastisch ich bin, aber ich kaufe dir nicht ab, dass dir einfach nur danach war, mich mit deinem Besuch zu beehren.«

Mina seufzte. »Ich habe mich wahrscheinlich nur in etwas reingesteigert. Ein Typ schnüffelt herum. Er hat mich auf der Straße angequatscht und wollte über Evelyn reden.«

Alanna schwieg. Sie strich mit den Händen über den Hochglanzeinband eines Buchs der Kinderbuchautorin Mem Fox, als halte das Opossum auf dem Cover vielleicht eine Antwort bereit. »Du meinst, ein Reporter? Oder …«

Mina schüttelte den Kopf. »Kein Reporter. Er behauptet, Privatdetektiv zu sein.«

»Behauptet?«, hakte Alanna nach. »Du meinst, er hat dich vielleicht belogen? Oder er gibt sich nur im Internet als einer aus?«

»Ich weiß es nicht«, erwiderte Mina. »Das war nur so dahergesagt. Keine Ahnung. Er meint, er hätte schon ein paar Fälle gelöst.«

»Wie heißt der Typ?« Alanna ließ lautstark die Fingerknöchel knacken und neigte den Kopf nach links und rechts, als machte sie sich für den Kampf bereit. »Ich google ihn mal.«

»Nein«, wehrte Mina ab. »Es ist erledigt. Ich habe ihm gesagt, er soll sich verziehen.«

»Falls das irgend so ein Spinner ist, musst du es wissen. Sergeant Starrett würde wollen, dass du ihr davon erzählst.« Alanna wirbelte auf ihrem Schemel herum und erweckte den Laptop zum Leben. »Wie heißt er?«

»Lane Holland.«

»Ah, hübsch und ungewöhnlich. Dann mal los. Oh.« Alanna runzelte die Stirn. »Sah er aus, als wäre er gerade aus dem Gefängnis in Goulburn abgehauen?«

»Was?«

»Der erste Treffer zu seinem Namen ist ein Wikipedia-Eintrag über bekannte Häftlinge in Goulburn.« Alanna drehte den Bildschirm.

Mina überflog die Angaben. Den Namen zwischen einem Serienmörder und einem Bombenbauer zu lesen, bereitete ihr Übelkeit. Doch das war reiner Zufall. »Dieser Lane Holland ist achtundfünfzig Jahre alt. Der Privatdetektiv ist Anfang, Mitte dreißig.«

Alanna nickte. »Dann kommt auch der hier nicht infrage, der letztes Jahr an Krebs gestorben ist?«

»Wie viele Semester hast du noch gleich studiert?«, fragte Mina. Sie bereute die Bemerkung sofort, als sie Alannas scharfen Blick sah. Alanna hatte zwischen Teilzeitjobs und Familiendramen ihre Uni-Credits zusammengetragen und Ende letzten Jahres ihren Abschluss in Bibliothekswissenschaften gemacht. Darauf hatte sich ihr Witz nicht bezogen, ins Fettnäpfchen war sie trotzdem getreten.

»Das dauert eben«, erwiderte Alanna ungerührt, während sie wieder etwas tippte. »Also, der hier passt zumindest vom Alter her. Dein Detektiv war einmal buchstäblich das Aushängeschild für das Fach Strafjustiz an der Charles Sturt University.« Sie rückte zur Seite, um Mina Platz zu machen.

Unter der Überschrift »Echte Studentengeschichten« war das Foto eines jüngeren Lane zu sehen. Im krassen Gegensatz zu dem etwas schmuddeligen Mann, der ihr im Laden gefolgt war, sah dieser Lane in weißem Hemd, mit blauer Krawatte und in schwarzer Hose so aus, als wäre er auf dem Weg zu einem Bewerbungsgespräch. »Vor vier Jahren hat man mir gesagt, ins Federal Police Development Program aufgenommen zu werden, sei utopisch«, las Mina laut vor. »Aber dank der herausragenden Studienprogramme, die die CSU anbietet, ist mein Traum wahr geworden.« Sie schüttelte den Kopf. »Das kann nicht sein, er hätte es bestimmt erwähnt, wenn er bei der Bundespolizei wäre. Er hat eindeutig ›Privatdetektiv‹ gesagt.«

Alanna zuckte mit den Achseln. »Vielleicht ist er ja rausgeflogen. Soll ein verdammt hartes Studium sein.« Sie verließ das CSU-Archiv und scrollte die weiteren Suchergebnisse durch. »Weißt du sonst noch was über ihn?«

»Er hat mir ein paar Fälle genannt«, antwortete Mina. »Einer war, äh, ein Mädchen namens Bronte. Keine Ahnung, ob wie der Strand oder die Autorin.«

»Läuft aufs Gleiche raus, wenn du das Thema ignorierst«, antwortete Alanna. »Bronte … Lane … Holland …« murmelte sie vor sich hin und schnappte plötzlich nach Luft. »Fuck, SafeSearch ist nicht aktiviert.«

Sie riss den Computerbildschirm zu sich herum, doch Mina hatte die Tatortfotos im oberen Drittel der Suchergebnisse schon gesehen, das Blut, das auf dem Gras ausgebreitete blonde Haar, das nur noch teilweise in der Kopfhaut des Mädchens verwurzelt war.

Glücklicherweise saß sie schon, als sich der Raum um sie zu drehen begann.

»Also«, sagte Alanna ernst. »Wenn er gesagt hat, diesen Fall hätte er gelöst, hat er nicht gelogen. Hier steht, die Polizei hätte sich bei Lane Holland, einem von der Familie angeheuerten Privatdetektiv, für Informationen bedankt, die zur Verhaftung von Jake Frazier führten … bis dahin Person von besonderem polizeilichem Interesse … bestätigt, dass er die volle im Jahr 2008 ausgesetzte Belohnung erhalten würde …« Sie klang abwesend, als läse sie sich selbst vor und nicht Mina. »Meine Güte, die Belohnung belief sich auf eine Viertelmillion. Muss er darauf Steuern zahlen?«

»Keine Ahnung«, antwortete Mina. »Jedenfalls sah er nicht aus wie jemand, der in Geld schwimmt.«

»Dann habt ihr ja schon was gemeinsam«, sagte Alanna.

Mina ignorierte den Köder. Sie hatte sich bei anderer Gelegenheit mit der Feststellung in die Nesseln gesetzt, einen wertvollen Grundbesitz zu haben und reich zu sein, wäre längst nicht dasselbe, erst recht, wenn es sich verbot, das Anwesen jemals zu verkaufen. Der Fehler würde ihr kein zweites Mal unterlaufen. »Da war noch ein Fall«, sagte sie. »Tammy. Tammy Peterson?«

»Dieses Mal suche ich mit SafeSearch«, antwortete Alanna. »Ah, Tammie mit ›ie‹. Mann, der Fall ist alt! Die Medien haben anscheinend nicht so viel darüber berichtet, die Belohnung war auch wesentlich bescheidener. Aber auf MyMurder steht was darüber.«

»Das will ich nicht sehen«, sagte Mina scharf.

»So schlimm ist es nicht. In einem Artikel stand, dass die User letztes Jahr das Geld für einen privaten DNA-Test an einer unbekannten Toten gesammelt haben. Da treiben sich eine Menge Leute herum, die unbedingt Antworten finden wollen …«

»Niemand in dem Forum versucht, Antworten zu finden«, entgegnete Mina schroff. »Sie überbieten sich darin, den abgefucktesten Blödsinn zu verbreiten.«

»Schon gut, schon gut«, sagte Alanna, wenn auch keineswegs besänftigt. »Nur falls es dich interessiert, er wird hier tatsächlich als die entscheidende Person bei der Aufklärung des Falls Tammie Peterson genannt. Der Typ scheint die Wahrheit gesagt zu haben.«

»Na schön, dann ist er eben gut. Deshalb muss es mir noch lange nicht gefallen, dass er seine Nase in unsere Angelegenheiten steckt«, erwiderte Mina.

»Wieso setzt du eine Belohnung aus, wenn du nicht willst, dass jemand ermittelt?«, konterte Alanna.

»Glaubhafte Bestreitbarkeit, heißt es im Internet«, schoss Mina zurück.

In Wahrheit hatte sie bei der ausgesetzten Summe kein Mitspracherecht gehabt. Die hatte ihre Mutter in ihrem Testament verfügt. Mina und ihr Vater hätten gerichtlich dagegen vorgehen können, aber wer hätte sich schon solche Schlagzeilen gewünscht?

Alanna nickte mit zusammengepressten Lippen. Die Belohnung war, wie so vieles, ein heikles Thema zwischen ihnen. Die Polizei von New South Wales hatte für sachdienliche Hinweise, die im Fall von Evelyns Verschwinden zu einer Verhaftung und Verurteilung führten, die astronomische Summe von einer Million australische Dollar ausgesetzt, und Minas Mutter hatte die Summe für Hinweise, die zu Evelyns Auffindung führten, noch einmal verdoppelt. Nur wenige Familien verfügten über ähnliche Mittel, um der Gerechtigkeit Geltung zu verschaffen. Dass all das bisher ergebnislos gewesen war, änderte nichts daran.

Mina seufzte, griff nach einem Kissen und drückte es sich an die Brust. Sie verstand es ja. Alannas Familie konnte sich keinen Privatdetektiv leisten, und es rannte ihnen auch niemand die Bude ein, um aus reiner Nächstenliebe Recherchen anzustellen.

Der Fall ihrer verschwundenen Schwester hatte nie auch nur annähernd das Presseecho bekommen wie der von Evelyn. Sie hatte keine Mutter, die sich selbstsicher vor die Kamera stellen konnte, ebenso wenig wie stapelweise perfekte, hochauflösende Fotos, die die Zeitungen auf der Titelseite bringen konnten. Niemand diskutierte ihren Fall im Pausenraum oder online. Hätte Mina aus ihrem Leben wie aus einem Mantel schlüpfen und ihn Alanna umhängen können, hätte sie es getan. Doch sie bezweifelte, dass Alanna wirklich so scharf darauf war.

DREI

MyMurder-Forum

Unterforum: Evie McCreery

Thread: Kleines Spielchen am Freitag

AgentKHole: Ich habe ein bisschen auf Google Maps gestöbert und einen coolen neuen Zeitvertreib gefunden. Ich habe versucht, ohne Adresseneingabe das McCreery-Anwesen in der Satellitenansicht zu finden, nur anhand der bekannten Merkmale (großes Haus ein paar Kilometer von der Straße weg, grünes Dach, kreisförmiges Wasserreservoir, kleineres, zweites Anwesen etwa ein Kilometer östlich). Habe dafür 1 Stunde, 8 Minuten gebraucht. Kann das jemand toppen?

VolcanicJudo: 45 Minuten. Das ist nur deshalb so schwierig, weil man, sobald man rauszoomt, eine einzige rotbraune Fläche vor sich hat. Als ich nahe genug reingezoomt habe, um die Häuser zu sehen, musste ich ewig herumscrollen, um überhaupt irgendwelche Orientierungspunkte zu finden, geschweige denn, die gesuchten. Da checkt man wirklich, wie isoliert das Haus liegt (und wie absurd die These ist, es hätte sich um ein Gelegenheitsverbrechen gehandelt).

LionSong: Hey Mods, das ist Doxing!

MODERATOR: Und was sollen wir dagegen tun? Den Usern verbieten, sich auf Google Maps umzuschauen?

WW1WGA: Die Adresse ist doch sowieso schon bekannt, die braucht man nicht mehr auszugraben. Sie haben eine große Farm betrieben, es gibt noch Unmengen alter Stellenanzeigen und Auktionsmitteilungen, alles mit ihrer Adresse.

Inspektor: Leider ja. Erinnert ihr euch noch an den Typen, der da rausgefahren ist und vor dem Tor ein Selfie gemacht hat, wie bei einem Besuch in Graceland?

AgentKHole: Ha, allerdings. Was ist aus dem geworden? Der hat sich schon seit Monaten nicht mehr eingeloggt.

Googelte man »Nannine«, öffnete sich eine Karte mit einem Gebilde, das sich nach Zufallsprinzip mal hierhin, mal dorthin ausdehnte, das Endprodukt illegaler Besiedlung und fröhlicher Anarchie. Die Stadt Nannine selbst war dabei nicht mehr als ein winziger Fleck in der südwestlichen Ecke.

Die Nannine National Park Road bildete eine diagonale Schneise durch die Region, und fast ganz an ihrem Ende befand sich das Anwesen der McCreerys in der nordöstlichen Ecke.

Auf der hundert Kilometer langen Strecke zählte Lane exakt drei Menschen auf den Feldern links und rechts der Landstraße. Als Kind hatte er auf solchen weitläufigen Farmen Traktoren über die Äcker rumpeln gesehen, Männer, die auf Motorrädern oder zu Pferd nach dem Vieh und dem Getreide sahen. Menschen. Hier draußen hingegen fühlte sich die Welt leer an.

»In zweihundert Metern haben Sie Ihr Ziel auf der linken Seite erreicht«, verkündete das Navi, sodass Lane zusammenzuckte. Nirgendwo hatte er ein entsprechendes Schild gesehen, doch wenn er tatsächlich jeden Moment das Eingangstor vor sich hatte, musste er schon vor mehreren Minuten irgendwo am Grenzzaun zwischen den McCreerys und deren nächstem Nachbarn vorbeigekommen sein. Wohl wissend, was passieren konnte, wenn man auf einer unbefestigten Straße plötzlich bremste, ging er langsam vom Gas.

Er lenkte den Wagen auf den breiten Grasstreifen neben der Straße und trat fluchend auf die Bremse, als er plötzlich aufschlug und das Heck ausbrach. Er zog die Handbremse und stieg aus, um nachzusehen, ob er einen Schaden verursacht hatte. Was nach einem flachen Bankett ausgesehen hatte, war in Wirklichkeit ein abschüssiges Bachbett, das sich unter hüfthohem, trockenem Gras verbarg. Er konnte von Glück sagen, dass es schon sehr lange ausgetrocknet und von der Sonne zu Beton gebacken war. Wäre er in sumpfiges Gelände geraten, hätte er lange auf einen Abschleppwagen warten können.

Er wunderte sich, wieso zum Teufel das Gelände nicht längst gemäht, abgegrast oder durch Gegenfeuer abgefackelt worden war. Aus Nachlässigkeit, oder um sich Fremde vom Hals zu halten?

Er lehnte sich an den Wagen und wartete, bis sein Herz nicht mehr hämmerte wie verrückt. Obwohl es erst sieben Uhr morgens war, brannte die Sonne schon so unbarmherzig, dass man meinen konnte, es sei Mittag. Er hatte sich zu erinnern geglaubt, wie einen die trockene Hitze hier draußen ausdörrte, doch es am eigenen Leib zu erfahren, war noch einmal etwas völlig anderes. Erst recht, wenn es weit und breit keine Zuflucht gab.

Er starrte durch den lang gestreckten Drahtzaun auf die endlose Fläche nackter roter Erde, die hier und da von ein paar Grasbüscheln oder dem einen oder anderen Malleebaum unterbrochen wurde. In weiter Ferne war ein Holzgebäude zu sehen, nicht das eigentliche Haus – er hatte lange genug auf Fotos gestarrt, um es im Schlaf wiederzuerkennen – eher ein landwirtschaftliches Nutzgebäude. Eine Scheune vielleicht?

Zuerst glaubte er an eine Sinnestäuschung, als sich dort vorne etwas bewegte – ein langer Schatten, zu groß und zu dünn für ein Stück Vieh oder ein wildes Tier. Dort drüben lief jemand um das Gebäude herum. Er öffnete die Wagentür und holte seine Kamera heraus.

Sie war ein Spontankauf gewesen, als er noch geglaubt hatte, reich zu sein. Eine Spiegelreflexkamera mit Teleobjektiv. Er war kein begnadeter Fotograf, sondern einfach nur davon ausgegangen, dass ein Privatdetektiv so etwas haben sollte. Seitdem hatte er sie viel häufiger auf Paare beim Essen in Restaurants oder beim Aufschließen von Motelzimmertüren gerichtet als auf Mordverdächtige, aber von etwas musste man ja schließlich leben.

Nachdem er das Bild scharf gestellt hatte, sah er, dass das Gebäude verfallen und locker hundert Jahre auf dem Buckel hatte. Es war aus Hartholzplanken gezimmert, von denen einige fehlten, und ein Teil des Dachs war eingesunken. An der Seite zur Straße führte eine Holzrampe in ein gähnend schwarzes Loch, das wahrscheinlich früher einmal mit einer gigantischen Tür verschlossen worden war.

Bei der Gestalt, die dort herumlief, handelte es sich um Mina McCreery, in Flanellhemd und Jeans, das lange dunkle Haar unter einem breitkrempigen Hut. Sie sah sich prüfend um, nur nicht Richtung Straße. Falls doch, würde sie vielleicht den Wagen bemerken, aber nicht ihn. Gut so, denn falls sie herüberkam, um nach dem Rechten zu sehen, hatte er bis dahin die Kamera weggepackt und konnte so tun, als hätte er nur angehalten, um auf die Karte zu schauen.

Sie hatte einen Stock in der Hand, ungefähr so lang wie ihr Arm und halb so dick. Für einen Spazierstock war er zu krumm; wahrscheinlich hatte sie ihn irgendwo aufgelesen. Während sie um die Scheune herumlief, holte sie aus und schlug so kräftig an die Wände, dass die Bretter klapperten. Auch wenn er zu weit weg war, um es zu hören, machte es bestimmt einen Höllenlärm. Was zum Teufel trieb sie da?

Er machte ein Foto davon.

Sie hielt noch etwas in der anderen Hand. Eine Taschenlampe, stellte er fest, als sie den Lichtstrahl unter das Gebäude richtete. Sie kauerte sich auf den Boden und verschwand unter der Scheune.

Ah. Na klar, sie versuchte, irgendwelches Getier zu verscheuchen, das sich häuslich eingerichtet hatte, bevor sie hineinging. Was allerdings nicht erklärte, weshalb sie darunterkroch. Das Gebäude sah nicht aus, als würde es noch benutzt. Lagerte sie da unten vielleicht irgendetwas?

Auf dem Beifahrersitz klingelte sein Handy. Erstaunt, dass er hier draußen überhaupt Empfang hatte, ließ er die Kamera sinken. Er dachte daran, wie er als Junge durch solche Gegenden gekommen war, und was für lächerliche Anstrengungen seine Mutter hatte unternehmen müssen, um auch nur einen Balken zu bekommen – wie sie sich zum Beispiel auf dem Dach ihres Vans auf die Zehenspitzen gestellt und mit hochgerecktem Arm versucht hatte, eine Nachricht zu versenden. Als er das Bild seiner Schwester auf dem Display sah, griff er schnell nach dem Handy und ließ die Kamera auf dem Beifahrersitz liegen.

»Lane!«, sagte sie. »Wie lebt es sich so ohne mich?«

»Ich schlürfe gerade einen Mai-Tai.« Er schaltete den Anruf auf laut, um währenddessen auf den Beifahrersitz zu schlüpfen und erneut die Kamera ans Auge zu halten. »Und bei dir? Hast du dich schon eingerichtet?«

»Ich habe praktisch in der Minute, in der die Tür hinter dir zugefallen ist, fertig ausgepackt«, sagte sie. »Ist ja nicht viel. Ich muss mir das eine oder andere kaufen. Hier gibt es ein ganzes Regal zu bestücken.«

»Du könntest es mit Büchern füllen«, schlug er vor. Unterdessen erschien Mina wieder vor seiner Kameralinse, nur mit der Taschenlampe in der Hand. Sie klopfte sich Staub und Spinnweben von den Knien ab.

Seiner Schwester verging das Lachen. »Ich habe inzwischen meine Lektüreliste«, sagte sie. »Ich war in der Universitätsbuchhandlung. Mir war nicht ganz klar …«

Lane drückte den Daumen an die Unterlippe. Er hatte seinerseits einige Preise überprüft, die Website besucht, sich umgeschaut. Selbst gebraucht bewegten sich die Kosten in einer Größenordnung, die sein dafür angesetztes Budget überstieg. Und das zusätzlich zu den Mieten in Canberra, vor allem bei Studentenunterkünften. Sechs Jahre lang hatte er ihr diesen Köder hingehalten, wenn er ihr wieder einmal einen kleinen Extrawunsch abschlagen oder auf gebraucht statt neu bestehen oder nächtliche

Ausgänge und Ferienreisen ablehnen musste. Alles würde sich auszahlen, wenn sie sich nur nicht so wie er damals durch die Uni kämpfen musste. Wenn sie sich keine Wohnung mit sechs anderen Leuten teilen musste, wenn sie nicht ständig zwischen Studium, Arbeit und Schlaf zu wählen brauchte. Er würde für alles aufkommen.

Und dann wurde sie an der Australian National University angenommen. Er konnte ihr schlecht raten, einen Studienplatz an der besten Universität des Landes sausen zu lassen, um irgendwo anders zu studieren, wo die Lebenshaltungskosten geringer waren. Doch es kostete viel mehr, als er gedacht hätte. Und das Geld von der New South Wales Police war schnell dahingeschmolzen. Schon in den Monaten bevor ihn der Tod ihrer Mutter von einem Tag auf den anderen zu Lynnies Vormund machte, hatte er einiges davon auf den Kopf gehauen. Er hatte es für Drinks und Restaurantbesuche und alles Mögliche ausgegeben, mit dem Selbstbewusstsein eines Mittzwanzigers, der nach den ersten Erfolgen dachte, es würde immer so weitergehen. Womit er wahrlich keine Ausnahme war – er hatte Studien darüber gelesen, was mit Leuten passieren kann, die arm aufgewachsen sind und früh und unerwartet zu Geld kommen. Was er dort las, klang nicht schön, und die Erkenntnis, dass er keine Ausnahme war, machte es nicht weniger peinlich.

Mit einem Schlag musste er zusätzlich noch für einen Teenager sorgen, ausgerechnet in Byron Bay. Um sie nach allem, was sie durchgemacht hatte, nicht noch aus ihrem Freundeskreis und ihrer vertrauten Umgebung zu reißen, war er dorthin gezogen, doch selbst in einem Wohnwagen war das Leben unglaublich teuer. In seinem Job hieß es »alles oder nichts«, und um die klaffenden Lücken zu schließen, hatte er ein paar schlechte Entscheidungen getroffen – Sofortkredite, die alte Kredite mit neuen beglichen, Schuldenkonsolidierungsdarlehen. Er wusste nicht einmal genau, wie groß das Loch war, das er sich gegraben hatte, auf jeden Fall zu groß, um es mit harter, geregelter Arbeit zu stopfen. Damit hatte er es versucht und war nur noch weiter zurückgefallen.

Er brauchte einen Hauptgewinn, um mit einem Schlag alles zu tilgen. Wie zum Beispiel die zwei Millionen Dollar Belohnung für die Aufklärung des Falls Evelyn McCreery.

»Ich habe einen Plan«, sagte er.

Mina ging um die Scheune herum und verschwand aus seinem Blickfeld.

»Du kannst mir viel erzählen«, erwiderte Lynnie. »Der Jobmarkt hier ist gut, ich kann mir locker was dazuverdienen. In einer Bar oder als Tellerwäscherin. Aber du weißt, die Arbeitgeber googeln heutzutage immer erst mal deinen Namen.«

»Holland ist nicht so selten«, sagte er. »Sollte dein Vorname in irgendeinem Artikel auftauchen, auch nur ein einziges Mal, sag mir Bescheid, und die bekommen es mit mir zu tun, hörst du? Das verstößt gegen das Gesetz.«

»Keine Sorge. Ich habe nur Heimweh und wollte eine Runde Mitleid, okay? Ich habe mir so lange eingebildet, die Zulassung an die Uni wäre schon das Ziel, dass ich mit dem Brief in der Hand dachte, ich hätte es geschafft. Dabei ist es nur der Anfang.«

»Du hast es geschafft«, sagte er. »Du brauchst dich nicht nach einem Job umzusehen. Ich besorge dir die Bücher. Du sollst studieren, deinen Doktor machen und reich werden, damit du mir ein Haus in Vaucluse kaufen kannst.«

Sie lachte. »Bei einem Abschluss in Englisch ein bisschen viel verlangt.«

»Du bist ein kluges Mädchen, du kriegst das schon hin.«

Sie verfielen in das vertraute Schweigen, so wie früher, wenn sie beide stundenlang im Wohnzimmer saßen und sie am Klapptisch quadratische Gleichungen löste oder *Antonius und Kleopatra* analysierte, während er sich auf dem Sofa durch seine Fallakten wühlte.

»Bist du schon wieder in Byron?«, fragte sie. »Du bist die Strecke doch hoffentlich nicht in einem Rutsch gefahren?«

»Ähm, ich bin noch nicht auf dem Rückweg. Die nächste Zeit verbringe ich ein bisschen näher bei dir.«

»Oh, aber hoffentlich nicht, um mir wie ein Helikopter-Daddy ständig auf die Pelle zu rücken? Was hast du vor? Willst du in den öffentlichen Dienst zurück?«

»Nein, nicht in Canberra. Ich bin in Central New South Wales.«

Zwischen ihnen trat trotziges Schweigen ein. Es bestätigte einen Verdacht, den er schon die ganzen sechs Jahre seiner Vormundschaft gehegt hatte. Sie umschifften nicht einfach nur ein Thema, sondern schwiegen sich in voller Absicht darüber aus. Lynnie redete gern und viel. Als frühreifes Kleinkind hatte sie mühelos sprechen gelernt und war zu einer witzigen, eloquenten jungen Frau herangewachsen. Von Anfang an hatten sie sogar offen über ihre Mutter gesprochen. Sie hatten Lynnies Trauer verbalisiert. Lynnie hatte ihm von ihren glücklichen und manchmal auch von den weniger glücklichen Erinnerungen an sie erzählt. Sie redeten über ihre Hausaufgaben, ihre Probleme, Freundschaften mit anderen Kindern zu schließen, über ihre Enttäuschungen. Über Lanes kompliziertere Traurigkeit sprachen sie nicht. Schon gar nicht über seine berufliche Enttäuschung, darüber, wie sehr er darunter litt, im falschen Teil des Landes festzuhängen, weit weg von dem, was er eigentlich tun wollte. Es wäre egoistisch gewesen, sie auch noch damit zu belasten.

Ein bestimmtes Thema hingegen schnitten beide grundsätzlich nicht an.

Das Schweigen zog sich in die Länge, und er hörte heraus, dass Lynnie begriff, was er vorhatte.

»Du arbeitest an einem deiner Fälle«, sagte sie schließlich.

»Wahrscheinlich fahre ich bald heim«, log er. »Der Fall hier ist absolut aussichtslos. Aber nachdem ich dich abgesetzt hatte, war ich nun schon mal in der Nähe, und ich dachte mir, ein kleiner Abstecher kann nicht schaden.«

War das hier wirklich aussichtslos oder nicht? An manchen Tagen erschien ihm alles so offensichtlich, dass er bereute, nicht schon vor neunzehn Jahren etwas gesagt zu haben. Dann wieder erschien es ihm vermessen, möglicherweise das fehlende Puzzleteil in dem am gründlichsten ermittelten Cold Case in der australischen Kriminalgeschichte in Händen zu halten.

Er hatte Lynnie noch nicht gestanden, dass es für ihn kein Zuhause mehr gab, zu dem er zurückkehren konnte. Er hatte den Wohnwagen verkauft, genug dafür eingesackt, um einige Monate lang über die Runden zu kommen und sich mit Haut und Haaren in diesen Fall zu stürzen. Falls das nichts brachte, musste er wohl oder übel eine Bank ausrauben.

Das Tor war aus schlichtem Eisen, der Zaun bestand aus doppelreihigem Stacheldraht zwischen Holzpfosten. Das Bachbett, in das er gefahren war, mündete in ein Betonrohr, das unter der Fahrbahn verlief.

Zwei Schilder hingen an dem Tor und verkündeten »Unbefugtes Betreten wird gefilmt« sowie »Betreten verboten«. Einen Moment lang blieb er stehen, die Hand an der Wagentür, und überlegte. Zielstrebig und offen sichtbar über ein Grundstück zur Tür zu gehen, fiel nicht unter unbefugtes Betreten. Andererseits richtete sich diese Warnung hier draußen, so weit vom nächsten Nachbarhaus entfernt, mit Sicherheit nicht gegen Hundebesitzer oder Blumenpflücker. Die Warnung galt Leuten wie Lane: Ermittlern, Journalisten und Gaffern. Er hatte noch Minas Stimme im Ohr, die Wut, mit der sie ihm eine Abfuhr erteilt hatte. Andererseits dachte er an die Sorge, die in den Worten seiner Schwester mitschwang. Sie hatte ein unbeschwertes Leben verdient. Genauso wie Mina. Er konnte es ihnen beiden ermöglichen, wenn Mina ihm nur eine Chance gab.

Er stieg aus und öffnete das Tor. Es bewegte sich federleicht, ohne theatralisches Quietschen in den Scharnieren. Offenbar kümmerte sich Mina um ihren Besitz.

Als er sich umdrehte und wieder in den Wagen steigen wollte, bemerkte er einen roten Streifen an seinem nackten Bein. Er versuchte, ihn mit den Fingern wegzuwischen. Doch auch seine Finger färbten sich rot. Ein Lichtstrahl fiel aus einem kleinen weißen Sensor direkt unter dem Torscharnier. Eine Alarmanlage für Fahrzeuge, die das Tor durchquerten.

Als Junge hatte Lane von einem Anwesen wie diesem hier geträumt. Er hatte das Gesicht ans Autofenster gedrückt und die Häuser vorbeifliegen gesehen. Eindrucksvolle Felssteinwände. Veranden mit gerundeter Oberkante. Schmiedeeiserne Tore. Dabei hatte er sich vorgestellt, wie es wohl wäre, in einem solchen Haus zu leben. Dorthin zurückzukommen und zu wissen, dass es einem gehörte. Er baute Häuser im Kopf, malte sich genau aus, was er haben würde, wenn er erst einmal sein eigener Herr und bereit war, Wurzeln zu schlagen.

Er fuhr durch das Tor, stieg aus und schloss es hinter sich. Als er den Motor wieder anließ, stellte er den Kilometerzähler auf null. Vom Haus war außer der Einfahrt aus roter Erde weit und breit noch nichts zu sehen. Er war sich nicht einmal sicher, ob Einfahrt das richtige Wort dafür war. Er befand sich auf dem Anwesen, doch das hier war einfach nur ein Weg. Links und rechts reihten sich, so weit das Auge reichte, junge Bäume aneinander, ungefähr so groß wie er, die Stämme nicht dicker als seine Faust. Ein Schild aus Plastikwellpappe an einem Pfosten ließ ihn wissen, dass der vom Aussterben bedrohte, geliebte Braunkopfkakadu hier bald Nahrung finden würde. Jahrelang der unbarmherzigen Sonne ausgesetzt, war es spröde geworden und verblasst. Die Bäume mussten vor fünf, sechs Jahren gepflanzt worden sein – als es in der Region das letzte Mal genügend Niederschläge gegeben hatte, um ein solches Projekt anzugehen. Er fragte sich, wie die Überlebenschancen für die armen Dinger jetzt noch standen.

Der Weg stieg leicht an und führte an dem alten Schuppen aus ungehobelten Holzstämmen vorbei. Dahinter blickte er über endlose Weideflächen, die hier und da von Eukalyptusgesträuch und hüfthohen Büscheln vergilbter Gräser sowie stellenweise Brachland durchbrochen waren. Er verlangsamte das Tempo, ohne Mina irgendwo zu entdecken.

Er kam an einem ringsum eingezäunten, leeren Viehhof vorbei, an dessen hinterem Ende ein zweiter Wollschuppen stand. Dieser schien ungefähr aus den Siebziger- oder Achtzigerjahren zu stammen. Obwohl die Stahlwände noch in der Sonne schimmerten, sah der Schuppen verwaist aus.

Als der Weg in Ziegelschotter überging, drosselte er das Tempo, und da war das Haus, seltsam vertraut. Er sah auf den Zähler und stellte fest, dass er vom Eingangstor aus fast vier Kilometer zurückgelegt hatte.

Zu den rätselhaften Aspekten des Falls gehörte die Tatsache, dass jede Reifenspur rings ums Haus zu einem Wagen passte, der auf die Familie McCreery angemeldet war. 1999 war die Reifenspuranalyse noch nicht sehr weit fortgeschritten, die Umstände im Fall McCreery hatten jedoch ideale Bedingungen dafür geboten. Am Vortag hatte es geregnet – nicht stark, damals fiel nie starker Regen, aber genug, damit sich jedes Profil eingrub. Falls Evelyn von einem Fremden entführt worden war, musste er folglich entweder zu Fuß gekommen sein oder sich teleportiert haben.

Ein Erwachsener hätte den Weg geschafft, vorausgesetzt, er kannte sein Ziel. Diese Strecke legte man nicht aufs Geratewohl zurück.

Er parkte vor dem Haus, im Schatten eines fruchtbeladenen Apfelbaums, der mit mehreren Lagen Vogelnetz umwickelt war. Einen Moment lang blieb er hinter dem Lenkrad sitzen und rechnete fast damit, dass Mina herausstürmte und ihn anschrie, das Grundstück augenblicklich zu verlassen. Als ihm jedoch nur Stille entgegenschlug, stieg er aus dem Wagen und ging die Treppe hinauf. Allem Anschein nach war sie noch nicht zurück, dafür könnte ihr Vater Liam daheim sein.

Sie hatten das Haus gestrichen, stellte er mit Interesse fest. In einem Blau, das sich in Verbindung mit dem Colonial Style seltsam ausnahm. Er klingelte, doch es rührte sich nichts.

Er klingelte wieder. Entweder war niemand da, oder derjenige hatte keine Lust, aufzumachen.

Er trat von der Veranda und lief zur Rückseite des Hauses. Dort fand er sich in einem Gemüsegarten wieder, mit mehreren Reihen holzverschalter Hochbeete, von denen jedoch nur in zweien überhaupt etwas wuchs – irgendein Rankengewächs mit grünweißen, handtellergroßen Blättern, die über die Holzkästen und den Fußpfad wucherten. Die übrigen Beete waren bis auf den Mulch, der auf die nächste Saison oder auch nur auf Regen wartete, leer. Lane hatte keine Ahnung, nachdem er nie auch nur eine Topfpflanze besessen hatte.

»Hallo?«, rief er. »Jemand da?«

Er lief die Rückseite entlang und zählte dabei die Fenster. Auch ohne hineinzuspähen, war unschwer zu erraten, was sich dahinter befand. In einem großen Panoramafenster waren die Gardinen gegen die Morgensonne zugezogen. Es folgte eine kleine Tür, zu der zwei Betonstufen hinunterführten; die Terrakottatöpfe mit Kräutern, die sogar er erkannte – Rosmarin, Basilikum, Pfefferminze –, ließen darauf schließen, dass es hier in die Küche ging. Als Nächstes folgte ein hohes, schmales Milchglasfenster, wohl ein Bad. Auch an den darauffolgenden drei gleich großen Fenstern waren die Gardinen lückenlos zugezogen. Möglicherweise ein Wohn-, eher wohl die Schlafzimmer. Somit stand er wenige Meter von dem Zimmer entfernt, aus dem Evelyn McCreery entführt worden war.

Er drehte sich einmal im Kreis, um sich in einen Eindringling hineinzuversetzen. Wie käme er am besten in das Haus? Er reckte die Arme über den Kopf, um festzustellen, ob er sich an der Fensterbank hochhangeln konnte. Doch er kam nur knapp mit den Fingerspitzen daran. Er ging zurück und überprüfte die Küchentür. Sie war abgeschlossen – fragte sich nur, ob auch damals in jener Nacht. Beverley McCreery hatte stets geschworen, sämtliche Türen seien verriegelt gewesen, aber wer hätte hier draußen schon Wert darauf gelegt?

Hineinzukommen war dabei allerdings nicht der schwierigste Teil. Viel eher stellte sich die Frage, wie derjenige wieder herausgekommen war. Beverley und Mina hatten geschlafen, Beverley nebenan und Mina im selben Zimmer. Es fanden sich keinerlei Fingerabdrücke. Kein Tropfen Blut. Keinerlei Anzeichen für einen Kampf. Vielmehr war das Bett ordentlich gemacht, der rosafarbene Patchwork-Quilt unberührt. Wie? Hatte sie jemand drinnen im Haus umgebracht, war anschließend herumgekrochen und hatte die Spuren verwischt, während ihre Schwester dort lag und schlief? Oder hatte er sie so schlaftrunken aus dem Haus gezerrt, dass sie erst außer Hörweite auf den Gedanken kam zu schreien? Hatte er sie vielleicht unter Drogen gesetzt? Oder gar die ganze Familie?

Lane schwirrte der Kopf, während er weiterging. Er hatte immer gehofft, wenn er erst einmal hier draußen wäre, klarer zu sehen. Es musste hier etwas geben, das die Fotos nicht verrieten. Irgendwelche Indizien, die es nie in die Zeitung geschafft hatten, weil niemandem ihre Bedeutung aufgefallen war.

Er kam an einem Hühnerstall vorbei, dessen Bewohner sich in den Schatten drängten.

Als er um die Ecke bog, gelangte er an eine weitere Tür sowie an einen gepflasterten Pfad zu einer Wäschespinne.

An dieser Seite war es kühler. In der sengenden Hitze wehte hier eine leichte Brise vom Wasserreservoir herüber.

Er staunte, wie nah es am Haus lag. Jeder, der sich auch nur im Entferntesten für den Fall interessierte, wusste von dem »McCreery-Wasserreservoir«, da die Theorie, dort verberge sich womöglich die Leiche, schon von Anfang an viel Anklang fand. Plötzlich davorzustehen, war ein merkwürdiges Gefühl. Mit den steilen braunen Mauern, dort, wo aus den Feldern darüber Bäche hineingeströmt waren, von Rissen gemasert, erinnerte das Rückhaltebecken an einen Krater. Das Wasser füllte jetzt gerade einmal das untere Viertel, ein Ententeich im Bett eines Sees.

Mina lehnte mit dem Rücken zu ihm am Zaun eines Geheges und hielt einer kleinen grauen Ziege eine Handvoll Grünzeug hin. Im Gegensatz zu ihrer Begegnung in Nannine und ihrer abwehrenden Haltung wirkte sie jetzt vollkommen entspannt.

Beim Stapfen durchs hohe Gras achtete er darauf, wo er hintrat. Als zu seinen Füßen plötzlich etwas in der Sonne aufblitzte, blieb er erschrocken stehen und fürchtete, im Gestrüpp könnte eine Fuchsfalle zuschnappen. Doch das metallische Schimmern entpuppte sich als eine Messingplatte auf einem Gedenkstein. Er trat näher heran, um einen Blick darauf zu werfen.

Für immer in unseren Herzen.
Beverley McCreery
12.11.1962–18.05.2013
Zu ewiger Ruhe wiedervereint mit Evelyn McCreery
10.04.1990–01.05.1999

Lane ging in die Hocke und strich mit den Fingerspitzen über Evelyns Lebensdaten. Das hier genannte Todesdatum markierte den Tag, nachdem sie das letzte Mal lebend gesehen wurde, nachdem die beiden Mädchen um acht Uhr abends ins Bett gegangen waren. Es kam ihm eigenartig vor, etwas – buchstäblich – in Stein zu meißeln, das bis dato ungeklärt war.

In diesem Moment drehte Mina sich um, und als sie ihn entdeckte, war sie nicht mehr entspannt.

»Das ist unbefugtes Betreten«, sagte sie, ohne die Stimme zu erheben. Was bei der Stille auch nicht nötig war.

»Ich habe geklingelt«, sagte er. »Zwei Mal.«

»Haben Sie das Schild nicht gelesen?«, fragte sie.

»Sicher«, antwortete er. »Aber bei jemandem an der Haustür zu klingeln, fällt nicht unter unbefugtes Betreten.«

»Hier sind wir aber nicht an der Tür.«

Sie kam auf dem kürzesten Weg zu ihm herüber, ohne darauf zu achten, dass sie ihre Stiefel am Rand des Wasserreservoirs mit weißem Lehm bespritzte. Er hatte ihn in der Nase, er schmeckte ihn auf der Zunge, den Geruch von Regen auf trockener Erde.

»Wenn jemand eine Stunde gefahren ist, um jemand anderen zu besuchen, ist eigentlich nichts dabei, mal schnell ums Haus zu gehen und nachzusehen, ob jemand zu Hause ist«, entgegnete er.

»Wie wär's, wenn wir mal eben die hiesige Polizei anriefen, um festzustellen, ob die das auch so sehen?«, fragte sie. »Die sind sicher nicht begeistert, wenn sich jemand hier auf meinem Grund und Boden einfach so Zutritt verschafft.«

»Dann stimmt das Gerücht also«, sagte er, »dass die örtliche Polizei Ihnen besonderen Schutz zukommen lässt.«

Offenbar fand sie die Bemerkung nicht amüsant und stapfte an ihm vorbei. Er bemerkte, dass ihr Flanellhemd nicht zugeknöpft war und sie darunter ein schwarzes T-Shirt trug, mit dem Aufdruck eines blassen Gesichts, das jedes Kind aus den Neunzigerjahren kannte.

Wednesday Addams blickte ihm finster entgegen, und er musste ein Lachen unterdrücken.

Sie ignorierte ihn geflissentlich und schlug mit einem finalen Knall die Tür hinter sich zu. Das Schloss rastete hörbar ein.

Er stapfte durch das hohe Gras zurück und überlegte, ob er noch mal an der Haustür klingeln oder sich geschlagen geben und wieder zum Wagen zurückgehen sollte.

Letztlich hatte sie das Recht auf ihrer Seite. Er war an dem unmissverständlichen Schild vorbeigefahren und konnte jetzt auch nicht mehr ignorieren, dass er nicht willkommen war.

Ein stechender Schmerz durchzuckte sein Knie. Es fühlte sich wie ein Stromschlag von einem Elektrozaun an. Er taumelte zurück und sah sich nach versteckten Fallen um, einem hausgemachten Sicherheitssystem, um hartnäckige Eindringlinge zu vertreiben.

Stattdessen fiel sein Blick auf etwas weitaus Schlimmeres. Bronzefarbene Schuppen, die durch die hohen Gräser davonschlängelten. Er berührte sein Knie, und als er seine Finger betrachtete, waren sie an zwei nebeneinanderliegenden Stellen blutig. Ihn packte die Panik.

»Mina«, brüllte er. »Da ist eine Schlange. Mich hat eine verfluchte Braunnatter gebissen!«

Während er zum Haus weiterlief, versuchte er, sich zu erinnern, was er aus der kurzen Zeit bei den Pfadfindern über Erste Hilfe bei Schlangenbissen behalten hatte.

Zumindest wusste er noch, dass sich das Opfer möglichst nicht bewegen durfte. Offensichtlich war das keine Option. Er musste zum Wagen, zu seinem Handy. Und wie weiter? Sollte er aus eigener Kraft in die Stadt zurückfahren, ins Krankenhaus, Stunden von hier entfernt? Oder käme ein Krankenwagen rechtzeitig her, bevor sein Herz von dem Gift stillstand?

Die Tür ging wieder auf, und wie ein Engel erschien Mina. In der einen Hand hielt sie ein weißes schnurloses Telefon, wie er es seit zehn Jahren nicht mehr zu Gesicht bekommen hatte. Unter dem anderen Arm klemmte ein Gewehr. Beim Anblick des Schafts, das denselben kräftigen Braunton wie die Schlange hatte, hob sich sein Magen.

»Vorsicht«, sagte er. »Die kriecht hier noch irgendwo rum.«

»Keine Sorge.« Sie hielt das Telefon ans Ohr. »Das ist meine dressierte Kampfschlange. Teil meiner Sicherheitsvorkehrungen.«

»Ich meine es ernst«, entgegnete er, wohl wissend, dass sie glauben musste, er hätte den Biss erfunden. Ungebeten hatte er ihre Privatsphäre verletzt und brauchte nach ihrer klaren Abfuhr auf einmal ihre Hilfe. »Ich wurde gebissen, passen Sie auf.«

»Ich glaube Ihnen«, sagte sie. »Oder meinen Sie, ich hätte das Gewehr mitgebracht, um auf Sie zu schießen?«

Er hatte die Möglichkeit in Betracht gezogen. »Diese Waffen sind illegal …«

»Unbefugtes Betreten ist illegal«, konterte sie. »Und für die hier habe ich eine Lizenz. Jetzt setzen Sie sich erst mal hin und quatschen Sie nicht, wenn Sie nicht wollen, dass sich das Gift schneller ausbreitet, Sie Dummkopf.«

Er sank ins Gras, dessen harte, spitze Halme ihm durch die Shorts in die Oberschenkel stachen, und versuchte, stillzuhalten. Mina fluchte, das Telefon noch am Ohr, und lief zum Haus zurück, vermutlich in der Hoffnung auf besseren Empfang. Funktionierten diese alten Telefone überhaupt wie Handys über Funk?

Er fühlte sich schwer an, die Erde schien ihn aufzusaugen. Als er sich zu erinnern glaubte, dass auch Muskelanspannung die Vergiftung beschleunigte, versuchte er, sich zu entkrampfen. Er drückte die Handfläche fest ins raue Gras, das nachgab und am Boden überraschend weich war.

Nach mehreren Minuten, die ihm endlos erschienen, kam Mina zurück und hatte außer der Flinte noch eine Wolldecke mit blau-schwarzem Karomuster dabei. Diese breitete sie aufs Gras und wies ihn an, sich daraufzurollen. »Bitte entspannen Sie sich. Die Schlange ist längst weg. Die beißen zu und suchen das Weite. Sie hat kein Gift mehr.«

Das war nicht besonders tröstlich, nachdem das Gift jetzt in seinem Blut war.

»Sterbe ich daran?« Er wollte nicht wie ein Kind klingen, doch die Angst schnürte ihm die Kehle zu. Auch wenn er noch wenige Gedanken daran verschwendet hatte, wie er am liebsten sterben würde, wusste er, so nicht. Und angesichts der chaotischen Verhältnisse, die er hinterlassen würde, wäre dies auch der denkbar schlechteste Zeitpunkt. Das Vorhaben, das ihn hergeführt hatte, war noch nicht mal ansatzweise erledigt.

Mina seufzte und kauerte sich neben ihn auf die Decke. »Nicht ganz auszuschließen«, sagte sie. »Aber höchstwahrscheinlich kotzen Sie sich ein paar Tage lang die Seele aus dem Leib und bekommen eine horrende Krankenhausrechnung. Ich habe das Krankenhaus erreicht, die schicken ein Flugzeug. Sie können von Glück sagen, dass eins frei war.«

»Ich bin versichert«, murmelte er, als sei das wichtig.

»Psst«, sagte sie. »Werden Sie die Klappe halten, wenn ich das Reden übernehme?«

Er antwortete nicht und hoffte, dass sie es als ein »Ja« verstand.

»Ich habe mir die zwei Fälle angesehen, die Sie erwähnten«, sagte sie. »Demnach haben Sie den beiden Familien tatsächlich geholfen. Aber Sie haben mir nur von den Fällen erzählt, die Sie lösen konnten, richtig? Bestimmt gab es auch jede Menge, an denen Sie gescheitert sind.«

Eigentlich ordnete er keinen seiner Fälle unter Scheitern ein. Sie waren einfach noch offen. Bei keinem hatte er die Segel gestrichen. Er konzentrierte sich erst einmal auf diejenigen mit verheißungsvolleren Spuren.

Lane starrte schweigend in den weiten blauen Himmel und suchte ihn nach einem schwarzen Punkt ab, der das nahende Flugzeug sein könnte. Sein Knie pochte, und die Bilder davon, wie das Gift durch die Venen die Beine hochkroch, machten die Schmerzen nicht besser. Wie weit war es schon gestiegen? Bis zur Leiste? Bis zum Bauch?

Er schloss die Augen und versuchte, ruhig zu atmen. Hyperventilieren beschleunigte es noch.

»Gut so, einfach stillhalten.« Sie strich ihm eine Strähne aus der Stirn. »Eins kapiere ich nicht. Es gibt bestimmt eine Menge Leute, die Ihre Hilfe brauchen könnten«, sagte sie. »Wieso behelligen Sie mich? Geht es Ihnen um den Ruhm? Wollen Sie Ihren Namen in die überregionalen Zeitungen bringen?«

Er antwortete nicht. Das Schweigen war nicht friedlich, trotz ihrer sanften Berührung. Allmählich wurde ihm schwindelig. Er versuchte, die Augen offen zu halten, kämpfte gegen die Bewusstlosigkeit.

Das Motorengeräusch des Flugzeugs klang wie ein fernes Trommeln. Lane musste seine ganze Willenskraft zusammennehmen, um vor Erleichterung nicht in Tränen auszubrechen.

VIER

Lane wollte schreien, brachte aber nur ein Zischen heraus, weil sein Kiefer fixiert war. Nur dass die Drähte verschwunden waren und er tatsächlich schrie und seine Kehle brannte. Doch er *roch,* dass er im Krankenhaus war, und Krankenhaus bedeutete Schläuche und Drähte.

Er tastete nach der Decke, einer weißen wollenen Wand, die sie um ihn festgezurrt hatten. Er versuchte, sie wegzutreten, doch mit seinem Knie stimmte etwas nicht. Etwas war so fest darumgebunden, dass er nicht abknicken konnte. Hatte er sich in der Bettwäsche verheddert? Er zerrte die Decken weg, und seine Finger berührten grobes Mullgewebe. Sein Knie war bandagiert.

Da stimmte etwas nicht. Er war nicht gestürzt. Das war gelogen, sein Knie war unverletzt. Sein Kiefer war gebrochen, nur dass der nicht wehtat. Er war auch nicht verdrahtet.

Er wollte nicht wieder hier sein. Das hatte er hinter sich. Da waren die Schmerzen gewesen und dann das Krankenhaus und dann die Freiheit. Er hatte die Flucht ergriffen.

Aber das war ein Fehler gewesen, nicht wahr?

»Lane.« Lynnie stupste ihn mit ihrer kleinen, kühlen Hand an der Schulter. »Lane, wach auf.«

»Nein. Nein.« Er strich mit dem Daumen am Kinn entlang. »Siehst du? Tut gar nicht weh. Ich kann raus.«

»Lane?« Lynnie klang verwirrt.

Nur dass es nicht Lynnie war. Natürlich war es nicht Lynnie, sie war nie zu ihm ins Krankenhaus gekommen. Er war abgehauen und hatte sie im Stich gelassen.

Er blinzelte in das gedämpfte Licht der Intensivstation, und die Schwester beugte sich über ihn. »Können Sie mich hören, Lane?«

»Wie bitte?«, murmelte er und blinzelte erneut, als könne er seine Pupillen willentlich auf normale Größe erweitern. Jetzt würde sie in sein Krankenblatt schreiben, er wirke desorientiert, und ihn vermutlich zur Beobachtung doppelt so häufig wecken. Natürlich war er desorientiert, sie ließen ihn ja nicht schlafen.

»Sie wirkten gequält, als ich hereinkam«, sagte sie. »Haben Sie Schmerzen?«

Hatte er wirklich geschrien, oder hatte er das nur geträumt? Seine Kehle brannte, andererseits tat ihm auch sonst alles weh. Zur Probe bewegte er den Kiefer hin und her und biss ein paarmal die Zähne zusammen. »Ich habe nur seltsam geträumt. Davon, wie ich das letzte Mal im Krankenhaus war.«

»Ach so«, sagte sie verständnisvoll.

FÜNF

MyMurder-Forum

Unterforum: Evie McCreery

Thread: Finanzen der Familie McCreery

Inspektor: Kann mir irgendjemand Artikel oder Quellen nennen, wie die McCreerys ihren Lebensunterhalt bestreiten? Die Farm führen sie ja nicht mehr. Liam bezieht wahrscheinlich Rente. Arbeitet Mina?

LionSong: Sie führen die Farm noch, haben sich nur von den Schafen getrennt. Sie bauen jetzt Viehfutter an.

MODERATOR: Bitte überarbeite den ursprünglichen Post und erkläre, inwieweit diese Frage für den Fall relevant ist, oder ich schließe den Thread.

Comet: Sie haben damals einen Haufen Geld mit Interviewhonoraren gemacht, und Bevs Memoiren haben sich millionenfach verkauft. Außerdem scheinen sie nicht viel auszugeben – falls sie das Geld investiert haben, sollten sie locker davon leben können. Sie hängen es nicht an die große Glocke, weil sie wissen, das käme nicht gut an.

LionSong: Wie das?

VolcanicJudo: Evies Verlust war für sie so was wie ein Lottogewinn.

Inspektor: »Außerdem scheinen sie nicht viel auszugeben.« Stimmt das? Ich habe mir noch mal das Wählerverzeichnis angesehen, für die letzte Wahl waren vier Leute unter der Adresse gemeldet – Mina und Liam, außerdem H. und M. Tamm. Hendrik Tamm, der Betriebsleiter? Bezahlen sie immer noch einen Vollzeitmitarbeiter?

VolcanicJudo: Hm. M. Tamm müsste Margaret sein. Sie war in der Nacht von Evies Verschwinden die einzige andere erwachsene Person auf dem Anwesen. Und die McCreerys haben ihnen mal eben so zwanzig Jahre lang Unterkunft gewährt und ihrem Mann ein Gehalt gezahlt, ohne dass es Arbeit gab?

Inspektor: Schon seltsam, was?

VolcanicJudo: Klingt, als ob Margaret wüsste, wo die Leiche begraben liegt.

Mina öffnete die Verdunkelungsgardinen, was für das Licht, das in den Raum drang, kaum einen Unterschied machte. Nach fast drei Jahrzehnten auf der Farm war sie unfähig, auszuschlafen. Dabei hätte es ihr gutgetan – in der Nacht war sie zweimal aufgeschreckt, weil sie hätte schwören können, den Piepton der Toralarmanlage zu hören, der sich einschaltete, wenn jemand auf das Grundstück eindrang, doch als sie in die Küche hinunterging, war alles still und dunkel.

Im Dunkeln ging sie die Treppe nach unten und durch den Flur, der das Rückgrat des Hauses bildete. Dabei strich sie mit den Fingern die Wand entlang, über die geschlossene Tür, hinter der sie und Evelyn als Kinder geschlafen hatten.

Um etwaige Spinnen aufzuscheuchen, die sich vielleicht in der Nacht dort eingenistet hatten, schlug sie die Sohlen ihrer Stiefel zusammen und schüttelte sie aus, bevor sie hineinschlüpfte. Sie hörte, wie sich Echo in seinem Körbchen in der Speisekammer rührte, bevor er durch die Küche zu ihr kam.

»Na, du warst gestern ja keine große Hilfe«, sagte sie liebevoll. »Hast du alles verschlafen?«

Er verstand den sanften Tadel trotzdem und winselte leise.

»Nein, du hast schon recht. Wenn ich einen Wachhund hätte haben wollen, hätte ich mir einen holen sollen. Braver Junge«, sagte sie und strich dem Hund über den hellen Kopf. Zur Belohnung schlug er ihr heftig wedelnd mit dem Schwanz gegen die Waden.

Das Flurtelefon klingelte. Normalerweise zuckte sie von dem Ton zusammen – was ist jetzt schon wieder für eine Hölle los, wie

Dorothy Parker zu sagen pflegte –, doch um diese Uhrzeit war nur ein anderer Mensch wach und wusste, dass er sie anrufen durfte.

»Dad«, sagte sie.

»Morgen, Minchkin«, grüßte sie ihr Vater in gedämpftem Ton.

Sie schloss die Augen und stellte sich ihn auf irgendeinem Stellplatz vor, wo er in der kühlen Morgenluft vor seinem Van auf und ab lief. »Hey! Wo steckst du heute?«

»In Cairns«, sagte er und klang wenig begeistert. »Wie läuft es zu Hause? Alles friedlich?«

»Ähm«, fing sie an, »ja, doch, wirklich alles in bester Ordnung.«

Sie sollte es ihm sagen, sonst erfuhr er es bestimmt von jemand anderem in der Stadt, und dass sie es ihm verschwiegen hatte, würde ihr auf die Füße fallen. Doch sie brachte es nicht über die Lippen. Er machte Urlaub und hatte eine Auszeit verdient. Sie konnte es ihm später immer noch erzählen. »Vorgestern habe ich Alanna besucht.«

»Oh, wie schön!« Wie erwartet, hellte sich seine Stimme auf. Es freute ihn immer, wenn sie sich Mühe gab, ein normales Leben zu führen. Hätte er den Grund für den Besuch gewusst, hätte es ihm die Laune verhagelt, ein Grund mehr, es nicht anzusprechen.

»Und was steht heute bei dir auf dem Programm?«, warf sie ein, bevor er ihr weitere Fragen stellen konnte. Je länger sie bei dem Thema blieben, desto größer die Gefahr, dass sie von Halbwahrheiten zu glatten Lügen übergehen musste.

»Die australische Hilfsorganisation für Veteranen lässt ein großzügiges Frühstück springen, und anschließend habe ich eine Tour mit einem Glasbodenboot gebucht. Mit einem Lunch draußen auf dem Riff.«

»Klingt gut. Sieh es dir lieber an, solange es noch da ist.«

Ihr Vater gab einen abschätzigen Laut von sich. »Soweit ich sehe, geht es ihm gut. Es würde dir hier gefallen.«

»Hm.« Mit Sicherheit nicht, aber kaum wichtig genug, um sich darüber mit ihm zu streiten.

»Deiner Mum hätte es auch gefallen.«

»Sie war in Cairns. Sogar zweimal.«

»Ach so.«

»Bei ihrer ersten Lesetour, und dann hat sie noch mal bei einem Strafjustiz-Kongress als eine der Hauptrednerinnen einen Vortrag gehalten, etwa ein halbes Jahr bevor …« Bevor sie erkrankte.

»Na ja, unmöglich, bei ihrer Umtriebigkeit den Überblick zu behalten, oder? Sie war ein Dynamo.«

»Kannst du laut sagen.«

»Also, ähm, Hendrik erwähnte so was, ähm …«

Das fehlte noch. Hendrik und Maggie Tamm waren bei dem Vorfall mit Lane draußen gewesen. Sie hatte bei ihnen im Haus angerufen, aber nur den Anrufbeantworter erreicht und vor dem Piepton aufgelegt. Irgendwie musste die Sache wohl doch bis zu ihnen durchgedrungen sein und von ihnen zu ihrem Dad. Da hatte man nur einen einzigen Nachbarn in einem Umkreis von fünfzig Kilometern, und trotzdem hatte der Klatsch Daddy erreicht.

»Er hat dich mit Echo wohl gestern am alten Wollschuppen gesehen.«

»Ach so, ja.« Das brachte sie aus dem Konzept, die geplanten Ausreden erledigten sich. »Ja, stimmt. Wir haben einen Spaziergang gemacht.«

»Hm. Er meint, er wäre dir schon ein paarmal über den Weg gelaufen. Draußen, bei einem Spaziergang.«

Mina verkniff sich ein genervtes Stöhnen. Wahrscheinlich sollte sie dankbar dafür sein, dass es erst jetzt zur Sprache kam, da sie mit ihren Rundgängen kurz nach seiner Abreise angefangen hatte. Solange er zu Hause war, hatte sie es nicht fertiggebracht, weil er früher oder später merken würde, was sie wirklich trieb, und dann würde er sie mit diesem mitleidigen, besorgten Blick betrachten, den sie hasste. »Und?«

»Du darfst es mir nicht verübeln, dass ich mir Sorgen um dich mache. Wenn du mutterseelenallein auf dem Anwesen herumläufst, könnte sonst was passieren, und niemand wäre da …«

»Na ja, offensichtlich hat ja Hendrik ein wachsames Auge auf mich«, erwiderte sie gereizt.

»Du weißt, dass das nicht stimmt. Es kam nur im Lauf der Unterhaltung zur Sprache. Ich meine ja bloß, es gibt in Hörweite von ihrem Haus genügend Stellen, um den Hund auszuführen. Oder du und Maggie tut euch zusammen …«

»Ich sehe nach Ungräsern«, sagte Mina. Das war nicht gelogen. Tatsächlich überprüfte sie die Böden auf Ungräser und hatte bereits im Herbst einheimische Grassamen gesammelt, indem sie mit den Fingern durch die Grasköpfe strich und die Samen in die Taschen steckte, um sie am nächsten Tag an einer anderen Stelle auszusäen. Auf einer Farm dieser Größe vergebliche Mühe, aber produktiv genug, um sich nicht fragen zu müssen, ob das, was sie da tat, gesund war. »Es ist wichtig, schädliche Unkräuter im Auge zu behalten, Dad. Und sei es nur zum Schein. Ich will nicht, dass unsere Renaturierungsmaßnahmen auf den Wiesen vor dem Haus die Nachbarn nervös machen. Du weißt, dass die Farmer davon hören und gleich befürchten, wir rollten Ungeziefer und Schädlingen den roten Teppich aus.«

»Wie kommst du darauf?«, fragte er. »Hat sich jemand bei dir beschwert?« Eigentlich lautete seine Frage: *Hast du mit den Leuten in der Stadt gesprochen?*

»Nein, aber bei der Arbeit höre ich davon. Du weißt schon, irgend so ein Rentner aus Sydney hat den Hof nebenan gekauft und betätigt sich jetzt als Hobbyfarmer. Er meint, wenn er den Wegerich-Natternkopf wuchern lässt, heißt das, zurück zur Natur.«

»Wir sind keine Hobbyfarmer«, erwiderte er ungehalten. »Und es hält uns auch niemand dafür.«

Natürlich waren sie Hobbyfarmer, aber es wäre herzlos, es ihm unter die Nase zu reiben. Ihr Vater hatte dem Druck, gleichzeitig nach Evelyn zu suchen und die endlosen Überstunden in der Schafstation zu schultern, nicht standgehalten. Letztlich war die Dürre damals auch ein Segen gewesen, denn sie hatte sie gezwungen, die Stückzahl ihrer Schafe gegenüber den Vorjahren zu reduzieren, und so hatte das Herunterfahren des Betriebs, um sich auf die Suche zu konzentrieren, nur einen Prozess beschleunigt, der längst im Gange war. Ihre Mutter hatte für ein Interview zum ersten Mal Geld angenommen, um sie über Wasser zu halten, und solche Gelegenheiten von da an mit einer Verve verfolgt, die über ihren tatsächlichen Finanzbedarf weit hinausging. Danach war das Buch ihrer Mutter erschienen, und die Farm wurde nie wieder für den Lebensunterhalt benötigt. Sie waren somit der Inbegriff von Hobbyfarmern, die nur gerade genug anbauten und verkauften, um ihre Kosten zu decken, während sie ihr eigentliches Einkommen anderweitig verdienten. Im Unterschied zu ihren Nachbarn, deren Lebensgrundlage mit jeder Veränderung des Markts oder der Wetterlage fiel oder stand, hatten sie dabei nichts zu verlieren.

»Egal. Die Spaziergänge tun mir gut.«

* * *

Mit einer Nachricht auf dem Anrufbeantworter der Arbeit meldete sie sich krank. Sie fühlte sich an diesem Tag zu angeschlagen.

Normalerweise mochte sie ihren Job. Sie arbeitete von zu Hause, bei einer Biosecurity-Hotline, über die sie Eigentümern Ratschläge erteilte, wie sie ihre Farmen schützen konnten, ihnen bei der Identifizierung von Unkräutern und Schädlingen sowie Fäulen half und gegebenenfalls Notfallteams koordinierte. In einer größeren Stadt oder aber hier vor Ort als Stock-&-Station-Kommissionshändlerin mit Schwerpunkt auf Wolle und Schafen oder als Farmverwalterin hätte sie mit ihren Qualifikationen mehr verdient, doch auch so hatte sie ein Auskommen. Im Lauf der Jahre waren viele Anrufe immer verzweifelter gewesen, was sich in den letzten Monaten, in denen die Farmer sich immer größeren Herausforderungen gegenüber und an den Rand ihrer Existenz gedrängt sahen, verstärkt hatte. In letzter Zeit kam sie sich immer mehr wie eine Kummerkastentante vor, der die Leute von morgens bis abends mit ihren Sorgen in den Ohren lagen, als glaubten sie, wenn sie nur ihre Gunst gewinnen könnten, würde sie die Probleme wie von Zauberhand zum Verschwinden bringen. Sie brauchte eine Pause.

Echo lief voraus und sprang unaufgefordert auf die Ladefläche des Ute, ihres Geländewagens. Mina ließ ihn einen Moment dort sitzen und spürte den fragenden Blick des Hundes im Rücken, als sie über den Rasen lief, um die blaue Decke aufzuheben.

Sie fluchte darüber, wie nass sie vom Tau war. Sie würde sie waschen müssen. Eine Kleinigkeit im Vergleich zu dem eigentlichen Problem, das sie lösen musste. Lanes Wagen parkte immer noch in der Einfahrt.

Es war ein alter Subaru-Kombi. Bei dem Geld, von dem Alanna gesprochen hatte, hätte sie etwas Protzigeres erwartet und nicht so ein Elterntaxi. Doch warum er sich für dieses Modell entschieden hatte, wurde klarer, als sie einen Blick durch die Heckscheibe warf. Die Rücksitze waren ausgebaut und hatten einer hölzernen erhöhten Plattform mit einer Futonmatratze, ein paar Kissen und Decken Platz gemacht. Darunter waren Gepäckstücke verstaut, einschließlich einer Kühlbox, in der sich hoffentlich kein Essen befand. Falls doch, wäre es inzwischen bei kleiner Flamme gegart und in wenigen Tagen völlig verdorben.

Das hier war nicht einfach nur sein Wagen; es war sein Zuhause, mit seinem ganzen Besitz darin. Bei seiner Entlassung aus dem Krankenhaus würde er als Allererstes herkommen und ihn holen wollen – eine gute Entschuldigung, um erneut herumzuschnüffeln.

Sie stöhnte und suchte angestrengt nach einer Lösung, die ihr nicht den ganzen Tag kaputt machte. Sie hatte seine Schlüssel und seine Brieftasche – einer der Sanitäter hatte sie ihr in die Hand gedrückt, als sie ihn auf die Trage luden, und sie war zu durcheinander gewesen, um zu protestieren. Folglich konnte sie selbst den Wagen wegfahren. Sie konnte ihn am Straßenrand stehen lassen. Oder in den Graben schieben.

Nein. Sie seufzte. Sie hatte einen Abschlepprahmen, und der Ute würde das schon schaffen.

Natürlich hätte sie auch Hendrik um die Gefälligkeit bitten können, doch einmal nach Danby und zurück war eine Tagesfahrt, und der Ausfall eines ganzes Arbeitstags wäre ziemlich viel verlangt. Seit ihr Vater weg war, hatte sie sich noch nicht der Frage gestellt, ob jetzt sie Hendriks Chefin war oder er immer noch ihrer. Ihr Vater überließ meistens ihm die Entscheidung, was zu tun war und wann. Also brachte sie Lane seinen Wagen wohl besser selbst zurück.

Sie trat gegen die Reifenspuren, die er im Staub hinterlassen hatte, als könnte sie so den kilometerlangen Beweis für sein Eindringen verwischen.

* * *

An diesem Morgen würden sie und Echo die nordwestliche Ecke des Anwesens abschreiten, wo der blaue Eukalyptus wuchs. Sie stellte den Geländewagen an einem einigermaßen flachen, schattigen Fleck ab und holte die Landkarte aus dem Handschuhfach. Sie hatte das Areal in Quadrate von jeweils einigen Kilometern eingeteilt und jedes davon nach der Begehung mit diagonalen Strichen markiert. Den letzten Abschnitt hatte sie vor Weihnachten ausgestrichen.

Sie pfiff nach Echo, der von der Ladefläche ins tiefe Gras sprang. Bei der Vorstellung, dass dort Schlangen lauerten und, sobald sie den Hund bemerkten, die Köpfe reckten, bekam sie einen Kloß im Hals. Sie schluckte ihre Angst herunter. In diesem Teil der Welt gehörte das nun mal dazu. Wenn sie sich von der Angst vor einem Schlangenbiss unterkriegen ließ, konnte sie nie wieder einen Fuß vor die Haustür setzen.

Sie steckte sich die Stöpsel ins Ohr und den MP3-Player in die Brusttasche ihres Flanellhemds, während die Zufallswiedergabe Nick Caves »Jubilee Street« spielte.

Urplötzlich ging Nicks Stimme im dröhnenden Rotorenlärm eines Hubschraubers unter. Mina riss sich die Stöpsel aus den Ohren und starrte mit pochendem Herzen zum Himmel.

Doch sie blickte nur in wolkenloses Blau. Verzweifelt suchte sie nach dem Heli, der das Geräusch verursacht haben musste, doch da war nichts.

Sie ließ die Kopfhörer hängen und versuchte zu ergründen, welche Gefühle zu dieser Sinnestäuschung geführt haben könnten. Sie hatte keine Angst. Nicht vor ihrem eigenen Zuhause. War sie wütend? Wut war eine so eindeutige, handfeste Emotion, dass sie keine Halluzinationen von Hubschraubern auslösen konnte.

Echo setzte sich auf den Hintern, reckte den Kopf und jaulte. Diesen Laut bildete sich Mina nicht ein. Echo hatte angeschlagen. Er hatte etwas Totes gefunden.

Wenn es einen Experten für die Anzeichen eines heimlichen Begräbnisses gab, dann Mina, auch wenn sie sich kein Diplom an die Wand hängen konnte. Sie hatte mit dem Gedanken an ein Doppelstudium gespielt, Forensik zusätzlich zu Agrarwissenschaft, doch aus Sorge, wie das in der Presse ankommen würde, hatte ihr Vater sie davon abgebracht. Wenn die Schwester eines berühmten Entführungsopfers beschloss, zum Gesetzesvollzug zu gehen, würde das jeder nachvollziehen können. Beschloss dieselbe Schwester dagegen, die Farm weiterzuführen und trotzdem als Hobby Kriminalistik und Tatortuntersuchung sowie die Wissenschaft der Leichenverwesung zu studieren, war das unheimlich.

Ihr Vater war sehr darauf bedacht, dass man sie nicht für eine Spinnerin hielt, doch seine Sorge richtete wenig aus.

Im Gegenteil: Sie hatte sich die Lektürelisten für die Seminare besorgt, die sie nicht besuchen durfte, und verbrachte Stunden in der Bibliothek, wo sie die Bücher verschlang.

Wenn man nach einer vergrabenen Leiche suchte, musste man auf andersfarbige Erde, ungewöhnliche Vegetationsmuster wie auch leichte Erhebungen beziehungsweise verdächtige Senken im Boden achten. Wenn sie über die Marslandschaft mit den unregelmäßig verstreuten kleinen Hügeln und Rillen, dem spärlichen Salzbusch- und anderem Gestrüpp blickte, hatte sie nicht die geringste Ahnung, wonach sie suchen sollte.

Sie ging zu Echo, der wegen seines Fundes immer noch stolz den Himmel anheulte. Der Kadaver lag unter einem umgefallenen Geisterbaum; die Knochen waren so ausgeblichen, dass sich keine Fliege mehr dafür interessierte.

Ein Beinknochen war gebrochen. Es überstieg ihre Kenntnisse zu bestimmen, ob das vor dem Tod passiert oder Aasfressern geschuldet war. Der Schwanz umschloss die anderen sterblichen Überreste wie der letzte verzweifelte Versuch, sich zu schützen. Hier und da hing noch etwas rotes Fell am Skelett.

Ein gottverdammtes Känguru. Mina setzte sich auf den umgefallenen Baum, ohne auf die Fliegen zu achten, die sich sofort auf ihre Arme und den Nacken setzten, und vergrub den Kopf in den Händen.

SECHS

MyMurder-Forum

Unterforum: Evie McCreery

Thread: Unbekannter, nicht identifizierter Mann mit mutmaßlichem Schlangenbiss auf dem Luftweg vom McCreery-Anwesen abtransportiert.

VolcanicJudo: Hat einer von euch diesen Artikel in der *Mid-West Post* gesehen, dass jemand nach einem Biss von einer Braunnatter mit dem Hubschrauber vom McCreery-Anwesen weggebracht wurde?

Waffletoid: Brauchen wir wirklich für jeden Furz von jemandem, der mit den McCreerys in Verbindung steht, einen eigenen Thread?

VolcanicJudo: Ich finde es schon bemerkenswert, dass es da draußen Braunnattern gibt. Gefährliche Wildtiere wurden als mögliche Erklärung noch nicht diskutiert.

Waffletoid: Wir sind in Australien, Alter! Natürlich gibt es Braunnattern auf der Farm. Ein Schlangenbiss kann eine Todesursache sein, aber kein Grund für spurloses Verschwinden. Hätte ihre Leiche einfach irgendwo herumgelegen, dann hätte sie jemand gefunden. Wenn nicht damals, dann irgendwann im Lauf der letzten zwanzig Jahre.

VolcanicJudo: Da gibt es auch wilde Hunde, oder? Und Schweine?

AgentKHole: Vielleicht wurde sie ja von einem Dropbear gefressen.

LionSong: Es reicht! Evelyn war ein Mensch. Mods?

Ihre Füße wollten denselben Weg gehen, den sie so oft genommen hatten, den Flur entlang, dann nach links, die Treppe hoch, zweite Tür rechts. Auf die Krebsstation. Doch stattdessen ging sie zum Empfang. Sie versteckte die Hand, damit die Schwester hinter dem Tresen die durchgefettete Papiertüte nicht sehen konnte. Immer wenn ihre Mutter sie gebeten hatte, ihr etwas mitzubringen, hatte sie Mina eingebläut, diskret zu sein, damit die Schwestern oder Ärzte nicht merkten, dass sie ungesundes Essen hereinschmuggelte. Denen war es egal, nur ihrer Mutter nicht.

Ein junger Mann stürmte mit einem Strauß aus drei roten Luftballons an ihr vorbei. Mina verzog das Gesicht. Sie hatte vergessen, dass Valentinstag war. Nur wenig war deprimierender als ein Feiertag im Krankenhaus.

Die rothaarige Schwester am Empfang, deren Namen sie nicht kannte, rief ihr entgegen: »Mina! Was bringt dich hierher?«

»Ich bin auf der Suche nach einem Patienten«, sagte Mina. Sie lehnte sich auf die Theke, um das Namensschild zu entziffern, das halb von einer Falte in der Schwesterntracht verdeckt war. »Möglicherweise wurde er schon entlassen. Er heißt Lane Holland.«

»Ah, ja«, sagte die Schwester. Sie gab nichts in den Computer ein, woraus Mina schloss, dass Lanes Schlangenbiss im Provinzkrankenhaus für einige Aufregung und Tratsch gesorgt hatte.

Aber konnte man es als Tratsch bezeichnen, wenn sich Ärzte und Schwestern um einen Wasserspender oder im Rauchergarten versammelten und über interessante oder ungewöhnliche Fälle unterhielten? Vielleicht fiel das einfach nur unter Networking. Unter fachlichen Austausch. Vielleicht war sie nur einmal wieder zu streng. »Streng« war das Lieblingswort ihrer Mutter gewesen, um Minas Sicht auf die Welt zu beschreiben.

»Wenn Sie immer der lila Linie da auf dem Boden folgen« – die Schwester beugte sich über den Tresen und zeigte auf ein Netz von Linien, die in alle Richtungen abzweigten –, »kommen Sie zu ihm. Er liegt in 4E.«

* * *

Er lag in einem Krankenhausbett, mit einem Nachttisch ohne einen einzigen persönlichen Gegenstand darauf. Die drei anderen Patienten im Zimmer hatten Blumen, Häkeldecken, einen Stapel Bücher, die üblichen hilflosen Versuche, es dem Patienten etwas behaglicher zu machen. Auf Lanes Nachttisch befand sich nichts außer einer Zeitschrift mit einer Kardashian auf dem Cover, vermutlich die mitleidige Gabe von jemandem, der einen der anderen Patienten besucht hatte. Er wirkte nicht so, als würde er Klatschblätter lesen. Aber was wusste sie schon von ihm? Er hatte es sich zum Beruf gemacht, seine Nase in die Angelegenheiten anderer Leute zu stecken, vielleicht war Promiklatsch seine liebste Freizeitbeschäftigung.

Lane sah sie mit einer Mischung aus Überraschung und Misstrauen an. Er trug dasselbe langärmlige Polohemd wie bei ihr zu Hause und hatte eine Krankenhausdecke aus Baumwoll-Waffelpiqué über dem Schoß, unter der seine blond behaarten Unterschenkel herausragten. Sie fragte sich, ob ihm die Sanitäter bei der Ankunft im Krankenhaus die Shorts aufgeschnitten hatten, um sie in einem Abfallbehälter für biologisch gefährliches Material zu entsorgen.

»Ich habe Ihnen etwas mitgebracht«, sagte sie peinlich berührt. Die Situation machte sie verlegen. Es war seltsam, jemanden zu besuchen, dem sie vor nicht einmal achtundvierzig Stunden damit gedroht hatte, ihn verhaften zu lassen. Doch ihre Mutter hatte ihnen untadelige Manieren beigebracht. Wenn jemand ins Krankenhaus kommt, bringt man ihm etwas zu essen und ein Geschenk mit. Was man jemandem mitbrachte, der unbefugt bei einem eingedrungen war und sich lebensgefährlich verletzt hatte, dafür gab es wohl keine gängige Regel. Mangels einer besseren Idee hatte sie ihm im Geschenkeshop ein Stofftier gekauft. Halb als Mitbringsel, halb als Schutzschild hielt sie es ihm hin.

Ein unleserlicher Ausdruck huschte über sein Gesicht.

»Es ist eine Schlange«, sagte sie, weil ihr nichts Besseres einfiel. In solchen Dingen war sie noch nie gut gewesen.

»Das ist lustig«, sagte er etwa in demselben nachsichtigen Ton, mit dem man auf den ersten Versuch eines Kleinkinds reagiert, einen Witz zu machen.

»Es ist ja nicht dieselbe Schlange oder so«, fügte sie hinzu, als könnte man das lilafarbene Plüschtier mit den grünen Streifen mit dem braunen Reptil verwechseln, das ihn erwischt hatte.

»Das wäre mir lieber gewesen«, erwiderte er ruhig. »Tut mir leid, ich weiß, wie unhöflich das klingt, aber die müssen Sie wieder mitnehmen. Ich habe« – wieder verzog er das Gesicht, während er nach Worten suchte – »nennen wir es eine … eine Phobie … gegenüber Stofftieren.«

Sie wusste nicht, ob er sie nur auf den Arm nahm. Er wandte den Kopf ab, offensichtlich war es ihm peinlich.

»Ich habe auch einen Burger und Pommes mitgebracht«, sagte sie, während sie die Schlange unbeholfen wieder in ihre Handtasche stopfte.

Auch wenn Lane an diesem Mitbringsel deutlich mehr Interesse zeigte, hielt sich sein Enthusiasmus in Grenzen. Er drehte die Abstellfläche des Nachttisches zu sich und schob die Reste seines Frühstücks zur Seite – Rührei und eine eingeweichte Scheibe Toast sowie einen Plastikbecher Orangensaft, der noch verschweißt war. Offenbar servierten sie immer noch den gleichen Fraß wie vor fünf Jahren. Er hatte anscheinend nichts davon angerührt, und sie konnte es ihm nicht verdenken.

»Hat Ihre Familie Sie schon besucht?«, fragte sie.

Kaum waren ihr die Worte über die Lippen gekommen, wusste sie, dass es ein Fehler war. Natürlich hatte er keinen Besuch gehabt, sonst hätten sie ihm etwas Frisches zum Anziehen und bessere Lektüre mitgebracht. Aber wahrscheinlich sollte sie daraus keine falschen Schlüsse ziehen. Immerhin war er weit weg von zu

Hause. Wäre sie ins Krankenhaus gekommen, stünde ihr Vater allerdings im Handumdrehen an ihrem Bett.

Er lächelte angespannt. »Meine Schwester hat gerade erst in Canberra mit dem Studium angefangen«, sagte er. »Sie hat mit ihrem eigenen Leben genug zu tun. Mir würde es im Traum nicht einfallen, sie herzubitten und den weiten Weg zu machen und nur wegen eines dämlichen Schlangenbisses für mich da zu sein.«

»Ist sie Spätstudierende?«, fragte Mina. Tatsächlich spielte sie selbst manchmal mit dem Gedanken, noch einmal an die Uni zu gehen. Genauso, wie sie ab und zu überlegte, nach Maui zu ziehen oder das Haus zu vermieten und ihren Vater auf seiner Rentnertour zu begleiten. In ihren Augen war es ganz normal, sich durch den Kopf gehen zu lassen, wie man den Hebel umlegen, sein Leben auf den Kopf stellen und eine neue Richtung einschlagen könnte.

»Nein.«

Das war interessant, wenn man bedachte, dass er seinem Führerschein nach gut über dreißig war.

»Ganz schöner Altersunterschied«, meinte sie. »Ist sie Ihre Halbschwester? Oder haben Sie noch mehr Geschwister dazwischen?«

Lane schüttelte den Kopf. »Nein, nur sie.«

Er nahm den Burger aus der Tüte und zog das weiße Wachspapier ab. Nachdem er allzu lange auf dem Beifahrersitz in ihrem Geländewagen gelegen hatte, war er längst nicht mehr frisch, aber immer noch Klassen besser als das Rührei. Er breitete das Papier flach auf dem Tisch aus. Seine Finger waren lang, fast schon elegant. Farmarbeiter war er keiner, so viel stand schon mal fest. Er nahm die obere Brötchenhälfte herunter und zerteilte den Burger mit geübten Fingern – hier den Bratling, daneben die Tomatenscheiben, dann den Käse und das Spiegelei. Er griff nach Messer und Gabel vom Frühstücksteller, schnitt einen akkuraten Würfel aus dem Patty, schob ihn sich in den Mund und schloss genüsslich die Augen.

Mina runzelte die Stirn. Ihre Mutter hatte so gegessen – im Krankenhaus nicht mehr, aber davor. Sie nahm jede Mahlzeit auseinander und aß sie in kleinen Häppchen, immer in Sorge, zu viel zu essen. Aber darum schien es Lane nicht zu gehen; er aß schnell und ließ es sich offensichtlich schmecken, nur eben kleinteilig portioniert.

Als er zu ihr aufsah, registrierte er, dass sie es bemerkt hatte, schwieg aber.

»Ich will nicht, dass Sie zu mir nach Hause kommen«, sagte sie.

Lane stieß ein bitteres Lachen aus. »Keine Angst. Den Fehler mache ich nicht noch mal.« Er wechselte die Stellung, um bequemer zu sitzen. Ein Zipfel seiner Decke schlug um, sodass sein Knie zum Vorschein kam, an dem sich der Schlangenbiss unter mehreren Schichten Mullbinden verbarg.

Sie zog seine Autoschlüssel aus der Handtasche und legte sie auf den Tisch. Sie waren praktisch und unpersönlich – einfach nur Autoschlüssel an einem blauen Plastikanhänger ohne Beschriftung. Trotzdem erkannte er sie auf Anhieb wieder und machte große Augen.

Sie winkte ab, bevor er etwas sagen konnte. Sie wollte keinen Dank. Sie hatte den Wagen nur hergebracht, um sich Lane vom Hals zu schaffen und nicht, um ihm einen Gefallen zu tun.

»Es war eigentlich keine Frage, aber ich merke, dass ich gerne eine Antwort darauf hätte. Die ehrliche Antwort und nicht irgendeinen Blödsinn über Ihre Schwester. Wieso drängen Sie mir Ihre Hilfe auf, wo so viele andere Leute dankbar dafür wären?« Sie dachte an Alanna, die ständig wütend war und darunter litt, vergessen worden zu sein.

Lane schloss die Augen und kniff die Brauen zusammen, als hätte er Schmerzen. »Weil ich ehrlich davon überzeugt bin, dass ich derjenige bin, der den Fall lösen wird. Und für mich würde das alles ändern.«

»Geht es Ihnen ums Geld oder um den Ruhm?«

Ohne die Augen zu öffnen, ließ sich Lane mit der Antwort Zeit. Während sie ihm dabei zusah, wie er sich verzweifelt eine einigermaßen plausible Lüge zurechtlegte, schwand ihre Sympathie. »Das Geld«, sagte er schließlich.

Immer noch besser, als dem Ruhm nachzujagen.

»Also, danke für Ihren Besuch«, fuhr er fort, »und das Essen. Aber die haben mich jede Stunde geweckt, um zu prüfen, ob mein Hirn einen Schaden davongetragen hat. Egal, was Sie sich von mir erhoffen, heute ist da nichts zu holen.«

»Ich will gar nichts von Ihnen«, sagte sie. »Und das macht mich nicht zu einem schlechten Menschen.«

»Natürlich nicht«, erwiderte er. »Wieso auch?«

Nach Alannas Meinung schon, aber was wollte Alanna? Falls sie seine Hilfe annahm, würde das ihre Freundin nur noch wütender machen, weil ihr einmal wieder etwas auf dem Silbertablett serviert würde, was Alanna nicht haben konnte.

Hm. Oder sie versuchte etwas anderes.

Sie zückte ihre Brieftasche und nahm die weiße Visitenkarte heraus, die in einem Fach an der Rückseite steckte. Sie machte nie davon Gebrauch; Starretts Durchwahl hatte sie im Kopf, sie musste nicht erst am Empfang des Polizeireviers anrufen. Sie fand einen Kugelschreiber in ihrer Tasche und schrieb die Nummer hinten auf die Karte. Lane drehte sie um und strich mit dem Daumen über das eingeprägte Logo der NSW-Polizei.

»Rufen Sie nach Ihrer Entlassung Sergeant Starrett an. Ich lasse gern meine Verbindungen spielen. Ich kann Ihnen zwar nicht versprechen, dass sie Ihnen irgendetwas zu dem Fall zeigt, aber Sie haben recht. Ich genieße Privilegien. Und zu Ihrem Glück brauchen Sie nicht einmal weit zu fahren. Seit ein paar Jahren teilt sie ihre Zeit zwischen Nannine und einem Schulungsprogramm für die Polizei in Danby auf. Wenn Sie eine Woche warten können, ist sie hier vor Ort.«

Lane nahm die Karte mit der Nummer und sah Mina begriffsstutzig an. Aus seiner Sicht hatte sie wahrscheinlich ziemlich abrupt ihre Haltung geändert. Sie verabschiedete sich mit dem Lächeln, das ihre Mutter ihr beigebracht hatte und bei dem sie den Blick auf seine Nasenwurzel statt seine Augen richtete. Nach einem Moment lächelte er zurück.

SIEBEN

Über Airbnb buchte er ein »Studio-Apartment«, das sich als Zimmer 1004 im Danby Motor Inn erwies, was ihm egal war, solange er ein richtiges Bett hatte und das kostenlose WLAN funktionierte. Dank Mina hatte er nun auch seinen Laptop, seine Kiste mit den Unterlagen und ein paar gute Bücher. Mehr brauchte er nicht. Er holte alles aus dem Wagen und stapelte die Sachen neben der Zimmertür an der Wand. Es war schon seltsam, wie kümmerlich sich seine Habseligkeiten selbst in einem so kleinen Zimmer ausnahmen, während sein Wagen davon vollgestopft gewesen war.

Er stellte eine extragroße Portion Shepherd's Pie in die Mikrowelle und ging auf dem Handy seine Nachrichten und E-Mails durch. Er löschte ein paar »höfliche Erinnerungen« an überfällige Zahlungen – ein offensichtlicher, aber gar nicht mal so ungeschickter Betrugsversuch. Lynnie hatte ihm ein Foto von einem schwarzen Schwan geschickt, der am Seeufer döste, und er schickte einen lächelnden Smiley und mehrere Emojis von weißen Schwänen zurück. Die Geschichte seiner eigenen Begegnung mit der wilden Tierwelt konnte warten, bis sie weniger um die Ohren hatte. Zum Beispiel bis nach ihrem Examen.

Nachdem er gegessen und alles weggeräumt hatte, breitete er auf dem wackeligen Tisch der Kochnische seine Landkarte von Australien aus. Er griff zu dem Briefumschlag mit gelben Fähnchen, die alle in winziger Schrift mit einem Namen und einem Datum versehen waren. Sie hatten etwas Blu Tack an der Rückseite, sodass er sie auf die Karte kleben konnte. Um zu wissen, wo welches hingehörte, brauchte er nicht auf seiner Liste nachzusehen; er hatte alles im Kopf. Wahrscheinlich hätte er nicht einmal die Karte gebraucht, aber sie ausgebreitet vor sich zu sehen, hatte etwas Beruhigendes.

Als er fast fertig war, blieben noch drei Fähnchen übrig. Eins für Albury, eins für Walgett und noch eins. Er befestigte sie. *Evelyn McCreery, April/Mai 1999.*

Er klappte sein Notizbuch auf, um sein Gespräch mit Starrett vorzubereiten. So hatte er sich den Anfang eigentlich nicht vorgestellt. Wahrscheinlich hatte Starrett Unmengen Informationen, doch sie war Polizistin. Das Wissen, das sie bereitwillig mit ihm teilen würde, war längst allgemein zugänglich, und selbst mit Minas Erlaubnis würde er ihr darüber hinaus nichts abtrotzen können. Sie hatte dieselbe Ausbildung wie er durchlaufen und fiel auf billige Tricks bestimmt nicht herein.

Er hatte geplant, Mina zum Reden zu bringen. Wenn irgendjemand etwas wusste, das noch nicht in den Medien und online kursierte, dann sie. Aber falls er bei Starrett punktete, ließ sich vielleicht auch Mina noch erweichen.

Er schrieb ein paar Stichpunkte zusammen, doch es war anstrengender als gedacht. Die Erschöpfung holte ihn ein – die geballte Wirkung des Adrenalinstoßes und -abfalls, gefolgt von der engmaschigen Überwachung im Krankenhaus und dem Versuch, in einem harten Krankenhausbett Schlaf nachzuholen. Selbst Tage danach merkte er die Anstrengungen noch.

Er saß auf der Kante des durchgelegenen Betts und machte sich, so sehr er ihn herbeisehnte, wenig Hoffnung auf Schlaf. Zumindest solange ihm die Pläne für den morgigen Tag im Kopf herumgeisterten. Er zog die Schuhe aus und kroch unter die Decke.

Den Laptop stellte er neben sich. Die Internetverbindung war stabiler als mit seinem Handy im Krankenhaus, nur langsam.

Zuerst ging er auf Facebook, ignorierte jedoch seinen Feed – jede Menge Unsinn über Onlinespiele sowie ein Sammelsurium an Zeitungsartikeln, über die sich an diesem Tag das ganze Land aufgeregt hatte. Er gab Nannine in die Suchleiste ein, um zu sehen, welche Gruppen erschienen. Er fand eine lokale Kauf-, Verkauf- und Tauschbörse, außerdem eine Gemeinde-Pinnwand. Er überflog beides nach etwas von Interesse. Die Posts stammten zu gleichen Teilen von Leuten, die für gerade einmal einen Dollar unter dem Neupreis Sachen verkaufen oder Ramsch, den sie bei Woolworth für jeden Einkauf über dreißig Dollar als Zugabe bekommen hatten, mit Gleichgesinnten tauschen wollten.

Ein User wollte ein signiertes Exemplar von Beverley McCreerys Memoiren für fünfzehn Dollar verkaufen, was ihm diverse Lachsmileys eingebracht hatte.

Lane klickte auf das Feld für einen neuen Post, um etwas zu schreiben, überlegte dann aber, ob er damit ein Risiko einging. Gerade eben hatte er Minas Unterstützung gewonnen. Seine Methoden waren den Familien, für die er arbeitete, immer neu und anfänglich oft ein Ärgernis. Ihm war bewusst, dass Mina nicht im Internet unterwegs war, und falls ihr klar war, wie im Netz über sie hergezogen wurde, bezweifelte er, dass sie mit seiner Arbeitsweise einverstanden wäre.

Andererseits brachte sie Resultate. Den entscheidenden Hinweis, mit dem er den Fall Fermin gelöst hatte, verdankte er einem unter #throwbackthursday ahnungslos von einer Cousine geteilten Foto, das die rekonstruierte Zeitachse der Ermittler kippte. Danach ergab sich aus denselben Indizien eine gänzlich andere Geschichte, und die Polizei hatte binnen einer Woche ein Geständnis.

Trotzdem. Sicher war sicher. Er loggte sich aus seinem Hauptkonto aus und in sein Zweitkonto unter dem Namen Leo Dutch ein. Dort ging er wieder auf die Kauf-, Verkauf- und Tauschbörse und verfasste einen Post.

Hi,
ich suche nach Fotos, die am 30. April 1999 in der Gegend von Nannine entstanden sind. Fotos vom Festplatz oder aus dem Commercial, dem Pub von Nannine, vom Abend davor wären von besonderem Interesse.
Ich kann einen symbolischen Preis dafür bezahlen, verfüge aber nur über ein bescheidenes Budget. Sie würden der Gemeinde einen großen Dienst erweisen.

Er drückte auf Senden und aktualisierte die Seite ein paarmal, so als sei er auf Anhieb mit Antworten überschüttet worden. Nach einer Minute tauchte tatsächlich eine auf – von dem Mann, der das Buch zu verkaufen versuchte, und der fragte, ob er es haben wollte. Er lachte und schloss den Tab. Abwarten.

Er öffnete einen neuen und gab Evelyn McCreery in die Suchleiste ein.

Meintest du Evie McCreery?, half ihm die Suchmaschine auf die Sprünge.

Er verdrehte die Augen, aber egal. Ob unter Evelyn oder Evie – in Sekundenschnelle wurden Tausende Ergebnisse aufgelistet. Natürlich hatte er längst sämtliche wichtigen Beiträge gelesen und die entsprechenden Videos angeschaut. Jetzt fragte er sich, ob er, nachdem er auf der Farm gewesen und Mina persönlich getroffen hatte, manches davon mit anderen Augen sehen würde. Er klickte das erste Ergebnis an, und auf dem körnigen Bildmaterial aus den Neunzigerjahren erschien Senior Constable Starrett bei einer Pressekonferenz vor dem Haus der McCreerys. Es war weiß gestrichen, sodass sich Starretts blaues Uniformhemd im Licht der tragbaren Jupiterlampen der versammelten Presse scharf davon abhob.

»Wir haben die Suche nach der neunjährigen Evelyn McCreery eingeleitet, die das letzte Mal in ihrem Elternhaus in Nannine, New South Wales, gesehen wurde«, spulte Starrett ihre Informationen

wie ein Roboter ab. Ihrem Aussehen nach war sie höchstens Mitte zwanzig und blickte mit schockstarrem Gesicht und tiefroten Wangen direkt in die Kamera. Nachdem die Polizei begriffen hatte, was für ein Medienecho der Fall auslöste, wurde sie bei späteren Pressekonferenzen durch eine Pressesprecherin ersetzt.

Einem in *The Age,* einer Melbourner Zeitung, veröffentlichten Profil zufolge hatte Starrett 1997 ihren Abschluss an der Polizeiakademie gemacht und anschließend zwei Jahre bei der Polizei Bankstown gearbeitet, bis sie zur bürgernahen Polizeiarbeit in Nannine gewechselt hatte. Folglich war sie gerade einmal einen Monat im Amt, als sie sich in der Rolle der Ermittlungsleiterin zu Australiens berüchtigtstem ungelösten Kriminalfall wiederfand – das genaue Gegenteil von dem beschaulichen Leben, das ihr wohl vorgeschwebt war, als sie die Stelle annahm.

Lane rieb sich die Stirn. Er spürte leichten Druck hinter den Augen, noch keine richtigen Kopfschmerzen, sodass er noch nicht zu den Schmerztabletten griff, die sie ihm im Krankenhaus mitgegeben hatten. Doch es machte ihn nur noch müder.

Das nächste Video, das automatisch abgespielt wurde, war das berühmte Interview mit Beverley McCreery. Die blonde Interviewerin gab sich übertrieben mitfühlend, während Lane in ihren Augen eine Spur von Stolz erkannte. Um das erste Interview mit der Familie hatten sich die Medien eine brutale Schlacht geliefert, und die genaue Summe, die die McCreerys von dem siegreichen Sender bekommen hatten, war immer noch ein streng gehütetes Geheimnis – den Gerüchten nach hatte es sich um eine Rekordsumme gehandelt.

Beverley war sorgfältig gestylt und ihr blondes Haar nicht weniger professionell gelockt als das der Interviewerin. Die Kommentare unter dem Video fanden das – in offensichtlicher Unkenntnis über Studiofriseure und Make-up-Artists – erwähnenswert. Liam McCreery saß links von ihr und zwischen den beiden die neunjährige, finster dreinblickende Mina. Ihr Stuhl war näher an ihren Vater gerückt, und sie neigte sich so zu ihm hinüber, als wäre sie ihm am liebsten auf den Schoß gekrochen. Hinter der Familie prangte ein riesiges Foto von Evelyn, das Kinn in die Hände gestützt, mit wachen, strahlend blauen Augen. Im Unterschied zu ihr hielt Mina den Kopf gesenkt, sodass ihr das schwarze Haar ins Gesicht fiel.

Lol, Mina könnte einem japanischen Horrorfilm entsprungen sein?, lautete einer der Top-Kommentare.

Weil ihre Schwester gerade verschwunden ist, verdammt noch mal, hätte Lane dem Tastaturkrieger am liebsten ins Gesicht geschrien. Für eine Sekunde schloss er die Augen, um Beverleys Stimme zu lauschen, ohne sich von den bösartigen Kommentaren ablenken zu lassen. Im nächsten Moment war er weggetreten.

Er wusste nicht, wie lange er geschlafen hatte – jedenfalls nicht so tief und nicht so lange, dass der Computer in den Ruhemodus gewechselt hätte. Vielmehr war die automatische Wiedergabe weitergegangen, und der Algorithmus war seinen gewohnten Weg von Mainstream- zu Amateurmaterial bis hin zu wirrem Zeug gefolgt. Er wachte auf, als der Raum bei der Einführung zu einem Video mit schwarzem Text vor blendend weißem Hintergrund erstrahlte: *Der BEWEIS, dass Mina McCreery Evie getötet hat?*

Lane schreckte hoch und versuchte, sich zu orientieren. Das Intro löste sich auf und wechselte zu alten Filmausschnitten von einer Hundestaffel, die durch eine Wiese geführt wurde – dem Untertitel nach auf dem McCreery-Anwesen, wenn auch nicht dem Teil, zu dem Lane sich Zugang verschafft hatte. Eine monotone Erzählerstimme setzte ein – nicht die nervös verhaltene Sprechweise von Starrett (mit dem Unterton von »Bei meinem Dienstantritt habe ich schlimmstenfalls mit gelegentlichem Traktordiebstahl oder mit Drogensüchtigen gerechnet«), sondern mechanisch wie eine Text-to-Speech-Software.

»2005 gestatteten die McCreerys Channel 9, auf dem Anwesen eine neue Suchaktion durch eine Staffel mit hoch qualifizierten Leichenspürhunden durchzuführen – mit Hunden also, die darauf trainiert sind, vergrabene Leichen zu erschnüffeln. Natürlich gegen einen Scheck des Senders, ha, ha.« Das ohnehin künstliche Gelächter klang mit dem Echoeffekt besonders monströs. *»Und jetzt beobachtet mal den Hund.«*

Ein grüner Kreis schwebte über dem Golden Retriever, der in immer engeren Kreisen um einen umgestürzten Eukalyptusbaum im Hintergrund der Aufnahme geführt wurde.

»Und da kommt Mina. Sie hat den Hund entdeckt, der in der Nähe des Schuppens seine Arbeit tut, und läuft zielstrebig darauf zu.«

Am rechten Bildschirmrand erschien eine Gestalt, in Arbeitsstiefeln, Jeans und weißem T-Shirt. Ihr dicker, schwarzer Pferdeschwanz wippte bei jedem Schritt hin und her; sie war so auf den Hund fixiert, der den Baum umkreiste, dass sie die anderen Tiere ignorierte. Körpergröße und -gewicht nach zu urteilen war sie vielleicht sechzehn … Nein – Lane rechnete schnell nach –, 2005 musste sie vierzehn oder fünfzehn gewesen sein. Sie blieb vor dem Baum stehen, verschränkte die Arme vor der Brust und schien den Hundeführer anzuschnauzen. Den Wortlaut gab die Aufnahme nicht wieder. Der Hund blickte zu seinem Führer auf, legte den Kopf schief und machte in Erwartung weiterer Befehle Sitz.

»Spulen wir nun ein Stück zurück, zu dem Moment, bevor Mina den Hund bei seiner Arbeit unterbricht«, sagte die Erzählerstimme.

Das Video sprang zurück und setzte in dem Augenblick ein, in dem der Hund vor dem Baum am Boden schnüffelte.

»Man braucht kein Experte für die Körpersprache von Tieren zu sein, um zu verstehen, was im Kopf dieses Hundes vor sich geht. Beachtet nur den steifen Rücken. Oder wie er die Ohren aufstellt.

Dieser Hund hat etwas gefunden. Er war gerade dabei, anzuschlagen – bis Mina eingeschritten ist.«

Das Bild des Hundes verblasste und wich einer Aufnahme vom umgestürzten Eukalyptusbaum. Die Szene wurde mit einem Schriftzug überblendet:

Ist das die Stelle, an der Evie McCreery begraben liegt?

ACHT

MyMurder-Forum

Unterforum: Allgemeine Diskussion

Thread: So viele Akronyme, Hilfe!

Inspektor: Hallo Leute, ich bin neu in diesem Forum und sehe überall nur Akronyme. Manche kann ich durch den Kontext entschlüsseln, aber kann mir vielleicht jemand bei denen hier weiterhelfen: WATE, FTE, DITE?

Waffeltoid: Die gibt es nur hier bei der Diskussion über den Fall Evie McCreery, auch wenn das letzte als Witz auch in anderen Unterforen auftaucht. WATE steht für »Wednesday Addams Tötete Evie« und ist als Warnung zu verstehen, dass der nachfolgende Beitrag Schwachsinn ist. FTE bedeutet »Fremder Tötete Evie« (manchmal findet sich auch FEE für »Fremder Entführte Evie«). Das bezieht sich auf die Mainstream-Theorie, der zufolge ein Fremder ins Haus eingedrungen ist und Evie McCreery entführt hat. »DITE heißt: »Die Illuminati Töteten Evie« und wird meistens benutzt, um die WATEs durch den Kakao zu ziehen.

Inspektor: Wednesday Addams?

LionSong: Wednesday Addams ist der Spitzname, den manche Arschlöcher in diesem Forum Mina McCreery, Evelyns Zwillingsschwester, verpassen. Die Serie *Die Addams Family in verrückter Tradition* war ein paar Jahre davor herausgekommen, und Mina sah Christina Ricci als Wednesday verblüffend ähnlich. In der Presse wurde ein Freund der Familie mit der Behauptung zitiert, Beverley, die Mutter der Mädchen, habe Mina tatsächlich so genannt. Die Leute sind darauf richtig abgefahren.

VolcanicJudo: Schwachsinn ist eine Beleidigung. Statistisch gesehen ist FTE die Schwachsinnstheorie. Die überwältigende Mehrzahl von Kindsmorden wird von einem Familienmitglied verübt.

Waffletoid: Und wie viele Morde werden, statistisch gesehen, von neunjährigen Mädchen verübt?

AgentKHole: Also, nur WATE und DITE sind Akronyme. Ein Akronym ist ein Wort, das aus den Anfangsbuchstaben anderer Wörter gebildet wird. FTE ist ein Initialwort.

LionSong: Ich dachte, du wärst gesperrt?

Das Revier von Danby war ein unscheinbarer grauer Ziegelbau. Ohne das Schild mit dem Logo der Polizei von New South Wales und die beiden Fahnenmasten mit der australischen und der Aborigines-Flagge vor dem Eingang hätte es ein x-beliebiges Bürogebäude sein können. Er ging die Betontreppe hinauf und trat durch die automatische Tür ein.

Bei jedem Besuch einer Polizeistation hatte Lane ein komisches Gefühl. In einer anderen Welt könnte er jetzt längst Sergeant Holland sein oder zumindest Leading Senior Constable Holland. Aber er hatte seine Wahl getroffen. Hätte er diesen Weg weiterverfolgt, wäre er jetzt finanziell und in jeder anderen Hinsicht abgesichert und hätte so vieles über Ermittlungsarbeit gelernt, worauf ihn ein Universitätsabschluss nicht hatte vorbereiten können.

Andererseits hätte ihm dieser Weg nie die Freiheit geboten, sich seine Fälle auszusuchen. Ohne die Beschränkung durch Zuständigkeitsbereiche. Das hatte den Ausschlag gegeben.

Folglich hatte er sich, so gut es ging, alles selbst beigebracht. Letztlich waren seine ersten Erfolge genau darauf zurückzuführen. Er hatte auf Ideen zurückgreifen können, die noch im Versuchsstadium waren, und auf brandneue Techniken, die vielleicht erst in Jahren die vielen Hürden der polizeilichen Genehmigungsverfahren nehmen würden.

Die uniformierte Beamtin am Empfang sah bei seinem Eintreten auf. »Hi, wie kann ich Ihnen helfen?«, fragte sie eher lustlos.

»Mein Name ist Lane Holland, ich möchte zu Senior Sergeant Emily Starrett«, sagte er.

»Die ist im Moment nicht zu sprechen, aber Sie können gerne eine Nachricht für sie hinterlassen.«

»Schon gut, Dhvani, wir sind verabredet.« Starrett stand in einer Tür auf der anderen Seite des Eingangsbereichs und hielt einen Thermobecher in der Hand, in dem noch der Teebeutel hing. Sie sah ganz anders aus als in dem Video. Ihre Schläfen waren grauer, und sie wirkte viel selbstbewusster – mit dem Neuling, der vor aller Welt durch einen Fall stolpert, hatte sie nichts mehr gemein. »Mr Holland«, sagte sie überraschend herzlich. Offensichtlich hatte Mina Wort gehalten und ihn angekündigt, doch um seinen Weg zu der hochrangigen Polizistin zu ebnen, musste sie mehr getan haben, als er von ihr erwartet hätte.

»Ich freue mich sehr, Sie kennenzulernen, Ma'am«, sagte er und machte kein Hehl daraus, dass sie sich ihm nicht erst vorzustellen brauchte.

»Starrett reicht«, antwortete sie. »Da ich hier kein eigenes Büro habe und der Aufenthaltsraum gerade belegt ist, muss ich Sie in ein Vernehmungszimmer setzen. Bitte keine falschen Schlüsse daraus ziehen.«

»Ganz ehrlich«, erwiderte er, »mir ist alles recht, von mir aus könnten Sie mich auch auf eine Milchkiste auf der Laderampe setzen.«

Starrett schmunzelte. »Bei diesem Fall haben Sie Glück. Teile unserer Akte wurden nach Maßgabe der Regelung zum öffentlichen Informationszugang bereits offengelegt. Natürlich zensiert, aber Sie können sich ansehen, was freigegeben wurde.«

Der Government Information Public Access Act hatte es Vertretern der Öffentlichkeit ermöglicht, bei staatlichen Behörden, einschließlich der Polizei, die Freigabe von Informationen zu beantragen. Die in diesem Zusammenhang veröffentlichten Teile der Fallakte waren bisher noch bei keiner seiner Recherchen aufgetaucht, und er war nicht auf die Idee gekommen, die Liste händisch durchzugehen.

»Der Form halber müssen Sie einen Zugangsantrag an uns richten, aber ich habe kein Problem damit, Ihnen schon mal einen Blick darauf zu gewähren, bevor Sie den Papierkram erledigt haben. Ich freue mich, wenn sich jemand für den Fall interessiert. Wir sind hier nicht so üppig mit Ressourcen ausgestattet, um uns in ungelöste Fälle zu vertiefen.«

»Aber Sie bekommen doch bestimmt jede Menge Anfragen?«, sagte Lane. Es juckte ihm in den Fingern, sich die Akte zu krallen, aber Starrett bestimmte das Tempo.

Starrett zuckte mit den Achseln. »Die Angehörigen haben nie aufgegeben. Andererseits haben sie auch nie vollumfänglich mit uns kooperiert, was nicht gerade zur Klärung beigetragen hat.«

Lane machte große Augen. »Sie meinen, die Familie hat gelogen?«

»Ständig«, antwortete Starrett und trank in aller Ruhe einen Schluck Tee, so als hätte sie Lane mit ihrer Bemerkung nicht soeben umgehauen. »Ist eben so, wenn man es mit einer Suchtkranken zu tun hat.«

»Drogen?«, hakte Lane nach. Natürlich wusste er von den Gerüchten über Beverley McCreerys Tablettenproblem, hatte dem aber nie viel Bedeutung beigemessen. In manchen besonders gehässigen Kreisen genügte es schon, eine vermögende weiße Frau mittleren Alters zu sein, um sich dem Verdacht des Medikamentenmissbrauchs auszusetzen.

»Die Mutter konnte einem nur leidtun. Das Leben hat ihr übel mitgespielt, was ihr aber noch lange nicht das Recht gab, ihren Töchtern die Kindheit zu ruinieren.« Starrett seufzte. »Traumaübertragung, wie wir das nennen.«

»Und das alles findet sich in der Akte?«, fragte Lane.

»Warten Sie, ich hole sie Ihnen am besten.« Sie trank ihren Tee aus. »Ich wünsche Ihnen von ganzem Herzen Erfolg. Wir waren eigentlich von Anfang an der Auffassung, dass die Lösung auf der Hand liegt, aber wir sind an unsere Grenzen gestoßen.«

»Sie haben eine Theorie?«

»Ich will Sie nicht beeinflussen«, erwiderte Starrett. »Am besten lesen Sie erst einmal die Akte und ziehen Ihre eigenen Schlüsse daraus. Aber mit der Statistik sind Sie sicher vertraut. Bei den meisten Opfern im Kindesalter findet sich der Täter in der eigenen Familie. Entführungen durch einen Fremden sind äußerst rar.«

Ihm schwirrte der Kopf, während er ihr durch den Flur folgte. Hatte Mina, als sie ihn zu Starrett schickte, gewusst, dass die hiesige Polizei nicht auf ihrer Seite war?

Sie führte ihn in ein kleines Zimmer ein paar Türen vom Empfang entfernt. In dem kahlen Raum gab es nur einen Tisch und einen Plastikstuhl.

»Ich bin nebenan in einem Schulungsraum. Geben Sie mir Bescheid, wenn Sie fertig sind«, sagte Starrett. Er hörte sie kaum.

Auf dem Tisch stand eine weiße Archivbox. Sie war kleiner als erwartet. Wie umfänglich mochten die Schwärzungen sein? Vielleicht würde sie ihm aber auch, während er sich durch den Inhalt wühlte, weitere Boxen bringen. Oder die übrigen waren in Nannine.

Er hob den Deckel ab. Zuoberst lag eine weiße Akte, mit einer Umrandung in blau-weißem Würfelmuster. Fast andächtig legte er sie auf den Tisch.

Er schlug sie auf und stutzte. Von einem Schulfoto, das auf der ersten Seite klebte, grinste ihm ein kleines Mädchen entgegen. Ihr strahlendes Lächeln offenbarte zwei fehlende Schneidezähne, und ihr kupferbraunes Haar umrahmte große dunkle Augen. Sie war niedlich, wie alle fünfjährigen Kinder, doch es bereitete ihm auch ein wenig Unbehagen, sie anzusehen. Ihre Augen standen ungewöhnlich weit auseinander, und mit dem winzigen Kinn wirkte ihr Gesicht entstellt, wie eine umgedrehte Birne.

Das Mädchen war nicht Evelyn McCreery. Selbst wenn er nicht so genau gewusst hätte, wie Evelyn ausgesehen hatte, wäre jede Verwechslung ausgeschlossen. Dieses Mädchen hier war viel zu jung, vielleicht fünf oder sechs.

Er blätterte wieder zum Anfang zurück und las die Angaben, die er zuvor auf der Suche nach neuen Informationen überschlagen hatte. Diese Akte betraf Christa Rennold, die fünf Jahre nach Evelyn McCreerys Verschwinden als vermisst gemeldet worden war. Sie war aus dem Vorgarten ihrer Pflegemutter am Stadtrand von Danby verschwunden.

Der Fall war ihm flüchtig bekannt. Er entsprach in etwa dem, womit er gewöhnlich bei Fällen rechnete, in die er sich eingelesen hatte. Doch er hatte ihn schnell verworfen. Christa Rennold war einer dieser frustrierenden Fälle, bei denen jeder sehen konnte, wer der Täter war, bei denen es aber entweder mangels Beweisen oder wegen polizeilicher Inkompetenz nie zur Anklage kam.

»Na schön, meinetwegen«, murmelte er und schlug die Akte wieder auf. Zwar wusste er nicht, was für ein Spiel Mina mit ihm trieb, aber auch er hatte einiges drauf.

* * *

Starrett saß im leeren Schulungsraum an einem Schreibtisch und las. Die Stuhlreihen für Auszubildende waren leer. Sie schien nichts dagegen zu haben, ihre Papiere in eine Schublade zu stecken und ihm ihre ganze Aufmerksamkeit zu schenken. Jetzt ergab ihre fast überschwängliche Begrüßung wesentlich mehr Sinn. Als er kam, hatte er damit gerechnet, um ihre Zeit und Aufmerksamkeit kämpfen zu müssen, nachdem sie sich garantiert jahrelang mit den Fragen von Journalisten und Amateurdetektiven herumgeschlagen hatte. Doch das betraf den Fall McCreery. Der hier dagegen hatte kaum Ressourcen und war weitestgehend in Vergessenheit geraten.

»Was hat Ms McCreery eigentlich gesagt, als sie dieses Treffen eingefädelt hat?«, fragte Lane, nachdem er sich in die erste Reihe gesetzt hatte.

»Sie hat mir nur ein paar Ihrer Qualifikationen genannt und gefragt, ob ich Ihnen irgendwie dabei helfen könnte, sich den Fall Christa Rennold anzusehen«, erwiderte Starrett.

Lane hätte gerne weitergefragt, zum Beispiel, ob Mina namentlich Christa Rennold genannt oder Starrett einfach nur erklärt hatte, er interessiere sich für jeden ungelösten alten Fall von Kindesentführung. Falls sie ihn gezielt auf diesen Fall angesetzt hatte, wollte er wissen, welches Interesse Mina daran haben könnte. Jedenfalls hatte sie Starrett belogen, allem Anschein nach, um Lane zu manipulieren, und er wollte sich nicht durch zu viele Fragen verraten, bis er mehr darüber wusste.

»Waren Sie von Anfang an mit diesem Fall befasst?«, fragte er stattdessen. »Das war, bevor Sie Ihren Dienst hier angetreten haben, nicht wahr?«

Sie zog eine Augenbraue hoch. »Woher wissen Sie das?«

»Mina hat so was erwähnt«, antwortete er. Wahrscheinlich war es nicht der richtige Zeitpunkt, um den Stoß Artikel in seinem Motelzimmer zur Sprache zu bringen.

»Ich bin damals für die ersten paar Wochen hergekommen«, sagte Starrett. »Angesichts meiner Erfahrung werde ich in dieser Hälfte des Bundesstaates zu den meisten Vermisstenfällen hinzugezogen. Besonders zu Entführungen.«

Lane überschlug im Kopf, wie viele das sein mochten. Kindesentführungen stellten eine Art Grauzone dar; sie kamen öfter vor, als man glaubte, aber weniger häufig als befürchtet. Meistens gingen sie auf das Konto eines Elternteils ohne Sorgerecht oder eines Verwandten, und die meisten vermissten Kinder wurden schnell gefunden. Entführungen durch Fremde kamen nur alle

Jubeljahre vor, und er wusste mit Sicherheit, dass der Fall Evelyn McCreery in jener Zeit der einzige war.

»Wie haben Sie eine Verbindung zum Fall McCreery ausgeschlossen?« Es machte ihn nervös, den Namen zu erwähnen, doch die Frage war naheliegend. Die wenigen ihm bekannten Artikel zu diesem Fall hatten damit aufgemacht. Mit dem Ausschluss dieses Ermittlungsansatzes erlosch offenbar auch das Medieninteresse rasch.

»Zum Teil ist das vertraulich.«

Nicht zuletzt wegen des Mangels an Indizien am McCreery-Tatort hätte Lane gerne gewusst, was sie gefunden hatten, um eine solche Verbindung eindeutig zu verwerfen. Keine DNA, keine Fingerabdrücke. Trotzdem schien sich Starrett ihrer Sache absolut sicher zu sein.

Somit gab es etwas, das sie der Öffentlichkeit verschwiegen hatten. Manchmal griff die Polizei darauf zurück, um falsche Geständnisse von psychisch Kranken oder Selbstdarstellern zu entlarven. Vorenthaltene Beweise waren im Fall McCreery der Heilige Gral. Falls es ihm gelang, Starretts Vertrauen zu gewinnen und ihr diese Geheimnisse abzuschmeicheln, konnte das den entscheidenden Durchbruch bringen.

»Der Möglichkeit wurde gründlich nachgegangen, doch es gab nicht den kleinsten Hinweis auf eine Verbindung. Die Entführungsorte waren mehrere Hundert Kilometer voneinander entfernt. Natürlich haben wir die Alibis einiger Personen von besonderem Interesse im Fall McCreery überprüft, aber das war überflüssig und nur, um die Presse von endlosen Spekulationen darüber abzubringen.«

Bei dem Stichwort »Personen von Interesse« konnte Lane die Finger nicht länger still halten. Was würde er nicht für diese Liste geben.

»Wer Christa entführt hat«, fuhr Starrett fort, »ist eigentlich kein Geheimnis. Die ältere Schwester hat zu Protokoll gegeben, sie habe gesehen, wie ihr leiblicher Vater sie mitnahm. Wenn Sie hier von Hilfe sein wollen, dann finden Sie heraus, *wohin* er sie gebracht hat.«

Lane trommelte mit den Fingern auf der Armlehne, während er nach einer höflichen Formulierung der Frage suchte, wie der Vater damit durchgekommen war, ohne dass es wie eine Bankrotterklärung für die Polizei von Danby aussah. »Können Sie vielleicht für mich rekapitulieren, wie die Polizei vorgegangen ist, nachdem die Meldung reinkam?«

Sie sah ihm fest ins Gesicht. »Zwischen der Entführung und der Meldung waren gut zehn Minuten vergangen. Das ältere Mädchen, die Zeugin, war erst zehn. Die Pflegemutter gab an, auf dem Sofa eingeschlafen zu sein, während die Mädchen draußen spielten. Vermutlich herrschte erst einmal Verwirrung. Zehn Minuten sind lang, besonders wenn er Vollgas gegeben hat. Alle Beamten waren in Alarmbereitschaft, der Wagen wie auch der Vater mit einer Personenbeschreibung zur Fahndung ausgeschrieben. Vielleicht haben sie sich ein bisschen zu sehr auf das Fahrzeug konzentriert. Das hat er nämlich schon sehr bald aufgegeben. Wir glauben, dass er zu einem anderen gewechselt hat, nach dem wir nicht suchen würden.«

»Das klingt nach einer sorgfältigen Planung und keiner Spontanhandlung.«

»Genau. Er musste auf eine entsprechende Gelegenheit warten, hatte sich darauf aber eindeutig vorbereitet. Weshalb er längst über alle Berge war, als wir noch die Stiefel geschnürt haben.«

»Und seitdem?«

»Wir haben einen Warnhinweis zu seinem Führerschein und Pass in Umlauf gebracht, und sein Foto ist auf der Fahndungsliste gesuchter Flüchtiger. Außerdem haben wir Vermisstenfotos von Christa veröffentlicht und eine Belohnung ausgesetzt. Nicht …« Sie seufzte. »Wie gesagt, unsere Ressourcen sind begrenzt. Außerdem sind wir hier nicht weit von Cameron

Corner entfernt, dem Drei-Bundesstaaten-Dreieck. Sie können sich nach Osten oder auch nach Südaustralien oder nach Queensland abgesetzt haben. Er hatte auch Verbindungen ins Northern Territory. Wir können die Kollegen in diesen Bundesstaaten um ihre Hilfe bitten, aber ihnen keine Vorschriften machen.«

Er nickte. »Die ältere Schwester – hatte die einen anderen Vater?«

»Soweit wir wissen, nicht.«

»Finden Sie es nicht ein bisschen eigenartig, dass er nicht auf eine Gelegenheit gewartet hat, beide Mädchen zu entführen?«

Starrett zuckte mit den Achseln. »Keine Ahnung. Ich würde ja gerne glauben, dass alle Eltern ihre Kinder gleichermaßen lieben.«

Dass es nicht so war, wusste Lane nur zu gut. »Die Schwester müsste jetzt um die fünfundzwanzig sein, oder? Lebt sie noch in der Gegend?«

Sie lehnte sich zurück und schien zu überlegen. Lane bezweifelte, dass sie ihm die Kontaktdaten einer Zeugin geben würde, erst recht, wenn die damals noch minderjährig gewesen war, andererseits hatte sie ihre Bereitschaft gezeigt, ein Auge zuzudrücken. »Die Schwester ist interessant. Als sie achtzehn wurde, kam ein bisschen Bewegung in den Fall. Die Familie beantragte eine Anhörung des Gerichtsmediziners zu den eventuellen Todesumständen, zog sie aber wieder zurück. Und dann kam das GIPA-Ersuchen auf Akteneinsicht.«

»Gab es in der Familie darüber Streit? Die Tochter wollte die Anhörung, und die Mutter war dagegen?«

»Schon möglich. Die Mutter verhielt sich immer ein wenig passiv. Sie hat auch nie beantragt, ihren Mann offiziell für tot zu erklären, obwohl sie es schon vor Jahren hätte tun können. Mit Sicherheit hätte es ihr das Leben leichter gemacht. Auf der anderen Seite wäre sie vielleicht damit gescheitert, wenn man bedenkt, dass er nachweislich versucht, sich dem Strafvollzug zu entziehen.«

»Halten Sie es für möglich, dass sie noch Kontakt zu ihm hat?«

Starrett machte ein unbestimmtes Geräusch. Entweder wusste sie es nicht, oder sie war zu dem Schluss gekommen, schon viel zu viel gesagt zu haben.

* * *

Zurück im Motel setzte sich Lane direkt an den Laptop. Bisher hatte er zu dem Fall nur oberflächlich auf dem Handy recherchiert und sich dabei im Wesentlichen auf Nachrichten sowie auf Christa Rennolds Steckbrief bei der Nationalen Vermisstenzentrale beschränkt. In letzter Zeit bekam er vom Lesen auf dem Handy schon nach wenigen Minuten Kopfschmerzen, und so hatte er beschlossen, mit seiner gründlicheren Einarbeitung in den Fall zu warten, bis er wieder in seinem Zimmer war.

Sicherheitshalber griff er nach der Schachtel Schmerztabletten und schluckte zwei, bevor er loslegte.

In der Ecke des Bildschirms wurde eine E-Mail angezeigt, von einer Privatdetektivin in Byron, die ihm gelegentlich Aufträge vermittelte, für die sie sich nicht interessierte. Selbst wenn er einen zusätzlichen Job hätte annehmen wollen, befand er sich gerade am anderen Ende des Bundesstaats. Dennoch war es eine schmerzliche Erinnerung daran, dass sein Leben, solange er in Danby blieb, nur aus Spesen ohne Einkünfte bestand. Je länger substanzielle Fortschritte im Fall Evelyn McCreery und somit die Belohnung auf sich warten ließen, desto schwieriger würde es für ihn, andere Möglichkeiten zu verfolgen. Es war immer noch Zeit, auf Nummer sicher zu gehen.

Er verwarf den Gedanken.

Seine Sorge, den Namen der Schwester nicht zu finden, erwies sich als unbegründet. Der Suchbegriff »Christa Rennold« führte ihn zu denselben Medienberichten, die er bereits überflogen hatte. Darunter folgte ein Post über Christa auf einer Facebook-Seite, geschrieben von einer gewissen Alanna Rennold. Er klickte darauf und landete auf der Seite einer Vermissten-Selbsthilfegruppe, die sich einmal monatlich in Danby traf. Alanna Rennold war die Seitenadministratorin.

Alannas öffentliches Profil gab nicht viel her, enthielt aber immerhin einen Link zu ihrem Instagram-Account, der öffentlich war und regelmäßig aktualisiert wurde. Größtenteils hatte sie unpersönliche Bilder eingestellt – von Bucheinbänden, Teetassen, einem neuen Kleid auf einem Bett. Er ging die wenigen Gesichter durch, entdeckte Mina jedoch nicht auf den Fotos von Alannas Freunden und ihrer Familie.

Er scrollte so lange, bis die Aufforderung erschien, sich einzuloggen, um fortzufahren – das hätte er tun können, aber es sah nicht danach aus, als gäbe es noch irgendetwas Wichtiges zu entdecken, und er lief immer Gefahr, versehentlich ein monatealtes Foto zu liken.

Er klickte auf die Adressleiste, löschte Alannas Usernamen und überlegte. Er wusste, dass es kein gesunder Impuls war, dem er aber so oder so folgen würde, das war ihm klar. Er tippte den ersten Buchstaben eines Usernamens ein, den Rest erledigte die Autovervollständigung.

Die Fotos auf der Seite strotzten vor Farbe und Lebendigkeit. Leuchtend bunte Ballons und Girlanden, ein Tisch, der sich unter Cupcakes und Chips und Salatschüsseln bog, ein anderer mit einem Haufen Päckchen in pastellfarbenem Geschenkpapier. Auf den meisten Bildern war Alexandra zu sehen, mit einem so strahlenden Gesicht, dass es einem den Atem verschlug. Ein Bild von ihr in der linken oberen Ecke zog ihn magisch an. Darauf blickte sie direkt in die Kamera. Ihr zerzaustes blondes Haar fiel ihr ins

Gesicht. Sie hielt ein Messer hoch, das mit hellblauem Kuchen beschmiert war.

Es ist ein Junge.

Er konnte das Gefühl nicht benennen, doch was immer es war, es überwältigte ihn. Er holte tief Luft und schloss den Tab. Na schön. Auch wenn der Weg länger war als gedacht, gab es kein Zurück. Hier ging es um mehr als um Geld.

NEUN

MyMurder-Forum

Unterforum: Evie McCreery

Thread: Christa Rennold

LionSong: Leute, habt ihr gewusst, dass es noch einen ungeklärten Vermisstenfall in der Gegend von Nannine gibt? Ein kleines Mädchen namens Christa Rennold ist 2005 etwa drei Autostunden von den McCreerys entfernt verschwunden.

Waffletoid: Drei Stunden? Die Fühler etwas weit ausgestreckt, findest du nicht?

LionSong: Hey Leute, wir reden hier vom Outback. Drei Autostunden sind so viel wie … vier Häuser weiter.

Alanna Rennold war die einzige Frau unter dreißig in dem Coffeeshop, doch selbst unter hundert gleichaltrigen Frauen hätte er sie auf Anhieb erkannt. Die Ähnlichkeit mit dem Foto von Christa, das er in einem braunen Umschlag bei sich hatte, war geradezu unheimlich. Ihr Haar war gepflegter und für ihre kantige Bubikopf-Frisur, die das gleiche spitze Kinn und die gleichen großen braunen Augen umrahmte, geglättet. Bei Alanna wirkten die weit auseinanderstehenden Augen, durch gekonntes Make-up noch betont, geradezu magisch. Sie war zu einer beeindruckenden Erscheinung herangewachsen. Er hoffte, das war auch Christa vergönnt gewesen.

Sie trug ein geblümtes Kleid unter einer rosafarbenen Strickjacke und hatte eine Lederhandtasche unter den Stuhl geschoben. Alles sah neu, aber preiswert aus, wahrscheinlich aus dem Country-Target-Kaufhaus gegenüber. Für einen Kaffee am Samstagmorgen war ihr Outfit förmlicher als nötig – die meisten anderen Gäste trugen T-Shirt und Shorts.

»Mr Holland.« Etwas linkisch stellte sie ihren Kaffeebecher ab, um ihm die Hand zu schütteln. Auch ihr Tonfall war etwas zu glatt, als käme sie zu einem Bewerbungsgespräch. »Ich habe Ihnen schon mal einen Kaffee bestellt. Ich dachte, ein Flat White ist eine sichere Wahl.« Sie senkte die Stimme. »Das kann hier schon mal dauern.«

Lane hasste Milch im Kaffee, lächelte aber. »Perfekt, danke.«

Er nahm ihr gegenüber Platz, holte seinen Schnellhefter sowie sein Handy heraus und startete die Sprachaufnahme. »Was dagegen, wenn ich unser Gespräch aufzeichne?«, fragte er fürs Protokoll. Man konnte nie vorsichtig genug sein.

»Nur zu.« Sie strich mit dem Daumen über den Rand ihres Kaffeebechers. »Ich habe Ihnen etwas mitgebracht. Es ist nicht viel. Wahrscheinlich denken Sie, dass es …« Sie bückte sich und kramte in ihrer Handtasche. »Hier.«

Sie legte ihm eine Ringmappe hin; die Plastikhüllen darin quollen von Papieren über. Die ersten enthielten kurze Zeitungsartikel, von denen er die meisten bei seiner Suche am Vorabend schon gelesen hatte, doch ein paar waren ihm neu – wahrscheinlich aus Lokalblättern, die nie digitalisiert worden waren.

Unter den Fotos stieß er auf dasselbe Kindergartenbild, das er in der Polizeiakte gesehen hatte. Auf einem anderen saßen die Schwestern auf der Kante einer Veranda, Christa auf Alannas Schoß.

Als Nächstes folgten einige Alterungsbilder von Christa – eins, wie sie möglicherweise mit fünfzehn ausgesehen hatte, und zwei neueren Datums von ihr mit zwanzig Jahren. Diese beiden musste Alanna aus eigener Tasche bezahlt haben, denn die Qualität war deutlich besser als die des ersten, und es gab zwei Versionen – Christa schlank und mit mehr Gewicht. Alle drei Simulationen schienen auf dem Schulfoto zu basieren.

Als Nächstes kam ein Bild, offensichtlich von einem Vorschulkind angefertigt. Es bestand aus roten und blauen Klecksen und

Fotos, die mehr schlecht als recht aus einem Spielzeugkatalog ausgeschnitten waren. Er stellte sich vor, wie sich die kleine Christa darüberbeugte und jedes Stück Papier sorgsam genau auf die richtige Stelle klebte. Er erinnerte sich, wie sich Lynnie so sehr auf ihre kleinen Meisterwerke konzentriert hatte, dass ihre Zungenspitze zwischen den Zähnen herausschaute.

»In dem Farbklecks hier ist ein richtig guter Fingerabdruck«, sagte Alanna, die sein anhaltendes Schweigen wohl als Ratlosigkeit deutete. Sie tippte auf die Stelle. »Die Polizei hat ihre Fingerabdrücke, vom Tatort, aber dazu haben Sie wahrscheinlich keinen Zugang, und ich weiß nicht, was Sie brauchen können …«

Lane räusperte sich, doch es hatte ihm die Sprache verschlagen. Er versuchte, sich ins Gedächtnis zu rufen, was er sich damals vor sieben oder acht Jahren, als er auf der Suche nach geeigneten Projekten zum ersten Mal auf diesen Fall gestoßen war, gedacht hatte. Wie viel Zeit hatte er sich genommen, um zu entscheiden, dass dieser Fall nichts für ihn war? Zwei oder drei Minuten?

Als Mina ihm den Fall zuschob, war sein Plan recht simpel gewesen. Er würde immer etwas liefern können, eine Spur, der die überarbeitete oder desinteressierte Polizei nicht gefolgt war, oder eine technische Errungenschaft, die zur Zeit der ursprünglichen Ermittlungen noch nicht zur Verfügung gestanden hatte. Dabei würde es nur darum gehen, Mina zu zeigen, dass er die Dinge voranbrachte, dass sie ihm trauen konnte. Selbst wenn seine Hinweise nach ein paar Monaten ins Leere liefen, säße er zu diesem Zeitpunkt beim Fall McCreery längst fest im Sattel.

Aber Alanna wäre am Boden zerstört.

In der letzten Hülle befanden sich Karten, mit Wasserfarbenblumen und mitfühlenden Worten. Sie waren alle geöffnet, wahrscheinlich, damit er sie lesen konnte, ohne sie herauszuziehen. Er drehte die Hülle zu sich und erschrak, als er eine vertraute Handschrift entdeckte.

»Beverley McCreery hat Ihnen eine Karte geschickt?«, fragte er und tippte mit dem Finger auf das geschwungene »B« ihrer Unterschrift.

Alanna kniff die Lippen zusammen. »Sie hat meiner Mutter geschrieben. Willkommen im Klub, Sie wissen schon?«

»Dann waren die beiden befreundet?«

Sie verzog das Gesicht. »Eine Weile, aber das war nicht von Dauer. Beverley war, na ja, eben *Beverley* und meine Mum das ganze Gegenteil.«

Lane nickte. Beverleys Energie hatte ihn vom ersten Moment an fasziniert, als er ihr Buch las. Für ihre Tochter hatte sie keine Mühen gescheut und dafür gesorgt, dass alle Welt weiter nach ihr suchte. Falls Deirdre Rennold so antriebslos war, wie Starrett angedeutet hatte, oder falls es ihr wichtiger war, ihren Mann zu schützen als ihr Kind, konnte er sich gut vorstellen, dass die Freundschaft zwischen den Frauen schnell den Bach runtergegangen war. »Es hat ihr nicht gepasst, wie passiv sich Ihre Mutter verhalten hat?«

Alanna sah ihn erschrocken an. »Nein. Keine Ahnung. Ich war ja erst zehn. Von den schmutzigen Einzelheiten wusste ich nichts. Ich weiß nur, dass Mums Freundschaften nie lange hielten. Ich spekuliere hier, aber ich kann sie nicht fragen.«

»Sie haben keinen Kontakt mehr zu Ihrer Mutter?«

Alanna lachte und wechselte abrupt in ein schmallippiges Lächeln. »Ich meinte, ich kann Beverley nicht mehr fragen. Mum vermutlich schon.« Sie schien von ihren eigenen Worten überrascht zu sein.

»Sie hatten auch Kontakt zu Beverley?«

»Wollen Sie mich jetzt gleich über Evelyn McCreery ausfragen?« Alanna verschränkte die Arme vor der Brust.

Vorsicht.

»Nur wenn es für Christas Verschwinden von Belang ist«, versicherte er ihr hastig.

»Ist es nicht«, erwiderte sie. »Und ja, ich war mit Beverley befreundet. Solange ich bei Mum lebte, war jedes Gespräch über meine Schwester tabu. Im Nachhinein verstehe ich natürlich, wie schmerzhaft es für sie war, aber als Kind hatte ich das Gefühl, sie würde wütend, wenn sie nur Christas Namen hörte. Und ständig mit der Polizei zu tun zu haben oder dem Gerichtsmediziner zu erlauben, in unserem Familienleben zu wühlen, brauchte sie ganz bestimmt nicht.«

»Sie muss Angst gehabt haben, Sie auch noch zu verlieren«, sagte er.

Alanna wirkte nicht überzeugt. »Meine Kindheit und Jugend waren ein einziger Countdown bis zu meinem achtzehnten Lebensjahr, bis zu einer eigenen kleinen Wohnung, einem Job oder auch erst mal nur staatlichen Starthilfemitteln. Und wenn ich erst mal von ihr getrennt lebte, wäre ich auch in der Lage, mich für Christa einzusetzen. Allerdings war das alles ziemlich unrealistisch, wie ich feststellte. Immerhin habe ich mich einer Selbsthilfegruppe angeschlossen, in der auch Beverley war. Sie war …« Sie biss sich auf die Lippen und sah zur Seite. »Sie hat mir bei meinem Antrag auf Offenlegung einiger Ermittlungsakten geholfen und bei dem auf die forensische Anhörung. Das hätte sie alles gar nicht machen müssen, zumal sie selbst so viel um die Ohren hatte. Es würde mich nicht wundern, wenn ich ihr auch meinen ersten Job in der Bibliothek zu verdanken hätte, als Aushilfskraft. In einer Stadt wie dieser kommen auf jede freie Stelle hundert Bewerbungen, und sie hatte definitiv Einfluss. Schließlich ist die Bibliothek jetzt nach ihr benannt.«

»Und hat Ihre Mutter Sie darum gebeten, den Antrag auf die forensische Anhörung zurückzuziehen?«

»Ja, aber deshalb habe ich ihn nicht fallen gelassen. Genau in dem Moment, als Bewegung in die Sache kam, wurde Beverley krank. Und ich konnte mir nicht vorstellen, das alles allein durchzuziehen, nachdem ich auch noch gerade mit dem Studium angefangen hatte und meine Mum immer in irgendeinem neuen Drama steckte. Anfänglich sah die Prognose für Beverley gar nicht mal schlecht aus, und ich dachte, wenn ich ein, zwei Jahre warte, ist das Timing besser. Aber dann ist sie gestorben.«

»Tut mir leid.«

»Ja, wie auch immer.« Alanna senkte den Blick. »Wäre wahrscheinlich aufs Gleiche hinausgelaufen.«

»Hoffentlich kann ich Ihnen helfen«, sagte er. »Können wir loslegen?«

»Ich dachte, wir wären schon mittendrin. Wo wollen wir anfangen?« Sie starrte auf sein Handy, auf dem im Takt ihrer Worte eine grüne Linie ausschlug.

Ohne den Blickkontakt zu unterbrechen, schaltete er das Display aus. »Erzählen Sie mir von Ihrer Schwester.«

Augenblicklich wurde ihr Gesicht weicher. »Christa war unglaublich. Sie war so intelligent und begierig zu verstehen, wie die Welt funktioniert. Einmal habe ich ihr ein Buch vorgelesen, über den Wasserkreislauf, und Monate später, im Ernst, Monate später, standen wir auf der Eingangstreppe und blickten in den Regen, und sie erzählte mir das ganze Buch. Wie das Wasser aus den Flüssen und Seen ›dunstet‹ war und jetzt als Regen wieder runterkam. Ein anderes Mal musste ich mit ihr eine Ameise verfolgen. Über eine Stunde lang liefen wir ihr nach und sahen zu, wie sie nach Futter suchte und es schließlich zum Hügel schleppte. Sie …« Alanna verstummte. »Ich würde Ihnen gerne mehr erzählen, aber ich war ja noch so jung. Und ich habe auch kein gutes Gedächtnis. Wir hatten fünf Jahre miteinander, aber wenn ich versuche, mich an die Zeit zu erinnern, sehe ich nur einzelne Bilder.«

»Das ist nicht ungewöhnlich«, erklärte Lane. Menschen mit einer unglücklichen Kindheit hatten oft Mühe, sich daran zu erinnern. Es erstaunte ihn immer wieder, wenn er hörte, wie Erwachsene den Namen ihres Lehrers der dritten Klasse nennen konnten oder ausführlich von einer Ferienreise berichteten, die sie mit sechs gemacht hatten. Wenn er sich den Kopf darüber zermarterte, wie sein Leben mit zehn Jahren ausgesehen hatte, sah er nur verschwommen, wie er stundenlang aus einem Autofenster gestarrt hatte; oder er erinnerte sich an viel wütendes Geschrei oder an das Geräusch, wenn man mit dem Hammer einen Zeltpflock einschlägt.

»Du liebe Güte.« Alanna legte die Hände ans Gesicht. »Sie meinten, wie sie aussah, oder? Ihre Haar- und Augenfarbe und so. Das mit der Ameise interessiert Sie nicht.«

»Doch«, antwortete er freundlich. »Ihre Haar- und Augenfarbe kenne ich. Beides braun, richtig?«

»Eher haselnussbraun«, stellte Alanna, immer noch ein wenig verlegen, richtig.

»Gut zu wissen. Ihre Augenfarbe wird sich kaum verändert haben. Wissen Sie, ob sie mal beim Zahnarzt war? Hat sie Füllungen, wurde ihr ein Zahn gezogen?«

Alanna schüttelte den Kopf. »Wir waren nur bei dem Zahnarzt, der einmal im Jahr in die Schule kam. Außerdem muss sie noch die Milchzähne gehabt haben.«

»Hat sie sich vielleicht mal einen angeschlagen? Oder auch einen Knochen gebrochen?«

Im ersten Moment schien die Frage Alanna zu verwirren, dann dämmerte ihr, worauf er hinauswollte. Falls Christas sterbliche Überreste irgendwo da draußen zu finden waren, würden ihre Haar- und Augenfarbe bei der Identifizierung nicht mehr helfen; der Zahnstatus und abgeheilte Frakturen dagegen schon. Sie schloss die Augen und atmete bewusst einmal ein und aus. »Mit drei Jahren hat sie sich das Schlüsselbein gebrochen.«

Lane horchte auf. Er hatte mit einem Nein gerechnet. In dem Alter waren Brüche selten. »Wissen Sie, wie das passiert ist?«

»Sie ist die Treppe heruntergefallen.«

Lane musterte ihr Gesicht. Er war selbst ein paarmal »die Treppe heruntergefallen«. Doch falls es auch bei ihr ein Euphemismus war, ließ sich Alanna nichts anmerken.

»Erzählen Sie mir, was Sie von dem Tag, an dem Christa verschwunden ist, noch in Erinnerung haben.«

»Gut. Ich … ähm …« Sie wusste offenbar nicht, wo sie anfangen sollte.

Manchmal half eine allgemein gehaltene Frage, und manchmal war sie zu weitläufig und brachte die Leute durcheinander. Er unternahm einen neuen Anlauf. »Der Akte nach war es etwa zehn Uhr morgens. Wo waren Sie zu dieser Zeit?«

»Ich war drinnen. Wir hatten vor dem Haus gespielt, und ich ließ Christa dort zurück, um ein Glas Wasser zu holen. Ich war nur eine Minute weg.«

»Im Haus?«

»Das wissen Sie doch schon. Sie haben die Adresse und alle Details.«

»Ich möchte es noch einmal von Ihnen hören. Sie würden sich wundern, wie oft sich etwas Falsches in Polizeiakten einschleicht oder wie oft etwas Wichtiges darin fehlt. Oder wie oft Zeugen fälschlicherweise glauben, der Polizei etwas gesagt zu haben.«

»Okay. Wir lebten zu der Zeit bei Mrs Stern, in einem alten Bergmannshäuschen in der Strickland Street. Es war das Eckgrundstück, und wir waren draußen vor dem Haus.«

»Was können Sie mir über Mrs Stern erzählen?«

»Sie war nett. Sie gehörte nicht zu diesen Pflegeeltern, die sich als deine Mutter aufspielen, aber sie war warmherzig und hat sich ziemlich gut um uns gekümmert. Wir müssen so die zwanzigsten oder auch fünfundzwanzigsten Kinder gewesen sein, die bei ihr gelebt haben. Manche schickten ihr noch Weihnachtskarten, und die hat sie dann monatelang aufgestellt.«

»Sie lebt nicht mehr, oder?« Zu seiner Enttäuschung hatte er das gelesen. Damit würden einige Fragen, die er ihr nicht mehr stellen konnte und die ihm möglicherweise weitergeholfen hätten, unbeantwortet bleiben. »Waren Sie nach Ihrem Aufenthalt bei Mrs Stern noch mit ihr in Kontakt?«

»Ein wenig. Wir standen uns nicht nahe, aber sie war meine erste Pflegemutter und ich ihr letztes Pflegekind. Wir hatten eine Bindung zueinander.«

»Haben Sie jemals mit ihr darüber gesprochen, was passiert war? Was sie davon noch wusste?«

»Nein.«

Eine enttäuschende Antwort, aber so schlimm auch wieder nicht. Wahrscheinlich wären da keine allzu wertvollen Informationen zu holen gewesen; es wäre die Erinnerung an ein Gespräch über Erinnerungen gewesen, wie bei einer Fotokopie von einer Fotokopie mit zu verschwommenen Rändern, um verlässlich zu sein.

»Was führte damals dazu, dass Sie beide zu einer Pflegemutter kamen?«

Alanna sank ein wenig in sich zusammen, als wollte sie sich kleiner machen. »Ein paar Wochen davor hatte ein Lkw-Fahrer meine Schwester um drei Uhr morgens auf dem Seitenstreifen des Highways entdeckt. Sie war mitten in der Nacht aufgewacht und hatte beschlossen, zu McDonald's zu gehen. Ich habe nicht gehört, dass sie aufgestanden war und die Haustür geöffnet hat.«

»Und Ihre Mutter?«

»Sie war in der Arbeit.«

»Sie hat einer Zehnjährigen das Babysitten überlassen? Über Nacht?«

Alanna sah ihn verärgert an. »Hatten Sie erwartet zu hören, was für eine umsichtige Mutter sie war?«

»Ich hatte den Eindruck, Sie wären wegen ihres Drogenkonsums in Pflege gekommen.«

»Na ja, es musste erst mal was passieren, um sie zu testen. Und als sie dann Methamphetamine bei ihr im Blut fanden, haben sie uns zu Mrs Stern geschickt. Zuerst hätten wir einen Monat dort bleiben sollen, bis Mum den Entzug hinter sich hatte, und danach sollte der Fall noch einmal überprüft werden. Christa verschwand am achtzehnten Tag.«

»Und wo war da Ihr Vater?«

Sie wurde wachsam. »Mein Vater musste mit dem Flugzeug zu seiner Arbeitsstelle; er hatte den Job angetreten, kurz bevor Christa zur Welt kam. Er war dann immer ein paar Wochen am Stück weg. Als wir in Pflege kamen, hat die Polizei versucht, ihn zu benachrichtigen, aber bei der Firma war kein Angestellter mit diesem Namen gemeldet.«

»Dann hat er wegen seines Arbeitsplatzes gelogen?«

Sie sah weg und drehte ihren Teelöffel zwischen den Fingern. »Irgendwo hat er definitiv gearbeitet, denn er hat immer pünktlich Geld nach Hause geschickt. Aber entweder hat er meiner Mutter eine falsche Firma genannt oder unter falschem Namen gearbeitet. Oder beides.«

»Und gab es dafür einen Grund?«

»Objektiv? Nein. Er war einfach so. Er ließ sich nicht gerne in die Karten sehen. Er bezahlte immer in bar, nahm keine Hypothek auf und benutzte, wenn er sich auf eine neue Stelle bewarb, immer abwechselnd verschiedene Namen. Ich glaube, deshalb liebte er die Jobs in entlegenen Gegenden so sehr: Auf die Weise konnte er Beruf und Privatleben strikt voneinander trennen, und er arbeitete nie bei jemandem, der irgendetwas über ihn wusste.«

»Sie haben keine Ahnung, wo er damals beschäftigt war?«

»Wozu soll das wichtig sein?«, erwiderte sie scharf. Wenn sie sich ärgerte, wurde ihre Stimme tiefer und nasaler.

Von ihrer plötzlichen Feindseligkeit überrascht, lehnte er sich zurück. »Ganz einfach: Wenn er die halbe Zeit woanders gelebt hat, ergibt es Sinn, dass er sie dorthin mitgenommen haben könnte.«

Sie starrte ihn lange an und seufzte schließlich. »Na schön. Ich weiß nicht, wo mein Dad damals gelebt hat, okay? Aber es war irgendwo im Norden. Er hat uns mal erzählt, wie er mit Freunden schwimmen war und schnell aus dem Wasser musste, als einer von ihnen merkte, dass ein Holzstamm am Grund in Wirklichkeit ein Krokodil war.«

Nicht gut. Falls sich diese Spur irgendwo im Northern Territory oder in Far North Queensland verlor, konnte er nicht viel tun.

»Und als er das letzte Mal zu Hause war, fand ich einen Kugelschreiber in seiner Tasche. Er stammte aus einem Motel in Howard Springs. Ich erinnere mich so gut daran, weil er wirklich wütend wurde, als ich ihn danach fragte.«

»Haben Sie der Polizei davon erzählt?«

»Klar. Die haben bei dem Motel angerufen, dort wusste man aber von keinem Gast mit seinem Namen. Was hätten sie sonst noch tun sollen?«

»Stimmt. Eine Woche vor Christas Verschwinden ist Ihr Vater jedenfalls zurückgekommen. Er hat versucht, Christa von der Schule …«

»Er war zurück und hat so wie immer versucht, seine Kinder von der Schule abzuholen«, fiel ihm Alanna ins Wort. »Es war völlig übertrieben von der Schule, gleich die Polizei zu rufen.«

»Und an der Schule hat er sich mit dem Polizisten angelegt?«

»Wie gesagt, mein Vater hat Probleme mit staatlicher Autorität. Und er war natürlich geschockt.«

Lane entging nicht der Unterschied zwischen dem, was sie über ihren Vater sagte, und ihren vorherigen Bemerkungen über ihre Mutter, die sie zwar nicht verurteilt, deren Fehler sie aber nicht schöngeredet hatte. Für ihren Vater dagegen suchte sie krampfhaft nach Entschuldigungen – für einen Mann, der wohl schon lange ein einziger Albtraum gewesen sein musste, noch bevor er zum Kindesentführer wurde.

»Haben Sie ihn da zum letzten Mal gesehen?«

Sie blickte ihm fest ins Gesicht. »Nein. Mir ist klar, dass Sie wissen, dass sich unser Vater uns zweimal genähert hat. Einmal hat er uns durch einen Zaun auf dem Spielplatz angesprochen, und dann haben wir ihn im Supermarkt gesehen.«

»Hat Ihnen das Angst gemacht?«

»Nein. Mrs Stern hat es geärgert, aber schließlich hat er nur auf seine Kinder aufgepasst. Das ist kein Verbrechen.«

Lane runzelte die Stirn. Er hätte auf Anhieb mehrere Gesetzesübertretungen nennen können, die ihm ein engagierter Polizist hätte vorwerfen können – Belästigung, Stalking, Einschüchterung. Doch selbst wenn Mrs Stern versucht hätte, ihn anzuzeigen, hätte es für ihn schlimmstenfalls eine Verwarnung gegeben. Es sei denn, die Cops hätten nach einem Vorwand gesucht, nachdem er an der Schule auf einen Kollegen losgegangen war.

Alanna schnaubte. »Okay, klug war es vielleicht auch nicht. Ein Kumpel hatte ihm eingeredet, es würde gegen ihn verwendet werden, wenn es so wirkte, als wolle er uns nicht besuchen. Aber sich vom Jugendamt einen Termin geben zu lassen und uns nur in Gegenwart einer Sozialarbeiterin zu sehen …« Sie schüttelte den Kopf, und Lane verstand. Einem Mann mit einer so ausgeprägten antiautoritären Ader wäre das gründlich gegen den Strich gegangen. »Also dachte er sich, er taucht am besten einfach auf.«

»Hatten Sie noch mal Kontakt zu ihm?« Lane gelang es nicht, den Eifer in seinem Ton zu überspielen.

»Nein. Mein Onkel Dave – nur ein Nennonkel; ich glaube, die beiden waren gemeinsam in der Schule – hat mir mal gestanden, dass er meinen Dad gedrängt hat, uns zu besuchen. Er hat es mir erzählt, als er bei den Anonymen Alkoholikern war.«

»Dann haben Sie Ihren Vater nie mehr gesehen, seit er Christa entführt hat?«

Alannas Gesicht wurde puterrot. »Ich habe nicht gesehen, wie er Christa entführt hat.«

»Sie« – Lane wollte die entsprechenden abfotografierten Seiten in der Akte konsultieren, doch in ihren Augen hätte das so ausgesehen, als wollte er sie mit ihrer eigenen Zeugenaussage konfrontieren – »Sie haben doch damals gegenüber der Polizei ausgesagt, Sie hätten ihn gesehen, oder?«

Sie seufzte. »Mir ist sehr wohl bewusst, dass es so in der Akte steht.«

Klar. Da sie den Antrag auf Offenlegung gestellt hatte, musste sie dieselben zensierten Unterlagen gelesen haben wie er.

»Enthält die Akte einen Fehler?« Leider war das nicht undenkbar. Nicht immer wurden die Vorschriften akribisch eingehalten, schon gar nicht damals. Die Polizei war alles andere als perfekt und Danby seinerzeit ein kleiner, überlasteter Bezirk.

»Ich habe es so gesagt, aber ich war zehn. Ich verstand nicht, wie wichtig es war, präzise zu sein. In Wahrheit habe ich ihre Entführung überhaupt nicht gesehen – ich war ja im Haus.«

»Hatte die Küche ein Fenster?«

»Ja, aber vom Spülbecken aus konnte ich sie nicht sehen. Wie gesagt, es war das Eckhaus, und die Küche ging zur anderen Straße raus.«

»Konnten Sie sie hören?«

Sie schüttelte den Kopf.

»Was konnten Sie von dort aus sehen?«

»Ein roter Wagen bremste und fuhr langsam um die Ecke. Ein Holden Commodore, Baujahr 1995.«

»Das ist aber sehr genau. Haben Sie sich damals für Autos interessiert?«

»Ich habe das Modell und das Baujahr erkannt, weil mein Vater so eins fuhr.«

»Soll ich das so verstehen, dass Sie das Fahrzeug Ihres Vaters draußen gesehen haben, als Christa verschwand?«

»Ich sagte, ich habe einen roten Commodore gesehen. Allerdings kein Kennzeichen und auch nicht ihn am Steuer, also nein, ich sage damit nicht, ich hätte den Wagen meines Vaters gesehen.«

Lane wählte seine Worte sorgfältig. »Haben Sie der Polizei gesagt, Sie hätten den Wagen Ihres Vaters gesehen?«

Sie schüttelte den Kopf. »Ich habe ihnen gesagt, ich hätte einen Wagen *wie* den von meinem Vater gesehen. Und dass er nicht am Steuer saß.«

Er bemühte sich, seine Enttäuschung nicht zu zeigen. Ob es der Commodore von Alannas Vater gewesen *war* oder nur *wie* sein Wagen *aussah,* war Haarspalterei. Schließlich hatte die Polizei seinen mutwillig abgefackelten Wagen entdeckt. Die Nummernschilder und die Fahrgestellnummer hatten bewiesen, dass ihr Vater der Halter war. »Können Sie den Fahrer beschreiben?«

»Nein, ich habe ihn ja kaum gesehen.«

»Trotzdem sind Sie sicher, dass nicht Ihr Vater am Steuer saß.«

»Mr Holland, wenn Ihr Vater in diesem Moment an diesem Café vorbeifahren würde, dann würden Sie ihn doch wohl auf Anhieb erkennen, oder? Menschen, die wir lieben, springen uns ins Auge.«

Bei der Vorstellung, dass sein Vater vorbeifahren würde, stockte ihm der Atem. Er trank einen Schluck Kaffee, um sich zu fassen. »Ich verstehe, was Sie sagen wollen. Und wie ging es weiter?«

»Ich habe die Wassertassen, die ich für uns holen wollte, mit nach draußen genommen, und Christa war verschwunden. Das Tor war zu, weder im Vorgarten noch auf der Straße eine Spur von ihr. Kein roter Wagen, keine Christa. Ich habe sie nie wiedergesehen.«

»Das tut mir leid«, sagte er. Die Worte erübrigten sich, aber sie lächelte trotzdem ein wenig.

»Danke.«

Er streckte die Hand über den Tisch, um sich zu verabschieden.

Sie starrte nur darauf und schien verwirrt. »Haben Sie denn keine weiteren Fragen?«

Etwas ratlos zog er die Hand zurück. »Sie haben sich viel Zeit für mich genommen, und ich weiß, wie kräfteraubend das ist.«

»Sollen wir … einen neuen Termin ausmachen? Ich kann auch eine Runde im Park drehen und in einer Stunde wiederkommen, falls Sie nur eine Pause brauchen.«

Er lächelte. Für jemanden, der so viel durchgemacht hatte, hatte sie erstaunlich viel Empathie. »Ich meinte nicht, kräftezehrend für mich. Ich denke nur, ich habe keine weiteren Fragen mehr an Sie.«

»Was? Sie sind schon fertig?« Ihr eben noch so warmherziger Tonfall wurde angespannt.

»Ja«, antwortete er. Offensichtlich hatte er sie auf dem falschen Fuß erwischt, aber er hegte nicht die Absicht, sie länger als nötig in die Mangel zu nehmen.

»Wie wäre es, wenn ich Sie mal was frage?«, konterte sie. Im Lauf des Gesprächs war sie hier und da in einen stärkeren Akzent zurückgefallen, und inzwischen gab sie sich keinerlei Mühe mehr, »professionell« zu klingen, entweder weil sie zu wütend war oder es nicht mehr der Mühe wert fand, ihn zu beeindrucken.

»Sicher.«

»Ich habe mir Ihre Fälle angesehen. Das waren viel mehr, als ich erwartet hatte, nach allem, was M…« Den Rest schluckte sie herunter.

Nach allem, was Mina ihr erzählt hatte, vermutete er. Wenn sie Beverley gekannt hatte, musste sie logischerweise auch Mina kennen, was erklärte, wieso diese ihn auf den Fall angesetzt hatte. Doch offensichtlich war Mina zwischen Alanna und ihm tabu.

»Ich hatte nicht mit so vielen gerechnet. Offenbar waren Sie überall im Land unterwegs und dann plötzlich nur noch im nördlichen New South Wales und im südlichen Queensland. Hatten Sie da nach was Bestimmtem gesucht?«

»Offenbar ist an Ihnen selbst eine Privatdetektivin verloren gegangen«, erwiderte Lane scherzhaft.

»Bibliothekarin, Privatdetektivin, das erfordert ähnliche Fähigkeiten.«

»Also, kreuz und quer im ganzen Land ist etwas übertrieben. Ich habe mich immer auf das Murray-Darling-Becken konzentriert, selbst als ich noch mehr unterwegs war.«

»Bei Ihren frühen Fällen ging es immer um vermisste oder tote kleine Mädchen. Die Fälle in Queensland dagegen sind von allem etwas. Männer, Frauen, Raub, Versicherungsbetrug. Und jetzt sind Sie wieder unterwegs. Wieder bei den kleinen Mädchen.«

»Ich habe mir damals Fälle in der näheren Umgebung ausgesucht. Meine Schwester wechselte an die Highschool in Byron Bay, deshalb musste ich es so einrichten, dass ich einerseits rausfahren und Leute befragen, Akten sichten und Tatorte unter die Lupe nehmen konnte und andererseits zu Hause war und dafür sorgte, dass abends mindestens ein Gemüse auf den Tisch kam.«

Das schien sie ein wenig zu beschwichtigen. Ein kleines persönliches Geständnis verbesserte die Stimmung, auch wenn Lane es hasste, Persönliches strategisch einzusetzen.

»Demnach sind Ihnen diese Fälle am liebsten?«

»Es ist gut, sich zu spezialisieren«, erwiderte er.

»Aber bis jetzt haben Sie sich nie für meine Schwester interessiert. Wieso?«

»Jetzt bin ich doch hier, nicht wahr?«

»Versuchen Sie nicht, mir weiszumachen, Sie wären hier, um daran zu arbeiten«, schnaubte sie. »Ich freue mich, dass Sie hier sind, aber halten Sie mich bitte nicht für dämlich.«

Er hob beschwichtigend die Hände. Ihr Einwand war nur fair. »Bei der Wahl meiner Fälle halte ich mich an bestimmte Kriterien. Die erfüllte Christa nicht.«

»Und wieso? Weil es keine hohe Belohnung gibt?«

»Nein. Es ist nicht wegen des Geldes oder irgendetwas Persönlichem im Fall Ihrer Schwester, und es geht auch nicht darum, wie sehr Ihnen Gerechtigkeit zusteht. Ich kam einfach nur zu dem

Schluss, dass ich nichts Substanzielles dazu beitragen kann. Bei diesem Fall stellt sich nicht die Frage: ›Wer war es?‹, sondern: ›Wo sind sie hin?‹. Um dieser Frage nachzugehen, hätte ich Ressourcen gebraucht, über die ich schlicht nicht verfügte.«

Über die er auch jetzt nicht verfügte. Eine groß angelegte Fahndung mit Tausenden Freiwilligen und einer Polizeihundestaffel hätte Licht in das Dunkel bringen können. Oder auch landesweiter Zugang zu entsprechenden Überwachungsvideos und eine Gesichtserkennungsdatenbank.

Eine Gesichtserkennungsdatenbank? Hmm. Gar keine schlechte Idee …

»Sie sind also nicht besser als der Rest«, sagte Alanna. Sie klappte ihren Ordner zu, um ihn wieder in die Tasche zu stecken.

»Moment.« Er legte ihr die Hand auf den Arm, und sie hielt inne. »Tut mir leid, wenn ich Sie verletzt habe. Ich weiß, wie weh das tun muss, wenn die schmerzlichste Erfahrung im Leben so abgetan wird. Aber wie gesagt, jetzt bin ich hier, und ich verspreche Ihnen, alles zu tun …«

»Sie haben doch schon bewiesen, dass Sie es nicht tun werden«, antwortete sie kurz angebunden.

Er wurde unruhig. Wenn sie jetzt hier rausstürmte, konnte er sich jede Zusammenarbeit mit Mina abschminken. »Ich verstehe nicht ganz.«

»›Die Frage lautet nicht: Wer war es?‹ Sie können mich mal. Immer läuft es auf meinen Vater hinaus. Haben Sie auch nur einen Moment die Möglichkeit in Betracht gezogen, dass sie von einem Fremden entführt worden ist?«

Lane zögerte. Die Beweislage war klar. »Statistisch gesehen …«

»Ich scheiß auf die Statistik!«, blaffte sie so laut, dass sich ein Mann am Nachbartisch, mit einem Kleinkind auf dem Schoß, stirnrunzelnd zu ihnen umdrehte. Sie erwiderte den Blick, und Lane hob die Hand, um ihre Aufmerksamkeit zurück zu ihm zu lenken.

»Tut mir leid«, sagte er. »Sie haben natürlich recht. Ich verspreche Ihnen, für alles offen zu sein.«

»Dann werden Sie auch andere Möglichkeiten in Betracht ziehen?«, hakte sie nach. Auch wenn sie immer noch misstrauisch klang, sprach sie wieder in normaler Lautstärke.

»Jede. Ich lasse nichts unversucht.«

Sie legte die Hände vors Gesicht und atmete durch, bewusst und regelmäßig wie bei einer Atemtechnik, um sich zu beruhigen. Er wartete, bis sie ihm wieder in die Augen sehen konnte.

»Danke«, sagte sie. »Ich weiß, dass das hier nicht der Fall ist, den Sie sich erhofft hatten, aber …« Sie starrte zur gegenüberliegenden Wand, an der inmitten von Anzeigen für Rasenmäher-Reparaturdienste oder zur Vermittlung von Kätzchen in liebevolle Hände ein Poster zur Vermisstenwoche hing. Zur Hälfte wurde es von Evelyn McCreerys berühmtem Foto dominiert, darunter waren Bilder im Passfotoformat von anderen vermissten Personen aus der Umgebung. Christa war die erste.

»Muss hart sein«, sagte er, »in ihrem Schatten Aufmerksamkeit zu bekommen.«

»Wie man's nimmt. Evelyn zieht die Blicke auf sich. Und vielleicht sehen die Leute dann darunter auch meine Schwester.«

ZEHN

Er fuhr vom Café zur Strickland Street, mehr um seine Gedanken zu ordnen als in der Erwartung, dort irgendetwas zu finden. Die Adresse fand er mühelos, doch das Bergarbeiterhäuschen, in dem Alanna und Christa achtzehn Tage lang gewohnt hatten, war längst verschwunden. An seiner Stelle stand ein Trio kastenförmiger Townhouses, mit heruntergelassenen Jalousien.

Über gewundene Nebenstraßen fuhr er von dort zu einem unbefestigten Parkplatz neben einem Naturschutzgebiet, auf dem 1995 der ausgebrannte Commodore entdeckt worden war, neun Stunden nach Christas Verschwinden. Auch da fanden sich nicht die geringsten Spuren, weder versengte Erde noch der kleinste Splitter Schrott.

Es gab zwei Möglichkeiten – entweder hatte Gunther Rennold dort ein zweites Fahrzeug versteckt, oder Vater und Tochter waren ins Naturschutzgebiet verschwunden. Die Polizei hatte damals an den wichtigsten Ausfallstraßen Kontrollpunkte errichtet, doch es gab einfach zu viele Routen aus der Stadt, zu viele Nebenstraßen und Feldwege und zu wenige Polizisten, um die Falle zuschnappen zu lassen.

Er blieb ein paar Minuten und starrte in die Bäume, als stünde die Zeit plötzlich still und Christa käme jeden Moment aus dem Unterholz.

* * *

In seinem Motelzimmer schlug Lane den Ordner auf der Seite mit den Alterungsbildern auf. Falls das Mädchen noch irgendwo da draußen war – was für ein Leben führte es wohl?

Sie wäre alt genug, um an die Uni zu gehen. Alt genug für den Führerschein, um Alkohol trinken zu dürfen, um zu wählen und sich mit einem Billigflug mit Freundinnen ein schönes Wochenende auf Bali zu machen.

Nur dass sie höchstwahrscheinlich nichts dergleichen tat. Wenn Lane sich für einen Moment an das beste Szenario hielt und davon ausging, dass ihr Vater sie irgendwohin verschleppt hatte, wo sie niemand kannte, dann führte Christa ein gewöhnliches, wenn auch geheim gehaltenes Leben. Ohne Geburtsurkunde hätte sie keinen Führerschein. Keine Universitätszulassung. Keinen Pass.

Lane schlug in seinem Notizbuch eine leere Seite auf, zog eine senkrechte Linie in der Mitte und machte sich an eine Liste in der linken Spalte. Die Merkmale einer noch lebenden Christa. Zwanzig Jahre alt. Braunes Haar. Haselnussbraune Augen. Heller Teint. Ihre Zähne könnten sich geändert haben, ebenso ihr Körperbau. Dazu schrieb er nichts. Kein Studium. Kein eigenes Auto. Keine Auslandsreisen. Keine Krankenversicherung – abgesehen davon, dass jemand wie Gunther Rennold um Ärzte sowieso einen Bogen machen würde. Kein staatliches Stipendium, keine Jugendfreibeträge.

Wahrscheinlich war ihr Vater darin versiert, außerhalb des Systems zu leben – nachdem er seit Christas Verschwinden ganz von der Bildfläche verschwunden war und nicht nur seiner Frau und älteren Tochter, sondern auch der Polizei und dem Jugendamt aus dem Weg gehen musste, blieb ihm auch nichts anderes übrig.

Die Liste für die andere Spalte war um einiges schwerer zusammenzustellen. Die Informationen, die er von Alanna hatte und mit deren Hilfe eine nicht identifizierte Leiche mit Christa abgeglichen werden konnte. Hier hatte er kaum mehr in der Hand als den verheilten Schlüsselbeinbruch. Die Größenangabe aus der Akte vermerkte er nicht. Familien waren oft schockierend schlecht darin, die Körpermaße ihrer vermissten Angehörigen zu schätzen. Er wusste von Fällen jahrzehntelang unidentifizierter menschlicher Skelettfunde, bei denen sich am Ende herausstellte, dass sie kleiner waren als bei der Vermisstenanzeige angegeben, weil die Person immer hohe Absätze getragen hatte oder jemand anders sich immer gebrüstet hatte, einen Meter achtzig zu sein, in Wirklichkeit aber nur einen Meter fünfundsiebzig war. Bei Kindern mit ihren rasanten Wachstumsschüben war es natürlich oft noch schwerer.

Doch der Punkt zählte in diesem Fall nicht, da es keine nicht identifizierten Leichen gab. Hätte man irgendwo in einem Tausendkilometerradius um Nannine eine Kinderleiche gefunden, wäre das in den landesweiten Nachrichten gekommen, denn die Presse hätte sich auf die Möglichkeit gestürzt, dass es sich um Evelyn McCreery handelte. Aber das Naturschutzgebiet war mit seinem dichten Gestrüpp, den plötzlichen Senken und Rinnen undurchdringlich. Auf einem Gelände wie diesem konnte jemand fünfzig Meter weit laufen und sich unauffindbar verirren. Es gab jede Menge hervorragende Stellen, um eine Leiche zu verstecken. Abgesehen davon war er nicht in der Verfassung, da herumzustapfen und zu suchen.

Wie hoch standen realistischerweise die Chancen, dass Christa noch am Leben war? Auch Evelyns Leiche hatte man nie gefunden, und für ihn war das kein überzeugender Beweis, dass sie noch am Leben war. Bei einer Entführung durch einen Elternteil oder einen Angehörigen war die Wahrscheinlichkeit höher. In solchen Fällen wurden Kinder noch Jahre, selbst Jahrzehnte später lebendig und wohlauf ermittelt. Er ging auf Facebook, und der Bildschirm füllte sich mit allem möglichen Nonsens, an dem er kein Interesse hatte. Lane hatte Tausende Facebook-Freunde und keinen davon im echten Leben.

Lane nahm jede Freundschaftsanfrage an und schickte seinerseits an jede vorgeschlagene Person eine Anfrage, was den Algorithmus wiederum veranlasste, ihm immer mehr Leute vorzuschlagen. Viele nahmen wahllos jeden an, sei es, um für ihr Geschäft die Werbetrommel zu rühren, oder weil sie zu höflich waren, um auf Ablehnen zu klicken, oder weil sie zu besessen davon waren, die Zahl ihrer Freunde wachsen zu sehen, um sich Gedanken darüber zu machen, dass vollkommen fremde Menschen ihre Beliebtheitswerte in die Höhe trieben.

Als wahre Goldader hatten sich die Anhänger von Facebook-Games erwiesen. Nahm er sich auch nur fünfzehn Sekunden, um ihnen virtuelle Früchte oder neue Leben zu schicken, oder welchen Schnickschnack sie sonst brauchen konnten, um bei ihrem Lieblingszeitvertreib weiterzukommen, waren sie seine besten Freunde. Nur wenige machten sich die Mühe, ihn von ihrer Freundesliste zu streichen, wenn er auf ihre Anfragen nicht mehr reagierte.

Nur die wenigsten begriffen, wie weit der Arm der sozialen Netzwerke reichte. Klar, jüngste kritische Nachrichten hatten die aufmerksameren Benutzer veranlasst, entsprechend den neuesten Warnungen von Wired oder Buzzfeed ihre Häkchen in den Datenschutzeinstellungen wieder wegzunehmen. Eine kleine Handvoll hatte sich sogar abgemeldet. Doch der Mehrzahl war das alles egal. Sie brauchten Facebook, um mit ihren Freunden in Kontakt zu bleiben.

»Freunde von Freunden« klang erst einmal unverfänglich nach Leuten, für die sich deine Freunde verbürgten, die folglich vertrauenswürdig waren. Allzu groß konnte eine solche Gruppe ja nicht sein. Es sei denn, zu deinen Freunden zählte die harmlose alte Tante Sally, die den ganzen Tag lang Apple Pie Mouse Puzzle Quest spielt und bei jeder Anfrage auf Annehmen klickt. Dann können sich die Freunde deiner Freunde zu Hunderttausenden addieren. Und dann könnte auch Lane dazugehören.

Er loggte sich aus. Sein überladener Feed machte einem Angebot Platz, einen neuen Account zu erstellen. Er klickte auf das Kästchen »Vorname« und tippte »Christa« ein.

Skype meldete sich. Er verkleinerte das Fenster, sodass Facebook nur den halben Bildschirm füllte, und nahm den Anruf an.

Die Verbindung war schrecklich. Seine Schwester blickte ihm wie aus einem Zerrspiegel entgegen, dafür war ihre Stimme klar und deutlich. »Hey!«

»Hey. Was ist los?«

»Muss denn was los sein, damit ich dich anrufe?«

»Wenn man sämtlichen Eltern glaubt, mit denen ich bei deinem Umzug gesprochen habe, ja.«

»O mein Gott, ist das dein Dad?«, fragte jemand mit starkem kanadischem Akzent dazwischen. Hinter Lynnie kam ein Mädchen ins Bild und lehnte sich über ihre Schulter. Sie hatte das dunkle Haar auf dem Kopf zu einem Dutt gebunden und etwas neben ihrem rechten Auge, das wie eine grüne Marmorierung aussah. Für einen Moment kam sie dicht heran, und das Bild wurde so scharf, dass er sah, was es war: eine kunstvoll geschminkte gewundene Weinrebe mit rosa Rosen. Lane vermutete, dass sie die WG-Mitbewohnerin war, eine Auslandsstudentin, die bei seiner Abreise aus Canberra noch nicht eingetroffen war, sodass er sie nicht mehr kennengelernt hatte. Ihrer Personenüberprüfung nach war sie jedenfalls sauber.

»Wie alt waren Sie, als sie zur Welt kam? Fünfzehn?«

»Ich war sechzehn«, antwortete Lane. Er hatte keine Ahnung, was Lynnie an der Uni über ihre Familie erzählt hatte, und so ignorierte er die andere Frage.

»Er ist mein Bruder«, stellte Lynnie klar. »Lane, Chelsea. Chelsea, Lane.«

»Er ist süß!«, flüsterte Chelsea.

Lynnie verdrehte die Augen. »Nein, du bist betrunken. Lane, einen Moment.« Sie stand auf, und das Bild verschwamm, als sie ihr Tablet hochhob.

Während er wartete, füllte er die verbleibenden Felder bei der Facebook-Registrierung mit Nonsens und einer seiner Wegwerf-E-Mail-Adressen aus.

Kurz darauf hörte er Lynnies Tür zuschnappen, und seine Schwester erschien wieder im Bild, diesmal an ihrem Schreibtisch. »Also, das war Chelsea.« Sie presste die Lippen vielsagend aufeinander und zog die Augenbrauen hoch.

»Sie macht einen netten Eindruck«, sagte Lane neutral.

Das Feld für das Profilbild ließ er frei, lud dafür aber Christas Schulfoto hoch und markierte es.

»Mann«, stöhnte Lynnie. »Ich dachte, im Vergleich zu vorher wäre eine WG ein Spaziergang. Aber ich werde noch wahnsinnig. Auf engem Raum zusammenzuleben, muss man wohl können. Ich kann es, Chelsea nicht. Sie hat nicht den leisesten Schimmer von all den kleinen Sachen, die nötig sind, damit das reibungslos funktioniert.«

»Gib ihr ein bisschen Zeit. Zum Studium um den halben Globus zu ziehen, muss eine große Umstellung für sie sein.«

Lynnies tiefer Seufzer sagte ihm, dass er der nervigste Mensch auf dem Planeten war.

»Hast du ihr dieses Facepaint gemacht?«

Lynnies Miene hellte sich auf. »Ja, ein neues Design, das ich mir ausgedacht habe. Freitagabends schminke ich Chelsea und ihre Freundinnen oft, wenn sie ausgehen wollen. Ich nehme fünf Dollar pro Motiv und schaffe zehn in einer Stunde. Das ist so leicht, dass ich mir jedes Mal wie eine Halsabschneiderin vorkomme.«

»Chelseas Freundinnen?«, hakte Lane alarmiert nach. In den paar Wochen, die Lynnie jetzt dort war, wäre es nicht verwunderlich, wenn sie schon ein paar Freundschaften geschlossen hätte, doch Chelsea war ja noch kürzer in Canberra.

»Ihre und meine, schätze ich mal. Ich meine, ich komme ab und zu mit.«

»Geht ihr in Bars?«, platzte Lane heraus.

Wahrscheinlich hatte er den unbeeindruckten Blick von ihr verdient, so schnell, wie er von der Sorge, sie hätte keine Freunde, zu der Frage gewechselt war, ob sie zu viel Party machte. »Nur zu deiner Info, Lane, mein Ausweis ist echt. Du erinnerst dich doch noch an meinen achtzehnten Geburtstag, mit Luftballons und Kuchen und so?«

»Aber verträgt sich das mit deinen Medikamenten?«

»Das geht nur mich und meine Ärztin etwas an«, konterte sie scharf.

Lane hob beschwichtigend die Hände. Es fiel ihm schwer, sie als Erwachsene zu behandeln. Er war im selben Alter zum Studium von zu Hause weggegangen und hatte sich jeden Bevormundungsversuch ihrer Mutter verbeten. Aber Lynnie kam ihm mit achtzehn so viel jünger vor als er im selben Alter.

»Und nebenbei bin ich auch für ein paar Kindergeburtstage gebucht«, fügte sie hinzu.

»Das ist nicht nötig«, sagte er. »Konzentrier dich lieber auf dein Studium.«

Es bereitete ihm immer noch ein schlechtes Gewissen, dass sie nach ihrem Schulabschluss nicht mit ihren Freundinnen hatte wegfahren können. Stattdessen hatte sie in Byron herumgehangen und die Gesichter betrunkener Mädchen mit Blumenkränzchen bemalt. Er wollte nicht, dass sie ihr erstes Studienjahr auf dieselbe Weise vergeudete.

Er lud das andere Foto hoch, das von Alanna und Christa. Er hielt einen Moment inne und betrachtete Alannas Gesicht. Auf keinen Fall durfte der Facebook-Algorithmus ihr den Account ihrer vermissten Schwester als potenziellen Kontakt vorschlagen, weshalb er Alanna blockierte.

»Danke für das Büchergeld, das du mir geschickt hast«, sagte Lynnie. Er bezweifelte, dass sie deshalb angerufen hatte, auch wenn es ein heikleres Thema war als das Geplänkel über ihre WG-Mitbewohnerin.

»Du hast es gebraucht«, sagte Lane.

»Hast du ein paar Versicherungsaufträge an Land gezogen?«

Als sie in Byron Bay lebten, hatte er mit Nachforschungen zu Versicherungsbetrug ihre Brötchen verdient. Eigentlich hätte er sich lieber auf Vermisstenfälle und Mord konzentriert, doch die zahlten sich nur hin und wieder aus. Versicherungsbetrüger zu erwischen brachte verlässliches Geld ein, nur dass er sich dabei mies vorkam. In Wirklichkeit hatten viele von den Leuten, die er »schnappte«, das Geld eigentlich verdient, nur leider nicht nach dem ausgeklügelten Kleingedruckten in ihren Policen.

»Ja«, sagte er. Sie hatte auch so genug um die Ohren; sie brauchte nicht zu wissen, dass er das Geld von seinen Ersparnissen genommen hatte. »Du bekommst gleich eine Freundschaftsanfrage. Kannst du mir einen Gefallen tun und sie annehmen? Der Name lautet Christa Rennold.«

Er schickte eine Anfrage an Lynnie sowie an seine beiden anderen Facebook-Accounts.

»Klar. Aber falls ich dadurch mit diesen Game-Benachrichtigungen zugespammt werde, blockiere ich die, und dich auch.«

»Dafür ist das nicht. Christa Rennold ist ein Cold Case, an dem ich arbeite. Ich probiere gerade eine neue Methode aus, um Vermisste zu finden. Man erstellt für diejenige Person einen falschen Account und lädt Fotos hoch, die man von ihr hat. Wenn diese Person im Hintergrund von Fotos anderer Leute auftaucht, schickt einem Facebook eine Benachrichtigung.«

Lynnie verzog das Gesicht. »Das ist gruselig.«

»Es ist genial«, erwiderte Lane. Er aktualisierte die neue Seite ein paarmal und nahm dann eine Handvoll Freundschaftsanfragen an, die von wildfremden Benutzern hereinkamen, vermutlich um Christa ätherische Öle zu verkaufen.

Währenddessen schwieg er. Wenn sie so weit war, ihm zu sagen, weshalb sie wirklich angerufen hatte, würde sie reden. Schweigen nicht voreilig zu füllen, gehörte zu den wirkungsvollsten Verhörtechniken. Wenngleich es ihn ein wenig irritierte, dass es auch bei der Kindererziehung funktionierte, dachte er lieber nicht darüber nach, solange es seinen Zweck erfüllte.

»Also, ich habe einen Brief bekommen«, rückte Lynnie heraus.

Das war es also.

»Leite ihn gleich an die Polizei weiter«, sagte Lane prompt. »Er darf keinen Kontakt mit dir aufnehmen.« Sein Herzschlag beschleunigte sich. Auch wenn er sich dafür hasste, empfand er einen Funken Schadenfreude. Wenn sein Vater mit Lynnie direkten Kontakt aufnahm, würden sie ihm höchstwahrscheinlich zusätzliche Haftzeit aufbrummen.

»Er ist nicht von ihm«, sagte Lynnie, »sondern vom Familiensuchdienst der Heilsarmee. Jemand hat sie gebeten, mich aufzuspüren.«

»Ach so.« Mit diesem Service war er flüchtig vertraut. Es war undenkbar, dass sich die Organisation von jemandem vor den Karren spannen ließ, um ein Opfer zu stalken. Zumindest nicht bei einem rechtskräftig verurteilten Straftäter. »Könnte einer von Mums Cousins sein. Oder jemand, der zu Weihnachten eine Mitgliedschaft bei Ancestry geschenkt bekommen hat.«

»Mag sein.« Sie klang wenig überzeugt.

»Wenn du die Anfrage ablehnst, war es das«, sagte Lane. »Kein Grund zur Sorge.«

»Klar«, erwiderte Lynnie, wirkte aber nicht beruhigt. »Ich melde mich wieder.«

Sie beendete den Anruf. Beunruhigt vergrößerte Lane das Facebook-Fenster. Er hatte eine Benachrichtigung.

Keva Saunders hat ein Foto hinzugefügt, auf dem du möglicherweise zu sehen bist.

ELF

Minas Nase juckte von der Grundierung. Sie musste sich etwas Hypoallergenes besorgen. Sie trug so selten Make-up, dass sie es immer vergaß, bis sich etwa nach einer Stunde wieder das verräterische Jucken einstellte.

Der Psychotherapeut, den sie ihr als Jugendliche aufgezwungen hatten, war geradezu darauf fixiert gewesen, dass Mina sich nicht schminkte. Er hatte darin nicht etwa die pragmatische Wahl eines Mädchens gesehen, das die meiste Zeit draußen im Freien und allein verbrachte, sondern eine bewusste Ablehnung der Welt und ihrer Normen.

Sie hatte den Fehler begangen zu erwähnen, dass der Geruch sie nervös machte. Ihre Mutter hatte immer ein wenig aufgetragen, wenn sie zu einer Pressekonferenz oder einem öffentlichen Aufruf erschienen, um im Scheinwerferlicht nicht verhärmt auszusehen. Der Geruch brachte diese Erinnerungen zurück. Sie hatte gehofft, ihn damit von seiner Obsession abzubringen, doch er hatte sich nur noch mehr darauf versteift, sie von dieser »Phobie« zu befreien.

Deshalb trug sie immer noch vor jeder Therapiesitzung Make-up auf, auch wenn sie seither verschiedene Therapeuten gehabt hatte. Sie war von Spezialist zu Spezialist gewandert, von einem Kinderpsychologen, aus naheliegenden Gründen, zu einem, der ihr dabei helfen sollte, mit dem Trauma der Pubertät fertigzuwerden. Als ihre Mutter erkrankte, ging es wieder zu jemand Neuem, als sie starb, zu einem Trauertherapeuten und nunmehr zu Dr. Zhang, der sie wegen einer ganzen Palette an psychischen Belastungsstörungen behandelte, die alle den Zusatz »generalisiert« enthielten.

Dr. Zhang war es vermutlich herzlich egal, ob sie Make-up trug oder nicht, doch er würde seine Notizen mit der Feststellung einleiten, »Patientin erscheint in gepflegtem Zustand« – ein guter Auftakt für die Sitzung. Sie erschien nur alle sechs Monate bei ihm – Nannine verfügte über keine Versorgungseinrichtungen für psychische Gesundheit oder auch für jeden anderweitigen Bedarf über Treibstoff, Nahrungsmittel oder Alkohol hinaus, und so musste sie die dreistündige Fahrt nach Danby auf sich nehmen. Die anderen acht Sitzungen fanden über Skype statt, doch er bestand auf zwei persönlichen Terminen im Jahr.

Irgendwo hatte sie gelesen, dass sich Patienten in ihre Therapeuten verlieben. Dr. Zhang war ungefähr in ihrem Alter, gut aussehend, klug und aufmerksam. Aber sie hatte sich nicht in ihn verliebt, was die Frage aufwarf, ob er vielleicht kein besonders guter Therapeut war. Andererseits wusste sie nicht, ob sie überhaupt jemals verliebt gewesen war. Ihre gelegentlichen Dating-Versuche waren weder desaströs noch sonderlich erfolgreich verlaufen und meistens nach ein paar Dates oder bestenfalls ein paar Monaten verpufft. Das war nicht lange genug, um sich bei einem Menschen sicher zu fühlen, und es war undenkbar, sich in jemanden zu verlieben, der ihr kein sicheres Gefühl gab.

Mit neutraler Miene hakte Dr. Zhang ihre Einträge im Fragebogen ab. »Bei Angst und Stress kommen Sie auf eine ziemlich hohe Punktzahl.«

Sie hatte gewusst, dass er das sagen würde. Sie hatte diesen Fragebogen schon so oft ausgefüllt, dass ihr die Ergebnisse im Vorhinein klar waren. Und wenn sie ehrlich war, glaubte sie nicht, dass ihre Stress- und Angstlevel viel über ihre psychische Gesundheit aussagten. Schließlich hatte sie ein paar seltsame Wochen hinter sich.

»Da einige Monate vergangen sind, würde ich gerne ein Screening zu Ihrer psychischen Verfassung vornehmen«, erklärte er.

»Ich stelle Ihnen eine Reihe Fragen, die Sie mit Ja oder Nein beantworten. Überlegen Sie nicht lange, sondern folgen Sie Ihrem ersten Impuls.«

»Schon gut, ich weiß, wie das geht.«

»Okay, dann mal los, Blitzdurchgang. Schlafprobleme?«

»Nein.«

»Wachen Sie früh auf?«

»Ich bin Farmerin.«

Er blickte auf, und für einen Moment huschte ein Grinsen über sein Gesicht. »Ich meinte, früher als gewöhnlich oder bevor der Wecker klingelt.«

»Nein.«

»Stress bei der Arbeit?«

»Nein.«

»Beziehungsprobleme?«

Was für Beziehungen? Ihr Vater und Alanna wahrscheinlich. »Nein.«

»Kürzlicher Trauerfall oder Verlust?«

»Nicht kürzlich, nein.«

»Reizbarkeit?«

»Ja.«

»Irrationale Ängste?«

»Nein.« Alle ihre Ängste waren vollkommen rational.

»Panikattacken?«

Sie seufzte. »Ja.«

»Zwanghafte Verhaltensweisen?«

Das Rascheln einer Landkarte, wenn sie mit dem Stift Abschnitte darauf markierte. Das Knistern von strohigem Gras unter ihren Füßen. Das Gewicht eines Gewehrs in der Armbeuge. »Nein.«

»Sinnestäuschungen?«

»Nein.«

»Akustische Halluzinationen?«

Wo sie früher ein promptes Nein zur Antwort gegeben hatte, holte sie diesmal tief Luft.

Dr. Zhang beugte sich vor und stützte die Ellbogen auf die Knie. »Das war eine lange Pause.«

»Ich habe etwas gehört, das in Wirklichkeit nicht da war. Einen Hubschrauber.« Sie rieb sich die Nase mit dem Fingerknöchel, damit das Jucken aufhörte. »Aber ›akustische Halluzinationen‹ klingt übertrieben. Das ist was Ernstes, nicht wahr? Dinge zu hören.«

»Nicht unbedingt. Wann war das?«

»Vor ein paar Wochen. Ich war spazieren.«

Das war nicht direkt gelogen, sie ließ nur die Gründe für ihren Spaziergang aus, die er mit Sicherheit wichtig fände. Aber sie hatte ihm vor anderthalb Jahren, als sie damit angefangen hatte, nichts davon erzählt, wie auch sonst keiner Menschenseele. Wenn sie ihm erlaubte, diesen Faden zu ziehen, wer weiß, was dann noch alles zutage treten würde. Sie hatte so viele Details ausgelassen und so viele Halbwahrheiten erzählt, dass er eine imaginäre Person behandelte, was ermüdend für sie war.

»Wie haben Sie sich gefühlt, als es passierte?«

»Ich weiß es nicht«, gab sie zu. »Das versuche ich selbst gerade herauszufinden.«

»Wie meinen Sie das?«

»Na ja, das kam nicht aus heiterem Himmel. Es gab einen Vorfall. Ein Mann war ungebeten auf unser Anwesen gekommen und wurde von einer Schlange gebissen. Ich musste die Flying Doctors rufen. Aber die haben keinen Hubschrauber geschickt, sondern sind mit dem Flugzeug gekommen.«

Dr. Zhang blinzelte bedächtig hinter seiner Brille. »Verstehe. Sie sagen, dieser Mann sei ungebeten gekommen. Fühlten Sie sich bedroht?«

»Nein, er wurde nur lästig.«

»Sie sagten bei Gelegenheit schon mal, Sie hätten es nicht gerne, wenn Leute zu Ihnen nach Hause kommen. Es muss Ihnen Stress bereitet haben, dass jemand einfach so auftaucht.«

Der Gedanke überraschte sie. »Sein Abgang hat ein bisschen mehr Stress gemacht als seine Ankunft.«

»Als Sie den Hubschrauber hörten, waren Sie da um diesen Mann besorgt? Hatten Sie Angst um ihn?«

»Also, zu dem Zeitpunkt wusste ich, dass er es schafft. Ich glaube, es war eher ein Gefühl …« Sie wünschte, sie hätte etwas mitgebracht, um ihre Hände zu beschäftigen. Nur zu reden fiel ihr schwer. Sie vermisste die Therapiestunden als Kind, bei denen sie meistens auch etwas hatte zeichnen müssen. »Keine Ahnung.«

»Ich habe da etwas, das Ihnen helfen könnte.« Er blätterte in seinen Papieren und reichte ihr eine Karte mit einem leuchtend bunten Rad, das in immer kleinere, beschriftete Segmente aufgeteilt war. Ein ähnliches Schaubild hatte sie schon einmal gesehen, allerdings eine vereinfachte Version für Kinder, auf der die Emotionen mit Cartoon-Gesichtern dargestellt waren. Dieses Rad bot viel mehr Möglichkeiten, zwischen denen ihr Blick hin und her huschte. *Unter Druck. Verärgert. Missachtet. Verletzt. Wütend. Beschämt. Im Stich gelassen.* »Nicht gerade viele positive Gefühle, wenn ich richtig sehe.«

Nur ein einziges Segment war der Grundemotion »glücklich« vorbehalten, die anderen beschrieben negative Empfindungen.

Dr. Zhang lächelte. »Ich denke, das ist so ähnlich wie bei den Brandgefahrenstufen. Da wird oft darüber gewitzelt, dass die zweite Stufe ›hoch‹ ist, aber wozu sollte es nötig sein, ›niedrig‹ weiter aufzuteilen? Es fällt uns viel weniger schwer, gute Gefühle beim Namen zu nennen.«

»Ich habe mich schlecht gefühlt«, sagte sie. Was für eine kindische Ausdrucksweise. Genauso gut hätte sie ein Gesicht mit gerunzelter Stirn zeichnen können. »Es war mein Zuhause, und da wurde er verletzt, ich habe mich deshalb mies gefühlt. Gleichzeitig war ich deswegen auch sauer auf ihn. Er hatte da nichts zu suchen und sich in Gefahr gebracht.«

»Haben Sie das Gefühl, auf der Farm in Gefahr zu sein?«

»Nein«, antwortete sie. »Ich gehöre dahin. Er nicht.«

»Wenn jemand, der nicht dorthin gehört, zu Ihnen nach Hause kommt, wo Sie sich sicher fühlen, dann ist das gefährlich?« Mit hellwachem Blick beugte er sich wieder vor, und sie lehnte sich zurück.

»Nein.« Ihr wurde flau im Magen. Ihr Besuch diente dazu, dass sie sich besser fühlte und nicht wie unter Beschuss. »Ich weiß einfach nur, was ich tue und worauf ich zu achten habe. Ich kenne mich aus, er ist so ein Stadtidiot, der herumtrampelt und nicht die leiseste Ahnung hat.«

»Verstehe.« Ihrem Eindruck nach war er nicht zufriedengestellt, sondern verfolgte nur diese Fragestellung nicht weiter. »Eben fanden Sie es bedeutsam, dass Sie sich einen Hubschrauber eingebildet haben, während in Wirklichkeit ein Flugzeug kam. Wie erklären Sie sich das?«

Weil in den Tagen nach Evelyns Verschwinden ständig Hubschrauber kamen. Hubschrauber, die das Anwesen absuchten, und dann diejenigen der Nachrichtensender, um Luftaufnahmen zu machen. Das unablässige Dröhnen der Rotoren war der Soundtrack jener ersten Tage gewesen.

»Keine Ahnung«, sagte sie und zuckte mit den Achseln.

* * *

Mina stellte den letzten Stuhl hin und blickte zu Alanna auf, die in Gedanken versunken schien. Mina nahm wieder die Stühle in Augenschein und fragte sich, ob die üblichen acht, die sie von den Stapelreihen an der Wand genommen hatte, reichten.

Als sie ihren Termin bei Dr. Zhang machte, war es ihr vernünftig erschienen, ihn auf den Tag zu legen, an dem das nächste Treffen der Selbsthilfegruppe stattfand. Sie versuchte immer, Dinge miteinander zu verbinden, wenn sie die weite Fahrt machte, doch dabei nahm sie sich leicht zu viel auf einmal vor und war am Ende erschöpft oder wie in diesem Fall emotional aufgewühlt.

»Wie viele Leute kommen denn in letzter Zeit?«, fragte sie vorsichtig. Sie machte sich innerlich auf Alannas übliche Sticheleien wegen ihrer unzuverlässigen Teilnahme gefasst. An irgendeinem Punkt waren die Treffen eher zu etwas geworden, das sie der Gruppe schuldete, und nicht mehr etwas, das sie für sich brauchte. Als alter Hase war sie dazu da, den Neuzugängen zu helfen, den Leuten, die in den Wochen und Monaten, nachdem sie ihre Vermisstenanzeige aufgegeben hatten, immer noch unter Schock standen. Sie war da, um Neuen vor Augen zu führen, welches Maß an emotionaler Stabilität auch sie wiedererlangen würden, wenn ihre Wunden zwanzig Jahre zurücklagen. Sie verkniff sich ein bitteres Lachen.

»Mal mehr, mal weniger«, erwiderte Alanna, während sie an den Wandtisch trat und eine Packung Kekse aufriss. »Mum kommt heute. Die Lus sind nach Perth gezogen; sie haben von einem Freund gehört, dass Christopher möglicherweise dort lebt. Und Maria Benson …« Sie ließ den Satz in der Schwebe, was, so wie sie Maria kannten, hieß, dass ihr alles Mögliche zugestoßen sein könnte. »Wir hatten dieses Jahr keine Neuen. Was gut ist. Schließlich sind wir nicht auf Zuwachs aus.«

Mina nickte. Demnach hatte sie genug Stühle hingestellt, doch Alanna starrte immer noch mit verkniffener Miene auf den Kreis. »Ist was? Du wirkst so geistesabwesend.«

Alanna seufzte. »Dein Privatdetektiv hat mich angerufen. Wegen Christa.«

»Er ist nicht mein Privatdetektiv«, stellte Mina klar.

»Ach ja?« Alanna verdrehte die Augen. »Du willst mir allen Ernstes weismachen, er hätte sich einfach so Christas Fall vorgenommen? Weil er auf die lächerliche Belohnung scharf ist, die die Polizei ausgesetzt hat? Irgendwer übernimmt seine Rechnung, und ich bin es nicht.«

»Wie bitte? Du glaubst, ich bezahle ihn?«, fragte Mina.

Alanna schwieg. Ihre Hand schwebte mit einem Keks über dem Teller, auf dem sie das Knabberzeug auslegte. Sie musterte ihr angespanntes Gesicht und begriff mit Schrecken, dass Alanna genau das angenommen hatte.

»Ich habe ihn zu dir geschickt«, erwiderte Mina. »Aber ich habe ihm weder Spesen noch sonst etwas gezahlt.«

»Schon klar.« Alanna ließ den Keks auf den Teller fallen und schüttete den Rest der Tüte einfach aus. »Verstehe.«

»Ich dachte, das hättest du immer gewollt«, sagte Mina. »An dem Tag, an dem ich dich besucht habe, hast du das doch mehr oder weniger …«

»Ja, ja, schon klar.« Ihrem Ton nach hielt sie Mina für eine Vollidiotin.

»Hat er was angestellt?« Himmel, was hatte sie sich nur dabei gedacht, ihm diesen kleinen Streich zu spielen und ihm Alannas Fall aufs Auge zu drücken?

»Nein.« Alanna stützte sich auf die Rückenlehne eines Stuhls und schloss die Augen. »Er glaubt, er hat was herausgefunden. Er will sich nach dem Gruppentreffen mit Mum und mir zusammensetzen.«

»Ach du Scheiße«, entfuhr es Mina. Sie streckte zögernd die Hand aus, um Alanna an der Schulter zu berühren, zog sie dann aber zurück. »Das ist … heilige Scheiße!«

»Kannst du laut sagen«, murmelte Alanna. Sie holte tief Luft. »Ich bezweifle, dass er gute Nachrichten hat. Und was habe ich mir nach fünfzehn Jahren überhaupt unter guten Nachrichten vorzustellen?«

Die Tür zur Bibliothek öffnete sich, Alanna richtete sich auf, und der verängstigte Ausdruck in ihrem Gesicht verschwand unter der Maske der freundlichen Selbsthilfegruppenleiterin. Sie ging hinüber, um den Ankömmling willkommen zu heißen, und ließ Mina stehen.

ZWÖLF

Es hatte Lane die größte Selbstbeherrschung abverlangt, Alanna nicht noch am selben Tag anzurufen und ihr mitzuteilen, was er herausgefunden hatte. Er hatte sich Zeit nehmen wollen, um noch mehr Beweise zu sammeln, die seine Theorie stützten, oder auch etwas, das sie infrage stellte. Es machte die Sache nicht besser, dass er nichts weiter fand und jeden Tag erneut mit sich kämpfen musste, ob er sie anrufen oder weitersuchen sollte. Schließlich war er zu dem Schluss gekommen, dass eine Woche angemessen sei, und hatte sich eisern daran gehalten.

Er war überrascht, als er auf den kleinen Parkplatz der Beverley McCreery Memorial Library einbog und dort Minas viersitzigen Ute entdeckte. Das waren drei Stunden Fahrt von ihrer Farm. Er stellte seinen Wagen in der letzten Parklücke ab, direkt neben ihrem, und überlegte, ob er lieber noch eine Runde um den Block drehen sollte. Bis zu seiner Verabredung mit Alanna und Deirdre Rennold war es noch eine Viertelstunde, und Mina fuhr vielleicht bis dahin weg, ohne zu wissen, dass er da gewesen war.

Wenn er ihren Fall zu lösen hoffte, war er auf eine vernünftige Beziehung zwischen ihnen angewiesen, und es wäre nicht gerade hilfreich, wenn sie ihn verdächtigte, sie zu stalken.

Die Entscheidung wurde ihm abgenommen, als jemand energisch an die Heckscheibe klopfte. Er riss den Kopf herum und sah eine Frau mittleren Alters, die beide Hände über die Augen legte, um ihn durch die Scheibe zu sehen.

Er öffnete die Wagentür und stieg aus. »Kann ich Ihnen helfen?«

»Ich glaube, dazu sind Sie hergekommen«, antwortete sie mit einer Stimme, die ganz und gar nicht zu ihrer Erscheinung passte.

An ihrer adretten Aufmachung passte alles – das hellgrüne Polohemd mit dem eingestickten Logo *Rennolds Wäscheservice* über der rechten Brust; ihr zu einem straffen Zopf geflochtenes und zu einem Krönchen aufgestecktes Haar, nicht zuletzt ihre wachen, eindringlichen grünen Augen. Ihre Stimme dagegen war eher ein schwaches Krächzen, so als reibe jedes Wort, das sie herausbrachte, ihre Kehle wund.

»Mrs Rennold«, sagte er und schlug seine Tür zu. Er streckte ihr die Hand hin. »Lane Holland, wie schön, Sie kennenzulernen.«

»Nennen Sie mich Deirdre.« Sie ergriff seine Hand und drückte sie fest. Für einen Moment legte sie die andere Hand darüber, bevor sie losließ. »Sie haben sich mich anders vorgestellt, oder?«

»Ich versuche, mir nichts vorzustellen«, antwortete Lane, auch wenn es gelogen war und er Deirdre ansah, dass sie ihn durchschaute. Natürlich hatte er sich nach allem, was er von Alanna gehört und in Christas Akte gelesen hatte, ein Bild von ihr gemacht. Wenn er ehrlich war, hatte es ihn überrascht, dass Deirdre überhaupt noch am Leben war.

»Lassen Sie mich raten: Starrett hat vergessen zu erwähnen, dass ich seit fünfzehn Jahren clean bin«, erklärte Deirdre und verdrehte die Augen.

»Das Thema kam nicht auf, nein«, sagte Lane. Er war sich nicht sicher, ob er ihr glaubte, aber falls es stimmte, war es alles andere als leicht, von Meth loszukommen und dauerhaft clean zu bleiben; er hatte schon viele Leute gesehen, die gescheitert waren.

»Damals hieß es: ›Du musst erst mit dem Arsch so richtig auf Grundeis gehen‹, und mehr Grundeis geht nicht, wenn die eigenen Töchter zu einer Pflegemutter geschickt werden und eine davon nie wieder nach Hause kommt.«

Lane nickte.

»Tut mir leid, dass ich nie zurückgerufen habe. Ich wollte es und habe noch mit mir gekämpft, als Alanna anrief und sagte, Sie hätten Neuigkeiten für uns.«

»Das verstehe ich. In meinem Gespräch mit ihr hat Alanna erwähnt, dass Sie – dass Sie, ähm …« Er suchte verzweifelt nach Worten, die nicht wie ein Vorwurf klangen. Sie hatte eine Woche Zeit gehabt, zurückzurufen. Wenn sie tatsächlich so lange gebraucht hatte, um Mut zu fassen und den Anruf eines Privatdetektivs zu erwidern, hatte ihr Verhalten, von Starrett als passiv und desinteressiert beschrieben, vielleicht eher etwas mit pathologischer Anforderungsvermeidung zu tun.

Deirdre verzog den Mund. »Hat sie bestimmt«, sagte sie und drehte sich zum Bibliothekseingang um. Auf halbem Weg blieb sie stehen und stürmte noch einmal zu ihm zurück. »Haben Sie schon mal geträumt, dass jemand, den Sie lieben, plötzlich nicht mehr da ist? Dass mit einem Schlag Ihr ganzes Leben am Arsch ist? Und dann wachen Sie auf und stellen erleichtert fest, dass es nur ein Traum war und es allen gut geht, und Sie liegen im Dunkeln, und die Erleichterung übertrifft … einfach alles?«

»Ja«, erwiderte er leise.

»Seit fünfzehn Jahren passiert mir jede Nacht das genaue Gegenteil.«

* * *

Ein Nebenraum der Bibliothek war für irgendein Treffen vorbereitet, mit einem Stuhlkreis in der Mitte und einem Teller mit ein paar Keksen sowie einem Kaffeespender auf einem Tisch.

Auf einem der Stühle saß Mina und beugte sich zu Alanna hinüber. Als er eintrat, blickte sie auf und schien von seinem Erscheinen nicht überrascht zu sein. Sie wirkte ausgeruhter als bei ihrer letzten Begegnung, bei der sie mit dunklen Augenringen an seinem Krankenbett gesessen hatte. Heute trug sie ein wenig Make-up, Mascara und dunkelroten Lippenstift. Es stand ihr gut, auch wenn die unerwartete Farbe in ihrem Gesicht etwas verwirrend war.

»Ich dachte, du kommst zum Treffen, Mum«, sagte Alanna zu ihrer Mutter, während sie Lane ansah. Ihre Reaktion auf seine Nachricht war verhalten gewesen, was bei überlebenden Angehörigen häufiger vorkam, als man vielleicht erwarten würde.

»Ich hatte genügend Stuhlkreise in meinem Leben«, antwortete Deirdre.

Sie steuerte einen Sitzplatz an, und Lane sah schon vor sich, wie sie sich zueinander beugten wie in einer eigenen kleinen Selbsthilfegruppe. Er hielt die Hand hoch. »Ein Tisch wäre gut.«

»Soll ich lieber gehen?«, fragte Mina.

»Nein, Liebes, bleib ruhig«, sagte Deirdre prompt, während Alanna für ihre Antwort eine Weile brauchte.

»Nichts dagegen, dass du bleibst«, sagte sie schließlich.

Minas Lächeln verblasste, und sie warf Lane einen verstohlenen Blick zu. Er konnte nachempfinden, in was für eine unangenehme Situation Alanna sie gebracht hatte – es war keine Aufforderung gewesen, dazubleiben, sondern nur eine halbherzige Erlaubnis.

Sie setzten sich an den Tisch. Die drei Frauen nahmen auf der anderen Seite Platz, sodass er sich vorkam, als müsse er einem Gremium Rede und Antwort stehen. Er begriff, wieso Agatha Christies Ermittler diese Ansprachen immer an eine Gruppe richteten, die es sich in Ohrensesseln um ein behagliches Kaminfeuer gemütlich gemacht hatte. Wenigstens war bei den Neuigkeiten, die er zu überbringen hatte, nicht zu befürchten, dass jemand nach dem Schürhaken griff.

»Als ich mir auf Ms McCreerys Bitte hin das erste Mal die Akte Ihrer Schwester angesehen habe« – obwohl er seinen Blick auf Alanna und Deirdre richtete, sah er aus dem Augenwinkel, wie für eine Sekunde ein Lächeln über Minas Gesicht huschte –, »war ich erstaunt, dass der Fall so wenig bekannt ist. Ein Kind, das aus dem Haus einer Pflegemutter verschwindet, lässt das Jugendamt nicht gut dastehen.«

»Klar, das war auch immer unsere größte Sorge«, entgegnete Alanna sarkastisch. »Der Ruf des Jugendamts.«

»Alanna«, sagte Deirdre warnend.

»Nein, sie hat ja recht«, sagte Lane. »Ich wollte damit auch nur zum Ausdruck bringen, wie frustrierend es ist, dass der Fall so wenig Aufmerksamkeit bekam. Ich denke, wenn sich die Polizei in den ersten kritischen Tagen entschiedener dahintergeklemmt hätte, wäre Ihrer Familie vielleicht sehr viel Kummer erspart geblieben. Denn Christa ist am Leben.«

Nur selten gab ihm sein Beruf die Gelegenheit, gute Neuigkeiten zu verkünden. Er genoss den Moment, als alle drei ihn in ungläubigem Schock anstarrten. Natürlich hatte er nicht erwartet, dass sie ihm auf Anhieb glaubten.

Er schlug eine Akte auf und zog die Kopie heraus, die er sich von Christas Schulfoto gemacht hatte. »Dieses Foto habe ich eingescannt und bei Facebook hochgeladen. Der Gesichtserkennungsalgorithmus …«

»Der was?«, fiel ihm Deirdre ins Wort.

»Gesichtserkennung. Facebook, Google und andere soziale Medien setzen Software ein, die für jeden Benutzer eine Gesichtsmustervorlage erstellt. Die erkennt Gesichter und schlägt sie zum Verlinken vor, wenn Ihre Freunde oder Freunde von Freunden Fotos von Ihnen hochladen.«

»Du lieber Himmel«, platzte Mina heraus und sah Alanna an. »Nerv mich nur weiter damit, mich bei Facebook anzumelden!«

»Können wir darüber vielleicht später sprechen?«, fauchte ihre Freundin.

Mina machte ein erschrockenes Gesicht. »Tut mir leid. Das ist mir rausgerutscht.«

»Facebook hat eine Übereinstimmung vorgeschlagen«, erklärte Lane. »Keva Saunders. Eine einundzwanzigjährige Frau, die in einer entlegenen Gegend im Northern Territory lebt. Howard Springs, also die Stadt, in der Sie Ihren Vater vermutet haben.«

»Aber Christa wäre zwanzig«, wandte Deirdre ein. Ihre Augen glänzten, und sie presste die Lippen zusammen, damit sie nicht bebten.

»Facebook verlangt nicht nach einem Führerschein oder einer Geburtsurkunde, wenn man sein Geburtsdatum einträgt«, erklärte Lane.

»Ich verstehe das nicht«, sagte Alanna. »Ich habe auf meinem Facebook-Profil jedes Foto von Christa eingestellt, das ich habe. Mir hat das Panopticon aber nicht geholfen, sie zu finden.«

Jetzt kam der schwierige Teil. »Konnte es wohl auch nicht«, fuhr Lane behutsam fort, »falls Christa – oder besser Keva –, Sie beide blockiert hatte.«

Natürlich war es um einiges komplizierter – bei Lane hatte es funktioniert, weil er sich ganz bewusst ein riesiges Netzwerk an Facebook-Freunden aufgebaut hatte, um es als Ressource zu nutzen. Alanna hatte mit sämtlichen Profilen in den sozialen Medien zusammengenommen gerade einmal ein paar Hundert Freunde, und soweit er sehen konnte, war Deirdre nirgends registriert. Aber so wie er vorsorglich Alanna blockiert hatte, so hatte Keva höchstwahrscheinlich bei ihrer Anmeldung als Allererstes dasselbe mit Alanna getan. Vorausgesetzt, sie kannte ihre wahre Geschichte.

»Aber wieso?«, fragte Deirdre. »Weshalb sollte sie das tun? Wir haben sie geliebt und sie uns.«

»Das kann ich Ihnen nicht sagen. Vielleicht hat sie Angst, Gunther könnte angeklagt werden. Entführung erledigt sich nicht von selbst, nur weil das Opfer volljährig wird. Aber vielleicht hat er ihr ja jahrelang eingeredet, er habe sie gerettet, er habe sie nur zu ihrem Besten entführt. Sie müssen bedenken, dass Sie erst nach Christas Verschwinden clean geworden sind. Wie wird sie ihr Zuhause in Erinnerung haben?«

Als Lane Deirdres trauriges Gesicht sah, hätte er sich ohrfeigen können. Er hätte es herunterspielen können, aber nicht viel. »Dann verraten Sie mir eins«, fauchte Alanna, die aussah, als wollte sie jeden Moment den Tisch umstoßen. »Wir waren beide bei der Pflegemutter. Wieso hat er nur eine von uns mitgenommen?«

»Sie stellen mir Fragen, die ich Ihnen nicht beantworten kann«, sagte Lane. »Ich habe nur einen Namen. Vielleicht kann sie es Ihnen erklären. Ich kann höchstens spekulieren, falls Ihnen das hilft. Vielleicht hatte er dazu keine Gelegenheit. Oder er fürchtete, dass Sie sich stärker wehren oder ihn bei der erstbesten Gelegenheit anzeigen würden. Oder …« Er zuckte mit den Achseln.

Deirdre flüsterte etwas, das Lane nicht richtig hören konnte. Offensichtlich verstand Alanna ihre heisere Stimme besser, denn sie zischte zurück: »Können wir die verdammte Familientherapie hier vor Mina und dem Privatdetektiv bitte schön lassen?«

»Ich kann gehen«, warf Mina hastig ein.

»Ich auch«, schloss Lane sich an. »Alles Weitere überlasse ich dann Ihnen.« Er holte ein Papier aus der Akte und schob es über den Tisch. Es war ein nicht sehr scharfer Ausdruck von zwei Fotos von Kevas Facebook-Seite. Auf dem ersten strahlte eine erwachsene Keva mit einem Glas Wein in der Hand. Sie hätte Alannas jüngerer Zwilling sein können. Auf dem zweiten musste sie etwa sechs sein; sie saß auf dem Knie eines Mannes, der das genaue Ebenbild von Alannas Vater war. »Falls Sie glauben, das hier könnte Ihre Schwester sein, finden Sie ihre Kontaktdaten auf der Rückseite.«

Alanna drückte die Faust an den Mund und machte ein gequältes Geräusch. Sie sprang so schnell auf, dass ihr Stuhl mit einem dumpfen Knall an die Wand schlug, und rannte zur Tür hinaus. Deirdre stürzte hinterher.

Lane sah Mina an und suchte krampfhaft nach Worten, um das Eis zu brechen, doch sie achtete nicht auf ihn. Vielmehr blickte sie wie gebannt zwischen den beiden Fotos hin und her, dem Kind und der erwachsenen Frau, und quälende Sehnsucht und Trauer zerfurchten ihr Gesicht.

DREIZEHN

Wie betäubt ging sie in den Lesesaal hinüber. Nachdem sie Christas Gesicht all die Jahre hindurch auf Postern unter Evelyns gesehen hatte sowie auf dem gerahmten Bild, das auf Alannas Schreibtisch stand, war es ihr so vertraut. Dasselbe Gesicht auf einmal bei einer erwachsenen Frau zu sehen, hatte einen alten Schmerz aufgewühlt.

Lane, der fast genauso durcheinander wirkte, wie sie sich fühlte, folgte ihr.

»Haben Sie auch Lust auf einen Kaffee?«, fragte sie spontan. »Wird eine lange Fahrt zurück.«

»Ich bin lange Fahrten gewöhnt«, erwiderte Lane. »Aber zu einem Kaffee sage ich nie Nein.«

Sie führte ihn über die Straße zu einer Bäckerei. »Die Baisers sind hier gut«, sagte sie. »Aber von den Vanilla Slices lassen Sie lieber die Finger. Die kaufen sie tiefgefroren und geben sie als selbst gebacken aus. Der größte Skandal, den die Stadt gesehen hat, seit …«

Seit das Jugendamt ein kleines Mädchen verloren hat, für das es zuständig war, lag ihr auf der Zunge. Doch nach dem hinter ihnen liegenden Gespräch waren Witze unangebracht.

Lane schien ihr anzusehen, was in ihr vorging, und lächelte verständnisvoll. »Ich muss zugeben, ich hatte mir das etwas anders vorgestellt. Ich dachte, es würde Freudentränen geben. Vielleicht sogar Umarmungen.«

»Ihr Dad ist Alannas wunder Punkt«, erwiderte Mina. »All die Jahre hat sie sich gegen die Verdächtigungen gewehrt, ihr Vater hätte Christa entführt.«

»Lassen Sie ihr ein bisschen Zeit, verletzt zu sein. Früher oder später wird ihr schon klar, dass die andere Möglichkeit viel …«

Die Bemerkung machte Mina wütend. Alanna war ihre beste Freundin, sie brauchte keine Ratschläge, wie sie mit ihr umgehen sollte. »Sie weiß, was die andere Möglichkeit ist. Darum geht es nicht. Ihr Dad hat ihre Schwester entführt und nicht sie, und keiner der beiden hat je versucht, mit ihr Kontakt aufzunehmen. Deswegen verletzt zu sein, heißt noch lange nicht, sich zu wünschen, Christa wäre tot.«

»Natürlich nicht.« Lane war zuerst an der Tür und hielt sie ihr auf.

»Das ist wohl gut für Sie gelaufen«, sagte Mina. Auch sie legte die Hand an der Tür und drückte ein wenig dagegen. »Die Belohnung ist zwar nicht spektakulär, aber für gerade mal eine Woche Arbeit ein ganz anständiger Tagessatz.«

Lane schüttelte den Kopf. »Um die Belohnung einzufordern, müsste ich damit zur Polizei. Falls sich Alannas Vater immer noch in Howard Springs versteckt hält, würde das zu seiner Verhaftung führen. Ich werde die Sache nicht weiterverfolgen, bis Alanna dazu bereit ist.«

Mina starrte ihn verwundert an. »Ich dachte, Sie machen das für die Belohnung.«

»Das heißt noch lange nicht, dass ich für Geld alles tue. Ich weiß, wie kompliziert es werden kann, wenn es um die Familie geht.«

»Ach ja?«, sagte Mina und wartete auf eine Erklärung, doch Lane schwieg. Offenbar waren sie unversehens auf schwieriges Terrain geraten, und er war schließlich hergekommen, um in *ihren* persönlichsten Angelegenheiten zu wühlen und nicht umgekehrt. Sie sah zu Boden und versuchte, ihre Verärgerung beiseitezuschieben. Wahrscheinlich wäre es ihr genauso gegen den Strich gegangen, hätte er sich ihr gegenüber geöffnet und sie als kostenlose Psychotherapeutin benutzt. Sie reagierte immer noch verärgert auf alles, was er tat.

Sie stellte sich in die Take-away-Schlange, doch Lane ging zielstrebig nach links und zog an dem Fenstertisch einen Stuhl für sie hervor. Sie blieb wie angewurzelt stehen.

Sie war keine Einsiedlerin. Sie ging in die Bibliothek. Sie war ins Krankenhaus gekommen, um Lane zu besuchen. Einsiedler schlurften im Morgenmantel durch ihr Haus und sahen zwischen ihren gehorteten Besitztümern hindurch den ganzen Tag lang fern. Sie … zog es einfach nur vor, nirgends länger zu bleiben als nötig. Rein, raus, ab nach Hause.

Aber die Gesprächspause zog sich nun schon so lange hin, dass es peinlich wurde. Sie fixierte seine langen gespreizten Finger, mit denen er die Stuhllehne hielt.

»Tut mir leid«, sagte er. »Als Sie fragten, ob ich auch einen Kaffee will, dachte ich, wir setzen uns zusammen an einen Tisch. Wäre es Ihnen lieber, dass ich woanders sitze?«

Sie war davon ausgegangen, dass sie sich jeder einen Kaffee besorgten und ihrer Wege gingen, aber das hätte wohl seltsam ausgesehen, oder? Das machte niemand. Sie setzte ein Lächeln auf und schlüpfte auf den angebotenen Platz. »Tut mir leid, ich war nur gerade nicht ganz da.«

»Verständlich«, erwiderte er, hängte seine Jacke über die Lehne des anderen Stuhls und verschwand. Kurz darauf kam er mit einer Tischnummer in einem Metallhalter zurück.

»Entschuldigen Sie bitte, dass ich Ihnen nicht Bescheid gegeben habe, bevor ich mich mit meinen Neuigkeiten an Mrs Rennold gewandt habe«, sagte er und setzte sich. »Nachdem ich den Fall schließlich Ihnen verdanke, wäre es nur höflich gewesen, aber ich habe weder Ihre E-Mail-Adresse noch Ihre Telefonnummer. Und es verbot sich von selbst, mal eben bei Ihnen vorbeizukommen.«

»Ich lese meine E-Mails nicht«, sagte Mina.

»Dazu kann Sie auch keiner zwingen«, antwortete er.

Nicht zum ersten Mal ging es ihr auf die Nerven, wie beflissen er jedes Wort, das sie sagte, akzeptierte.

»Sie müssen alle Hände voll zu tun haben, ähm …«

»Die Farm zu führen«, half sie ihm weiter. Sie hatte keine Ahnung, inwieweit ihre Tagesroutine allgemein bekannt war. Ihr

Wikipedia-Eintrag hatte eine Beschreibung geliefert, doch »mangels Relevanz« hatten sie ihren gestrichen und den Passus in den über Evelyn eingefügt.

»Dann wird sie also noch bewirtschaftet?«

»Mehr oder weniger«, erwiderte sie. »Wir bauen Sorghum als Viehfutter an, damit bestreiten wir die Kommunalsteuer und die Versicherung und das Gehalt unseres Betriebsleiters. Im Winter bauen wir Weizen an, auch wenn die Ernte in diesem Jahr … nicht so besonders war. Wenigstens haben wir das Heu verkauft, kaum dass wir es gebündelt hatten. Wir denken noch über andere Feldfrüchte nach, Hanf zum Beispiel, jetzt, wo sie dieses lächerliche Verbot zum Verkauf der Saat als Lebensmittel aufgehoben haben. Ist alles nicht viel, aber Kleinvieh macht auch Mist.«

Sie hatten es damit versucht, die Weiden an andere Farmer zu verpachten, eher, um nichts brach liegen zu lassen, als wegen des Geldes. Aber damit ließen sie zu viele Fremde in ihre abgeschottete Welt. Mit einem Schlag wimmelte es auf den Feldern rings um ihr Haus von Landarbeitern, die sie nicht hatte überprüfen können, und sie war dagegen machtlos. Sobald die Verträge ausliefen, setzte sie dem Unternehmen ein Ende.

»Falls Sie darauf hinauswollen, ob wir unsere Hälfte der Belohnung noch aufbringen können, kann ich Sie beruhigen. Das Geld hat meine Mutter aus einer Lebensversicherung in eine Stiftung gesteckt.«

»Ich weiß.«

Die Kellnerin erschien mit einem voll beladenen Tablett. Sie stellte jedem von ihnen einen schwarzen Kaffee hin, dazu in der Mitte des Tisches neben die Schale mit den Zucker- und Süßstofftütchen ein Kännchen Milch. »Darf es sonst noch etwas sein?«, fragte sie und lud zwei Teller mit Baisers in der Form von Raupen mit Smarties als Augen ab.

»Danke, das wär's«, erwiderte Lane. Er zog sein Baiser heran und schlug mit dem Löffel darauf, sodass es zerbrach.

Die Kellnerin nickte, nahm die Nummer vom Tisch und klemmte sie sich unter den Arm.

»Sie waren gerade bei dem Betriebsleiter stehen geblieben.«

Mina drehte ihr Baiser so um, dass es sie nicht ansah, und brach ein Stück vom Ende ab. »Stimmt. Abgesehen vom Ackerbau sind kilometerlange Zäune instand zu halten, und die Bodenerosion ist ein Problem für sich. Ganz zu schweigen vom Papierkrieg zu den Wasserrechten; das allein schon ist ein Fulltime-Job. Er hat jede Menge zu tun.« Sie holte tief Luft. Die letzte Chance zu kneifen. Jemanden hereinzulassen, damit er auf dem Anwesen herumschnüffelte; sich den Fragen von jemandem auszusetzen, der ernsthaft versuchte, das Rätsel zu lösen, würde kein Zuckerschlecken. Es fühlte sich so ähnlich an wie der Moment, bevor sie sich daranmachte, einen Lagerraum auszumisten. Über achtzig Prozent der Zeit würde das Chaos nur noch schlimmer, und falls er es nicht schaffte, die Sache bis zu Ende durchzuziehen, wäre sie übler dran als vorher. Aber er hatte Christa gefunden. In gerade mal einer Woche. »Sie können ihn kennenlernen, falls Sie am Samstag Zeit haben, rüberzukommen.«

Lane runzelte die Stirn. »Ich dachte, ich wäre im Haus nicht willkommen?«

Sie zuckte mit den Achseln. »Ich habe auch nicht gesagt, in unser Haus. Hendrik wohnt ein paar Kilometer von mir entfernt. Sie müssen durch ein anderes Tor, und den Eingang finden Sie nicht einmal auf Google Maps.« Sie schnippte über dem Handy, das er auf dem Tisch abgelegt hatte, mit den Fingern. »Ich zeige Ihnen, wie Sie hinkommen.«

Er entsperrte das Handy für sie und schob es ihr hin. Sie öffnete Google Maps und gab die GPS-Koordinaten zum Hintertor ein. Währenddessen stocherte er in seinem Baiser herum und schob es sich in winzigen Häppchen in den Mund. Statt es zu zerkauen, ließ er es sich auf der Zunge zergehen. Schon im Krankenhaus hatte er so seltsam seinen Burger gegessen. Er war ein großer

Mann und zu kräftig gebaut, um Probleme mit dem Essen zu haben. Es war irgendwie merkwürdig. Sie warf einen verstohlenen Blick auf seine Fingerknöchel, sah jedoch keine Spur von Narben.

Bevor das Handy die Route fertig berechnet hatte, leuchtete ein Anruf auf.

Auf dem Display erschien das Bild der Anruferin, ein hübsches Mädchen mit blondem Haar und nervösem Lächeln; dazu der Name *Lynnie Holland*.

»Das ist meine Schwester«, sagte er. »Wahrscheinlich braucht sie Geld.« Entgegen dem scherzhaften Ton verrieten seine angespannten Mundwinkel, dass die Vermutung naheliegender war, als er zugeben wollte.

VIERZEHN

»Es passt gerade nicht so gut.« Er fand eine Stelle fern vom Straßenlärm wie auch vom mäßigen Fußgängerverkehr und zog sich ein Stück in eine schmale Gasse zwischen der Bäckerei und einem Laden zurück, der offenbar nur Kaftans und Plaids aus Alpakawolle verkaufte. Durch die Scheibe der Bäckerei behielt er Mina im Blick. Die meisten Menschen hätten längst ein Handy oder Tablet herausgezogen, doch sie saß nur da und starrte gedankenverloren auf die Tischplatte. Vermutlich machte sie sich Sorgen um Alanna, und es schnürte ihm die Kehle zu. Er war mit dem sicheren Gefühl zu dem Treffen gekommen, es als gefeierter Held zu verlassen. »Kann ich dich zurückrufen?«

»Klar«, brachte seine Schwester heiser heraus.

Jetzt fühlte er sich wie in einem eisernen Würgegriff. »Was ist los?«

»Schon gut, es passt ja gerade nicht.«

»Nein, erzähl.« Er betete, dass sie weinte, weil sie eine Prüfung nicht bestanden hatte. Oder weil irgendein Junge mit ihr Schluss gemacht hatte. Oder weil sie sich gerade als lesbisch outete. Alles, alles, nur nicht das, was sie, wie er nur zu gut wusste, tatsächlich zur Sprache bringen würde.

»Ich habe den Suchdienst angerufen. Bei der Person, die nach mir sucht, handelt es sich um Tante Beth.«

»Beth? Wir haben keine Tante namens Beth.«

»Wie es aussieht, haben wir einen ganzen Haufen Verwandte. Väterlicherseits.«

Ach so, klar. Scheiße. Ihr Vater hatte, seiner Version nach zumindest, den Kontakt zu seiner ganzen Familie abgebrochen, als er mit fünfzehn weggelaufen war. Als Lane zurückkehrte, um mit

Lynnie zusammenzuziehen, hatte der Sozialarbeiter etwas in die Richtung erwähnt, aber er hatte davon nichts hören wollen. Er wollte Lynnie von der Gosse, aus der ihr Vater gekrochen war, fernhalten.

Mina runzelte die Stirn, als sie seinen Gesichtsausdruck bemerkte. Er drehte ihr den Rücken zu.

»Also, was will diese Tante Beth?«

»Offenbar hat sie sich vor ein paar Jahren ein religiöses Virus eingefangen, und bei ihrer Kirche dreht sich alles um Vergebung. Klingt ehrlich gesagt nach irgend so einem beschissenen Wettbewerb. Je schlimmer das ist, was du unter den Teppich kehrst, desto frommer bist du.«

»Von mir aus kann sie vergeben, wem sie will«, antwortete Lane, »aber ihm kann sie nur das vergeben, was er ihr angetan hat, und nicht das, was er mit mir gemacht hat oder mit dir. Darüber entscheiden wir immer noch selbst.«

»Na ja, genau deshalb wollte sie ja auch mit mir Kontakt aufnehmen«, sagte Lynnie.

»Verdammt!« Wut stieg in ihm auf. »Das fällt unter Kontakt zugunsten Dritter. Hast du schon mit der Polizei gesprochen? Er darf nicht einfach jemanden vorschicken, um dich zu belästigen.«

»Sie schwört Stein und Bein, dass er sie nie darum gebeten hat. Sie sagt, sie hat deswegen gebetet und beschlossen, sich mit mir in Verbindung zu setzen, mir zuliebe.«

»Bullshit.«

Sie lachte erstickt. »Ja.« Jetzt, wo sie richtig wütend wurde, klang sie ruhiger. Wut diente ihr nicht selten als Rettungsleine bei Panikattacken.

»Also, lösch ganz schnell ihre Nummer. Und willst du deine vielleicht ändern? Ich kann morgen bei der Telefongesellschaft anrufen und dafür sorgen, dass sie dir eine neue SIM-Karte schicken.«

»Das ist noch nicht alles.« Sie schwieg lange, und nur ihr schwerer Atem war zu hören. »Sie sagte, sie hätte einen Brief an die Bewährungskommission geschickt und denen geschrieben, für den Fall seiner Entlassung hätte er die Unterstützung seiner Angehörigen. Sie wollte, dass ich auch so etwas schreibe.«

Lane holte tief Luft, um den letzten Rest Beherrschung zu wahren. »Von einer Bewährungsanhörung weiß ich nichts.«

»Ich bin volljährig, Lane. Sie haben sich an mich gewandt.«

»Das hast du mir nicht erzählt.«

»Mache ich doch gerade.«

Lane legte eine Hand ans Gesicht. Gott, er hoffte, dass Mina ihn nicht so sah. »Wann?«

Sie schwieg. »Am achtzehnten April.«

In der Woche nach Evelyns und Minas Geburtstag, stellte er fest. Heute war der siebte März, folglich blieben ihm noch sechs Wochen, um sein Möglichstes zu tun. Aber es kam so viel früher als erwartet.

»Kann ich dich zurückrufen?«

»Ich …«

Er trennte die Verbindung. Sie durfte ihn nicht hören, und so war es das kleinere Übel, einfach aufzulegen. Er trat weiter in die Gasse hinein und schrie. Vor ihm war ein Streifen mit rotem Kies und einem buschigen Baum in einem Pflanzkübel aus wärmeimprägniertem Kiefernholz. Er trat mit voller Wucht in die Kieselsteine, die gegen die Backsteinwand der Bäckerei prasselten. Dann brüllte er in einer Endlosschleife jeden Kraftausdruck heraus, den er kannte – verfickter Scheißkerl, Wichser, Drecksack, Schweinehund. Dem Pflanzkübel versetzte er einen so kräftigen Tritt, dass der Schmerz glühend heiß sein Bein hochschoss. Der noch nicht ganz verheilte Schlangenbiss brannte, als habe ihm jemand ein zweiköpfiges Streichholz an die Haut gehalten, und das endlich brachte ihn zur Besinnung. Er ließ sich an der Hauswand hinabsinken und legte den Kopf auf die Knie. Ein paarmal atmete er langsam ein und aus.

Dann rief er Lynnie zurück. »Ich komme nach Canberra. Bis zum Abendessen kann ich da sein.«

»Und was willst du hier?«, fragte sie wütend, weil er aufgelegt hatte. »Wenn ich mit jemandem reden will, nehme ich eine von diesen Visitenkarten, die sie einem hier ständig in die Hand drücken, vom psychologischen Beratungsdienst des Campus. Oder ich rasiere mir den Kopf kahl und schreie es heraus.«

»Hör zu, Lynnie«, er hob den Kopf und starrte auf die Wand der Bäckerei, »ich habe einen Plan, das musst du mir glauben, okay? Alles wird gut.«

FÜNFZEHN

MyMurder-Forum
Unterforum: Evie McCreery
Thread: WATE: Wie viel weiß Liam McCreery?

VolcanicJudo: Mir ist aufgefallen, dass alle, egal, welche Theorie sie vertreten – Beverley hat Evie umgebracht, oder Mina hat Evie umgebracht –, davon ausgehen, dass Beverley Bescheid wusste. Für den Fall, dass Mina sie (versehentlich oder absichtlich aus Eifersucht, was auch immer, will hier nicht alles wiederkäuen) getötet hat, dann muss nach mehrheitlicher Meinung Beverley dabei geholfen haben, es zu vertuschen. Aber was ist mit Liam? Meistens wird er ignoriert, weil er zur Tatzeit in Sydney war. Was meint ihr? Kennt er die ganze Wahrheit, oder hat Beverley ihr Geheimnis mit ins Grab genommen?

MODERATOR: Ich habe eine ganze Reihe Antworten gelöscht. Lest noch mal die Forenregeln. Jemanden für verrückt zu erklären, weil er eine bestimmte Theorie postet, hilft uns nicht weiter. Falls ihr Gegenbeweise habt, postet sie, wenn nicht, scrollt weiter.

Comet: Es ist schwer, sich von Liam ein Bild zu machen. Bei den Interviews sitzt er immer nur da, und es würde mich wundern, wenn er unterm Strich mehr als zehn Worte in die Kamera gesprochen hätte.

Santoro: Er muss etwas wissen. Bei einem Interview kann man eine Show abziehen, für ein paar Stunden oder Tage sogar gegenüber seinen Freunden, aber wenn man tagtäglich mit jemandem zusammenlebt, kommt man ziemlich schnell dahinter, mit wem man es zu tun hat. Allzu lange kann man so ein Geheimnis nicht vor seinem Lebenspartner bewahren.

»Mr Holland.« Remy, Lynnies Kontaktbeamter, klang reserviert, als er sich am Telefon meldete. »Was kann ich für Sie tun?«

»Ich würde beim Bewährungsausschuss gerne Einspruch gegen die Entlassung von Lane Holland Senior einreichen«, erklärte Lane.

»Und sind Sie als Opfer eingetragen?«

»Ja, ich …« Lane verstummte. Nein, war er nicht. Er war als Vormund des Opfers eingetragen, aber Lynnie war nun mal achtzehn geworden. Sie hatte keinen Vormund mehr. »Nein. Aber meines Wissens reicht die Familie gerade Unterstützungsschreiben ein, und deshalb möchte ich meinen Einspruch zu Protokoll geben.«

»Der Bewährungsausschuss darf nur Anträge vom Opfer entgegennehmen.« Wenigstens klang Remy verständnisvoll.

»Hören Sie, das können Sie nicht von ihr verlangen«, sagte Lane. »Lynnie hat gerade ihr Studium angefangen. Sie sollte Essays schreiben und keine Opfererklärungen. Sie sollte diesen ganzen Mist vergessen dürfen, sie schläft auch so schon schlecht. Bitte, lassen Sie mich das Gesuch schreiben.«

»Mr Holland, ich kann Ihre Bedenken nachvollziehen. Aber würde ich hier Einzelheiten zu diesem Fall mit Ihnen besprechen, würde ich damit das Recht des Opfers auf Vertraulichkeit verletzen. Ganz allgemein gesprochen, sagt das Gesetz klipp und klar, dass keine andere Person für das Opfer sprechen kann, solange es am Leben, erwachsen und in der Lage ist, sich selbst zu äußern. Sie können ihr natürlich beim Verfassen ihres Einspruchs helfen, aber das müssen Sie mit ihr und nicht mit mir besprechen.«

Es war absurd. Hätte Lane dem Anwalt der Verteidigung seine Liebe und Unterstützung für seinen Vater zum Ausdruck bringen wollen, wäre das ein zulässiger Beweis, aber nicht umgekehrt.

»Es ist ja nicht so, als hätte er keine Straftaten an mir verübt«, wandte Lane ein. »Zählt das gar nichts?«

»Doch. Falls Sie ein Opfer der Straftaten wären, für die er verurteilt wurde, könnten Sie ins Opferregister aufgenommen werden und einen Antrag einreichen«, erklärte Remy.

Lane war klar, dass er sich lächerlich machte. Er kannte die Gesetzeslage in- und auswendig, er wusste, was er hier tun konnte und was nicht. Es kam ihm nur so absurd vor, dass er Lynnie diese Last nicht abnehmen durfte, und er musste es zumindest versuchen. Vielleicht gab es ja doch irgendein Hintertürchen, von dem er nichts wusste. Wenn irgendjemand ihm einen Wink geben konnte, dann Remy, der in diesem System zu Hause war und es kannte wie seine eigene Westentasche. »Nicht bei dieser Straftat, nein.«

»Dann tut es mir leid.« Er klang aufrichtig. »Falls Sie zu etwas anderem Anklage erheben wollen, kann ich Ihnen die entsprechenden Kontakte vermitteln.«

»Vielen Dank, aber nein«, sagte Lane. Für Umwege hatte er keine Zeit.

»Dürfte ich Ihnen einen Rat geben, Mr Holland?«

Bitte. »Ja«, antwortete Lane.

»Abgesehen von den allerschlimmsten Tätern, die zu einer lebenslänglichen Freiheitsstrafe ohne vorzeitige Entlassung verurteilt wurden, und das sind so wenige, Sie kennen wahrscheinlich ihre Namen …«

»Das stimmt«, räumte Lane ein.

Remy lachte leise. »Abgesehen von diesen extremen Fällen sind Gefängnisstrafen befristet. Sie sind jung, und früher oder später werden Sie sich damit arrangieren müssen, dass er entlassen wird. Eine Entlassung auf Bewährung ist vielleicht das Beste. Dann steht er unter Aufsicht und hat einen beschränkten Bewegungsradius.«

»Die Aufsicht eines Bewährungshelfers reicht nicht«, warf Lane ein. Wenn sein Vater entlassen würde, müsste er rund um die Uhr überwacht werden. Mit gelegentlichen Besuchen und Pinkelproben wäre es nicht getan.

»Es ist immerhin mehr, als wenn er seine volle Strafe verbüßte und als freier Mann in die Gesellschaft zurückkehrte. Ohne Übergang. Ohne befürchten zu müssen, dass er wieder ins Gefängnis kommt, falls er sich bei einem Verstoß gegen die Auflagen erwischen lässt.«

»Sieht der Ausschuss das so?«, fragte Lane. »Die werden ihn entlassen, stimmt's?«

»In die Entscheidungsprozesse des Bewährungsausschusses habe ich keinen genaueren Einblick«, sagte Remy, und Lane glaubte ihm kein Wort.

* * *

Die zweistündige Fahrt nach Nannine zurück gab Lane genügend Zeit, geistig umzuschalten. Er konnte das Gefühl der Hoffnungslosigkeit nicht abschütteln, hatte es aber auf halber Strecke, während AC/DC aus den Lautsprechern dröhnte, in einen hinteren Winkel seines Bewusstseins verbannt.

Erst einmal musste er sich eine Bleibe suchen. Seine allererste Nacht in der Stadt – gefühlt vor einer Ewigkeit – hatte er am Straßenrand im Wagen verbracht und dank der unerwarteten Ereignisse nicht weitersuchen müssen. Seitdem hatte er sich im Internet umgesehen, doch eine vielversprechende Website zu einem Motel war, nachdem die Absteige bereits 2013 dichtgemacht hatte, nicht mehr aktualisiert worden, und Airbnb hatte in einem Hundertkilometerradius kein einziges Angebot.

Beim Commercial Hotel handelte es sich um ein Pub in einem zweistöckigen Backsteingebäude, dessen Eingang sich unter einer umlaufenden Veranda mit traditionellem Bullnose-Sonnendach befand.

Die Fenster im Obergeschoss, zumindest die zur Straße, waren mit Brettern vernagelt.

Auf dem Schild hatte mit Sicherheit einst BIER, SPEISEN, UNTERKUNFT gestanden, doch das letzte Wort war mit blauem Isolierband zugeklebt. Das verhieß nichts Gutes.

Er trat in ein labyrinthisches Interieur aus dem neunzehnten Jahrhundert. Die Tür führte zu einer mit Teppich belegten Treppe, die mit einer Kette abgesperrt war. Am Ende des Flurs sah er ein Speisezimmer mit an der Wand gestapelten Stühlen und einem ausgeschalteten Spielautomaten.

Die Bar befand sich in einem kleineren Raum zur Linken, in dem ein Mann hinter dem Tresen stand und Gläser von einem Trockengestell nahm, um sie ins Regal einzusortieren. Der Mann war vielleicht ein paar Jahre älter als Lane, hatte kräftiges schwarzes Haar und Holzfällerschultern. »Hey, hallo!«, sagte er, als sei Lanes Erscheinen ein freudiges Ereignis. »Willkommen im Neeny. Ich bin Neil.«

»Auf dem Schild steht ›The Commercial‹«, sagte Lane.

»So wie auf der Schanklizenz. Aber die meisten hier nennen es Nannine Pub oder, wem das zu lang ist, das Neeny. Was darf's denn sein?«

»Ich hatte gehofft, mir hier ein Zimmer zu nehmen.«

Neil lachte. »Kumpel, das Obergeschoss wurde schon dichtgemacht, da war ich noch auf der Highschool.«

»Aber die Zimmer gibt es doch noch, oder?« Bestimmt hatte das Pub den Hotelteil mangels Nachfrage geschlossen und nicht, weil sie die Einkünfte nicht nötig hatten.

»Schon, aber wir haben niemanden mehr, der sauber macht. Außerdem stehen da überall kaputte Spielautomaten rum.«

»Ich bin nicht auf der Suche nach Zimmerservice. Wenn es da oben noch ein Bett gibt und eine Tür, die man abschließen kann, nehme ich es.«

Neils Freundlichkeit ließ einen Tick nach. »Geht nicht. Als wir noch vermietet haben, wohnte mein Onkel noch hier im Pub. Jetzt gehen alle über Nacht nach Hause. Wenn ich dir das Zimmer vermieten würde, Kumpel, müsste ich dir entweder nachts freien Zugang zum Pub geben oder die Tür am oberen Treppenabsatz abschließen. Und dann säßest du, falls es mal brennt, in der Falle.«

Lane spielte geistesabwesend mit seinem Schlüsselbund in der Tasche. »Gibt es hier sonst irgendjemanden, der noch Zimmer vermietet?«

»Wenn jemand für ein, zwei Wochen auf dem alten Festplatz kampiert, drückt Sergeant Starrett gewöhnlich ein Auge zu.«

Die Vorstellung bereitete ihm Unbehagen. »Es muss in der Stadt doch irgendeine Übernachtungsmöglichkeit geben. Einen Wohnwagenpark? Oder jemanden mit einer kleinen Einliegerwohnung?«

Neil legte die Unterarme auf den Tresen und blickte nachdenklich an Lane vorbei zur Tür. »Wie lange wolltest du denn bleiben?«

Lane zuckte mit den Achseln. »Keine Ahnung. Ich hoffe, nicht länger als ein paar Wochen.«

»Selbst wenn ich dir das Zimmer vermieten wollte, was nicht der Fall ist, könnte ich nicht unter sechzig pro Nacht gehen«, dachte Neil laut nach. »Aber Cherise bietet eine kleine Wohnung an, zu einem Spottpreis. Allerdings für eine Mindestdauer von drei Monaten.«

»Und weißt du, wie viel sie nimmt?«

»Hundertzwanzig, plus eine Kaution für vier Wochen.«

»Hundertzwanzig pro Woche?«, wiederholte Lane. »Spukt es da?«

»Wahrscheinlich«, meinte Neil lachend. »So wie in der ganzen Stadt. Aber nein, das entspricht einfach dem, was hier in der Gegend zu holen ist. Wo bist du her, Kumpel, aus Sidney oder Melbourne?«

»Aus Byron Bay«, antwortete Lane.

»Ah. Hier bei uns wohnt man ziemlich billig. Ist aber auch das Einzige, was hier billig ist, weil man es nicht mit dem Lastwagen herkarren muss. Ich meine, wenn du wirklich länger bleiben willst, gibt es drüben auf der anderen Straßenseite was mit drei Schlafzimmern, das würde dich schlappe achtzigtausend kosten.«

»Hast du jedes Angebot in der Stadt im Kopf?« Lane fragte sich, ob es sich bei der eben erwähnten Cherise um seine Frau oder Freundin handelte oder er sie gern zur Freundin hätte.

»Nur diese beiden. Also, was zu trinken?«

Lane bestellte ein Bier. Er nahm sich einen Bierdeckel und einen Bleistift und rechnete, während er ein paar Schlucke trank. Drei Monate waren länger, als er sich festlegen wollte, nicht zuletzt, weil er bis zum achtzehnten April nach Canberra zurückmusste. Nahm er sich andererseits etwas auf Tagesbasis – und seiner Absage zum Trotz wusste Neil zumindest, was er ihm dafür abknöpfen würde, zog es also zumindest in Betracht –, würde er nach drei Wochen mehr zahlen, als wenn er die Wohnung nähme. Löste er den Fall schneller, hätte er ein bisschen Geld vergeudet, wäre zu dem Zeitpunkt aber um zwei Millionen Dollar reicher, was machte das also schon?

Er brauchte sich ja nicht sofort zu entscheiden. Ein, zwei weitere Tage im Auto brächten ihn nicht um, und er könnte sich die Sache in Ruhe durch den Kopf gehen lassen.

»Sie können hier nicht zufällig Verstärkung brauchen?«, fragte Lane. Das hätte mehr als ein Problem für ihn gelöst. Ein bisschen Einkommen, ein guter Vorwand, um mit den Gästen zu reden und dabei kein Misstrauen zu erregen, und vielleicht sogar Einblick in Dokumente aus der Nacht zu erhalten, in der Evelyn verschwunden war. Die Kreditkartenbelege des Pubs kämen einer Erfassung all jener Personen am nächsten, die an dem fraglichen Wochenende durch Nannine gekommen waren. »Ich habe an der Uni ein paar Jahre lang in einem Pub gearbeitet.«

»Das Pub kann sich mich kaum leisten«, antwortete Neil. »Abgesehen davon, dass es eine lange Warteliste gäbe, wenn wir uns noch einen Mitarbeiter leisten könnten. Aber falls du dich für Farmarbeit interessierst, kann ich dir Namen geben.«

Lane brummte etwas Unverbindliches zur Antwort. Beim Unkrautjäten und Ausbessern von Zäunen hätte er zweifellos reichlich Zeit, um sich den Fall durch den Kopf gehen zu lassen, dafür bliebe ihm jedoch kaum Gelegenheit, eventuellen Spuren nachzugehen.

»Ist dein Onkel noch in der Stadt?«, fragte er. Falls er vor Jahren im Pub gelebt hatte, hatte er höchstwahrscheinlich in der betreffenden Nacht hinter dem Tresen gestanden.

»Kann man so sagen. Er liegt auf dem Friedhof drüben in der Church Street.«

»Oh, tut mir leid.«

»Muss es nicht. Er hatte ein gutes Leben.«

Lane starrte in sein Bier. Genau da lag das Problem bei einem so alten Fall: Wichtige Zeugen starben oder verschwanden von der Bildfläche. Wäre er früher gekommen, hätte er so viel mehr ausrichten können.

»Lebst du schon lange in Nannine?«

»Schon mein ganzes Leben. Auch meine Eltern sind hier geboren.«

»Dann kennst du die McCreerys?«

Neil hörte schlagartig auf, das Glas zu polieren, das er in der Hand hielt. »Ja.«

»Du musst in der Stadt gelebt haben, als Evelyn McCreery verschwand.«

»Muss ich wohl, ja.« Neil stellte das Glas ab und verschränkte die Arme vor der Brust.

»Du weißt nicht zufällig, ob das Zimmer oben in der Nacht vermietet war?« Das war recht weit hergeholt, doch wenn Neil gewusst hatte, dass er das Pub eines Tages übernehmen würde, hatte er sich möglicherweise schon sehr früh dafür interessiert.

»Nein.«

»Nein, du weißt es nicht, oder nein, war es nicht?« Lanes Puls beschleunigte sich.

»Nein, ich werde dir keine Fragen über Evelyn McCreery beantworten.«

»Und wieso nicht?«

»Weil ich die McCreerys kenne und sehe, was jedes Mal mit ihnen passiert, wenn wieder jemand versucht, an dem Fall herumzutüfteln. Wie bei diesem verdammten Fernsehspecial. Am Anfang sieht alles hoffnungsvoll und rosig aus, aber am Ende kommt bestenfalls nichts dabei heraus, und die Familie hat noch einmal alles durchleiden müssen, ohne dass es ihnen auch nur das Geringste gebracht hätte.«

Von Neils heftiger Reaktion überrascht, hielt Lane beschwichtigend die Hände hoch. »Mina McCreery weiß, dass ich hier bin. Sie ist damit einverstanden, dass ich herumstochere.«

»Als ob«, sagte Neil amüsiert und wandte sich wieder seinen Gläsern zu.

* * *

Eigentlich hatte Lane im Pub zu Mittag essen wollen, doch er bestellte aus Prinzip niemals bei jemandem etwas zu essen, dem er gerade ans Bein gepinkelt hatte. Bisher war er damit immer gut gefahren.

In dem Schnellimbiss war seit den späten Neunzigerjahren keine Kachel mehr ausgewechselt worden. Es war ein langer, schmaler Laden, mit Stühlen an einer Wand und einer langen Theke, die den Raum in zwei Hälften teilte. Das Speisenangebot stand auf einer Kreidetafel über dem Grill und den Bratpfannen an einer Hakenleiste: Pizza, Schnitzel, Pommes, Burger mit allem Drum und Dran, Spiegelei zum Aufpreis von fünfzig Cent.

Der Geruch nach heißem Fett erinnerte ihn an zu Hause.

Bei dem rothaarigen Jungen an der Kasse bestellte er Brötchen mit Ei und Speck und suchte sich einen Platz. Die Wartezeit vertrieb er sich damit, die Anschläge an der Theke zu studieren – eine Fleischlotterie im Pub, ein paar Garagen-Flohmärkte, eine bevorstehende Ausstellung eines Barkandji-Künstlers in der Kirche.

Die Klingel an der Tür läutete, und eine vielleicht neunzehn oder zwanzig Jahre alte Frau trat ein. Sie hatte dunkles, zu einem Knoten auf dem Kopf zusammengebundenes Haar, einen braunen Teint und trug passenden malvenfarbenen Lippenstift. Wenig überraschend war auf ihrem weißen Polohemd der Name *B. Evans Immobilien* eingestickt.

»Hey, Marc«, grüßte sie den Jungen hinter der Theke. Zur Antwort hob er die Hand.

»Cherise?«, fragte Lane. Er hatte mit einer zehn oder zwanzig Jahre älteren Frau gerechnet, aber eigentlich leuchtete es ein.

»Tut mir leid, aber kennen wir uns?«, fragte sie.

»Nein. Lane Holland, Neil im Pub hat Ihnen nicht zufällig gesagt, dass Sie mich hier finden?«

»Natürlich nicht.« Sie lachte und fasste sich ans Haar, eine verlegene Geste, die ihm sagte, dass sie wahrscheinlich log. Oder nur nervös war, weil ein Fremder sie in der Öffentlichkeit anquatschte.

Dennoch wäre es schon ein erstaunlicher Zufall gewesen.

»Wieso? Suchen Sie nach einem Immobilienmakler?«

»Wie ich höre, haben Sie in der Stadt eine kleine Wohnung zu vermieten«, sagte er. »Aber ich bleibe nur für kurze Zeit. Meinen Sie, der Vermieter oder die Vermieterin wäre auch mit einer Regelung von Woche zu Woche einverstanden?«

Sie sog die Wangen ein, als ob sie darauf kaute. »Die Mindestdauer ist schon sehr großzügig. Ich glaube kaum, dass die Eigentümer davon runtergehen.«

In Wirklichkeit, vermutete er, ging es ihr darum, dass Mieter auf Wochenbasis nicht die Sorte von Leuten waren, die sich die

Eigentümer ins Haus holen wollten. Menschen auf der Durchreise, die im Handumdrehen wieder weg waren und eine versaute Wohnung hinterließen.

»Nicht so wichtig«, sagte er und wandte sich wieder den Anschlägen zu.

Zu seiner Überraschung setzte sie sich, nachdem sie ihre Bestellung aufgegeben hatte, direkt neben ihn. »Was führt Sie her, Mr Holland?«

»Ich bin Privatdetektiv«, sagte er.

Jetzt drehte sich Marc zu ihnen um. »Dann kommen Sie wegen des McCreery-Falls.«

Der Junge klang freundlich, doch Cherise' Lächeln verblasste ein wenig.

»War einer von Ihnen beiden da, als es passierte?«

Marc schüttelte lachend den Kopf, während Cherise eine »Irgendwie schon«-Geste machte. »Meine Mutter war mit mir schwanger. Aber mein Dad arbeitete drüben auf der McCreery-Farm.«

»Tatsächlich?« Lane beugte sich vor.

»Er war die ganze Nacht bei meiner Mutter zu Hause.«

»Damit wollte ich auch nichts sagen«, stellte er hastig klar. »Es ist nur interessant, jemanden zu treffen, der mit dem Fall so eng in Verbindung steht.«

»Wohl kaum.« Sie strich sich eine Strähne aus dem Gesicht und versuchte, sie in den Knoten zu stecken, doch sie fiel ihr sofort wieder über die Wange. »Sie finden wohl niemanden hier in der Stadt, der nicht mit irgendwem verwandt ist, der bei den McCreerys gearbeitet hat. Die waren Nannines größter Arbeitgeber, bis sie irgendwann dichtmachten, ein paar Jahre nach … Sie wissen schon.«

»Das muss hart für Ihren Dad gewesen sein, mit einem kleinen Kind zu Hause.«

Sie nickte kaum merklich und zog die Unterlippe zwischen die Zähne. »Zu meinem Glück hatte meine Mutter das Immobilienbüro, das uns noch ein bisschen über Wasser gehalten hat.«

»Ich kann nur für Sie hoffen, dass Sie einen Plan B haben, Mann«, sagte Marc, während er Lanes Essen auf die Theke stellte. »Diese McCreery-Belohnung können Sie knicken.«

»Das heißt, Sie glauben nicht, dass der Fall zu lösen ist?«

»Doch, ich bin mir sicher, dass er zu lösen ist. Aber niemand ist in das Haus eingedrungen. Den Fall zu lösen heißt, zu beweisen, dass sie einer der McCreerys getötet hat. Und dafür werden die Sie nicht auch noch belohnen.«

»Lass das, Marc«, sagte Cherise mit einem Seufzer und warf Lane einen verlegenen Blick zu.

»Was soll ich lassen? Die Polizei hat alles drangesetzt, diesen ›Eindringling‹ zu finden, sich aber nie die Familie vorgeknöpft. Stell dir doch mal vor, einer von deinen Leuten würde verschwinden. Meinst du im Ernst, da gäbe es eine Million Dollar Belohnung?«

»Natürlich nicht«, sagte sie.

»Oder sogar jemand aus meiner kaputten Familie. Die Cops würden unser ganzes Haus auf den Kopf stellen, unsere Autos filzen und wahrscheinlich die Hälfte von uns wegen irgendeinem Mist verhaften, der mit dem Fall gar nichts zu tun hat.«

Lane nahm sein Brötchen mit Ei und Speck. Er hätte darauf hinweisen können, dass die Polizei sehr wohl das Haus der McCreerys wie auch sämtliche Fahrzeuge auf dem Anwesen durchsucht hatte, so wie es den Vorschriften entsprach. Sie hatten sogar darauf bestanden, ein ganz neues Betonfundament auszugraben, trotz Liam McCreerys Protest, es sei Wochen vor Evelyns Verschwinden gelegt worden. Die Polizei hatte nichts gefunden.

SECHZEHN

Lane parkte auf dem Festplatz unter einem Baum. Tagsüber würde sich der Wagen selbst im Schatten gefährlich aufheizen, und wahrscheinlich musste er bis weit nach Sonnenuntergang warten, bevor er sich unbeschadet zum Schlafen einschließen konnte. Aber damit kam er klar. Schließlich wollte er seine Zeit nicht damit vergeuden, ›zu Hause‹ herumzuliegen.

Allerdings musste er sich Zugang zur Duschanlage verschaffen. In der Stadt gab es weder ein Fitnessstudio noch ein öffentliches Schwimmbad, und er konnte sich definitiv nicht in eine Wolke Deospray hüllen und das Beste hoffen.

Die Duschanlage war so, wie man sich eine öffentliche Einrichtung auf dem Land vorstellte – Backsteinwände, Wellblechdach mit einem handbreiten Spalt dazwischen, sodass ziemlich sicher mit Opossums in den Dachsparren zu rechnen war. Der Eingang war durch ein Tor aus verzinktem Stahl und ein Kombinationsvorhängeschloss gesichert.

Er sah sich das Schloss genauer an. Die meisten bekam man mit einem Trick, den er sich angeeignet hatte, und zwei Schraubenschlüsseln auf. Davon hatte er für den Fall, dass er auf einem abgelegenen Highway oder einer einsamen Landstraße in Schwierigkeiten geriet, ein ganzes Set im Wagen. Aber er kampierte hier widerrechtlich, und früher oder später würde die Polizei auftauchen, um ihn wegzuscheuchen. Mit ernsten Schwierigkeiten rechnete er nicht, es sei denn, ihm fiel nichts Besseres ein, als Schlösser zu demolieren. Bekam er es dagegen auf, ohne es zu beschädigen, konnte er sich dumm stellen. Vielleicht hatte ja jemand einfach nur vergessen abzuschließen. Und wenn er es geöffnet vorgefunden hatte, woher sollte er dann wissen, dass der

Zutritt verboten war? Schließlich war es eine öffentliche Duschanlage, oder?

Das Schloss war alt – schon mal gut. Die meisten Schlösser hatten Sicherheitsschwachstellen, und je älter es war, desto wahrscheinlicher, dass schon einmal jemand dahintergekommen war. Er drehte es um, fand das Fabrikat sowie die Modellnummer eingestanzt und gab sie bei YouTube ein. Als Top-Ergebnis kam ein Video, in dem jemand dieses Schloss mit sieben verschiedenen Methoden knackte. Wenn er so weitermachte, hatte Lane im Handumdrehen sein ganzes Datenvolumen aufgebraucht, aber eins nach dem anderen. Tatsächlich bekam er nach drei Minuten die gewünschte Antwort.

Am ersten Einstellrad testete er jede Ziffer der Reihe nach. Wie in der Anleitung versprochen, bewegte sich das Rädchen auf Anhieb ein winziges Stück weiter als bei den anderen neun. Die erste Ziffer in der Kombination lautete also 1. Auf Verdacht testete er 9 für die zweite Zahl. Bei der Wahl einer Kombination aus vier Ziffern wählten die meisten ein bedeutendes Jahr in ihrem Leben. Wie erwartet, brachte die 9 den extra Spielraum. Somit würde sich die dritte Zahl wahrscheinlich zwischen 5 und 9 bewegen, da es immer weniger Menschen gab, die in den Vierzigerjahren des letzten Jahrhunderts geboren waren. Er drehte das Rad auf 9, um sich von da herunterzuarbeiten, doch zu seiner Überraschung ließ es sich auf Anhieb weiterbewegen. Nur zur Sicherheit überprüfte er die 8 und die 7, bevor er das Rad arretierte. Auch bei der letzten Ziffer fing er mit 9 an, um sich weiter nach unten vorzutasten. Doch das Schloss sprang auf.

1999.

Unheimlich.

Seine Flipflops hallten auf dem Betonboden wider. Er lief langsam und suchte die dunklen Ecken nach ungebetenen Duschgästen ab. Er bezweifelte, dass er zwei Schlangenbisse binnen weniger Wochen überleben würde.

Das Wasser war kalt, doch der Tag so heiß, dass es ihm nichts ausmachte. Er legte den Kopf zurück und ließ sich das Wasser ins Gesicht prasseln. Er seifte sich mit Duschgel ein, das ihm zugleich als Shampoo und Haarspülung diente und das er immer im Wagen dabeihatte.

Es tat gut, sich den Gestank abzuwaschen, nachdem er allzu viel Zeit im Auto verbracht hatte. Ohne Vorwarnung beschlich ihn eine seltsame Empfindung. Das kribbelnde Gefühl des Wiedererkennens. Unter dieser öffentlichen Dusche zu stehen, kam ihm so vor wie eine tägliche Gewohnheit von früher, und ein Teil von ihm erwartete, gleich mit seinem Waschzeug unter dem Arm durch die Tür zu gehen und sich draußen unter die Leute zu mischen, die mit dem Aufbau des Volksfestes beschäftigt waren – so als hätte er sich die neunzehn Jahre, die seitdem vergangen waren, nur eingebildet.

* * *

Am ersten richtigen Tag der 1999 Nannine Show, dem jährlichen Volksfest, erwachte Lane neben einem Feuer, in dem ein letztes Scheit noch hartnäckig vor sich hin glühte. Der Wind wehte ihm den Rauch direkt ins Gesicht. Er stöhnte, drehte sich auf die andere Seite und zog sich die Klappe seines Ein-Mann-Zeltschlafsacks über den Kopf.

Er drückte auf einen Knopf an seiner Uhr, um das Ziffernblatt zu beleuchten. Acht Uhr morgens, viel später, als er gedacht hatte. Normalerweise hätte ihn an einem Arbeitstag der Lärm kurz vor Öffnung des Volksfestes geweckt, aber aus irgendeinem Grund hatte er länger geschlafen.

»Lane!«, rief jemand. »Hände vom Schwanz und aus den Federn!« Das war die bevorzugte morgendliche Begrüßung von Billy, dessen Aufgabe es war, die anderen zu schikanieren.

»Ich bin wach«, rief Lane zurück und blieb liegen.

»Is dein Dad da?«, fragte Billy. Sein Schatten fiel auf Lane.

Aha. Billy war also gekommen, um sie zu erwischen. »Nee. Mum hat ihn in Danby rausgeschmissen«, sagte Lane. Dabei sah er Billy fest in die Augen, denn wenn man den Blick abwandte, merkte der andere, dass man log. »Nachdem er … du weißt schon.« In Wirklichkeit wusste Lane es selbst nicht, aber er fühlte sich erwachsener, wenn er so tat, als wüsste er, was in jener Nacht passiert war, in der sie seinen Vater rausgeworfen hatten.

»Ah«, sagte Billy. »Mach dir nichts draus, Junge. Ist bestimmt alles nur erstunken und erlogen.«

Lane richtete sich auf. Eine unheimliche Stille lag über dem Festplatz, nirgends herrschte die übliche Geschäftigkeit. »Wo sind denn alle hin?«

»Draußen am Eingang. Auf einer der Farmen ist ein Kind verschwunden. Beim State Emergency Service brauchen sie Freiwillige, die ihnen bei der Suche helfen.«

»Ach so«, sagte Lane und blinzelte in den Rauch, der wieder die Richtung gewechselt hatte. Er wich ihm aus. »Vermasselt es uns das Geschäft?«

»Da mach dir mal keine Sorgen. Kommt schon mal vor, dass sich ein Kind verirrt. Die Kleine taucht bestimmt bald wieder auf. Aber heute Morgen ist wohl eher nicht viel los. Bestimmt gehen eine Menge Leute zum Suchen raus.«

»Verstehe.« Das klang nicht gut. Sie brauchten solide Tageseinnahmen, nicht nur genug bis zur nächsten Stadt.

»Jedenfalls, wenn du deinen Dad das nächste Mal siehst, sag ihm, ich hätte das mit dem Geld nicht vergessen. Selbst wenn er die Truppe verlässt, sehen wir uns wieder, und dann sollte er es besser bei sich haben.«

* * *

Lane rollte seinen Swag ein und warf ihn ins Gepäckfach im unteren Teil des Camper-Vans. Er liebte die Nächte, wenn alles aufgebaut war und er im Freien schlafen konnte, so als wäre die ganze Welt sein Garten. An einem solchen Morgen ging er nur ungern in den Van zurück. Wenn er sich von seinem Schlafzelt direkt zu ihrem Stand und wieder zurück begab, konnte er das Gefühl in die Länge ziehen, so viel Platz zu haben, wie er wollte.

Aber Mum musste von der Suche erfahren.

Er hoffte, dass sein Dad noch den Rausch von seinem »freien Wochenende« ausschlief. Er spähte in den Schlafbereich und sah, dass seine Mum auf dem Bauch schlief, sodass von ihr nur das kurze blonde Haar zwischen Kissen und Decke zu sehen war. Der Platz neben ihr war leer.

Er blickte sich im übrigen Van um, als hätte er beim Betreten seinen Dad vielleicht nur übersehen. Dabei gab es nicht genug Platz, um sich irgendwo zu verstecken. Auf dem Küchentisch, den Bänken und größtenteils auf dem Boden stapelten sich Kartons, die zum Stand gebracht werden mussten, bevor das Volksfest begann.

Das Spülbecken war leer. Geschirr und Besteck vom Abendessen hatte Mum abgewaschen und ins Abtropfgestell gestapelt, doch da waren keine Teller und Kaffeebecher vom Frühstück. Mit seinem Vater war nichts anzufangen, wenn er nicht direkt nach dem Aufstehen seinen Kaffee bekam.

Hmm. Vielleicht hatte er genug davon, sich vor dem Direktor, der ihm einen Platzverweis erteilt hatte, im Van zu verstecken, und hatte sich in aller Frühe aus dem Staub gemacht.

Wie zur Antwort auf seine Hoffnung hörte er in diesem Moment, wie mit lautem Klappern das Gepäckfach geöffnet und geschlossen wurde, und sah im nächsten Moment seinen Vater zur Tür hereinkommen. Lane taxierte ihn und entspannte sich. Sein Vater stand lässig da und grinste breit. Vielleicht tat ihm die Auszeit gut.

»Morgen!«, sagte sein Vater und trat ans Spülbecken. Er wusch sich die Hände und holte den Instantkaffee aus dem Schrank.

»Warst du unterwegs?«, fragte Lane und gab sich Mühe, interessiert und nicht vorwurfsvoll zu klingen.

»Nur im Pub, nur im Pub.«

Lane blickte aus dem Fenster. Das Pub war nicht weit vom Gelände entfernt, direkt hinter dem Zaun und einem Wäldchen. Es ergab Sinn, dass sein Vater das Risiko einging, sich im Schutz der Dunkelheit hinauszuschleichen und, wenn alle mit den Vorbereitungen für den nächsten Tag beschäftigt waren, heimlich zurückzukehren. Aber es frustrierte Lane. Er und seine Mutter brauchten die zwei Tage Arbeit, und sein Vater riskierte für ein Bier, dass sie rausgeschmissen wurden.

»Wie ist der Eröffnungsabend gelaufen?«, fragte sein Vater.

»Wir haben schon bessere gesehen«, erwiderte Lane. In Wahrheit hatten sie recht gute Geschäfte gemacht. Die Angebote für Männer hatten zwar größeren Zuspruch gefunden, da jede Menge Arbeiter von den umliegenden Farmen gekommen waren, aber sie hatten auch genügend Familien angelockt, um einen guten Schnitt zu machen. Doch er und Mum waren übereingekommen, seinem Vater gegenüber so zu tun, als wäre das Wochenende eine Pleite, sodass sie einen Teil der Einnahmen abzweigen und verstecken konnten.

»Ach ja? Habt ihr Preise vergeben?«

»Nur einen. Ein Zwillingspaar ist vorbeigekommen, und offensichtlich wogen sie dasselbe, sodass ich beim zweiten Mal absichtlich falsch geraten habe. Sah süß aus, so der Typ Shirley Temple. Ich dachte mir, es macht sich gut als Werbung, wenn sie mit einem Preis herumstolziert, hat aber dann doch nicht viel gebracht.« Noch eine Lüge – das Mädchen war so aus dem Häuschen gewesen, dass drei weitere Familien stehen geblieben waren und gespielt hatten.

Sein Vater hörte auf, in seinem Kaffee zu rühren, und drehte sich, immer noch lächelnd, zu ihm um. Instinktiv zuckte Lane zurück, doch sein Vater klopfte ihm nur auf die Schulter. »Du bist ein guter Junge, Chip.«

»Danke.« Lane überlegte einen Moment, ob er seinem Vater das von Billy ausrichten und ihm von der Suchaktion erzählen sollte, behielt dann aber beides für sich. Er wollte nachher lieber erst mit seiner Mum allein darüber sprechen und gemeinsam mit ihr überlegen, was das für ihre Pläne bedeutete, bevor sie es seinem Vater sagten. Und wie Billy gemeint hatte, tauchte das Mädchen wahrscheinlich sowieso wieder auf, bevor sie öffneten.

Sein Vater nahm den Kaffeebecher und schlenderte gemächlich in den Schlafbereich. Im Vorbeigehen sah Lane etwas an seiner Schulter aufschimmern. Ein Haar. Viel zu lang, als dass es von Mum hätte stammen können. Ohne nachzudenken, streckte Lane die Hand aus und griff das lose Ende mit zwei Fingern, ohne das Hemd seines Vaters zu berühren. Mum hatte bereits beschlossen, ihn zu verlassen; wieso ihr nicht einen weiteren Kummer ersparen.

* * *

Lane hielt seine Wagentür auf und hängte das feuchte Handtuch zum Trocknen darüber. Er lehnte sich an die Kühlerhaube und genoss nach der kalten Dusche die Wärme des Metalls.

Jetzt, wo es leer war, kam ihm das Gelände kleiner vor. Aber daran konnte es nicht liegen – die dicht gedrängten Zelte und Wohnwagen und die Menschenmenge hätten es kleiner und nicht größer erscheinen lassen müssen. Doch sobald alles aufgebaut war, musste sich Lane kreuz und quer durch die Gänge zwängen, um irgendwohin zu kommen. Mit den verschiedenen Bereichen und den entsprechenden Aktivitäten hatte sich der Platz angefühlt wie eine Stadt im Miniaturformat.

Im Lauf von fast zwanzig Jahren hatte sich in Nannine natürlich einiges geändert. Andere Dinge hatte er nur anders in Erinnerung – größer oder kleiner oder anders angeordnet. Das menschliche Gedächtnis war für seine Unzuverlässigkeit berüchtigt. Weshalb er versuchte, nicht an das Haar zu denken oder daran, welche Farbe es gehabt hatte.

SIEBZEHN

Die Route, die ihm die App zum zweiten Tor anzeigte, unterschied sich deutlich von dem Weg, auf dem er das erste Mal gekommen war.

Die Entfernung von der Stadt war ungefähr gleich, doch die beiden Tore lagen so weit auseinander, dass ihn das GPS auf eine andere Straße führte, einen alten, zweispurigen Highway. Er kam an keinem anderen Auto vorbei.

Mit einem Piepton signalisierte ihm das Handy, dass er das Ziel erreicht hatte. Statt wie erwartet einen unscheinbaren Zugang hatte er ein breites, doppelflügeliges Tor vor sich, mit einem riesigen Lkw-Wendekreis, der allerdings dem Unkraut nach, das überall aus dem Schotter spross, schon länger nicht mehr in Gebrauch war. Die Pfosten für ein Schild waren noch mit dem Zaun verschraubt, doch das Schild selbst längst verschwunden.

Als Lane langsam heranfuhr, trat ein Mann aus dem Schatten eines Eukalyptusbaums mit einem so dicken Stamm, dass er älter sein musste als die Farm. Der Mann war einen Kopf kleiner als Lane, mit schmalen Schultern und ergrauendem blondem Haar. Er entriegelte das Tor, zog es auf und winkte Lane hindurch.

Lane warf einen Blick über die Einfahrt, wo er irgendwo einen Ute oder auch nur ein rotes Briefträgerfahrrad erwartet hätte, aber es war weit und breit kein Fahrzeug zu sehen. Er ließ die Scheibe herunter. »Kann ich Sie zum Haus mitnehmen?«

Der Mann schloss das Tor hinter ihm. »Ich bin gut zu Fuß«, erwiderte er. Er sprach mit leicht osteuropäischem Akzent, der allerdings von so viel australischem Näseln überlagert wurde, dass der Mann schon seit Jahrzehnten hier gelebt haben musste. Lane schätzte ihn auf Ende fünfzig bis Mitte sechzig, war jedoch nie gut darin gewesen, das Alter von Männern auf dem Land zu bestimmen. Manche von ihnen wurden sechzig und alterten dann nicht mehr. Für andere ging es schon ab vierzig bergab.

»Ich hätte nichts dagegen, wenn Sie mir den Weg zeigen könnten«, gestand Lane. Es war vielleicht nicht männlich, nach der Route zu fragen, aber ihm dämmerte allmählich, wie riesig das Anwesen war. Nachdem sein letzter desaströser Besuch im Krankenhaus geendet hatte, wollte er diesmal kein Risiko eingehen. Heimlich konnte er sich das eingestehen, aber noch lange nicht offen zugeben.

»Sie können sich nicht verfahren«, sagte der Mann, kam aber doch um den Wagen herum und stieg zur Beifahrertür ein. »Immer geradeaus bis zum Haus.«

»Sind Sie Hendrik Tamm?«, fragte Lane. »Der Betriebsleiter?«

»Ja.« Hendrik nickte. »Und Sie sind Lane Holland, der Privatdetektiv. Wilhelmina – Miss McCreery – hat mir von Ihrer Arbeit erzählt.«

»Wie lange arbeiten Sie schon bei den McCreerys?«, fragte Lane.

»Dreißig Jahre«, antwortete Hendrik. Er hob die Hand und zeigte durch die Windschutzscheibe in die Richtung, in der gerade ein grünes Wellblechdach hinter dem nächsten Hügel auftauchte.

»Demnach waren Sie hier, als …«

»Als die andere Ms McCreery verschwand, ja, Sir. Wenn auch nicht *hier*. Ich war in Adelaide, um einen Cousin abzuholen, der gerade nach Australien gekommen war. Bin Freitagmorgen losgeflogen.« Hendrik fixierte den Akubra-Hut auf seinem Schoß. »Ich trage schwer daran. Ich hätte meine Reise absagen sollen, als Mr McCreery an demselben Wochenende wegmusste. In der Nacht war meine Frau allein in unserem Haus und Mrs McCreery mit den zwei kleinen Mädchen allein im großen Haus. Das hätte nie passieren dürfen.«

Das Haus von Mr Tamm mochte zwar nicht das »große Haus« sein, war aber immer noch größer als jedes Haus, in dem Lane je gewohnt hatte.

»Es gibt Millionen Haushalte, in denen keine Männer leben, Mr Tamm. Und die wenigsten haben Entführungen zu beklagen.«

Rein statistisch gesehen waren Frauen und Kinder dem größten Risiko ausgesetzt, wenn der Mann des Hauses daheim war. Aber es erschien ihm nicht hilfreich, dies gegenüber Tamm zu erwähnen.

»Hm«, sagte Hendrik, der über Lanes Worte eher verärgert als davon getröstet schien. »Danke, dass Sie mich mitgenommen haben. Mrs McCreery erwartet Sie; ich mache mich dann am besten mal wieder an die Arbeit.«

Mina erwartete ihn tatsächlich. Sie lehnte am weißen Holzzaun um den Vorgarten und redete mit einer älteren Frau, die ihren Büschen mit einer monströsen Heckenschere zu Leibe rückte. Mina beugte sich über den Zaun und umarmte die Frau, die ihre Schere umständlich zur Seite nahm, um die Geste zu erwidern.

Sie hatte seinen Empfang sorgfältig orchestriert, indem sie Hendrik zum Tor geschickt hatte, das er mühelos auch selbst hätte öffnen können, und nun mit dieser Frau. Sie wollte ihm zeigen, dass noch andere Leute auf dem Anwesen waren, die sie hören würden, wenn sie schrie.

Er fragte sich, ob die andere Hälfte von Hendriks Schuld auf ihren Schultern lastete: die Wut darüber, in jener Nacht nicht beschützt worden zu sein.

»Wie Sie sehen«, sagte sie, »ist es wirklich nicht möglich, Ihnen das ganze Areal zu zeigen – zumindest ohne Helikopter, und wir sind nun mal keine Rinderbarone, die sich einen leisten können.«

»Schon gut«, witzelte er. »Ich habe es ja schon aus der Luft gesehen.«

Sie ließ sich nicht einmal zu einem mitfühlendem Lachen hinreißen. »Aber Sie hatten keinen Fensterplatz, oder?«

Sie lief einmal um den Vorgarten herum und griff nach etwas, das am Zaun lehnte. Als sie sich dieselbe Waffe, die er an dem Tag seines Schlangenbisses zu Gesicht bekommen hatte, in die Armbeuge legte, machte er instinktiv einen Schritt zurück. »Ich zeige Ihnen gern, was auch immer Sie für wichtig halten. Draußen.«

Damit lief sie auf der unbefestigten Straße los, und er folgte ihr, immer darauf bedacht, dass der Gewehrlauf in die entgegengesetzte Richtung zeigte. Natürlich war dies nicht seine erste Bekanntschaft mit Schusswaffen. Vor seinem plötzlichen Abbruch der Polizeiausbildung hatte er viele Stunden auf dem Schießstand verbracht. Allerdings war er nicht daran gewöhnt, dass die Person, die er befragte, eine Waffe hatte und er nicht. Außerdem war ihm ihr lässiger Umgang damit unangenehm. Als wäre es ein Spielzeug, so wie das, mit dem er damals an der Bude am Rand des Festplatzes Gummienten schoss.

Bei ihrem Marsch den Weg entlang wurde sich Lane eines rhythmischen Geräuschs zu seiner Linken bewusst.

Er hörte Zweige abbrechen und Blätter rascheln. Mina wirkte nicht weiter beunruhigt, blieb aber stehen und wandte sich in die Richtung. Kurz darauf stürmte ein großer Hund aus dem Gebüsch, mit einem Stock im Maul, der fast so groß wie er selbst war.

»Na, was hast du da gefunden?«, fragte Mina liebevoll.

Der Hund warf den Kopf hoch und schleifte den Stock über den Boden.

Mina streichelte ihn hinter den Ohren. »Das ist Echo«, sagte sie.

Eine zweite Warnung, vermutete Lane. Eine freundliche Erinnerung daran, dass es nicht nur die Tamms, sondern auch noch einen Hund gab. Er musste an den Witz denken, der ihr an seinem ersten Tag hier so locker über die Lippen gekommen war.

Der mit der abgerichteten Kampfschlange. Hatte sie damit auf Fähigkeiten angespielt, die in Wirklichkeit Echo besaß? Bei so viel geballter, gutmütiger Energie kaum vorstellbar. Andererseits hatte Lane schon gesehen, wie sich Hunde von einer Sekunde auf die andere von einem Bündel ungestümer Freude und Anhänglichkeit in ein bösartiges, unerschrockenes Kraftpaket verwandeln konnten, wenn die Person, der ihre Liebe galt, bedroht wurde.

Er hatte nie viel für Hunde übriggehabt.

Ihre Route führte sie einen sanften Hang hinauf, bis die Bäume immer spärlicher wurden und sie auf ein offenes, grasbewachsenes Plateau gelangten. Von der Kuppe der Anhöhe ragte ein altes, stählernes Windrad auf. An diesem Tag stand es still, gut möglich, dass es sich schon seit vielen Jahren nicht mehr drehte.

Mina blieb darunter stehen und blickte hinauf. Es war vielleicht zehn Meter hoch und die Plattform über eine alte verschweißte Leiter, etwa halb so breit wie ein ausgewachsener Mann, zu erreichen.

»Haben Sie Höhenangst?«, fragte sie.

»Nein«, erwiderte Lane und überlegte, ob er diese Aussage noch bereuen würde.

»Also nur vor Stofftieren?«, fragte Mina, und ihre Lippen zuckten.

Lane unterdrückte ein gequältes Grinsen. Die meisten hielten es für einen Witz, verständlicherweise. Was ihn allerdings in eine Zwickmühle brachte, weil sie es zum Brüllen komisch fanden, ihm dann ausgerechnet ein Stofftier zu schenken. Wobei er diejenigen, die begriffen, dass es sein voller Ernst war, noch schlimmer fand, weil sie etwas so Peinliches über ihn wussten, und es wenige gab, die eine solche Schwäche nicht ausnutzten.

»Es ist stabiler, als es aussieht«, sagte Mina. »Auch wenn man von da oben nicht das ganze Anwesen sehen kann, aber doch das meiste. Ist jedenfalls ein guter Anfang. Oder fällt Ihnen was Besseres ein?«

Lanes bevorzugter Ausgangspunkt war die Befragung etwaiger überlebender Zeugen. Und er war sich ziemlich sicher, dass er dafür diese verdammte Leiter hochsteigen musste.

»Sie zuerst«, sagte er.

Sie hängte das Gewehr an zwei an die Seite des Turms geschweißte Haken und packte eine Sprosse über ihrem Kopf.

»Lassen Sie es einfach da hängen?«, fragte Lane.

»Was sollte damit passieren?«, entgegnete sie. »Haben Sie Angst, jemand kommt vorbei und nimmt es mit?«

»Sieht einfach nur nicht sicher aus«, antwortete er.

»Schon gut, kapiert«, sagte sie. »Vorschriftsmäßig müsste ich es ungeladen in einem Waffensafe aufbewahren und die Munition auf dem Mond. Aber auf einer Farm ist das nicht praktikabel. Sie haben ja selbst gesehen, dass es hier draußen brenzlig werden kann. Man muss es griffbereit haben, und zwar geladen. Und ja, hin und wieder muss ich es abstellen. Sobald wir hier fertig sind, entlade ich es und schließe es in einen Safe ein. Falls Ihnen das nicht genügt und es Ihnen unangenehm ist, dass ich es so mit mir herumtrage, steht es Ihnen frei, auf demselben Weg wieder zu verschwinden, auf dem Sie gekommen sind.«

»Nein, schon gut«, sagte Lane. »Natürlich müssen Sie Kompromisse eingehen.«

Sie starrte zu ihm hinunter, als glaubte sie ihm nicht, dass er die Sache damit fallen lassen würde, und nickte schließlich. Sie erklomm die Sprossen mit der Leichtigkeit lebenslanger Übung.

Er stellte sich wesentlich ungeschickter an. Das Klirren bei jedem Tritt auf den Metallstreben ging ihm durch Mark und Bein. Er war froh, dass Mina über und nicht unter ihm war. Falls er in Panik geriet und wieder runterwollte, blieb ihm zumindest die Peinlichkeit erspart, auf seiner Flucht an ihr vorbeizumüssen.

Kurz darauf schwang sie sich auf die Plattform, und ihre Füße verschwanden über ihm.

Sie trat an den Rand und legte die Hände aufs Geländer, allem Anschein nach, ohne zu merken, dass der Turm im Wind leicht hin und her schwang. Lane merkte es.

»Wir halten das Windrad als Feuerwachturm instand«, erklärte sie.

Auf seinem Weg zu ihr ging er gegen den erstaunlich kräftigen Wind ein wenig in die Knie.

»Das ist nicht nötig«, sagte Mina. »Sie können hier ganz normal herumlaufen. Sehen Sie mal.« Dabei tänzelte sie ein paar Schritte zurück und breitete dabei übermütig die Hände aus.

»Der Wind weht stärker, als ich gedacht hätte«, erklärte er.

»Hat der Wind Sie jemals umgeworfen?«, fragte sie. »Hier oben ist das genauso unwahrscheinlich.«

Falls es ihr darum ging, bei ihrem Gespräch die Oberhand zu haben, war der Ort gut gewählt.

Lane schaffte es bis zum Geländer, und der Ausblick verschlug ihm den Atem. Er hatte Luftaufnahmen gesehen, doch der auf seinen Computerbildschirm gebannte Ausschnitt wurde dieser schieren Weite nicht gerecht.

Er sah die zwei Häuser, das grüne Wellblechdach auf dem der Tamms und ein ähnliches auf dem großen Haus. Er sah das Wasserreservoir, rund und bronzefarben wie ein frisch geprägter Penny. Die Gartenanlagen schlossen sich um das große Haus wie zwei grüne Hände. Dahinter erstreckte sich ein scheinbar grenzenloses Gelände in hundert Braunschattierungen. Weiden, auf denen einst Tausende Schafe gegrast hatten, lagen jetzt verwaist und ausgetrocknet da.

Mina folgte seinem Blick zum Horizont und erriet offenbar seine Gedanken. »Die Leute halten uns für verrückt, Millionen von Dollar liegen zu lassen, weil wir nicht die ganze Farm bewirtschaften. Dabei waren wir nicht einmal die Ersten in der Gegend, die ihren Viehbestand reduziert haben. Wir machten kaum Gewinn, und die Arbeit wurde meinem Dad einfach zu viel.«

»Aber die anderen Farmen, die ihre Viehbestände verkleinerten, hätten doch eher Land verkauft oder sich zumindest von einigen Weiden getrennt, die sie nicht benutzten, oder?« Lane kratzte nur zusammen, was er aus seinen Recherchen mitgenommen hatte, um so zu tun, als verstünde er etwas davon.

Ihr Blick sagte ihm, dass sie ihn durchschaute, was er ihr nicht verübeln konnte. »Ja, stimmt. Unter anderen Umständen hätten wir den größten Teil verkauft. Irgend so ein Multi hätte es sich unter den Nagel gerissen und einen Massentierhaltungsbetrieb daraus gemacht. Wir hätten nur das Haus behalten und vielleicht ein paar Hektar rundherum als kleines Gehöft weitergeführt. Letzteres haben wir ja auch getan. Unsere Farm beschränkt sich auf die vierzig Morgen ums Haus, der Rest ist einfach nur auf unseren Namen eingetragen.«

Lane verkniff sich eine Bemerkung darüber, dass es sich bei »dem Rest« um Tausende Morgen handelte. »Aber wieso? Sie verstehen sicher, dass sich die Leute darüber wundern.«

Sie lehnte sich auf das Geländer und starrte über die Weite aus nackter Erde und Gestrüpp. »Einmal hatten wir schon einen Kaufinteressenten hier, der sich umgesehen hat. Der war ganz aus dem Häuschen und machte schon alle möglichen hochtrabenden Pläne. Riesige zusätzliche Wasserspeicher, mehr Gebäude und ein neues effizientes Wegenetz.«

Lane brauchte einen Moment, bis der Groschen fiel. Die entsetzliche Vorstellung, das Land zu verkaufen und von da an jeden Tag mit dem Anruf zu rechnen, ein Bulldozer habe Evelyns sterbliche Überreste ausgegraben.

Oder schlimmer noch, nie einen solchen Anruf zu bekommen und mit der Frage weiterzuleben, ob sie von den Maschinen unbemerkt zermalmt worden war. Allein schon der Gedanke war unerträglich, und er verdrängte ihn. Sein Gesicht war wohl ein offenes Buch, denn sie nickte. »Egal, was meine Mutter geglaubt hat, die wahrscheinlichste Erklärung ist, dass sie irgendwo hier draußen begraben liegt.« Sie breitete die Arme aus, mit den Handflächen zum Himmel, um die schiere Größe des Geländes anzudeuten. »Bis wir sie gefunden haben, ist an einen Verkauf nicht zu denken.«

»Was meinen Sie damit, ›was meine Mutter geglaubt hat‹?«

Ihr Gesicht verfinsterte sich sofort. Allem Anschein nach war Beverley tabu, wenn er das Gespräch nicht abwürgen wollte. »Aber was ist mit Ihnen?«, fragte er stattdessen. »Haben Sie schon mal daran gedacht, wegzuziehen und irgendwo anders neu anzufangen?«

»Ist ja nicht so, als wäre ich nie weggegangen. Ich habe es zweimal versucht. Beim zweiten Mal ist es sogar ganz gut gelaufen. Ich bin lange genug weggeblieben, um meinen Abschluss zu machen.«

Angenommen, sie war direkt von der Highschool an die Uni gegangen, musste das vor ungefähr sieben Jahren gewesen sein. Beverley war seit fünf Jahren tot, sodass etwaige Überlegungen, was sie nach dem Examen machen sollte, an der Diagnose ihrer Mutter scheiterten. Natürlich konnte er sie nicht danach fragen.

»Und das erste Mal lief es nicht so gut?«

»Was spielt das alles für eine Rolle? Wir reden hier von Dingen, die Jahre nach Evelyns Verschwinden passiert sind.«

Sie verwendete grundsätzlich diese Formulierung. Das war ihm schon bei der Lektüre der wenigen Interviews aufgefallen, die sie gegeben hatte: »Evelyn verschwand«, nie »Evelyn wurde entführt«. Es war eine neutrale, weniger schmerzhafte Ausdrucksweise. Dabei klang es allerdings auch wie etwas, das Evelyn getan hatte.

»Interessiert mich nur einfach.«

»So interessant ist das nicht. Ich bin nicht wieder nach Hause zurückgekehrt, weil ich mit der rauen Wirklichkeit da draußen nicht klargekommen wäre, oder was auch immer Sie denken mögen.«

»So hatte ich das auch nicht gemeint«, erwiderte er hastig. »Sie wären wahrlich nicht die Erste, die nach Hause zurückgeht, weil man sie braucht.«

»Schon klar«, sagte sie. »Stimmt, ich bin zurück, als Mum krank wurde. Aber ich wäre auch so gekommen. Das Komische ist nur, dass sich kein Mensch was dabei gedacht hätte, wäre nicht die Sache mit Evelyn gewesen. Unsere Familie bewirtschaftet dieses Land schon seit Generationen. Wussten Sie, dass Nannine – ich meine, die Stadt – über keine natürliche Wasserquelle verfügt?«

»Tatsächlich?« Lane war nicht klar, was sie damit sagen wollte.

»Vom River Darling oder den Seen ist Nannine zu weit entfernt; es ist hundertprozentig auf die menschengemachten Wasserspeicher und Bohrlöcher angewiesen. Bei ihrer Gründung wurde das Wasser noch auf Kutschwagen in die Stadt gebracht. Und dieser Kutschwagen wurde von einem McCreery gefahren.« Lane staunte, dass die Stadt überhaupt gebaut worden war. Er konnte die Bindung an einen Ort nur schwer nachempfinden. Erst recht in einem Land wie Australien. Was waren schon ein paar Hundert Jahre verglichen mit zigtausend?

»Wenn überhaupt, hätte mich die Vergangenheit verfolgt, wenn ich weggegangen wäre, und nicht, indem ich blieb.«

Er schwieg und wartete, ob sie noch etwas hinzufügen würde. Doch die Stille schien ihr nichts auszumachen.

»Der Blick hier ist wirklich unbeschreiblich«, sagte er nach einer Weile.

»Mein Dad hat uns immer damit aufgezogen«, sagte sie, »dass wir, wenn in der Stadt Volksfest war, die Lichter von diesem Turm aus sehen können.«

In Erinnerungen versunken, wandte sie einen Moment den Blick ab.

Lane lachte. »Bestimmt nicht.« Der Festplatz in Nannine war eine Autostunde entfernt. So gut war die Aussicht nun auch wieder nicht.

»Klar, wie Väter eben so sind. Wir haben ihm geglaubt und waren jedes Jahr bitter enttäuscht, wenn er uns nicht hier hochsteigen ließ, um uns selbst zu überzeugen.« Sie sog die Unterlippe zwischen die Zähne und schüttelte den Kopf.

Lane legte zwar die Hand auf das Geländer, traute sich aber nicht, sich so wie sie mit dem ganzen Gewicht darauf zu lehnen. Ein böser kleiner Kobold in seinem Kopf flüsterte ihm ein, wenn er wollte, brauchte er nur das Bein über das Geländer zu heben und zu springen. »An dem Abend, bevor Evelyn verschwand, waren Sie auf dem Volksfest«, sagte er.

Sie warf ihm einen Seitenblick zu. »Das wissen Sie doch. Sie sind mit den zeitlichen Abläufen vertraut.«

»Und? Stimmt alles, was ich gelesen habe?«, fragte er.

Das brachte ihm ein zartes Lächeln ein. »Natürlich nicht«, sagte sie.

»Dann würde ich die Geschichte gerne von Ihnen hören.«

Sie schwieg einen Moment. Dachte nach.

Unten gab Echo einen tiefen kehligen Laut von sich und rannte los, bis er nur noch als heller Fleck im grünen Gras zu erkennen war. Wahrscheinlich jagte er Kaninchen.

»Also, Sie sind am Freitagabend auf das Volksfest gegangen«, gab er ihr das Stichwort.

»Ja. Wir haben unseren Vater so um fünf in der Stadt abgesetzt, und er ist nach Sydney weitergefahren. Ich glaube, er saß in irgend so einem Viehwirtschaftskomitee. Daraus wurde aber nichts, und so ist er gleich wieder umgekehrt und kam samstagfrüh nach Hause.« Bei den Erinnerungen wurde ihr Gesicht ernst. »Da wir nun schon mal in der Stadt waren, ist Mum mit Evelyn und mir aufs Volksfest gegangen. Am ersten Abend ist der Eintritt billiger. Die meisten Fahrgeschäfte liefen noch nicht, und natürlich stand auch noch kein Konzert auf dem Programm. Es war uns egal; wir wollten ja sowieso am nächsten Morgen wieder hin. Wir sollten bei ›Miss Junior Showgirl‹ mitmachen.« Sie zupfte Rost vom Geländer ab. »Mum musste für unsere Teilnahme ein Formular unterzeichnen, und so sind wir ins Büro der Veranstalter in eine von diesen behelfsmäßigen Buden gegangen und haben unsere Formulare abgegeben. Mum hat uns dabei fotografiert, wie wir sie hochhalten, um zu Weihnachten unsere Großeltern damit zu langweilen. Das Foto haben Sie bestimmt gesehen, oder?«

Lane nickte. »Hat sie noch welche gemacht?«

Mina zuckte mit den Achseln. »Ist anzunehmen; sie hat ständig fotografiert. Ich hatte das Gefühl, dauernd zu posieren. Sie sagte immer: *Wenn ihr nicht auf dem Bild seid, fragen sich die Leute, ob ihr überhaupt da wart!*«

»Es wäre wirklich hilfreich für mich, einen Blick auf Fotos zu werfen, die Sie von dem Tag oder den Tagen davor noch besitzen.«

»Die haben Sie bestimmt schon alle gesehen«, erwiderte sie. »Mum hat den Nachrichtenredaktionen jede Menge überlassen, und was sie da nicht verkaufen oder loswerden konnte, kam in ihr Buch.«

»Die Fotos, die mir am meisten nützen würden, hätte sie nur schwer verkaufen können. Der Verlag hätte bei Fotos mit vielen Leuten im Hintergrund abgewunken. Sich von jedem, der da drauf ist, die Freigabe einzuholen, ist die Mühe nicht wert.«

»Ach so.« Sie blickte zu Echo hinunter und nagte an ihrer Unterlippe.

Nach einer Weile angespanntem Schweigen sagte Lane: »Ist nicht so wichtig.« Ihr Leben war in einem Maße in den Nachrichten oder in Beverley McCreerys Memoiren ausgebreitet worden, dass er Verständnis dafür hatte, wenn sie die wenigen privaten Fotos, die ihr noch geblieben waren, für sich behielt. »Wie ging es weiter, nachdem Sie das Veranstaltungsbüro verlassen haben?«

Ihre Schultern waren sichtlich verkrampft. Sie warf ihm einen kurzen Blick zu, aus dem Erleichterung und Dankbarkeit sprachen, starrte jedoch sofort wieder nach unten, als ob sie nicht wollte, dass er es sah. »Evelyn schlug vor, an einer Imbissbude haltzumachen und uns einen Hotdog oder Fritten zu kaufen. Mum wies sie zurecht, was sie sich dabei dächte, sich den Bauch vollzuschlagen, wo sie doch bei Miss Junior Showgirl mitmachen wollte. Wir haben die Hotdogs trotzdem bekommen. Danach sind wir zu den Fahrgeschäften und Ständen gegangen. Eine der Spielbuden hatte schon auf, die mit dem Gewichtraten. Mum ist mit uns hingegangen, so war sie eben.«

Bei der Erwähnung der Bude mit dem Gewichtraten wendete Lane das Gesicht ab, um sich nichts anmerken zu lassen. Damals hatte die Begegnung keinen nachhaltigen Eindruck bei ihm hinterlassen. Er hatte nicht einmal gewusst, dass die Mädchen an dem Abend auf das Volksfest gekommen waren, bis er ein paar Tage nachdem er mit seiner Familie Nannine verlassen hatte, in der Zeitung darüber las. Und erst, als er Beverleys Buch las und sich selbst dort auf der entsprechenden Seite entdeckte, wurde ihm klar, dass er den Mädchen begegnet war.

Mina zitterte ein wenig und atmete einmal tief durch. »Sollte sich als praktisch erweisen. Als Mum die Vermisstenmeldung ausfüllen musste, kannten wir Evelyns genaue Größe, weil man die ins Showgirl-Formular eintragen musste. Und wir kannten ihr Gewicht, weil der Junge in dieser Spielbude sie hinterher auf die Waage stellte, um zu sehen, ob er richtig geraten oder sie einen Preis gewonnen hatte.«

»Moment – könnten Sie mir dieses Spiel mit dem Gewichtraten noch mal erklären?« Lane war das Verfahren bestens bekannt, doch wenn er von Anfang an verhindern wollte, dass sie Sachen ausließ, weil er die Geschichte schon kannte, musste er auf Genauigkeit bestehen.

»Das ist nur eine von diesen billigen Nummern«, erwiderte Mina. »Der Budenjunge …«

»Schausteller«, korrigierte Lane reflexhaft.

»Was?«

»Die Leute, die dort arbeiten, sind Schausteller.«

»Ach so, okay.« Mina musterte ihn mit einem eigenartigen Blick. »Dieser Schausteller sieht sich denjenigen von oben bis unten an und versucht, sein Gewicht abzuschätzen. Trifft er es mit einer Abweichung unter einem Kilo, hat er gewonnen und behält das Geld. Liegt er daneben, hat der Besucher gewonnen und bekommt eins von diesen …« Sie sprach nicht weiter und sah ihn an.

»Ein Stofftier«, sagte Lane mit trockenem Lachen. »Schon gut, das Wort ist okay. Ich springe nicht gleich vor Angst vom Turm.«

»Ich wollte nur sichergehen.« Ihr Lächeln verriet, dass ihr klar war, wie berechtigt ihre Rücksichtnahme war.

»Bei mir lag er haargenau richtig, aber Evelyn hat einen Preis gewonnen. Ich glaube, er hat sie absichtlich gewinnen lassen, denn wir wogen damals genau dasselbe. Wir waren neun Jahre alt, da konnte man eigentlich nicht danebenliegen.«

»Waren da viele Leute in der Nähe?«

Mina runzelte die Stirn. Lane sah wieder zum Horizont und tat so, als fasziniere ihn die Silhouette eines Habichts, der über den Bäumen seine Kreise zog, und gab ihr Zeit zu überlegen.

»Nicht so viele wie an einem Samstag, aber schon ein paar. Am Gewichtratenstand war sonst niemand, aber nebenan standen ein paar Mütter und ihre Kinder bei der Maskenbildnerin an. Ich wollte als Nächstes auch hin, aber Mum hatte Angst, ich bekäme davon einen Ausschlag im Gesicht.«

»Und hat Ihre Mutter vielleicht mit irgendjemandem gesprochen, während sie wartete?«

»Nein, eigentlich nicht. Wobei«, sagte sie, und plötzlich klang sie härter und wütender, »irgend so ein Typ hat sie angequatscht: ›Hey, was kostet die Kleine?‹, und meine Mum hat darauf gesagt: ›Ich kann Ihnen einen Nachlass geben, wenn Sie beide nehmen‹, und er darauf: ›Ich will aber nur die Blonde, die Brünette ist zu hässlich.‹ Sie wissen schon, langweiliges Erwachsenengerede. Ich habe gar nicht richtig zugehört.«

Lane sah Mina wieder an. Lynnie reagierte auch oft so. Bei einem schmerzhaften Thema machte sie so düstere Witze, dass es Lane den Atem verschlug. »Verstört es Sie, wenn ich Ihnen Fragen zum Volksfest stelle?«

»Alle stürzen sich darauf. Ich weiß, was die Leute denken.«

Lane zögerte. »Nämlich?«

Sie stieß ein kurzes, bitteres Lachen aus. »Viele denken, sie ist verschwunden, weil wir uns für den Miss-Junior-Showgirl-Wettbewerb eingetragen hatten. Das heißt, diejenigen, die überhaupt glauben, dass sie verschwunden ist. Sie glauben, uns an dem Abend mitzunehmen, wäre praktisch eine Einladung von meiner Mutter an Pädophile gewesen. Da nützt es auch nichts, dass es Fotos von uns an diesem Abend gibt, auf denen wir in Jeans und T-Shirt zu sehen sind, verflucht noch mal. Die Leute brauchen nur diese drei Wörter zu hören und denken automatisch an diese perversen Schönheitswettbewerbe für Kinder. Aufgeplusterte Haare und Make-up und kleine Mädchen, die wer weiß wem im Publikum Luftküsschen zuwerfen.«

»Ich glaube, das Wort ›Showgirl‹ assoziieren viele eher mit dem Film. Die sehen dann gleich Glitzerfummel und Nippelquasten vor sich.«

Damit entlockte er ihr ein echtes Lachen, und sie verschränkte unwillkürlich die Arme vor der Brust, wie um sich vor der Entblößung zu schützen, die sie vor Augen sah. »So was kommt auch nur Leuten in den Sinn, die nicht wissen, was es heißt, auf dem Land aufzuwachsen. Jedes Mädchen in meiner Klasse hatte in dem Jahr vor, da mitzumachen. Wir haben uns gelangweilt. Es gab gerade mal eine Handvoll Fernsehsender. Da draußen hatten wir kaum Internet, und es war langsamer als die Post. Natürlich haben wir uns für Miss Junior Showgirl eingetragen. Wir haben ein Sonntagskleid angezogen und ein paar Interviewfragen beantwortet. Wer ein Instrument spielen konnte, hat etwas vorgespielt, und die anderen haben so getan, als könnten sie tanzen.

Dann bekamen wir eine Fotokopie von dem Teilnahmezeugnis, um sie an unsere Pinnwand zu heften, und danach wären wir zum Zelt der Country Women's Association of Australia rübergegangen, um zu sehen, wer den Preis für die beste Marmelade gewonnen hat.«

Bei den nostalgischen Erinnerungen an Pläne für einen Tag, zu dem es so nie kommen sollte, spielte der Anflug eines Lächelns um ihren Mund, und sie sah weg.

»Erinnern Sie sich vielleicht an jemanden, der Sie angesprochen hat, als Sie auf dem Platz herumgelaufen sind? Vielleicht jemand, der Ihnen etwas angeboten oder Sie um Hilfe gebeten hat?«

Er öffnete und schloss die Hände am Geländer und atmete tief ein. Er musste zurückrudern, denn er war gefährlich nah daran, ihr eine Antwort zu suggerieren, die er hören wollte: *Ach ja, tatsächlich, da tauchte ein Schausteller auf, der sich ein bisschen zu sehr für uns interessierte. Wenn ich drüber nachdenke, sah er aus wie eine ältere Version von Ihnen.* Zeugen hatten ein unfassbar unzuverlässiges Gedächtnis und konnten sich – in der entsprechenden emotionalen Verfassung oder aufgrund einer falsch gestellten Frage – an Dinge erinnern, die nie passiert waren.

Sie machte ein frustriertes Gesicht. »Da liefen eine Menge Leute herum, die meisten waren Fremde. Mir fällt keiner ein, der irgendwie wichtig gewesen wäre.«

»Sind Sie vom Volksfest noch irgendwo hingegangen?« Er verkniff sich den Zusatz *wie zum Beispiel ins Pub?*

Sie schüttelte den Kopf. »Wir sind direkt nach Hause gefahren, und Mum hat uns sofort ins Bett geschickt. Sonst war da nichts mehr, bis am nächsten Morgen …« Sie ballte beide Hände zu Fäusten und spreizte sie, um eine Explosion anzuzeigen.

* * *

Runter erwies sich als weitaus schwieriger als rauf.

Während Mina in Windeseile wieder unten war, stellte sich Lane so ungeschickt wie ein Walross an, das von einem Felsen ins Meer watschelt. Es fühlte sich verkehrt an, als er steif mit dem Fuß nach der ersten Sprosse tastete, während er sich mit aller Kraft an der Plattform festklammerte.

Am Boden begrüßte Echo Mina, als habe er jahrelang auf ihre Rückkehr aus dem Krieg gewartet. Mina erwiderte die Freude und kraulte ihn zwischen den Ohren und im dichten Fell am Hals.

»Ist Echo ein ausgebildeter Hütehund?«, fragte Lane. Selbst wenn sich das Tier so wie jetzt auf den Rücken drehte, um sich am Bauch kraulen zu lassen, blieb er wachsam. Echo könnte immer noch eine Waffe sein, die gleich losging.

»Er ist ein Leichenspürhund«, antwortete Mina.

ACHTZEHN

»Was?«, fragte Lane.

»Er ist ein Leichenspürhund«, wiederholte Mina. »Das heißt, gewissermaßen. Nur wenige schaffen es durch das gesamte Trainingsprogramm. So bin ich an ihn gekommen. Er hat gemerkt, dass er ein hoffnungsloser Leichenspürhund ist, aber er ist ein wunderbarer Echo.«

»Erstaunlich«, sagte Lane, ohne erstaunt zu klingen. Die wenigen Menschen, die Echos Hintergrund kannten, hatten es gruselig gefunden, doch sie hatte vermutet, dass es Lane eher interessierte. Schließlich war es seine Domäne.

Aber was kümmerte sie das überhaupt? Schließlich suchte sie bei Lane nicht nach Bestätigung und gab mit ihrem persönlichen Leichenspürhund oder ihrem privaten Tatort an.

Mina schlug sich auf den Oberschenkel, um Echo zum Mitkommen aufzufordern, und lief los. Lane folgte ihr.

»Ich fand die Hunde toll«, sagte sie.

Sie kamen an eine kleine Lichtung am Weg, und sie ging zu einem umgefallenen, fleckigen Eukalyptusbaum. Lange vor ihrer Geburt hatte ein Unwetter ihn in zwei Hälften gespalten, und der größere Stamm war abgebrochen. Der kleinere hielt sich tapfer – zwar dünn und verdreht, aber er zog immer noch genügend Wasser und Nährstoffe, um jedes Jahr zu blühen. Inzwischen ließ er Anzeichen von Stress erkennen und hatte nahe den Wurzeln eine Halskrause aus grünen Wassertrieben ausgebildet. Eine Überlebensstrategie, wenn der Baum von der Krone her abzusterben drohte.

Die Rinde war glatt und von der jahrelangen Benutzung als Bank zusätzlich geglättet. Mina setzte sich, Echo sprang hoch und nahm seinen gewohnten Platz neben ihr ein.

Lane stand, die Hände in den Hosentaschen, vor ihr und wartete offensichtlich auf eine Einladung, sich dazuzusetzen. Die nicht kam.

»Ich habe nicht verstanden, was los war«, sagte sie. »Nicht richtig. Ich war neun. Für mich waren das einfach nur Hunde. Ich fand sie cool. Sie waren ein Lichtblick. Oder besser gesagt ein Trost. Ich weiß nur noch, dass Mrs Tamm mich an dem Tag, als die Hunde kamen, mit einer Tasse Tee in ihrem Garten an ihrem Tisch sitzen ließ und ich die Hundeführer beobachtete, wie sie die Gegend hinter ihrem Haus absuchten.«

Sie schälte ein langes Stück Rinde ab und drehte und wendete es in den Händen. »Die Hunde wirkten so glücklich«, sagte sie. »So zielstrebig. Ich war davon wie besessen. Ich las jedes Buch dazu, das ich über die Fernleihe der Bibliothek in die Finger bekam, und sah mir jeden Dokumentarfilm an.«

Lane nickte. »Ich hatte eine ähnliche Phase«, sagte er. »Man kommt nicht davon los.«

Aber nicht so wie bei ihr. Gott, wie sie es hasste, wenn Leute, die sich keine Vorstellung davon machen konnten, wie man mit so etwas lebt, behaupteten, es zu verstehen. Doch sie sagte nur: »Müssen Sie wohl, sonst hätten Sie sich nicht auf dieses Gebiet spezialisiert.«

Sie gab ihm Gelegenheit, ihr mehr zu erzählen, ihr vielleicht sogar etwas darüber zu verraten, was ihn zum Studium der Kriminologie gebracht hatte. Und wieso er diesen Weg eingeschlagen hatte, statt den Amtseid bei der Polizei zu leisten. Aber er lächelte nur höflich zurück, bis sie aufgab und mit ihrer Geschichte fortfuhr.

»Als ich vierzehn war, bekamen wir ein Angebot von einem TV-Sender, ein Special zu drehen. Es war fünf Jahre her, und Mum hatte gerade eine neue Ausgabe von ihrem Buch veröffentlicht, das Interesse an dem Fall war entsprechend groß. Sie wollten mit Hunden von einer Privatfirma eine neue Suche auf dem

Gelände starten. Inzwischen war mir natürlich klar, worum es dabei ging. Sie wollten nach Evelyns Leiche suchen.« Sie zerbrach das Rindenstück und ließ die beiden Hälften fallen.

So unbeeindruckt, wie Lane reagierte, hatte er das Video offensichtlich gesehen. Na toll. Wahrscheinlich hatte er sämtliche Videos gesehen und sämtliche Bücher gelesen und auch die Aufnahme gehört, auf der ihre Mutter die Polizei rief, so ruhig, als wollte sie eine Pizza bestellen.

Wieso wunderte sie sich darüber? Schließlich ermittelte er in dem Fall; selbstverständlich hatte er recherchiert.

»Mum war nicht scharf darauf.«

»Im Ernst?«

Sie verstand, wieso ihn das überraschte. Es hatte ihrer Mutter sonst nicht ähnlich gesehen, Medieninteresse abzuwimmeln. »Mum wollte keine« – sie stockte und wunderte sich selbst darüber, wie schwer es ihr fiel, diese Geschichte zu erzählen –, »Mum mochte keine Dokus, die sich auf die Möglichkeit konzentrierten, dass Evelyn irgendwo auf dem Anwesen vergraben lag. Ihre Sorge war, dass Leute, die daran glaubten, keine andere Möglichkeiten mehr gelten ließen. Sie wünschte sich, dass man nach ihr suchte, statt sie für tot zu halten.«

Sie hob den Kopf und suchte in seinem Gesicht nach Anzeichen für Skepsis. Die Verschwörungstheoretiker hatten eine andere Erklärung dafür, dass ihre Mutter diesem Thema bei Interviews auswich. Bei dem geringsten Anzeichen, dass Lane für diese Theorien empfänglich war, würde sie ihn schreiend vom Hof jagen. Doch außer einer nachdenklichen Stirnfalte gab er nichts dergleichen zu erkennen, und sie entspannte sich ein wenig.

»Aber ich habe sie angefleht, einzuwilligen. Ich fand es aufregend. Ich war noch genauso verrückt auf die Hunde wie damals. Inzwischen wusste ich alles darüber, wie sie arbeiten, also auch, wonach ich Ausschau halten musste.«

Sie schloss die Augen und erinnerte sich an die Energie, die an jenem Tag geherrscht hatte. Damals bot jede neue Methode einen Hoffnungsschimmer. Als die Kameras und die Mikrofone eintrafen, hatte sich selbst bei ihrer Mutter die Stimmung gehoben, und sie war mit Teebechern und jeder Menge Scones herumgeschwirrt.

»Alles okay?«, fragte er.

»Ja, schon gut.« Sie trat energisch mit den Hacken an den Baumstamm, um den Nebel aus ihrem Kopf zu vertreiben. »Haben Sie das alte Video der Direktübertragung von Geraldo Rivera gesehen, wie er einen Safe knackt, der Al Capone gehörte?«, fragte sie.

Lane schüttelte den Kopf. »Ich habe mich nie sonderlich für organisiertes Verbrechen interessiert.«

»Da fehlen Ihnen die kleinen Mädchen.«

»Ha, ha.«

Sie hatte mit größerer Empörung gerechnet. Vielleicht hatte sie versucht, ihn ein bisschen auf den Arm zu nehmen. Aber er bekam, was er wollte, und Sticheleien prallten an ihm ab. Sie seufzte und sprach weiter.

»Um ein Haar hätte es ihn die Karriere gekostet. Sie hatten wochenlang die Werbetrommel gerührt und den großen Moment live gesendet, und dann das: Die Safeknacker sind fertig, die Tür geht auf, und das Ding ist leer. Diese Geschichte raunen sich die Fernsehproduzenten seitdem als Warnung zu. In unserem Fall hatte der Sender bereits mit der Werbekampagne für ihr Evelyn-Special angefangen und damit angegeben, welch exklusiver Zugang ihnen gewährt wurde. Die Chance, noch einmal von Neuem zu ermitteln. Dann liefen die Kameras, und das Ganze wurde ein Desaster. Sie fanden nichts.«

Echo stellte plötzlich die Ohren auf, rutschte nach vorn und wühlte mit den Vorderpfoten in den Schichten aus Rinde und abgefallenem Laub, um nach dem kleinen Tierchen zu schnuppern, das sich darin bewegt haben musste. Mina legte ihm die Hand auf den Rücken, und er quietschte überrascht auf.

»Eine wunderbare Sache, die ich über Arbeitshunde gelernt habe, ist ihr Wunsch, ihrer Bezugsperson zu gefallen. Mir fiel auf, dass sich einer der Hundeführer nicht korrekt an die Vorschriften hielt. Er brachte einen Hund immer wieder zu ein und derselben Stelle. Hunde sind nicht blöd. Selbst ein perfekt trainiertes Tier weiß, dass sein Führer, wenn er ihn mehrmals an dieselbe Stelle bringt, von ihm erwartet, dass er anschlägt. Er versuchte, das Tier für ein falsch positives Ergebnis zu missbrauchen, um dem Sender etwas zu liefern, das sie in ihren Vorschauen bringen konnten. Ich war vierzehn und hatte keine Ahnung, wie Medien funktionieren. Ich sah einfach nur einen Mann, der sich gegenüber seinem Hund unfair verhielt. Deshalb ging ich dazwischen. Und diesen Moment hat der Sender dann in der Vorschau gebracht.«

Lane sah sie in einer Mischung aus Mitgefühl und Verwunderung an. »Wieso erzählen Sie mir das?«

»Weil Sie sich sicher darüber Gedanken gemacht haben«, antwortete sie. »Und weil ich nicht oft Gelegenheit habe, meine Version der Geschichte zu erzählen. Der Verlag meiner Mum hat damals einen Wortverdreher, einen PR-Typen, geschickt, um die Wogen zu glätten, und er bestand darauf, jeder Versuch, gegen diese Darstellung vorzugehen, würde der Geschichte nur neue Nahrung geben und die Sache verschlimmern. Es hatte aber auch was Gutes. Mum hat mich nie wieder gezwungen, vor die Kameras zu treten.«

Das war nicht alles. Nach dieser Episode wachte ihr Vater endlich aus der Lethargie auf, in die er geglitten war, und stellte sich auf ihre Seite, als sie sich zurückziehen wollte, statt sich darauf zu verlassen, dass ihre Mutter am besten wusste, was gut für sie war. Ihr wären sogar ein paar Jahre Ruhe vergönnt gewesen, hätte die Welt nicht einen neuen Weg gefunden, sich einzumischen.

»Aber die Theorie, ich hätte sie umgebracht, nahm an Fahrt auf«, fuhr sie fort. »Oder auch die, unsere Mutter hätte sie getötet und ich ihr dabei geholfen, die Leiche zu vergraben. Natürlich wurden solche Verdächtigungen auch vorher schon hier und da laut, aber das war eine Minderheit.«

»Das ist sie bis heute«, wandte Lane ein.

»Kommt drauf an, wen man fragt.« Mina drehte sich um und blickte in die kleine Lichtung. »Jedenfalls habe ich Sie wohl hergeholt, weil Sie, wenn Sie zu dem Fall auch nur einigermaßen gründlich recherchiert haben, wissen müssen, dass ihre Leiche hier begraben liegt.« Sie lächelte. »Zumindest, wenn man dem Internet glaubt.«

NEUNZEHN

Sie schritten das Gelände ab, bis der Himmel rosafarben glühte. Inzwischen waren sie bis in Sichtweite des Haupthauses vorgedrungen, was Lane jedoch nicht erwähnte. Sie hatte ihm klargemacht, dass er drinnen nicht willkommen war.

Mina blieb stehen und zeigte auf eine kahle Fläche neben ihnen. »Da war die Bodenplatte.«

Sie führte ihn hinüber und bückte sich zwischen den zwei Strängen eines Drahtzauns durch. Lane zog den oberen mit dem Finger hoch, um den Durchschlupf zu vergrößern, was sie ignorierte. Wo einmal die Platte gewesen war, sah man jetzt nur noch blanke Erde.

»Wieso hat Ihr Vater den Bau eingestellt?«, fragte Lane und stieß mit der Schuhspitze einen Erdbrocken um.

»Was hätten Sie denn getan?«, fragte Mina. »Hätte Dad in dem Jahr mit irgendwelchen Bauvorhaben oder mit einer Landschaftsgestaltung weitergemacht, hätte es einen Riesenaufschrei gegeben, es müsste wieder abgerissen und überprüft werden. Außerdem« – sie starrte auf das leere Grundstück und sah dort offenbar etwas, das er nicht sah – »war die Bodenplatte für ein drittes Haus auf der Farm gedacht, das Dad dort plante.«

»Wozu?«

»Für Gäste, wie er behauptete. Aber ich denke, er hoffte …« Sie seufzte. »Er hoffte, wir beide würden irgendwann heiraten, und eine von uns, wenn Hendrik eines Tages aufhörte, ins Haus der Tamms einziehen und die andere hierher. Und wir würden die Farm alle zusammen weiterführen.«

Er versuchte sich vorzustellen, was sie sah: Einen Zwilling des Tamm-Hauses, mit einem kleinen Garten, in dem blonde Kinder auf einer Schaukel spielten. »Erzählen Sie mir von Ihrer Schwester«, sagte er.

Sie funkelte ihn von der Seite an. »Ich habe den ganzen Tag nichts anderes gemacht. Ich habe mir den Mund fusselig geredet.«

»Sie haben den ganzen Tag von ihrem Verschwinden erzählt. Ich würde gerne etwas über sie selbst hören.«

Er begriff augenblicklich, dass er einen Fehler gemacht hatte. Sie starrte ihn nur an, schluckte sichtlich, drehte sich um und lief Richtung Haus.

Er holte sie ein. »Tut mir leid«, sagte er und rechnete mit einer rüden Abfuhr. Sie antwortete nicht, wehrte sich aber auch nicht dagegen, dass er mitkam.

* * *

Am Haus blieb Mina, die Hände in den Hosentaschen, zögernd stehen. Lane fragte sich, ob sie zwischen dem Gebot der Höflichkeit, ihn auf eine Tasse Tee ins Haus zu bitten, und dem Gebot der Vernunft, sich zu verabschieden, schwankte.

Was auch immer sie sich durch den Kopf gehen ließ, sie entschied sich für Letzteres. »Wenn Sie wollen, kann ich Sie zu Ihrem Wagen fahren.«

»Danke«, sagte er. Als sie den Garten durchquerten, lief ihm ein Schauder den Rücken herunter, und er suchte den Boden nach der Schlange ab. »Haben Sie die Braunnatter noch mal gesehen?«

»Nein«, sagte sie. »Die müssen Sie verschreckt haben.«

»Die Arme«, erwiderte er und verdrehte die Augen.

Sie grinste flüchtig. Einen Moment lang blieb sie unter dem Apfelbaum neben der Haustür stehen. Die Äpfel waren alle weg, ebenso das Netz, die Erntezeit war also vorbei. Der Sommer war so schnell vergangen. Sie hob die Hand, griff in das dichte Blätterdach, drehte die Hand und zog einen Apfel hervor. »Einen habe ich übersehen«, sagte sie und hielt ihn ihm hin. »Wollen Sie ihn? Ich habe buchstäblich hundert; ich werde bis in alle Ewigkeit Apfelkraut essen.«

Der Apfel lag warm in seiner Hand, wie aus dem Backofen. Aber das Fleisch wäre nicht weich, und er wusste aus bitterer Erfahrung, dass es seinen Kiefer zu sehr belasten würde, hineinzubeißen. »Danke«, sagte er und steckte ihn in die Tasche.

»Keine Ursache.« Sie seufzte und schlug mit der Hand gegen den Baumstamm. »Wenn es diesen Winter nicht anständig regnet, bezweifle ich, dass er bis zum nächsten Sommer durchhält. Ich kann es daher nicht verantworten, ihn zu gießen.«

Er wusste nicht, was er darauf antworten sollte. Der Apfel fühlte sich als möglicherweise der letzte, den der Baum je hervorgebracht hatte, schwerer in seiner Tasche an.

Sie blieb am Heck ihres Geländewagens stehen und klemmte zu seiner Erleichterung die Waffe in einer Halterung auf der Ladefläche fest. Er stieg auf der Beifahrerseite ein und massierte mit den Fingerknöcheln das Kinn, das plötzlich schmerzte, so als genügte allein schon die Vorstellung, einen Apfel zu essen.

Die Abenddämmerung hatte eingesetzt. Im Ute legte er die Kilometer zwischen den beiden Häusern so viel schneller zurück als zu Fuß. Das Gelände war uneben und voller Stolperfallen in Form von losem Gestein, Ästen und Zweigen, unvorhersehbaren Gräben und Senken. Ganz zu schweigen von den Schlangen. Schon nach Sonnenuntergang wäre es nicht leicht gewesen und spätnachts in der Dunkelheit noch gefährlicher. Mit einer vernünftigen Taschenlampe wäre es möglich, wie diejenige, die er als Junge beim Campen immer dabeigehabt hatte.

Als Mina wendete und zurückfuhr, drehte er sich um und spähte die lange dunkle Straße entlang, um festzustellen, ob vom Haus Lichter zu sehen waren. Waren sie nicht.

* * *

Lane schloss seinen Wagen auf, und als das Innenlicht anging, rief eine Frau hinter ihm: »Gute Nacht, Mr Holland.«

Mrs Tamm saß mit einer Schüssel auf dem Schoß in ihrer Verandaschaukel.

»Um ehrlich zu sein«, sagte er, »würde ich gerne einen Moment mit Ihnen sprechen. Hätten Sie was dagegen?«

»Mhm«, antwortete Mrs Tamm. Sie zog eine Erbsenschote aus der Schüssel, brach sie mit geschickten Fingern auf und strich mit dem Daumennagel die Erbsen heraus. Lane hatte nicht gewusst, dass es noch Leute gab, die das machten, nachdem man Erbsen für neunundneunzig Cent das Kilo tiefgefroren bekam. »Ich habe schon jede Menge Interviews gegeben und nie etwas Brauchbares zu sagen gehabt.«

»Egal«, erwiderte er, »es sind nur noch zwei Menschen am Leben, die in der Nacht hier waren.«

»Zwei oder drei«, korrigierte sie ihn.

»Sie meinen, Evelyn?« Nachdem er so lange mit Mina gesprochen hatte, die sich immer sicherer zu sein schien, dass ihre Schwester tot war, irritierte es ihn, an die Möglichkeit erinnert zu werden, dass sie noch lebte. Eine erschreckende Möglichkeit, aber durchaus real. Schließlich war Christa noch am Leben, auch wenn sie natürlich unter ganz anderen Umständen entführt worden war.

Mrs Tamm lachte. »Ich meine denjenigen, der sie entführt hat. Vielleicht ist er tot, aber wohl eher nicht.«

»Nun ja, den würde ich liebend gern befragen. Und vielleicht bringt mich ja etwas, das Sie wissen, der Sache näher.«

»In Ordnung.« Sie stellte die Schüssel weg und faltete die Hände im Schoß. »Kommen Sie, setzen Sie sich.«

Die Schaukel quietschte unter ihm, als er Platz nahm. Er holte sein Handy heraus. »Was dagegen, wenn ich es aufnehme?«

»Kein Problem. Was möchten Sie denn wissen?«

»Sie waren in jener Nacht eine von zwei Erwachsenen auf der Farm, richtig? Können Sie mir sagen, woran Sie sich erinnern?«

»An nicht besonders viel. Ich habe Beverley und die Mädchen am Haus abgesetzt und bin wieder hergekommen …«

»Sie haben die drei vom Festplatz heimgefahren?«, warf er ein.

»Genau. Sie sind mit Mr McCreery bis nach Nannine gefahren und auf dem Rückweg dann mit mir.«

»Und wie war die Stimmung auf der Rückfahrt?«

»Sie waren müde. Evelyn war überdreht, so wie manche Kinder es werden, wenn sie dringend schlafen müssen. Ich glaube, Mina hat auf der ganzen Fahrt kein einziges Wort gesagt, und sie schlief unterwegs so fest ein, dass ihre Mum sie dann ins Haus tragen musste.«

Mina hatte ihm etwas anderes erzählt. *Mum hat uns sofort ins Bett geschickt.* Hatte sie vielleicht so fest geschlafen, dass sie gar nicht merkte, wie sie ins Bett gebracht wurde, und glaubte einfach, dass es so wie in ihrer Version gewesen war?

»Und Beverley und Evelyn? Worüber haben die beiden geredet?« Er dachte an Minas Bemerkung, wie ihre Mutter Evelyns Essenswunsch kritisiert hatte. War daraus vielleicht ein handfester Streit zwischen den beiden geworden, während Mina schlief?

»Das ist zwanzig Jahre her. Diese Autofahrt ist mir nicht so im Gedächtnis geblieben wie der nächste Morgen«, erklärte Mrs Tamm. »Ich glaube, sie haben über Mr McCreery gesprochen, darüber, was er wohl Evelyn aus Sydney mitbringen würde.« Sie verstummte einen Moment. »Beverley war, glaube ich, sehr verärgert darüber, sie fand Evelyn zu verwöhnt.«

»Und sind Sie ins Haus mitgekommen?«

Mrs Tamm schürzte die Lippen. »Ich war ihre Angestellte. Es war zwar nicht so wie bei *Das Haus am Eaton Place,* aber wir waren auch nicht befreundet. Ich bin nie mit ins Haus gekommen.«

»Auch nicht nach einer mehr als einstündigen Fahrt?«

»Ich wäre ja so oder so gefahren, und zwar in einem Wagen, für den die McCreerys bezahlten. Falls Sie auf eine unausgesprochene Feindseligkeit zwischen mir und Beverley hinauswollen, muss ich Sie enttäuschen.«

»Sind Sie danach direkt hierhergefahren? Und haben Sie da irgendetwas Ungewöhnliches bemerkt?«

»Ja und nein. Alles war so wie immer. Ich bin direkt ins Bett gegangen; ich hatte dabei geholfen, das Zelt für die Country Women's Association aufzubauen, und war ziemlich erledigt. Ich habe geschlafen wie ein Stein.«

»Dann haben Sie also überhaupt nichts gehört oder gesehen?«

»Nein.« Mrs Tamm schürzte die Lippen und starrte über ihren Garten hinweg auf die Bäume, die die Sicht auf das Haupthaus verstellten. Lane wartete, und schließlich zuckte sie ein wenig mit den Achseln. »Vielleicht bin ich irgendwann mal kurz aufgewacht. Damals hatten wir einen alten deutschen Schäferhund namens Lars. Er lief mitten in der Nacht im Flur hin und her und sprang herum, wie er es immer tat, wenn Hendrik abends von der Arbeit heimkam. Für einen Moment dachte ich, er wäre vielleicht wirklich nach Hause gekommen, und bin in die Küche, um für ihn Wasser aufzusetzen, aber es war niemand da. Lars war ein alter Hund; er war wohl nicht mehr ganz richtig im Kopf. Ungefähr ein halbes Jahr später mussten wir ihn einschläfern.«

»Und sind Sie rausgegangen?«

Sie winkte ab. »Ich wartete ein, zwei Minuten, dann kam ich mir albern vor und bin wieder ins Bett. Nach zehn Sekunden war ich weg und habe bis sieben durchgeschlafen, als Beverley an die Tür klopfte, um zu sehen, ob Evelyn vielleicht bei mir wäre.«

»War Evelyn denn schon mal rübergekommen?«

»Nein, nie. Ich glaube, zu dem Zeitpunkt hatte Beverley bei ihrer Suche schon nach jedem Strohhalm gegriffen. Sie stand auf der Veranda, rang die Hände und zählte jede Stelle auf, wo sie im Haus und im Garten und am Wasserreservoir und im Baumhaus nachgesehen hatte. Aber sie verhielt sich irgendwie merkwürdig.

Ruhig, aber nicht so, als ob sie sich nur zusammenreißen würde. Sie wirkte eher … desinteressiert. Nicht wie jemand, der ein Kind vermisst, sondern gelangweilt, so als hätte eins der Mädchen eine Puppe verloren und sie suchte ein wenig danach, weil sie es versprochen hatte. Ich weiß nur noch, wie ich dachte, dass ich mich mehr aufregte als sie. Ich musste die Führung übernehmen und habe ihr vorgeschlagen, mit den Fahrrädern auf den Feldern nachzusehen.«

Angesichts eines katastrophalen Traumas eine unheimliche Ruhe an den Tag zu legen, war keine ungewöhnliche Reaktion. Allzu viele Menschen waren schon für den Rest ihres Lebens von ihrer Umgebung ausgegrenzt worden, weil man von ihnen dramatische Reaktionen wie Schluchzen oder Brüllen erwartete, die man aus dem Fernsehen oder von der Kinoleinwand kannte. Was in Wirklichkeit Schock war, wurde ihnen als Kälte ausgelegt. Womit sie sich verdächtig machten.

»Und wo war Mina?«

Mrs Tamm runzelte die Stirn. »Das weiß ich ehrlich gesagt nicht. Wahrscheinlich drüben im Haus. Das arme Ding. Als die Polizei eintraf, habe ich sie hierhergeholt, und wir haben Limonaden-Scones gebacken. Eigentlich hatte ich sie für den Kuchenstand auf dem Volksfest geplant, deshalb hatte ich alle Zutaten da. Natürlich wurde nichts daraus.«

Die Polizei musste schätzungsweise eine Stunde gebraucht haben, vorausgesetzt, sie waren sofort losgefahren. Eine lange Zeit für Mina unter diesen Umständen, so ganz allein. »Wer hat die Polizei gerufen? Sie oder Beverley?«

Natürlich kannte er die Antwort. Den Mitschnitt des Anrufs gab es online, und er hatte sich ihn tausendmal angehört wie einen neuen Lieblingssong. Beverley wirkte nonchalant, wie sie die Anschrift durchgab und erklärte, ihre Tochter sei verschwunden – mit genau jener Ruhe, die Mrs Tamm gerade beschrieben hatte.

»Beverley«, sagte sie. »Aber ich habe sie dazu gebracht, es zu melden. Sie wollte lieber erst auf den Feldern hinterm Haus nachsehen; sie war fest davon überzeugt, dass Evelyn wieder auftaucht und sie sich nur blamiert, wenn die Polizei umsonst anrückt. Ich habe darauf bestanden, dass sie zuerst anruft, und ihr erklärt, falls Evelyn in der Zwischenzeit wiederauftauchte, könnte die Einsatzzentrale den Polizisten Bescheid geben und sie umkehren lassen. Aber Evelyn tauchte nicht auf. Und …« Sie griff nach der Schüssel, um sich an etwas festzuhalten. »Man sah sofort, wie unbedarft die arme Starrett war. Sie hatte eine Checkliste, wissen Sie? Für ein verschwundenes Mädchen in Evelyns Alter.«

Lane nickte. Das war ihm bekannt.

»Die meisten ihrer Fragen waren lächerlich für eine Farm wie diese, zum Beispiel: Wie viele ihrer Freundinnen wohnen in fußläufiger Entfernung? Wie viele Verwandte? Sie ging stur ihre Liste durch. Ob sie zu Fuß zu ihrer Schule gelaufen sein könnte? Die Schule war eine Autostunde entfernt. An dem Punkt holte die Realität die arme Beverley ein, und sie brüllte nur noch, dass sie jemand entführt haben musste. Deshalb hielt ich es für das Beste, Mina schnellstens hierherzubringen.«

»Wie kam Mina Ihnen vor, während sie hier bei Ihnen war?«

»Worauf wollen Sie hinaus? Wollen Sie wissen, ob sie sich wie jemand benahm, der gerade die eigene Schwester ermordet hat?«

»In dem Fall wäre es hilfreich, es zu wissen«, erwiderte Lane trocken und unterdrückte seinen Ärger. Seine Frage zielte eigentlich darauf ab, ob Mina etwas gesehen hatte, das sie verschwieg. Er wollte wissen, ob die Lösung vielleicht schon die ganze Zeit in Minas Unterbewusstsein schlummerte. Und letztlich wollte er einfach nur hören, wie es Mina ergangen war und wie sie den Vormittag verbracht hatte. Die Beiläufigkeit, mit der Mrs Tamm gestanden hatte, sie erst einmal vergessen zu haben, war ihm unter die Haut gegangen.

»Sie machte auf mich den Eindruck eines verängstigten neunjährigen Mädchens, das die Welt nicht mehr versteht«, erwiderte Mrs Tamm. »Eins war allerdings merkwürdig.«

»Was denn?«

»Sie wollte wissen, ob sie trotzdem noch zum Volksfest gehen dürfe.«

ZWANZIG

An dem Tag, an dem Lane seinen Scheck für die Lösung des Falls Peterson erhielt, bekam er auch einen Anruf von einer Sozialarbeiterin beim Jugendamt. Obwohl das eine mit dem anderen nichts zu tun hatte, fühlte es sich so an. Er hatte etwas Großartiges geleistet und seinen verdienten Lohn dafür bekommen, und so musste das Universum ihm zuerst den Boden unter den Füßen wegziehen und ihm dann auch noch einen Schlag in die Magengrube verpassen.

Der armen Sozialarbeiterin war die Aufgabe zugefallen, ihm mitzuteilen, dass seine Mutter ums Leben gekommen war. Ein betrunkener Fahrer hatte eine Kurve zu schnell genommen und sie nach einer Nachtschicht, in der sie im Supermarkt die Regale aufgefüllt hatte, auf dem Nachhauseweg getötet. Seine zwölfjährige Schwester schlief daheim unter der Aufsicht einer nicht viel älteren Nachbarin. Die Sozialarbeiterin hatte sich bei ihm gemeldet, bevor sie sich mit der Polizei in Verbindung setzte, um Lanes Schwester, noch während sie schlief, in die Hände eines Vormunds zu geben. Es war ihr peinlich, dass am Ende er sie tröstete, während die Nachricht vom Tod seiner Mutter wie ein Song aus einem anderen Zimmer im Hintergrund blieb.

Er fuhr die Nacht durch, um noch vor dem Morgengrauen in Byron Bay zu sein, und wartete in der Küchenecke auf Lynnie, als sie in ihrem *Hannah-Montana*-Pyjama aus ihrem Zimmer tappte.

Er rechnete nicht damit, dass sie ihn wiedererkannte, und war auf eine erschrockene Reaktion gefasst. Bis zu ihrem dritten Lebensjahr war er ihr Ein und Alles gewesen und dann praktisch aus ihrem Leben verschwunden. Bis zu ihrem sechsten Lebensjahr hatte er immer mal wieder für einen Nachmittag vorbeigeschaut, wenn er Semesterferien hatte und ihr Vater anderswo beschäftigt war. Danach hatte er sich gänzlich aus dem Staub gemacht. Er wusste nicht einmal, ob sie noch Fotos von ihm hatten.

Doch wider Erwarten strahlte sie bei seinem Anblick und fiel ihm wie damals als kleines Kind um den Hals. »Lane! Mein Gott!« Als sich ihre Freude legte, warf sie einen Blick zur Schlafzimmertür ihrer Mutter. »Weiß Mum, dass du da bist?«

Er hatte hinterm Lenkrad stundenlang Zeit gehabt, einzuüben, was er zu ihr sagen würde, doch im entscheidenden Moment bekam er den Mund nicht auf. »Sollen wir beide frühstücken gehen? Wo gibt es die besten Pfannkuchen?«

»Wir gehen eigentlich nie frühstücken …«, sagte sie. »Aber in der Frittenbude gibt es halbwegs anständige Brötchen mit Spiegelei und Speck.«

Er besorgte für sie beide halbwegs anständige Spiegelei- und Speckbrötchen, ging mit ihr zum Strand und brachte endlich den Mut auf, ihr alles zu erzählen.

Zuerst sah sie ihn ungläubig an, dann verwirrt. »Sie wollte heute im Süßwarenladen an der Schule einspringen«, sagte sie. »Übernimmst du das dann?«

»Lynnie«, sagte Lane behutsam, »du gehst heute nicht in die Schule. Die kommen im Laden schon zurecht.«

»Ach so«, sagte sie leise und fing an zu weinen. Lane hatte sie unbeholfen in die Arme genommen. Unter dem ersten Schock war es schwer, zwischen wichtig und unwichtig zu unterscheiden. Die Frage, wie er sich auf die veränderten Pläne für den Tag einstellen sollte, erschien ihm nicht weniger dringlich als die, wie es mit dem Rest seines Lebens weitergehen sollte. Und darunter mischte sich ein verzweifelter Schrei: »Nein!«

Wenn die neunjährige Mina hatte wissen wollen, ob sie trotzdem zum Volksfest gehen durfte, klang das für Lane kein bisschen kalt.

* * *

Lane presste den Daumen zwischen die Augenbrauen. Der Druck war wieder da, kündigte aber nicht automatisch eine Migräne an. Erst wenn das Sehfeld an den Rändern weiß verschwamm, war es Zeit, alles hinzuschmeißen und ins Bett zu kriechen oder unerträgliche Schmerzen über sich ergehen zu lassen. Der Druck allein ließ ihm noch eine Frist, weiterzuarbeiten. Er hätte längst den nächsten Termin bei einem Arzt machen müssen, aber er wollte beim Royal Flying Doctor Service, der zweimal im Monat Sprechstunde hielt, nicht kostbare Zeit in Anspruch nehmen. Es konnte warten, bis er das nächste Mal einen Grund hatte, nach Danby zu fahren.

Stattdessen sollte er nicht länger so tun, als ob er noch ein Teenager wäre, dem es nichts ausmacht, wochenlang im Heck seines Wagens zu schlafen. Er beschloss, direkt bei Ladenöffnung Cherise im Maklerbüro anzurufen. Er kam voran und konnte es sich leisten, sich ein bisschen häuslich einzurichten.

Er zog die Schuhe aus, kletterte nach hinten ins Bett und stützte das Kopfkissen so an die Rückenlehne auf der Fahrerseite, dass er im Sitzen arbeiten konnte.

Nachdem er Mina und Mrs Tamm befragt hatte, blieb noch eine Zeugin, die aber nicht mehr sprechen konnte. Andererseits hatte sich Beverley McCreery mehr als jeder andere zu Wort gemeldet.

Er zog das Buch aus einem Fach seiner Reisetasche. Es war sein zweites Exemplar. Das erste hatte er bei einem Halt auf ihrer Endlosschleife durchs Becken für einen Dollar in einem Secondhandladen gekauft, als er es nicht mehr ertrug, sich die Langeweile mit noch einer Meat Pie und noch einer Flasche Cola zu vertreiben. Er hatte es im Wagen gelesen und dabei das Buch so auf dem Schoß gehalten, dass niemand den Einband sehen konnte. Damals hatte er sich noch nicht eingestehen können, woher er wusste, dass es sonst Ärger geben würde. Die andere Hand hatte er so auf Lynnies Sitz neben ihm abgestützt, dass sie ihre winzigen Finger um seinen Daumen legen konnte. Von der verdrehten Sitzhaltung tat ihm die Schulter weh, doch es beruhigte sie, und ihr Vater ließ sie in Frieden.

Jenes Exemplar war vier Runden weiter kurz vor Wagga Wagga auseinandergefallen. Die jetzige Ausgabe hatte er funkelnagelneu bei einer Signierstunde in Danby erstanden. Es handelte sich um die Neuauflage zum fünften Jahrestag, mit drei neuen Kapiteln und fünfundzwanzig bis dahin unveröffentlichten Fotos. Es war ein verregneter Tag, und es tauchte nur eine Handvoll Leute auf.

Bei der Lektüre hatte ihm der Kopf geschwirrt. Das alte, kaputte Exemplar hatte er von oben bis unten mit Randnotizen gespickt, mit Fragen und Kommentaren. Irgendwann war er in der Schlange an die erste Stelle aufgerückt. Beverley McCreery blickte ihn an und lächelte mit ihren ziegelrot geschminkten Lippen, aber nicht mit den Augen, die so müde, so menschlich aussahen. Und Lane brachte kein Wort heraus, als hätte es ihm die Sprache verschlagen. Ihr Lächeln verflog, und sie wandte sich zu einer jungen Frau neben ihr um, die auf ihr Handy sah – nicht Mina, sondern wahrscheinlich eine Gehilfin oder jemand vom Verlag.

»Entschuldigung«, sagte Lane und schob ihr sein Buch hin.

»Für wen soll es sein?«, fragte Beverley. Sie hatte denselben Akzent wie seine Mutter, das verräterische Näseln aus der Gegend um Victoria, aber weitgehend geglättet. Entweder hatte sie Sprechunterricht genommen, oder ein strenger Eltern-, wenn nicht gar Großelternteil hatte versucht, in der Familie die britische Aussprache zu bewahren. Daher stammte das Englisch seiner eigenen Mutter, genauer gesagt von seiner Ten-Pound-Tourist-Großmutter, die, in der Hoffnung, Australien sei wie London, nur mit Sonnenschein, nach dem Zweiten Weltkrieg eingewandert war.

»Lane«, sagte er und buchstabierte vorsichtshalber seinen Namen. Für einen Moment fragte er sich, ob sie ihn wohl bei ihrer ersten Begegnung nach seinem Namen gefragt hatte. Was nicht viele taten.

»Ist es ein Geschenk?«, fragte sie. »Soll ich etwas Besonderes für sie dazuschreiben?«

»Äh, nein.« Von dem höflichen Lächeln tat ihm das Kinn weh. Er wusste nicht, ob das für den Rest seines Lebens so bleiben würde oder ob er dabei nur den hauchdünnen Spalt strapazierte, der sich noch nicht wieder geschlossen hatte. »Lane, das bin ich.«

»Ach so.« Sie wirkte verlegen. Oder enttäuscht. »Bist du allein hier?«

Sie warf einen Blick auf die Schlange hinter ihm, und er verstand, was sie meinte. Die meisten, die ihre Bücher bereithielten, waren Frauen in ihrem Alter und dazwischen ein paar Männer. Die anderen Jugendlichen waren offensichtlich nicht aus freien Stücken gekommen und starrten mit den Händen in den Hosentaschen ins Leere.

»Ich studiere im ersten Semester Kriminologie«, sagte er hastig. »Ich möchte mal zur Bundespolizei.«

»Ah.« Sie öffnete das Buch auf der Titelseite und schrieb etwas mit geübter Hand. »Das möchte meine Tochter auch studieren«, sagte sie, und als hätte sie die Bemerkung am liebsten zurückgenommen, verzog sich ihr Lächeln zu einer Grimasse.

»Das ist ein tolles Fach. Falls sie Fragen dazu hat, kann ich sie gerne …«

»Meine Tochter hat genug Bekannte beim Strafvollzug«, erwiderte sie scharf und schob verbindlicher hinterher: »Sie ist sowieso gerade erst auf die Highschool gekommen. Nächste Woche will sie bestimmt Astronautin werden.«

* * *

Uff. Das hatte er völlig vergessen. Tatsächlich hatte Mina keinen Abschluss in Kriminologie gemacht, es sei denn, still und heimlich. Hatte Beverley aus der Passion ihrer Tochter für Spürhunde geschlossen, dass sie einmal Polizistin werden wollte? Oder hatte sich Mina in dieses Fachgebiet als Teil eines weiterreichenden Interesses eingelesen? Ohne zu erklären, woher er davon wusste, und ohne die Frage aufzuwerfen, wie lange er den Fall schon verfolgte und warum, konnte er Mina nicht direkt darauf ansprechen.

Er schlug das Buch auf. Es war ein heilloses Durcheinander, mit so vielen neonfarbenen Minihaftstreifen, dass er irgendwann aufgegeben hatte, sie seitlich anzubringen, und stattdessen eine neue Reihe an der Oberseite angefangen hatte.

Mühelos fand er die Seite, auf der sie die Nacht von Evelyns Verschwinden beschrieb.

Hätte ich damals doch nur einen ganz gewöhnlichen Abend zu schätzen gewusst! Wir kamen nach Hause, und ich habe für uns drei etwas zu essen gekocht – was nicht ungewöhnlich war, da Liam übers Wochenende oft auf Geschäftsreise war oder, wenn es auf der Farm hoch herging, draußen in den Quartieren der Arbeiter. Ich habe zum Abendessen eine Minestrone aufgewärmt …

Wieder eine andere Geschichte. Laut Mina hatten sie auf dem Volksfest gegessen – Hotdogs, entgegen den Einwänden ihrer Mutter. Und laut Beverley war Mina wach – so wie in Minas eigener Version, aber im Widerspruch zu der von Mrs Tamm. Letztlich war es egal, aber falls Mrs Tamm richtiglag, hatten Beverley und Evelyn einige Zeit allein miteinander verbracht.

Himmel, das war doch wirklich egal. Er rieb sich mit der Hand übers Gesicht. Ob sie die Zeit nun zusammen oder getrennt, wach oder schlafend oder auch oben auf dem Dach verbracht und von dort aus Steine ins Wasserreservoir geworfen hatten, machte keinen Unterschied. Es sagte ihm nichts darüber, wer in dieser Nacht ins Haus eingedrungen war.

Er blätterte noch einmal zu dem Abschnitt über das Volksfest zurück, der frustrierend kurz ausfiel.

Nachdem wir uns von Liam verabschiedet hatten, sind wir noch auf das Volksfest in Nannine gegangen. Ich habe die Mädchen zu der Stelle mitgenommen, wo der Miss-Junior-Showgirl-Wettbewerb stattfinden sollte, damit sie sich am nächsten Tag schon auskannten. Evelyn hat an der Bude mit dem Gewichtraten ein Stofftier gewonnen, und von dort sind wir zum Zelt der Country Women's Association weitergegangen. Mina wollte sich gerne den Holzhackerwettbewerb ansehen, aber wie sich herausstellte, fand der erst einen Tag später statt.

Da war nichts zu holen. Nicht der kleinste Hinweis. Ein dreihundertseitiges Buch, und für den zur Aufklärung vielleicht entscheidenden Zeitabschnitt hatte sie gerade einmal drei Sätze übrig gehabt. Mina konnte sich an fast gar nichts und Mrs Tamm an noch weniger erinnern.

Er zog eine Fotokopie mit dem Plan des Geländes heraus, die er der Sammlung regionalgeschichtlicher Ephemera der Greater Danby Heritage Library verdankte. Er breitete sie aus und zog mit dem Bleistift eine Linie vom Eingangstor zur Hauptbühne, zu den Fahrgeschäften und Buden, dem CWA-Zelt, dem Holzhackerstand und zum Haupttor zurück.

Nein. Er radierte ein Stück aus und zog es neu. Mrs Tamm hatte sie nach Hause gefahren, folglich musste das CWA-Zelt, entgegen Beverleys Erinnerung, die letzte Station gewesen sein. Vielleicht hatte sie es aus erzählerischen Gründen andersherum eingängiger gefunden. Es machte auch kaum einen Unterschied, nur dass sie auf der nächstliegenden Route zweimal durch den Gang mit den Fahrgeschäften gekommen wären.

Bei seinem nächsten Treffen mit Mina würde er sie fragen, ob sie sich daran erinnern konnte. Er tippte mit dem Bleistift auf die Linie. War Beverley, während die Mädchen beim Gewichtraten gewannen, vielleicht am Rand mit jemandem ins Gespräch gekommen? Hatte sie vielleicht gegenüber einer anderen Mutter darüber geklagt, in ihrem abgelegenen Haus das ganze Wochenende hindurch allein zu sein? Oder hatte jemand auf eine schöne Frau mit ihren niedlichen Töchtern ein Auge geworfen und war ihnen über das Gelände gefolgt? Waren die drei irgendwo seinem Vater begegnet, der dort Platzverbot hatte?

Er schlug das Buch auf. Vom vielen Gebrauch war der Einband auf der Innenseite ganz weich. Auf die Titelseite hatte Beverley mit ihrer steilen Handschrift geschrieben:

Lieber Lane. Irgendjemand weiß etwas. Du vielleicht?

EINUNDZWANZIG

MyMurder-Forum

Unterforum: Evie McCreery

Thread: Alterungsfotos

Brava89: Also, ich bin Grafikdesigner von Beruf, und im Nebenjob mache ich Bildbearbeitung. Meistens Fotos von Hochzeiten und Abschlussbällen, manchmal auch was Kommerzielles wie Cover für Bücher im Selbstverlag.
Seit einigen Monaten experimentiere ich ein bisschen und versuche, mir ein paar Alterungsfunktionen beizubringen, und ich dachte mir, ich übe mal ein bisschen an einem Bild von Evie McCreery.
Was meint ihr? Als Referenz habe ich Fotos von Beverley und welche von Mina als Erwachsene genommen.

Comet: Wieso von Mina? Weiß doch jeder, dass sie sich kein bisschen ähnlich sahen.

Waffletoid: Trommelwirbel! Gehörst du am Ende zu den Spinnern, die glauben, Mina hätte ihre Schwester umgebracht, weil sie auf die hübschere Evie eifersüchtig war? Oder vielleicht diesen anderen Schwachsinn: »Einer der Zwillinge wurde bei der Geburt vertauscht und ist nicht die leibliche Tochter«?

AgentKHole: Findet hier sonst noch jemand, dass die künstlich gealterte Evie ganz schön scharf ist? Und mit »ganz schön« meine ich ultrascharf.

Die kleine Plexiglastür des Briefkastens an der Straße stand offen, das Päckchen, das darin steckte, war zu lang. Mina zog es vorsichtig heraus. Sie hatte nichts bestellt, und bis zu ihrem Geburtstag waren es noch mehrere Wochen. Im besten Fall hatte irgendein wohlmeinender, harmloser Sonderling ihre Adresse herausbekommen und ihr etwas geschickt. Im schlimmsten Fall hegte derjenige keine guten Absichten.

Es war ein gefütterter Umschlag mit dem Fernleihestempel der Beverley McCreery Memorial Library. Sie wusste von dem Service, schließlich zahlte sie die Rechnungen dafür, hatte aber noch nie selbst davon Gebrauch gemacht. Zwischen ihr und Alanna war es ausgemachte Sache, dass sie einmal im Monat die lange Fahrt unternahm, um die bestellten Bücher abzuholen, wenn Alanna gerade Dienst hatte. Nur um sicher zu sein, riss sie den Umschlag auf. Sie wog das Buch in der Hand, das sie wenige Wochen zuvor bestellt hatte – *Call of the Reed Warbler*.

Offenbar hatte Alanna sie heimlich für die postalische Zusendung eingetragen. Sie seufzte. Sie glaubte nicht, dass ihre Freundin ihr wegen der Einmischung böse war – wenn ihr etwas gegen den Strich ging, sagte sie es. Trotzdem war die Botschaft klar. Solange sie an der Sache mit Keva Saunders zu knabbern hatte, wünschte sie keine unangekündigten Besuche von Mina.

Als sie wieder ins Haus zurückkam, war es halb neun, eine annehmbare Zeit, um jemanden anzurufen. Normalerweise musste Alanna um zehn zur Arbeit, wäre also wach, aber noch nicht in Eile, um sich fertig zu machen. Mina setzte sich das Headset auf, das sie für Arbeitsanrufe benutzte, und ging, während es klingelte, in den Garten. Bei der Arbeit war das nicht möglich, da sie dabei ständig zwischen Datenbanken, Behördenwebsites und Telefonverzeichnissen hin- und herspringen musste, doch für eine private Unterhaltung kein Problem. Sie setzte sich auf die Hochbeetkante und riss ein Büschel Wolfsmilch heraus, das sie beim letzten Unkrautjäten übersehen hatte.

»Hallo?«, meldete sich Alanna. Bei den wenigen Gelegenheiten, bei denen Mina sie anrief, klang sie immer etwas reserviert. Einmal hatte sie ihr erklärt, Minas Nummer erscheine auf dem Display immer als Anonym, und in ihrer Jugend hätten anonyme Nummern grundsätzlich schlechte Nachrichten bedeutet.

»Hey, ich bin's.« Laut flatternd landete eine Elster auf dem anderen Ende des Hochbeets. *One for sorrow,* dachte Mina, eine bringt Sorgen. Eine einzelne Elster war ein schlechtes Omen, weil Elstern gesellige Vögel waren. Gewöhnlich kamen sie mindestens zu zweit, eine bedeutete daher, dass der anderen etwas passiert war.

Der Schwarm würde nicht lange auf sich warten lassen. Sieben Vögel hielten sich rund ums Haus auf, und sie waren klug genug, um zu wissen, dass sie leicht an Futter kamen, wenn Mina im Garten gewesen war.

»Ach so, hey.« An diesem Punkt schlug Alannas Stimme normalerweise um, doch diesmal klang sie immer noch so, als rechnete sie jeden Moment mit einer Hiobsbotschaft.

»Ich …« Mit Geflatter und einem dumpfen Aufprall traf erst eine zweite und dann eine dritte Elster ein. *Three for a girl.* »Ich wollte dir nur Bescheid sagen, dass das Buch eingetroffen ist, das du mir geschickt hast.«

»Ah, freut mich. Tut mir leid, dein Briefkasten befindet sich schon seit Jahren im Radius unseres Lieferdienstes, ich weiß auch nicht, wieso dir nie jemand Bescheid gegeben hat.«

Mina hatte es gewusst, sagte aber nur: »Verstehe, ja, danke.« Sie entdeckte eine Raupe auf einem Kürbisblatt und schnippte sie auf den Weg. Alle drei Elstern stürzten sich darauf. »Und? Wie geht es dir so?«

Auch Alannas Lachen wirkte verhalten. »War eine irre Woche. Wir haben eine Telefonnummer von Keva gefunden, aber nur ihre Mailbox erreicht. Mum behauptet, die Stimme der Ansage würde genauso klingen wie meine, aber für mich nicht. Und bis jetzt hat sie noch nicht zurückgerufen. Ich habe es noch mal versucht, aber ich bekomme keine Verbindung.«

»Das tut mir leid.«

Ihr Mitgefühl war aufrichtig, hielt sich aber in Grenzen. Dieses Problem war keine Seltenheit, wie sie aus der Selbsthilfegruppe wussten: Die vermisste Person war am Leben und wohlauf, wollte aber nicht gefunden werden. Nachdem sie den Eltern begegnet war, die nach der Person suchten, konnte Mina dieses Verhalten in manchen Fällen gut verstehen. Aber das hier war etwas anderes. Mit Geduld und Beharrlichkeit könnte man alles lösen.

Ein paar Minuten lang flüchteten sie sich in Small Talk, wobei Alanna jedoch ganz offensichtlich nicht bei der Sache war. Mit einem Seufzer beendete Mina das Gespräch.

Als sie wieder ins Haus ging, ließen sich die letzten vier Elstern nieder und pickten in der von ihr aufgelockerten Erde. *Seven for a secret.* Sieben für ein Geheimnis? Ach was. Es war nicht mal die richtige Elsterngattung.

* * *

Während sie ihre Erledigungsliste durchging, versuchte sie, das Unbehagen abzuschütteln. Es gab keinen Grund dafür. Schließlich war es eine gute Nachricht. Unglaublich gut sogar. Woher also kam dieses mulmige Gefühl im Bauch?

Sie hatte keine Ahnung, was aus ihrer Freundschaft mit Alanna würde, wenn das hier sie nicht mehr verband. Sie hatten nicht viele gemeinsame Interessen, und auch wenn sie sich gegenseitig durch Familiendramen, durch die Höhen und Tiefen von Beziehungen, durch Arbeits- und Schulstress geholfen hatten, war die gemeinsame Erfahrung von etwas äußerst Seltenem, Außergewöhnlichem das tragende Fundament. Das würde sich jetzt zwangsläufig ändern. Wenn Alanna Christa wiederhätte, wäre das Verhältnis zwischen ihr und Mina nicht mehr dasselbe. Alannas Unterstützung würde sich zu Mitleid wandeln.

Mina hielt sich nicht für einen besonders guten Menschen, aber das war es nicht, was ihr zu schaffen machte.

Die Hühner rannten nicht wie gewohnt zu ihr, sobald sie hörten, wie sie an ihrem Tor den Riegel zurückschob. Ihr erster Gedanke war eine Schlange, die sich in der Nacht hineingewunden und mit sämtlichen Hühnern davongemacht hatte, doch dann sah sie alle Tiere am Fuß des Akazienbaums am Rand des Geheges zusammengedrängt. Sie kauerten sich dicht an die Erde und kämpften mit hängenden Flügeln und weit geöffneten Schnäbeln offensichtlich mit der Hitze. Hattie, das riesige braun-weiße Brahma-Huhn, die Rudelführerin, blickte sie an, als ob sie Mina persönlich dafür verantwortlich machte.

»Kopf hoch, meine Damen«, sagte Mina. Sie leerte den Eimer Wasser in die seichte Steintränke, und das eine oder andere Huhn geruhte, herüberzutrippeln.

Ein Tier war von ihrem letzten Gelege das stattlichste und jetzt in diesem unvorteilhaften Teenagerstadium mit zu langen Beinen und struppigem Kopf. Sie sah sich nachdenklich seinen knubbeligen roten Kamm an, der größer zu werden schien als bei den anderen Hühnern. Sie hegte schon eine Weile den Verdacht, dass eins ein Hahn war, für den sie keinen Platz hatte. Sie wartete nur noch auf sein erstes Krähen.

Das Drumherum mochte sie nicht, das Rupfen und das Ausnehmen, andererseits freute sie sich auf ein frisches Hähnchen. Seit ihr Vater zu seiner Reise aufgebrochen war, hatte sie kein anständiges Brathähnchen mehr gemacht. Ganz allein wäre es andererseits ein wenig deprimierend. Vielleicht brachte sie Hendrik und Maggie mal ein Abendessen rüber. Oder sie machte es, wenn Lane das nächste Mal herkam, um etwas auf der Farm zu sehen. Sie könnte den Tisch auf der Veranda decken.

Mina schwenkte den leeren Eimer in der Hand und überlegte. Wie war sie auf diesen Gedanken gekommen? Sie war sich nicht einmal sicher, ob sie die richtige Entscheidung getroffen hatte; ihn auch noch zum Essen einzuladen, war das Letzte, was sie tun sollte.

Sie hatte ihn hereingelassen und ihm erlaubt, seine Fragen zu stellen. Daran war nun nichts mehr zu ändern. Wäre sie standhaft geblieben, hätte er irgendwann aufgegeben und anderswo Ruhm und Reichtum gesucht. Jetzt wusste Lane, dass es eine Tür in ihrer Abwehr gab, und wenn sie versuchte, sie wieder zuzuschlagen, fände er irgendwie wieder hinein. Ihr blieb nichts anderes übrig, als es zu Ende zu bringen.

Wegen seiner Bitte um ihre persönlichen Fotos hatte sie lange geschwankt. Mal sah sie keinen triftigen Grund, sie ihm vorzuenthalten, da die Bilder für sie keinen besonders hohen Erinnerungswert besaßen. Minuten später fand sie seine Bitte dreist und beschloss, ihm kein einziges zu überlassen.

Die Akten ihrer Mutter waren tadellos geführt – eine Gewohnheit aus der Zeit, in der sie als Buchhalterin auf die Farm gekommen war. Selbst ihre persönlichen Papiere wie Kinderzeichnungen und Weihnachtskarten waren nach Jahrgang sortiert, bis zu jenem Jahr, in dem ihr Kampf gegen den Krebs in die Endphase eingetreten war. Alles danach war in eine IKEA-Dokumentenbox gewandert, die Mina irgendwann einmal sortieren wollte.

Sie zog im Aktenschrank die Schublade für 1995 bis 1999 auf. Der Hängeregisterauszug für April 1999 stand ein wenig offen, als hätte sich ihre Mutter nicht die Mühe gemacht, ihn wieder zu schließen, als sie das letzte Mal auf der Suche nach irgendeinem Schatz darin gestöbert hatte.

Oder um einen gebeten worden war.

Mina zog den gelben Umschlag mit Fotos heraus und stieß die Schublade zu.

* * *

Mrs Gilligan stand draußen vor ihrem Laden und klebte einen Aushang zur bevorstehende Fleischlotterie im Pub an ihr Schaufenster. Als sie Mina kommen sah, hellte sich ihre Miene auf. »Hallo, Liebes. Du erwartest doch hoffentlich keine Lieferung? Es ist nichts für dich gekommen.«

»Nein, keine Sorge. Ich bin auf der Suche nach jemandem. Erinnern Sie sich an den Mann vor ein paar Wochen, der mich in Ihrem Laden ein bisschen erschreckt hat?«

Mrs Gilligan sah sie betroffen an. »Wieso? Hat er dir noch mal Ärger gemacht?«

»Nein. Das hat sich alles als ein Missverständnis herausgestellt.«

»Oh, Gott sei Dank!«, antwortete Mrs Gilligan etwas übertrieben erleichtert. »Ich hatte nämlich Angst, dass du mir böse bist, wenn du es erfährst.«

»Wenn ich was erfahre?«

»Ich habe die Wohnung oben an ihn vermietet.«

»Das ist ja großartig!« Mina war selbst überrascht, wie sehr sie sich über die Neuigkeit freute. Natürlich freute sie sich für Mrs Gilligan. Das Schild ZU VERMIETEN hing schon so lange am Haus, wie sie denken konnte, und war so wie das Eisengeländer mit der abgeblätterten Farbe oder die schwere beigefarbene Tür nicht wegzudenken. Es musste eine große Hilfe für sie sein, wenn zusätzlich etwas Geld in die Kasse kam.

* * *

Lane öffnete die Tür in einem weißen T-Shirt zur Schlafanzughose, obwohl es schon nach zehn war. Sie hatte ihn noch nie mit kurzen Ärmeln gesehen und sich schon gefragt, ob er Narben verdeckte oder unbedachte Tattoos, doch die Haut an seinen Armen war ohne besondere Merkmale, blasser als an den Händen und im Gesicht, doch ansonsten normal.

Er hatte schon zu einem Gruß angesetzt, doch als er Mina sah, hielt er inne und blinzelte verwirrt.

»Mina. Was verschafft mir die Ehre?«

»Ich wollte Ihnen die hier bringen … die Fotos.« Von einem Windstoß ging die Tür noch ein wenig weiter auf, sodass mehr

Licht in seine Wohnung drang. Ein Poster an der Wand entpuppte sich als große Karte von Australien, auf der die östlichen Bundesstaaten in einer durchgehenden Linie mit blauem Leuchtmarker umrandet und büschelweise mit Papierfähnchen gespickt waren, die bestimmte Örtlichkeiten markierten. Links davon hingen Dutzende Fotos und Ausdrucke sowie Bilder von Nannine und dem Festplatz. An jedem Foto klebte ein Post-it, doch auf die Entfernung konnte sie die Beschriftung nicht lesen.

Die andere Wand war fast vollständig mit Fotos von Evelyn bedeckt, darunter das berühmte letzte Bild von ihrer Schwester und ihr in einem der Gänge zwischen den Fahrgeschäften und Buden. Mina hatte Evelyn den Arm um die Schulter gelegt, ihre freien Hände hatten sie aneinandergedrückt; die bunten Silikonarmbänder reichten ihnen wie die Armschiene bei einem Spartaner vom Handgelenk bis über den halben Unterarm. Daneben hing ein Foto von einem zerrissenen Armband dieser Art in einem Spurensicherungsbeutel.

Darunter befand sich das Bild, das die meisten Fernsehsender von Evelyn zeigten: festlich für ein Weihnachtskonzert angezogen, das blonde Haar mit riesigen Lockenwicklern ihrer Mutter in Wellen gelegt, die blauen Augen von zu viel Mascara hervorgehoben. Als sie sah, wie sich Evelyn aufgetakelt hatte, war Beverley in der Badezimmertür zur Salzsäule erstarrt, aber es war zu spät, um es abzuwaschen und noch rechtzeitig zur Schule zu kommen.

Seine Wohnung war wie eine Zerrspiegelversion ihres eigenen Zuhauses, mit ihren Familienfotos dekoriert. Natürlich waren sie ausnahmslos öffentlich zugänglich; ihre Mutter hatte sie so freigiebig an die Presse verteilt, wie eine Großmutter einen Stapel Urlaubsbilder am Esstisch herumreicht.

Dabei war das Bild vom Beweisbeutel nicht einmal echt – ein Journalist hatte es sich leicht gemacht, ein Silikonarmband gekauft und in einem Frühstücksbeutel abgelichtet, als durchsickerte, dass die Spurensicherung ein zerrissenes auf dem Gartenweg gefunden hatte. Das echte Armband war violett gewesen, das auf dem Foto war grün. Mina hatte die Sache von Anfang an dämlich gefunden. Die Dinger rissen ständig, und Evelyn hatte schließlich in dem Haus gelebt. Natürlich fanden sich dort jede Menge Spuren von ihr.

»Alles okay?«, fragte Lane. Er blickte über die Schulter auf das, was sie von der Schwelle aus sehen konnte. Als er sich wieder umdrehte, wirkte er verlegen. »Es tut mir leid. Es ist nicht ideal, dass man von der Tür aus gleich auf die Wand zu dem Fall starrt. Im Prinzip könnte sie jeder zu Gesicht bekommen, der bei mir anklopft. Aber ich habe nur dieses Zimmer und das Bad, und ich will keine Wasserschäden riskieren.«

»Schon gut«, sagte Mina. »Was hat die blaue Linie zu bedeuten? Auf der Karte da.«

Lanes Lächeln verblasste. »Ach, nichts«, sagte er und sah ihr fest in die Augen. »Ich habe eine kostenlose Karte von einem Touristikunternehmen wiederverwendet, und die Linie steht für deren Reiseroute.«

Mina sah ihn an. Es war eine ziemlich schamlose Lüge, denn die Linie war zu unregelmäßig, um gedruckt zu sein, und die Fähnchen, mit denen er die Karte gespickt hatte, folgten ihr ganz eindeutig. Doch Lane hielt tapfer Augenkontakt und lächelte nur. »Danke für die Fotos«, sagte er und streckte die Hand danach aus.

»Gerne«, erwiderte sie, was ebenfalls gelogen war. Sie konnte immer noch nicht sagen, ob es die richtige Entscheidung war, sie ihm auszuhändigen, aber für Bedenken war es jetzt zu spät. »Brauchen Sie sonst noch etwas?«

»Falls Sie ein bisschen Zeit hätten, könnten Sie mir zu den Bildern vielleicht etwas erzählen?«

»Die erklären sich eigentlich von selbst«, antwortete sie. »Aber sicher, ich hätte ein bisschen Zeit.«

»Sie könnten mir, ehrlich gesagt, einen großen Gefallen tun … Meinen Sie, wir könnten uns dazu ins Pub setzen?«

Sie lachte. »Es macht mir nichts aus, wenn Ihre Wohnung unordentlich ist, Lane.«

»Ähm, das ist es nicht.« Er fuhr sich mit der Hand durchs Haar. »Ich glaube, es wäre hilfreich, wenn uns ein paar Leute von hier bei einem Drink zusammen sehen würden. Viele von denen weigern sich, mit mir zu reden.«

Sie lachte wieder, lauter. »Was? In so einem kleinen Ort auf dem Land sind die Leute nun mal gegenüber Fremden so. Aber das hier ist keine Regency-Romanze, Lane. Versprechen Sie sich nicht zu viel davon, offiziell in die Gesellschaft eingeführt zu werden.«

»Ich meine es ernst. Niemand will meine Fragen zu dem Fall beantworten, bis er weiß, dass Sie nichts dagegen haben.«

»In Nannine interessiert sich kein Mensch dafür, was ich darüber denke«, sagte sie. »Aber wenn Sie darauf bestehen, meinetwegen. Das geht auf Sie.«

Er entspannte sich sichtlich und trat von der Tür zurück, um sie hereinzulassen. »Danke. Ich brauche nur fünf Minuten, um mich umzuziehen. Kann ich Ihnen was anbieten? Im Moment habe ich allerdings nur Instantkaffee und, ähm … Wasser da.«

»Ich denke, ich warte lieber auf das Bier.«

Er verschwand ins Badezimmer, und sie sah sich seine Fotowand genauer an. Die Post-its waren mit den Namen der abgelichteten Personen beschriftet. Bei vielen handelte es sich um ihre derzeitigen oder früheren Nachbarn. Sie griff nach einem Stift auf dem Nachttisch und füllte ein paar leere Zettel mit den fehlenden Namen aus.

»Wo haben Sie all diese Fotos her?«, fragte sie, als er in einem Henley-Shirt und Jeans zurückkam. Es war ihr schleierhaft, wie er es aushielt, bei der anhaltenden Hitze von den Handgelenken bis zu den Knöcheln bekleidet zu sein, aber es schien ihm nichts auszumachen.

»Aus allen möglichen Quellen. Manche habe ich im Internet in öffentlich verfügbaren Alben gefunden, andere haben mir die

Leute gegeben, weil ich sie darum gebeten habe. Nicht so viele wie erhofft. Ich versuche, jeden zu identifizieren, der an dem Wochenende in der Gegend war.«

»Verstehe«, sagte sie und legte den Finger auf ein Bild, das ihr sofort auffiel. Es hing ganz links, in einigem Abstand von den anderen, vielleicht ein Zeichen dafür, dass es auch für Lane herausstach. Darauf lächelte ein Mann mit kurzem blondem Haar in die Kamera, obwohl ihm anzusehen war, dass er nicht begeistert war, für das Foto zu posieren. »Mit dem da hat Sie jemand auf eine falsche Fährte gesetzt. Das ist nicht in Nannine entstanden. Das da im Hintergrund ist eine Bananenstaude; die könnte hier draußen unmöglich überleben.«

»Ich weiß«, sagte er. »Das ist ehrlich gesagt ein Foto von meinem Vater.«

»Oh!«, sagte sie verlegen. »Natürlich. Sie sehen ihm ziemlich ähnlich.«

»Ich weiß.« Er klang nicht erfreut. »Gehen wir?«

ZWEIUNDZWANZIG

Neil sah Mina zuerst, und sein professionell höfliches Lächeln wurde schlagartig herzlich und echt. Bei Lanes Anblick verging es ihm wieder. Er sah zwischen ihnen beiden hin und her und versuchte, die Situation einzuschätzen und herauszufinden, ob Lane ihr vielleicht Ärger machte. Oder aber, ob das hier ein Date war.

Lane hätte gerne gewusst, welche Variante den Barkeeper mehr irritieren würde.

Er warf einen verstohlenen Blick auf Mina, um zu sehen, ob sie etwas davon bemerkte, doch sie war schon auf dem Weg zu einem Tisch. Lane ging zur Bar, um die Drinks zu bestellen.

»Was darf's sein?«, fragte Neil und behielt Mina über Lanes Schulter hinweg im Auge.

»Ein Carlton vom Fass und das, was die Dame normalerweise nimmt«, sagte Lane. Er überlegte kurz, ob es hilfreich wäre, deutlich zu machen, dass da nichts zwischen ihnen lief. Wahrscheinlich nicht.

* * *

Als Lane mit ihren Gläsern kam, hatte Mina bereits den Briefumschlag geöffnet und einige Fotos auf dem Tisch ausgelegt. Sie waren eine Zeitmaschine. Eine Handvoll davon waren im Zuge des McCreery-Falls zu Berühmtheit gelangt, andere nur für Kenner von Interesse. Er hatte sich jeden Millimeter ins Gedächtnis eingebrannt. Diese neuen hauten ihn um. Die halb aufgebauten Fahrgeschäfte. Die Spaghettiträgertops und die Bauernröcke, offen über dem T-Shirt getragene Hemden, gebleichte Haarspitzen und nicht ironisch gemeinte Fedoras. Man hätte meinen können, Beverley hätte sich mit ihrer Kamera mehr für die Menschenmenge und das Volksfestgetümmel interessiert als für ihre Töchter. Es war genau das, was Lane brauchte, aber auch nervtötend. Er blätterte stapelweise Fotos durch, von Festzelten, Fahrgeschäften mit langen Schlangen davor, Mädchen und Jungen, die an den Buden ihr Glück versuchten. Beverley war für einen Abend mit ihren Kindern ausgegangen und hatte Fotos für ihre Familie gemacht, auf denen die Mädchen faktisch nicht vorkamen.

»Sagten Sie nicht, sie hätte darauf bestanden, dass Sie auf jedem Foto sind?«, fragte Lane.

Mina betrachtete die Bilder nachdenklich. »Normalerweise ja. Aber Sie dürfen nicht vergessen, dass die hier die aussortierten sind. Die meisten guten Aufnahmen von Evelyn hat sie ausgesucht und verwendet.«

Das war ein triftiges Argument. Trotzdem stimmte hier etwas nicht.

Er blätterte zum letzten Bild, und da strahlte ihm Minas Gesicht entgegen. Es war ein seltsames Gefühl, sie so glücklich zu sehen, ohne ihre übliche Reserviertheit.

Er erschrak ein wenig, als ihm bewusst wurde, dass auch Evelyn auf dem Bild war und mit geschlossenen Augen neben ihrer Schwester stand. Instinktiv hatte es ihn zu dem vertrauteren der beiden Gesichter gezogen. Wann war das passiert? Wann war ihm Mina vertrauter geworden als das Gesicht, das seit fast zwanzig Jahren auf allen Kanälen gesendet wurde?

Am anderen Ende des Raums klingelte ein Handy, sodass er zusammenzuckte. Ein Mann mit kräftigem grauem Pferdeschwanz legte den Billardqueue weg, griff nach seinem Telefon und stellte es nach einem Blick aufs Display stumm.

Sekunden später klingelte der Apparat hinter dem Tresen. Die beiden Männer, die zusammen mit dem ersten am Billardtisch standen, lachten.

Neil hob ab und sagte, nachdem er kurz zugehört hatte: »Nein, er ist nicht hier, Syl. Ich habe Reg den ganzen Tag noch nicht gesehen, aber falls er mir über den Weg läuft, sage ich ihm, dass du ihn suchst.«

Reg hob die Hand zum Dank und wandte sich wieder dem Spiel zu.

Mina schüttelte den Kopf. »Mit welchen von diesen Typen wollten Sie eigentlich unbedingt reden?«

»Ich bin einfach nur auf ein gewisses Wohlwollen angewiesen«, erwiderte er. »Auch wenn es sicher hilfreich wäre, wenn Sie bei Neil ein gutes Wort für mich einlegen würden.«

»Kein Problem«, sagte sie und warf das Haar über die Schulter. »Hey, Neil!«, rief sie und legte dabei die Hände um den Mund.

»Du weißt schon, dass wir hier Selbstbedienung haben«, brummte Neil, kam aber trotzdem an den Tisch. »Was ist los?«

»Setz dich einen Moment zu uns – mein Freund hier hat ein paar Fragen an dich«, sagte Mina, was Lane überhaupt nicht wollte. Er hatte gehofft, mit ihr in freundschaftlicher Atmosphäre über einem Drink zusammenzusitzen und bei späterer Gelegenheit zurückzukommen, um seine Fragen loszuwerden. Stattdessen zog sich Neil nun einen Stuhl heran und sah Lane erwartungsvoll an.

»Ähm, ja, genau«, sagte er. »Wegen Evelyn.«

»Schon klar«, erwiderte Neil. Er warf einen Blick auf die ausgebreiteten Fotos und wandte sich Lane wieder zu.

Mina hatte Erbarmen und legte Neil die Hand auf den Unterarm. »Wie geht's deiner Mum, Neil?«

Lane nutzte die Gnadenfrist, nahm einen Bierdeckel und zog einen Stift aus der Tasche, um sich ein paar Stichworte für seine Fragen zu notieren. Dabei behielt er unwillkürlich Mina im Auge. Ihr Ton war unbeschwert, ihre Schultern jedoch angespannt.

»Großartig!« Neil strahlte sie an. »Sie ist nur ein bisschen enttäuscht, dass du in letzter Zeit so selten im Laden bist.«

Lane hielt einen Moment inne. Offenbar war Mrs Gilligan Neils Mutter, was seinen Tipp an Lane, deren Wohnung zu mieten, in ein neues Licht rückte. So lebhaft, wie sie sich jedes Mal, wenn sie vorbeischaute, für den Zustand der Wohnung interessierte, war sich Lane ziemlich sicher, dass Mrs Gilligan seine Wirtin war.

»Ich hatte viel zu tun.«

»Hmm«, brummte Neil mit einem Seitenblick auf Lane. »Also, dann schieß mal besser los, wenn du Fragen hast. Ich bin heute Nachmittag allein, ich kann also nicht allzu lange herumzusitzen.«

»Warst du in der Nacht, in der Evelyn verschwand, hier im Pub?«

»Nur bis acht«, erwiderte Neil. »Die Volksfestwochenenden waren für uns ein Riesengeschäft, aber eher nichts für Kinder. Ich habe beim Kellnern geholfen, aber sobald der Trubel mit dem Abendessen vorbei war, bin ich nach Hause. Mum kann das bestätigen, falls du mein Alibi überprüfen willst.«

»Will ich nicht«, sagte Lane. »Was hast du von der Nacht noch in Erinnerung?«

Neil blickte zur Decke und dachte nach. »Das ist neunzehn Jahre her.«

Die meisten Menschen hätten auf zwanzig aufgerundet, stellte Lane fest. Offensichtlich hatte Neil einen emotionalen Bezug zu dem Ereignis, was darauf hoffen ließ, dass er doch noch einiges aus der Versenkung holen konnte. »Hast du oder dein Onkel an dem Abend hier drinnen Fotos gemacht?«

Neil schüttelte den Kopf. »Kumpel, ich weiß ja nicht, in was für Pubs du so gewöhnlich gehst, aber im Neeny machen wir freitagabends ganz bestimmt keine Fotos.«

»Gut.« Damit hatte er gerechnet, aber fragen konnte nicht schaden. »Da du hier warst, weißt du vielleicht zufällig noch, ob das Zimmer oben vermietet war oder nicht?«

Neil sah zu Mina und schien sich seine Antwort zu überlegen. Dann stand er auf. »Bin gleich wieder da.«

Sobald er ging, entspannte sich Mina ganz offensichtlich und lehnte sich zurück, als habe sie der Austausch erschöpft. Als sie Lanes Blick auffing, runzelte sie die Stirn. »Was?«

»Alles okay?«, fragte er mit gedämpfter Stimme. »Sie wirken gestresst. Sie müssen das nicht tun, falls Neil Ihnen …«

»Was? Nein. Neil ist schwer in Ordnung.« Sie starrte auf ihr Glas. »Ich kenne ihn schon mein ganzes Leben, wieso sollte ich mich bei ihm unwohl fühlen?«

Genau das war die Frage, oder? Mina war hier zu Hause, das hier war das örtliche Pub, voller Leute, die sie kannten, und doch musste sie sich eindeutig Mühe geben, um unbeschwert zu wirken. »Kommen Sie oft hier vorbei?«

»Ist nicht gerade der nächste Weg.«

»Das ist es nirgendwohin. Wie oft verlassen Sie die Farm?«

»Oft genug«, erwiderte sie kurz angebunden.

»Oder ist es, weil wir über Evelyn sprechen?« Falls es ihr zu viel wurde, konnte er jederzeit wiederkommen und Neil ohne sie befragen.

»Hätte ich nicht über sie reden wollen, wäre ich nicht zu Ihnen gekommen«, sagte sie. »Ich habe nicht vorbeigeschaut, weil mir nach Gesellschaft war.«

Bevor Lane in weitere Fettnäpfchen treten konnte, kam Neil zurück. Er legte ein in rotes Leder gebundenes Buch aufgeschlagen auf die Fotos. »Hier ist das Reservierungsbuch. Das Zimmer war vermietet, aber derjenige hat nur dafür bezahlt und es nicht benutzt.«

»Sicher?« Lane warf einen Blick auf die Seite, doch alle Einträge waren in einer Art Steno verfasst.

»Ja. Hier hat mein Onkel einen Vermerk gemacht. Er hat weniger berechnet, weil er die Reinigung gespart hat.«

»Tatsächlich?« Lane war hellwach. »Und steht da der Name des Gastes? Oder hast du sonst irgendwas dazu – eine Kreditkarte oder Anmeldeunterlagen?«

Es wäre zwar nur ein Indizienbeweis, doch wenn er dokumentieren könnte, dass sein Vater dieses Zimmer angemietet hatte, dass er also in der Stadt gewesen, aber dann nicht geblieben war, konnte er damit zu Starrett gehen. Es würde zumindest reichen, um sie dazu zu bringen, gegen ihn als ernsthaften Verdächtigen zu ermitteln.

»Es wurde in bar bezahlt, und wir haben keine Dokumente. Das war einer der Gründe, weshalb wir mit dem Übernachtungsbetrieb aufgehört haben. Falls jemand das Zimmer demoliert hätte, wären wir am Arsch gewesen, und Kreditkartendaten zu registrieren, war meinem Onkel wohl die Mühe nicht wert.«

»Aber du musst doch einen Namen haben«, warf Lane ein und gab sich Mühe, nicht ungeduldig zu klingen.

Neil zögerte und sah Mina wieder an. »Nein«, sagte er. »Mein Onkel hat hier keinen Namen notiert. Nur den Buchstaben H.«

H für Holland? Lane trommelte mit den Fingern auf dem Tisch. Reichte das? Nein, er brauchte mehr.

»Wieso sollte jemand für ein Zimmer bezahlen und es dann nicht benutzen?«, fragte Mina.

»Wegen des Parkplatzes«, erklärte Neil.

»Ach so«, sagte Mina.

»Was für ein Parkplatz?«, hakte Lane nach. Sein Vater hatte an dem Abend keinen Wagen parken müssen; ihrer hatte auf dem Festplatz gestanden. Das gehörte zu den Dingen, die er mit seiner Theorie, dass sein Vater der Täter war, nicht in Einklang bringen konnte. Er hätte von Nannine zur McCreery-Farm und zurückfahren müssen, und Lane wusste absolut sicher, dass mit ihrem Wagen niemand gefahren war. In der Nacht hatte er keinen Meter weit davon entfernt geschlafen.

Neil zeigte mit dem Daumen über die Schulter. »Damals hatte das Pub noch einen Parkplatz. Nach hinten raus, mit einer Mauer, sodass man von der Straße aus nicht sehen konnte, wer im Pub ist. Als ich den Laden übernahm, habe ich versucht, den Platz als Biergarten zu nutzen – eine idiotische Idee. Ich bin dabei, das Ganze rückgängig zu machen.«

»Klar«, sagte Mina. »Wenn jemand wusste, dass er seinen Wagen über Nacht in der Stadt parken muss, lohnte es sich für ihn, ein Zimmer zu bezahlen, damit der Wagen an einem sicheren Ort steht.«

»Einigermaßen sicher«, korrigierte Neil. »Wir haben immer deutlich gemacht, dass wir für die Fahrzeuge keine Haftung übernehmen. Aber es ist immer noch besser als irgendwo am Bahnhof, oder?«

Mina lachte – ein bisschen zu laut, um einfach nur amüsiert zu sein –, während Lane auf das Reservierungsbuch starrte, als könne er mit schierer Willenskraft den Buchstaben dazu bringen, sich in einen vollständigen Namen zu verwandeln.

* * *

»Weshalb interessieren Sie sich eigentlich so für dieses Zimmer?«, fragte Mina, während sie die Fotos wieder in den Umschlag steckte. »Das ist doch nur *ein* Zimmer; draußen auf dem Festplatz haben jede Menge Leute kampiert.«

»Nur eine unausgegorene Theorie«, erwiderte Lane. »Wahrscheinlich eine Sackgasse.«

So wie sie ihn ansah, ärgerte sie sich über die ausweichende Antwort, sagte aber nichts.

»Möchten Sie was essen?«, fragte er und hoffte, dass sie ihn beim Abschied noch einmal zur Farm einladen würde. Vielleicht sogar ins Haus. Aber das konnte er vergessen, wenn sie sich mit einer Missstimmung trennten. »Ich wollte mir eine Pizza besorgen.«

In Wahrheit hatte er sich in seiner Wohnung Instantnudeln aufwärmen wollen. Ein Take-away für zwei war eigentlich nicht sinnvoll, wenn sein Geld möglichst lange reichen sollte, aber was sein musste, das musste sein.

»Nein, ich muss nach Hause und Echo füttern«, sagte sie.

»Dann vielleicht das nächste Mal?«, fragte er und zuckte innerlich zusammen. Gott, er klang wie ein Teenager, der versuchte, ein Mädchen in die Jugenddisco mitzunehmen.

Doch sie lächelte leicht. »Ja, vielleicht.«

* * *

Bei seiner Rückkehr wartete in der Wohnung eine Facebook-Nachricht auf ihn. Sie kam von jemandem außerhalb seiner Freundesliste – eindeutig eine Reaktion auf seine Bitte um Fotos.

Meryl Ramsey: *Ich habe Fotos. Keins mit den McCreery-Mädchen, aber alle an dem Tag auf dem Festplatz aufgenommen, wie von Ihnen gesucht. Einige auch im Pub.*

Die Nachricht elektrisierte ihn. Bis jetzt hatte er auf seine Anfrage nur eine Handvoll Reaktionen bekommen. Fotos von jenem Tag lagen logischerweise in den hintersten Winkeln von Schubladen, vielleicht sogar nur als nie entwickelte Filmrolle. Die meisten waren zweifellos vor mindestens zehn Jahren im Mülleimer gelandet. Von denen, die ihm angeboten worden waren, stammte keins aus dem Pub, sondern alle waren vom Festplatz.

Fantastisch, schrieb er zurück. *Haben Sie sie eingescannt? Könnten Sie sie mir an meine E-Mail-Adresse schicken? Sie ist öffentlich.*

Die kleine Blase, die ihm anzeigte, dass sie etwas schrieb, erschien und verschwand einige Male. Nach einer Weile kam die Nachricht.

Sie sind nicht eingescannt. Ich habe nur die Negative.

Mist. Wo trieb er heutzutage noch einen Laden auf, der Negative entwickelte?

Lane klickte durch Meryls Profil. Sie war ungefähr in Minas Alter und auf die Highschool in Nannine gegangen, auch wenn sie die Schule irrtümlicherweise unter Graduiertenschule eingetragen hatte. Unter Beruf hatte sie »#BossBabe bei HevinScent« angegeben, einen Kerzenvertrieb im Schneeballsystem, auf den auch seine Mutter als Teenager hereingefallen war. Erstaunt sah er, dass er immer noch sein Unwesen trieb.

Von Meryl kam eine neue Nachricht. *Sie schreiben, viel können Sie nicht zahlen, aber etwas schon, oder?*

Meryl konnte sich nicht unter der Woche mit ihm treffen, weil sie kleine Kinder hatte, die sie nicht mitbringen wollte. Sie verabredeten sich an der Kirche, die einen kleinen Secondhandladen unterhielt und an dem es samstagmorgens Kaffee und Kuchen gab, die einzige Einrichtung in Nannine, die einem Coffeeshop nahekam.

Mrs Gilligan stand an der Kasse und füllte mit Kugelschreiber das Kreuzworträtsel einer Zeitung aus.

»Guten Morgen«, sagte sie, faltete die Zeitung zusammen und richtete sich auf. Inzwischen war sie mit ihm warm geworden. Die ersten paar Male, wenn er bei ihr Brot und Milch einkaufte, war er frostig empfangen worden, aber einem regelmäßigen Kunden grollte man nicht lange.

»Sie haben wohl nie einen freien Tag?«, fragte Lane. Er sah sich das Angebot an, das in einer ungelenken Handschrift mit Kreide an eine Tafel geschrieben war. Kaffee, Tee, heiße Schokolade, Lamingtons und Hot Cross Buns. Im Ernst? Jetzt schon Osterbrötchen?

»Nähme ich mir mal einen Tag frei, dann würde ich ihn sowieso hier verbringen«, sagte Mrs Gilligan. »Auf die Weise höre ich den ganzen Klatsch und kann gleichzeitig der Kirche helfen. Wir sammeln nämlich Gelder für ein neues Dach.«

»Dann passen Sie aber gut auf, wen Sie dafür anheuern«, antwortete Lane. Ihm waren schon ein paar Typen untergekommen, die sich mit diesem alten Dachdeckertrick einen Haufen Geld erschwindelt hatten.

»Natürlich machen wir das«, sagte sie. »Was kann ich Ihnen bringen?«

»Nur einen einfachen Kaffee, bitte.«

»Die Damen vom CWA haben mit veganen Limonaden-Scones experimentiert, falls Sie Hunger haben«, sagte Mrs Gilligan und ließ sich damit Zeit, den Kaffee in die Kasse einzutippen. »Sie sind noch nicht im regulären Angebot, aber der heutige Versuch war ganz passabel.«

»Ich bin kein Veganer«, antwortete Lane.

»Ach so.« Mrs Gilligan klang überrascht, obwohl er bei ihr oft genug Vollmilch gekauft hatte. »Ich dachte, Sie kämen aus Byron Bay?«

Okay, Mrs Gilligan war definitiv seine Vermieterin. Nur Cherise von der Maklerfirma und sein Vermieter konnten seine Adresse auf dem Formular gesehen haben, und selbst in einem Kaff wie Nannine war diese Information wohl kaum interessant genug, um sich herumzusprechen. »Dort gibt es schon noch ein paar Allesfresser.«

»Ah. Dann Milch in den Kaffee?«

»Nein, danke. Aber bitte ein Stück Zucker.«

Mrs Gilligan verschwand in die Küche, wo wahrscheinlich eine Kapselmaschine stand.

Er setzte sich an einen Tisch mit zwei Stühlen, an der geöffneten Tür mit Blick auf den Sandkasten hinter dem Haus. An den kleinen Spielplatz schloss sich eine ausgedehnte, braune Rasenfläche und dahinter der Stadtfriedhof an. Ein paar bemooste Grabsteine wurden von auffälligen keltischen Kreuzen überragt. Die Gräber aus jüngerer Zeit befanden sich näher an der Kirche, eins aus schwarzem Marmor mit Goldgravur beschriftet, eins mit einer vorläufigen Kennzeichnung. Auf einem größeren Areal markierten Messingschilder in Handgröße die Urnengräber. Er fühlte sich an die Gedenktafel aus Messing erinnert, über die er am Wasserreservoir auf der McCreery-Farm gestolpert war.

Mrs Gilligan stellte den Kaffee auf den Tisch. Falls er aus der Maschine kam, hatte die Kirche auch den Milchschäumer spendiert, weil eine Schaumkrone in Gestalt eines dürren Baums darauf schwamm.

»Ich habe drüben an der Highschool einen Abendkurs gemacht«, vertraute Mrs Gilligan ihm an.

Eine Frau betrat durch eine andere Tür den Raum. Das kräftige rote Haar hatte sie auf dem Oberkopf zu einem Knoten gedreht – zu rot, um natürlich zu sein, doch es stand ihr. Die Augen waren hinter einer Sonnenbrille mit runden Gläsern verborgen; sie trug ein cremefarbenes Baumwoll-Wickelkleid und eine Kuriertasche über der Schulter. Die Vorderseite bestand aus durchsichtigem Plastik, mit kleinen Fächern für Muster unterschiedlicher Duftkerzen. Auch wenn ihr Profilbild offensichtlich nicht mehr ganz aktuell war, stand eindeutig Meryl vor ihm.

Mit unverhohlener Enttäuschung nahm sie Lane von oben bis unten in Augenschein. Offensichtlich hatte sie auf einen wichtigen Typen vom Fernsehen oder einen Locationscout in einem Tausend-Dollar-Anzug gehofft.

»Danke, dass Sie hergekommen sind«, sagte er und ignorierte, wie sie die Lippen zusammenpresste.

»Hmmm«, sagte sie. »Also, worum geht es hier? Machen Sie eine Fernsehshow oder so was?«

»Nein.« Sie sah ihn wieder enttäuscht an, setzte sich aber dennoch auf den Stuhl ihm gegenüber. »Dann einen Podcast?«

»Nein. Und ich schreibe auch nicht an einem Buch.« Lane schob ihr den Milchkaffee hin, als habe er ihn für sie bestellt. »Kaffee?« Eindeutig hatte sie die Fahrt in die Stadt in der Erwartung einer hübschen Summe Geld auf sich genommen, trotz seiner eindeutigen Ansage. Hoffentlich brachte ihm die Tasse Kaffee ein paar Minuten ihrer Aufmerksamkeit ein.

Sie starrte einen Moment darauf, als ob sie ihn ablehnen wollte, zuckte dann aber mit den Achseln und zog die Tasse heran. Lane hätte den Kaffee an ihrer Stelle abgelehnt. Sich von einem Fremden aus dem Internet einladen zu lassen, gehörte zu den Dingen, vor denen er Lynnie gewarnt hatte, als er ihr beim Umzug in ihre Wohnung half. Aber das ging ihn nichts an.

»Kannten Sie die McCreery-Mädchen?«, fragte er und lehnte sich zurück.

Meryl zuckte mit der Schulter. »Ich war im sechsten Schuljahr, also etwa zehn, als sie noch in den Kindergarten gingen. Wir waren alle ganz aufgeregt, als wir hörten, dass Zwillinge an die Schule kommen, aber als sie dann auftauchten, stellte sich heraus, dass aus Streichen mit Rollentausch à la Enid Blyton wohl nichts würde.« Sie riss ein Tütchen Stevia auf und schüttete es über den Kaffee. Das Pulver hielt sich einen Moment an der Oberfläche, bevor es den Schaum zerlöcherte. Vielleicht hätte er das Stück Würfelzucker erwähnen sollen.

»Haben Sie die Highschool abgeschlossen?«, fragte er.

»Ja. Und falls Ihre Frage darauf abzielt, ob Wilhelmina und ich noch ein Jahr zusammen an der Schule waren, dann nein. Sie war angemeldet, doch in meinem vorletzten Jahr mussten wir eine Schülerversammlung über uns ergehen lassen, bei der sie uns erklärten, dass wir ihre Privatsphäre zu respektieren hätten und dass von da an selbst in der Pause Handys vom Schulgelände verbannt wären, damit keiner von uns in Versuchung käme, irgendein verschwommenes Foto von ihr an Klatschzeitungen zu verticken. Doch dann ist sie nie aufgetaucht, und die Sache hatte sich erledigt.«

»Aber es muss doch Gerede gegeben haben.«

»Na ja, die Mutter meiner Freundin Sarah war bei der Eltern- und Bürgervereinigung, und sie meinte, Beverley McCreery wollte ihre Tochter auf dasselbe schnöselige Internat schicken, auf dem sie gewesen war, und da stand sie bis kurz vor Schuljahresbeginn auch auf der Warteliste. Aber ab und zu sind wir Wilhelmina über den Weg gelaufen, wenn sie mit ihrer Mum einkaufen war oder so. Viel öfter als nur in den Schulferien. Die Privatschulen haben zwar andere Ferienzeiten, aber so viel anders nun auch nicht.«

»Die Highschool in Nannine wäre schwierig für sie gewesen«, merkte er an. »Das wäre ein langer Schulweg gewesen, zweimal am Tag.«

Meryl verdrehte die Augen. »Meinen Sie vielleicht, wir hätten alle gleich neben der Schule gewohnt?«

Trotzdem. Minas Jugend erschien ihm immer einsamer und abgeschotteter, je mehr er erfuhr. Sie musste zu Hause unterrichtet worden sein, während sie mit den letzten verbliebenen Angestellten auf einer Farm festsaß und die gelegentlichen Ausflüge in die Welt stundenlange Autofahrten erforderten. *Schule??*, schrieb er in sein Notizbuch. Falls Mina keinen Privatlehrer gehabt hatte, dann hatte sie vielleicht per Post Unterrichtsmaterial bekommen und zur Benotung zurückgeschickt. Das bedeutete natürlich, dass jede Kommunikation mit mehrwöchiger Zeitverzögerung vonstattenging, ohne dass die Lehrer ihre emotionale Verfassung im Auge behalten und wenn nötig für sie da sein konnten.

Isoliert war sie vielleicht gewesen, aber nicht notwendigerweise allein. Liam McCreery war auch in früheren Jahren nie lange weg gewesen, hatte aber, seit der Farmbetrieb weitestgehend eingestellt war und es kaum noch Mitarbeiter zu führen gab, wohl nicht mehr allzu viel zu tun gehabt. Beverley verdiente ihr Geld mit dem Schreiben ihres Buchs und mit Interviews, arbeitete also höchstwahrscheinlich von zu Hause aus. Somit fragte sich, wie oft sie Mina, ihre einzige verbleibende Tochter, überhaupt aus den Augen ließen.

Lynnie hatte ihm einmal erzählt, dass sie ihre Mutter mühsam überreden musste, so wie die anderen Mädchen, mit denen sie im Campingpark spielte, aufs Gymnasium gehen zu dürfen. Seine Mutter hatte argumentiert, der Fernunterricht über die Post hätte doch bei Lane gut funktioniert, bei ihrem brillanten großen Bruder, der sein Diplom in Kriminologie mit links geschafft hatte. In Wahrheit hatte sie wohl nur ihr kleines Mädchen unter ihrer Aufsicht haben wollen. Dabei war es nicht die Schule, die ihr Schaden zufügte.

Sollten die McCreerys Mina aus einer ähnlichen Sorge heraus auf der Farm behalten haben, wäre das nicht ohne bittere Ironie, nachdem die Gefahr dort gelauert hatte.

Meryl zog den Reißverschluss ihrer Tasche auf und holte einen gelben Umschlag heraus – diese altmodische Sorte, in der man früher Fotoabzüge ausgehändigt bekam. Auf der Vorderseite prangte das Logo einer Drogerie in Nannine, von der heute nur noch ein verblasstes Ladenschild ein paar Häuser von seiner Wohnung entfernt übrig war. »Ich habe doch noch ein paar Abzüge gefunden«, sagte Meryl. »Aber die meisten habe ich nur als Negative. Keine Ahnung, wo die Fotos geblieben sind. Wahrscheinlich hat Mum sie zerschnitten, als sie ihre Scrapbooking-Phase hatte.«

»Kennen Sie hier irgendwo einen Laden, der noch Abzüge machen kann?«, fragte Lane. Gab es in ganz Australien noch einen solchen Laden?

»Oh!«, rief Mrs Gilligan aus der Küche. »Der Secondhandshop hat einen Negativprojektor!«

»Einen was?«, fragte Meryl nach.

Mit strahlendem Gesicht und offenbar ohne zu merken, dass sie sich als Lauscherin verraten hatte, erschien Mrs Gilligan in der Tür. »Das ist so was Ähnliches wie ein Diavorführgerät. Man legt das Negativ ein, und das Bild wird an die Wand projiziert. Ich gehe mal rüber und hole den Apparat.«

Sie eilte geschäftig in den Laden nebenan und kehrte wenig später mit einem weißen Kasten in Form und Größe eines Schuhkartons zurück. Scheppernd stellte sie ihn zwischen ihnen auf den Tisch. »Ist das nicht perfekt? Ich hätte nie gedacht, dass wir noch mal ein Zuhause dafür finden. Und für nur zwanzig Dollar.«

Lane wurde blass. Er wusste nicht mal, ob auf den Negativen etwas von Interesse zu sehen war. Andererseits war es mit Sicherheit billiger, als sie zum Entwickeln irgendwohin zu schicken – und vor allem schneller. »Danke«, sagte er und zückte erneut seine Brieftasche.

»Dann haben Sie ja doch Geld«, sagte Meryl und legte die Hand auf den Umschlag.

»Falls diese Fotos in dem Fall zu einem Durchbruch führen, hätten Sie Anspruch auf die Belohnung«, sagte Lane.

Meryl verdrehte theatralisch die Augen. »Ich habe fünf Fotos. Wie wär's, wenn Sie einen Hunderter für jedes zahlen, und die Negative bekommen Sie obendrauf.«

Lanes Blick fiel auf das vertraute HevinScent-Logo an ihrer Tasche. »Wie wär's, wenn ich im Tausch gegen die Fotos und die Negative ein paar Kerzen kaufen würde?«

Meryl war ganz Ohr. »Wenn Sie sechs Kerzen nehmen, schaffe ich diesen Monat das Diamant-Level und qualifiziere mich für weiteres Training.«

»Ich nehme drei«, sagte er. Er tat ihr damit einen Gefallen. Seine Mutter hatte es einmal bis zum Diamant-Level geschafft, und es hätte sie fast ruiniert. Es handelte sich dabei nicht etwa um eine klassische Beförderung. Hatte man ein bestimmtes Level erreicht, durfte man nicht unter das erzielte Umsatzniveau zurückfallen, wenn man nicht auch im Rang absteigen wollte, sonst galt man als Versager. Als sie im nächsten Monat das Minimum verfehlte, beschwatzte ihre »Vorgesetzte« sie, sich einen entsprechend großen Warenbestand zuzulegen, um ihn dann später zu verkaufen. Womit sie natürlich im Monat darauf noch weiter zurückfiel. Am Ende hatte sie einen Haufen Kreditkartenschulden, einen Schrank voller Kerzen in einem beengten Zuhause und musste auch noch bei ihrem Jahreskonvent (Eintrittskarten für dreihundertneunundneunzig Dollar, die sie nicht hatten) auf die Bühne, um sich die »Diamant«-Nadel mit Chintz-Dekor anstecken zu lassen, die sie praktisch selbst gekauft hatte. Der Stein fiel schon auf der Heimfahrt heraus.

»Einverstanden«, sagte Meryl. »Das macht dann hundertneunundvierzig Dollar siebenundneunzig Cent. Sie können es mir in bar geben oder mit Kreditkarte über eine App auf meinem Handy bezahlen.«

Vor Schreck blieb Lane die Spucke weg. Schon zu Zeiten seiner Mutter waren die Produkte überteuert gewesen, aber fast fünfzig Dollar für einen Klumpen Sojawachs, der ein bisschen nach frischer Wäsche oder Sandelholz roch? Ganz zu schweigen davon, dass Meryl, sollten sich die Geschäftsbedingungen nicht grundlegend geändert haben, davon nur sechs Prozent für sich behalten durfte, derjenige, der sie zu diesem betrügerischen System überredet hatte, zwei Prozent und der Rest an die Firma ging.

Er blätterte das Bargeld aus seiner Brieftasche hin, und Meryl sah ihm gebannt zu. Er wappnete sich.

»Sie sind ein tougher Verhandler«, sagte sie. »Haben Sie vielleicht selbst schon mal daran gedacht, einzusteigen? Ich weiß, was Sie jetzt denken: *Wo soll ich die Zeit hernehmen? Und ich kenne mich damit nicht aus. Und überhaupt: Wer kann sich schon die Anfangsinvestition leisten?* Aber wenn ich Ihnen nun sagen würde, dass Sie für neunundneunzig Dollar alles bekommen können, was Sie brauchen, um sofort loszulegen? Bis heute Abend könnten Sie schon Ihren ersten Provisionsscheck in Händen halten.«

Er musste sich mächtig zusammenreißen, um nicht laut loszuprusten. Ihre Unverfrorenheit war schon fast wieder bewundernswert. Vor gerade mal drei Minuten war sie verzweifelt genug gewesen, um etwas, das möglicherweise einen siebenstelligen Betrag wert war (die Belohnung), für einen Bruchteil davon zu verhökern und so ihre Mindestverkaufssumme zu erreichen, bot ihm aber im selben Atemzug ein Geschäft an, das sein Leben verändern sollte. »Nein, danke.«

Meryl wirkte ernüchtert und vielleicht auch ein wenig erleichtert. »Na schön. Falls Sie es sich noch anders überlegen und mit Ihrem eigenen Unternehmen Ihren ersten Schritt in die Freiheit machen wollen, rufen Sie mich an.« Dabei schob sie ihm eine Visitenkarte mit dem eingeprägten Logo von HevinScent über den Tisch.

Lane musste sich auf die Zunge beißen, um ihr nicht ins Gesicht zu sagen, dass die einzige Person, die sich mit HevinScent freigeschwommen hatte, der Geschäftsführer war. Der hatte sich mittlerweile von dem Geld, das er sich von verzweifelten Frauen wie seiner Mutter ergaunert hatte, eine Privatinsel gekauft. Aber er wollte nicht grausam zu Meryl sein. Was blieben ihr denn sonst für Möglichkeiten? Eine Stelle als Verkäuferin in der geschlossenen Drogerie? Oder als Kellnerin im einzigen Pub der Stadt? Und die McCreerys stellten schon lange keine Landarbeiter mehr ein.

* * *

Zwar gab es keine Gebrauchsanweisung mehr für den Projektor, doch er funktionierte selbsterklärend. Kaum hatte Lane das Ding eingesteckt und eingeschaltet, warf es ein gelbes Lichtviereck an seine Wohnungswand, und er brauchte nur noch den Streifen Negative in den Schlitz ganz unten zu schieben. Die Farben waren invertiert, und die Menschen, die an seiner Wand erschienen, sahen mit ihren glühenden Augen und Mündern wie Gespenster aus, doch es würde reichen, um festzustellen, ob es sich lohnte, die Negative entwickeln zu lassen.

Das erste Bild war ein Volltreffer, denn der Fotograf hatte die Eintrittskasse abgelichtet, einschließlich eines Plakats für die Nannine Show und eines Ständers mit Zeitungen, die man beim Kauf der Eintrittskarte kostenlos dazubekam. Es war das richtige Plakat. Vor allem aber bestätigte ihm eine kurze Internetsuche, dass die Schlagzeilen, die sich um einen politischen Skandal drehten, den schon einen Tag später ein anderes, sensationsträchtigeres Ereignis von den Titelseiten vertreiben sollte, vom richtigen Tag stammten. Somit war bewiesen, dass Meryl recht gehabt hatte und die Aufnahmen tatsächlich von dem Tag stammten, an dem Evelyn verschwunden war.

Er vergrößerte das Bild so weit wie möglich und zählte die Personen darauf. Vier. Zwei im Vordergrund: eine junge Meryl und ein kleiner Junge, der ihr ähnlich sah, vielleicht ein Bruder oder Cousin. Zwei im Hintergrund: ein Schausteller mit dem Rücken zur Kamera, der gerade ein Zelt aufbaute, und ein Mitarbeiter der Gemeinde, der zwei große Müllcontainer zwischen den Buden entlangzog.

Er notierte sich eine kurze Beschreibung jeder Person und machte mit Bild Nummer zwei weiter.

Wieder Meryl und der unbekannte Junge, die diesmal an einem Tisch saßen und stolz auf ihre identischen riesigen Teller mit Hühnerschnitzeln zeigten. An der Wand hinter ihnen hing ein Werbeplakat für Bier – die Ramseys waren folglich zum Abendessen ins Pub gegangen. Eine bessere Wahl als ein Hotdog im Maismantel.

Er sah sich das nächste Bild an, wieder vom Festplatz. Das hier war besser als sämtliche Metadaten, die man zu einem modernen digitalen Foto finden konnte. Nachdem sich dieses Bild auf einem Negativstreifen zwischen zwei anderen befand und am Samstag aufgenommen worden war, stammte es unzweifelhaft von jenem Wochenende.

Er ging noch einmal zu dem Foto im Pub zurück und sah sich die Gäste an den Tischen im Hintergrund an. Lane stockte der Atem. An dem Tisch hinter den Ramseys saß vornübergebeugt ein kleiner Mann, die Haare rahmten sein Gesicht wie einen Heiligenschein ein. Auch wenn neunzehn Jahre dazwischenlagen, erkannte er ihn auf Anhieb. Um ganz sicherzugehen, nahm er Beverleys Buch vom Nachttisch, schlug es auf der Hochglanzdoppelseite mit Fotos auf und fand dort ein Bild von Liam McCreery und dem Betriebsleiter Hendrik Tamm bei der Arbeit auf der Farm.

Selbst auf einem Negativ war Hendrik unschwer wiederzuerkennen, der Mann, der gegenüber Lane – und der Polizei – angegeben hatte, an dem Tag in Adelaide gewesen zu sein.

DREIUNDZWANZIG

Die Polizeiwache war von seiner Wohnung nur wenige Häuserblocks entfernt. Lane ging zu Fuß, die Hände in den Hosentaschen, die Negative samt Projektor in einem Beutel, der ihm schwer über der Schulter hing. Ein paarmal war er kurz davor, umzukehren. Diese Fotos zerrissen Hendriks Alibi in der Luft. Er hatte behauptet, am Freitagmorgen nach Adelaide geflogen zu sein, doch er saß an eben jenem Abend im Pub und ließ sich ein Steak mit Fritten schmecken. Auch wenn ein falsches Alibi nicht für eine Verurteilung reichte, hatte Starrett damit mehr als genug in der Hand, um ihn zum Verhör auf die Wache bringen zu lassen. Sollte sie ihn nicht zum Reden bringen, würde bei einem derart berühmten Fall mit Sicherheit ein Experte aus Sydney eingeflogen, und falls der Betriebsleiter mit Evelyns Verschwinden irgendetwas zu tun hatte, würden sie es ihm früher oder später beweisen.

Und Lane wäre Millionär.

Er versuchte, sich über die Aussicht zu freuen. Natürlich würde es einige Zeit, vielleicht sogar Jahre dauern, bis es zu einer Verurteilung käme. Und danach stünde ihm noch ein zermürbender Papierkrieg bevor, bis er die Polizei von New South Wales dazu gebracht hätte, ihm den Betrag tatsächlich auszuzahlen. Aber er war zuversichtlich. Ihnen in einem Fall, der seit fast zwanzig Jahren auf Eis lag, einen neuen Tatverdächtigen zu präsentieren, war keine Kleinigkeit.

Er würde Lynnies Studienabschluss finanzieren können. Ihre Miete bezahlen. Er könnte ihr eine Wohnung kaufen. Ein Haus. Eine Villa.

Wenn ihr Vater aus dem Gefängnis entlassen wurde, könnte er mit ihr weggehen. Wenn er sie fand, könnte er mit ihr noch einmal wegziehen. So oft wie nötig.

Doch kein Geld der Welt könnte ihr das Gefühl der Sicherheit geben. Nicht, solange ihr Vater auf freiem Fuß war.

Die Welt mit ihrem Vater zu teilen war wie eine Riesenkrabbenspinne im Camper-Van. Am besten wäre es, sie wäre tot; war sie am Leben, fühlte er sich nur sicher, wenn er genau wusste, wo sie war. Im Moment wusste er zu jedem Zeitpunkt, wo sich sein Vater aufhielt, und einmal im Jahr bekam Lynnie einen Brief, der das bestätigte. Nach seiner Entlassung war es egal, wo Lane mit seiner Schwester hinzog oder wie viel Geld sie hatten, um sich zu verstecken. Sie würden nicht wissen, wo er sich befand, und das wäre Folter.

Er fühlte sich so leer. Er hatte das Geld gewollt, doch vor allem wollte er die Tat ihrem Vater anlasten. Er wollte, dass jemand anders die Opferaussagen schrieb. Er wollte, dass das Gericht begriff, dass sein Vater niemals entlassen werden durfte.

Einen Moment lang blieb er an der Ecke stehen. Er musste damit nicht zu Starrett gehen. Sein Vater hatte bald eine Bewährungsanhörung, und allein schon der Verdacht, dass er im Fall Evelyn McCreery eine Person von besonderem polizeilichem Interesse war, würde reichen. Um diesen Verdacht ins Leben zu rufen, musste er nur beweisen, dass sein Vater an jenem Wochenende in Nannine gewesen war.

Doch Hendrik durfte nicht zuerst gestehen.

Er schob die Tasche auf die andere Schulter. Dieser Beweis hatte neunzehn Jahre gewartet. Welchen Schaden könnte es schon anrichten, ihn noch ein paar Wochen zurückzuhalten? Er könnte den Fall offenlassen, bis er den Beweis gefunden hatte, dass sein Vater in der Stadt gewesen war. Das würde seinen Antrag auf Bewährung zunichtemachen, und Lane konnte mit dem Foto zu Starrett gehen. Er könnte alles haben.

Und in der Zwischenzeit würde Hendrik weiter auf Minas Grund und Boden leben. Lane ging weiter, von sich selbst angewidert.

* * *

Die Polizeiwache von Nannine war das genaue Gegenteil von der in Danby. Der Eingang lag im Schatten eines Vordachs mit schmiedeeiserner Balustrade und zurückgesetzt zwischen zwei Flügeln aus rotem Klinker mit weißen Sandsteinkanten. Und doch ähnelten sie sich in gewisser Weise. Etwas von der Polizeiarbeit sickerte mit den Jahren in das Gebäude ein.

Jemand hatte versucht, an den Pfosten eine Wonga-Wonga-Ranke klettern zu lassen, was ihm nicht die Pflanze verriet, die längst hinüber war, sondern das Schild mit dem botanischen Namen, das immer noch in der vertrockneten Erde steckte.

Er klingelte. Nach einem Moment schnappte das Schloss auf, doch niemand kam. Er öffnete die Fliegengittertür, und kaum war sie hinter ihm zugeschlagen, rief Starrett von irgendwo aus dem Gebäude: »Wer ist da?«

Er war erleichtert, sie anzutreffen. Hätte er niemanden oder auch einen anderen diensthabenden Beamten vorgefunden, hätte ihn sicher der Mut verlassen. »Lane Holland. Wir haben uns vor ein paar Wochen getroffen, in Danby.«

Es folgte längeres Schweigen, das er nachvollziehen konnte. Vielleicht wusste sie nicht einmal, dass er jetzt in Nannine war.

»Einfach bis ans Ende des Flurs. Ich bin im Pausenzimmer.«

Im Flur herrschte jene typische Stille alter Gemäuer, die den Lärm von draußen durch ihre dicken Backsteinwände schluckten. Im Pausenraum dagegen schlug ihm Stimmengewirr entgegen. Auf dem Fernseher an der Wand lief ein Fußballspiel – das Land konnte Lane mit seinen spärlichen Kenntnissen nicht beurteilen.

Starrett stand neben einer Thermoskanne und rührte klirrend Zucker in ihren Tee.

»Hallo, Mr Holland, so sieht man sich wieder. Wie kommen Sie mit dem Christa-Rennold-Fall voran?«

Es war ihm unangenehm, daran erinnert zu werden, dass er ihrer Kenntnis nach immer noch aktiv mit dem Fall beschäftigt war. Und er hätte sich auch längst mit Alanna in Verbindung setzen müssen; in den zwei Wochen seit ihrem Treffen in der Bibliothek hatte er einfach nur zu viele andere wichtige Dinge um die Ohren gehabt. »Leider bis jetzt nichts Nennenswertes.«

Er fing also gleich mit einer Lüge an. Kein vielversprechender Auftakt für eine schwierige Unterhaltung.

»Ach, tut mir leid«, sagte sie und holte eine Tasse für ihn aus einem Hochschrank.

»Ich habe aber zum Fall Evelyn McCreery etwas für Sie, glaube ich.«

Sie ließ zwar den Teebeutel in den Becher für ihn fallen, vergaß aber, ihn aufzubrühen, und schob den Becher zur Seite. »Was Sie nicht sagen.«

Lane konnte ihr die wenig begeisterte Reaktion nicht verübeln. Wo eine Belohnung von mehreren Millionen Dollar winkte, hatte sie wahrscheinlich ständig Leute am Hals, die mit unsinnigen oder haltlosen Informationen kamen. »Bevor ich Ihnen dazu etwas zeige, kann ich Sie vielleicht etwas fragen?«

»Dazu sind Sie zweifellos in der Lage«, sagte sie, während sie sich an die Theke zurücklehnte und die Arme verschränkte. »Die klassische Antwort meiner Mutter. Sie bestand auf dem Unterschied zwischen *können* und *dürfen*.«

»Ach so«, erwiderte Lane. Falls sie hoffte, ihn mit ihrer Wortklauberei in die Defensive zu treiben, lag sie falsch. Dafür war er sich seiner Sache zu sicher. »Darf ich Sie etwas fragen?«

Mit einer ungeduldigen Handbewegung signalisierte sie ihm, fortzufahren.

»Wie wurde Hendrik Tamms Alibi bestätigt?«

Jetzt war sie ganz Ohr. »Hendrik Tamm, der Betriebsleiter? Den haben wir sehr schnell ausgeschlossen. Er war verreist. Er ist sogar erst mehrere Tage nach dem Verschwinden von Miss McCreery heimgekehrt.«

»Und wie genau hat er das bewiesen?«

Starrett verließ den Pausenraum ohne sonderliche Eile. Dann ließ sie nochmals mehrere Minuten verstreichen, in denen Lane nicht wusste, was er mit seinen Händen anfangen sollte. Er ballte sie zu Fäusten, steckte sie in die Hosentaschen, trommelte mit den Fingern auf der Theke. Er wusste nicht einmal genau, was er sich von ihr erhoffte, wenn sie zurückkehrte. Falls sie mit einem hieb- und stichfesten Alibi für Hendrik kam, das die Ungereimtheiten erklärte – etwa, dass er nach fast zwanzig Jahren wohl durcheinandergebracht hätte, wann genau er abgereist war –, dann wäre Lanes Vater als brauchbarer Tatverdächtiger immer noch im Rennen. Legte sie ihm dagegen etwas vor, das Lane mithilfe der Negative in seiner Tasche als Lüge entlarven konnte, wäre er Millionär.

Starrett kam mit ein paar zusammengehefteten Seiten zurück. »Er hat uns die Tickets zu einem Flug am Freitagmorgen gezeigt. Außerdem konnte er Kreditkartentransaktionen in Adelaide für die gesamte Woche vorweisen.«

Wenigstens machte ihm seine Enttäuschung klar, wie er selbst im Innersten dazu stand. Er hatte nicht gewollt, dass Hendrik der Täter war. »Hat einer von Ihren Beamten bei der Airline angerufen und sich versichert, dass er wirklich an Bord gegangen ist? Hatte er eine Bordkarte?«

Das brachte ihm einen strengen Blick von Starrett ein. Er war gefährlich nah daran zu kritisieren, wie sie seinerzeit die Ermittlungen geführt hatte. »Dem Protokoll nach haben wir ihn nach einer Bordkarte gefragt, und er hat geantwortet, er hätte sie im Flugzeug weggeworfen. Er sei nicht davon ausgegangen, sie nach der Landung noch einmal zu brauchen. Angesichts der übrigen Beweise, dass er den betreffenden Zeitraum in Adelaide verbracht hatte, leuchtete das ein.«

Mit anderen Worten, nein, niemand hatte bei der Airline angerufen. Folglich bewies das Ticket lediglich, dass Hendrik für den Flug bezahlt hatte. Er konnte seine Flugdaten noch geändert haben, nachdem er das Ticket ausgedruckt hatte – angesichts der Kreditkartenzahlungen die naheliegendste Erklärung –, oder es an jemand anderen verkauft oder für sein Alibi einfach die Kosten in Kauf genommen haben.

Lane unterdrückte einen Seufzer. So etwas passierte bei Großermittlungen ständig. Ein überforderter Polizist, der sich durch eine lange Liste Tatverdächtiger wühlt, kommt leicht in Versuchung, jemanden davon zu streichen, weil er zur nächsten Person übergehen will, besonders in diesen ersten entscheidenden Stunden nach einer Entführung, in denen die Chancen, das Opfer noch lebendig zu finden, minütlich schwinden. Nachdem Hendrik abgehakt war, hatte niemand mehr sein Alibi überprüft. Dutzende Gäste mussten Hendrik in der fraglichen Nacht im Pub gesehen haben, doch woher sollten sie wissen, dass sie etwas Wichtiges bezeugen konnten, wenn die Polizei ihnen versichert hatte, dass er aus dem Schneider war?

Er holte sein Handy heraus und öffnete die Datei, in der er die Unterhaltung mit Mrs Tamm gespeichert hatte. »Bei meinem Gespräch mit Hendriks Frau hat sie etwas Interessantes gesagt. Demnach hat ihr Hund sie in der Nacht von Evelyns Verschwinden aufgeweckt und so reagiert, als habe er Hendriks Wagen kommen gehört.«

»Das ist mir zu dürftig, Mr Holland«, erwiderte Starrett. »Ich erinnere mich an diesen Hund. Freundlich, aber dumm wie Bohnenstroh.«

»Sie werden es überzeugender finden, wenn Sie den fotografischen Beweis gesehen haben, dass Hendrik Tamm nie in den Flieger gestiegen ist.« Er zog den Umschlag aus seiner Tasche und schob ihn ihr auf der Theke hin.

Lane hatte in seiner beruflichen Laufbahn schon viele Cops gesehen und wusste mit absoluter Sicherheit, dass in dem Laden keiner weit kam, wenn er sich nicht ein perfektes Pokerface antrainierte. Zu viele Gefühle zu zeigen war eine Schwäche, die sich niemand leisten konnte. Als Starrett für einen kurzen Moment vor Bestürzung der Mund offen stehen blieb, war das für Lane daher so, als habe sie laut geschrien. Ganz bestimmt ging sie im Kopf die letzten neunzehn Jahre durch, in denen Hendrik mit derselben Hilfsbereitschaft, die er Lane vorgetäuscht hatte, eine harmlose freundliche Person im Hintergrund gewesen war.

»Zumindest können Sie ihn wegen Justizbehinderung festnehmen. Das verschafft Ihnen Zeit, die Anklage gegen ihn vorzubereiten«, sagte Lane.

»Sagen Sie mir nicht, wie ich meinen Job zu machen habe, Mr Holland«, erwiderte sie, ohne sich sonderlich zu ereifern. Der Schock wirkte offensichtlich noch nach. »Ab hier übernehme ich.«

VIERUNDZWANZIG

Die Alarmanlage ertönte einmal zum Zeichen, dass ein Fahrzeug das erste Tor passiert hatte. Zum Glück hatte Mina gerade ein Telefonat beendet und fast fertig protokolliert. Sie änderte ihren Status im System zu »besetzt«, damit kein weiterer Anruf an sie durchgestellt wurde, und legte das Headset auf den Schreibtisch. Wahrscheinlich würde sie dafür eine unfreundliche Nachricht von der Schichtleiterin ernten, da sie sowieso in zehn Minuten Feierabend hatte, aber damit käme sie schon klar. Sie rechnete nicht mit Lane, der sich bestimmt nicht ein zweites Mal selbst einladen würde, es sei denn, es gäbe dafür einen triftigen Grund.

Sie ging hinauf ins Schlafzimmer, zog Jeans und T-Shirt aus und schlüpfte in ein leichtes Sommerkleid. Es machte nichts, dass sie barfuß war; falls Lane etwas auf dem Anwesen sehen wollte, standen ihre Schuhe an der Tür bereit.

Sie blieb kurz vor ihrem Schrankspiegel stehen und strich sich mit den Fingern durchs Haar. Dann hielt sie inne. Was sollte das eigentlich?

Auf dem Weg zurück nach unten kam sie sich albern vor. Vielleicht sollte sie sich von Alanna ein Profil auf dieser App einrichten lassen, von der sie immer sprach. Sie brauchte jemanden, der nicht durch Evelyn in ihr Leben getreten war.

Es klopfte energisch an der Tür. Mina sah durch den Spion und öffnete mit unverhohlenem Staunen.

Auf der Eingangsveranda stand Alanna, in Polohemd und Jeans, so leger gekleidet, wie sie Mina noch nie gesehen hatte. Sie konnte sich nicht daran erinnern, wann sie ihre Freundin zuletzt in etwas anderem als der adretten Nadelstreifenbluse zur schwarzen Hose zu Gesicht bekommen hatte, die sie an der Ausleihe der Bibliothek trug.

»Hi«, sagte Alanna mit verlegener Miene. »Tut mir leid, dass ich einfach so aufkreuze, aber wie meine Grandma immer sagte, ist eine Entschuldigung nichts wert, wenn man sie nicht persönlich ausspricht.«

»Du brauchst dich für gar nichts zu entschuldigen«, sagte Mina und ließ sie herein.

Es war ein komisches Gefühl, sie im Haus zu haben. Auch wenn sie seit vielen Jahren Freundinnen waren, hatte bis jetzt immer sie Alanna besucht.

»Ich habe dich praktisch drei Wochen lang geghostet«, erklärte Alanna. Sie trat ein und sah sich mit großen Augen in der Küche um.

»Ich mache uns Tee«, sagte Mina in der Hoffnung, das Thema zu wechseln. »Ein Stück Zucker, richtig?«

»Du hast nicht zufällig Honig im Haus?«

Mina nickte. »Allerdings aus einem Laden, die Chancen stehen also fünfzig zu fünfzig, dass es Maissirup ist.«

Alanna schmunzelte. »Du solltest dir eigene Bienenstöcke zulegen. Du hast den Platz dafür.«

»Ich habe ja sonst nichts zu tun«, erwiderte Mina. Dabei hatte sie selbst schon daran gedacht. Es wäre ein Nahrungsmittel weniger, das sie in der Stadt besorgen musste, und ein guter Bienenstock würde den Ertrag ihres Gemüsegartens erheblich steigern. Noch eine Entschuldigung, niemals wegzugehen.

Sie verfielen in verlegenes Schweigen, während Mina die Teeblätter in die Kanne schüttete und mit Wasser aufbrühte. Sie legte die Hände um die Kanne, während sie den Tee ziehen ließ, und genoss die angenehme Wärme. Meistens fand sie Small Talk mühsam bis zähflüssig, doch Alanna hatte mit ihrer Sozialkompetenz immer die Lücken gefüllt. Jetzt saß sie einfach nur auf einem Hocker und sah bedrückt aus.

Mina schob ihr den Tee hin und hoffte, dass ihre Freundin früher oder später mit dem wahren Grund für ihren Besuch herausrückte.

»Ich habe meinen Jahresurlaub beantragt«, sagte Alanna und nippte an ihrem Tee, als hoffe sie auf einen Schuss Rum. »Ich werde ins Northern Territory fliegen und Keva besuchen.«

»Oh«, antwortete Mina. »Dann hast du sie doch noch telefonisch erreicht?«

»Nein«, räumte Alanna ein.

Mina stöhnte innerlich auf. Sie hatte also vor, ihre Schwester einfach so zu überfallen, so wie Lane sie bei ihrer ersten Begegnung. Aber das hatte sich zum Guten gewendet, oder?

»Ich wollte fragen, ob du, ähm, vielleicht, ähm …«

»Deine Pflanzen gieße?«

»Mitkommst.«

Mina verschluckte sich an ihrem viel zu heißen Tee. »Ins Northern Territory?«

Der Gedanke machte ihr Angst. Alanna wollte, dass sie diese weite Reise mit ihr unternahm und heillos in den Kummer der Rennolds hineingezogen wurde? Sicher, sie waren Freundinnen. Enge Freundinnen. Beste Freundinnen. Aber war Mina deshalb verpflichtet, so etwas für sie zu tun? Sie fühlte sich an die Selbsthilfegruppe erinnert. Sie hatte sich in der Hoffnung darauf eingelassen, ihrerseits Hilfe zu bekommen, und sich schon nach kurzer Zeit mit Erwartungen und Schuldgefühlen konfrontiert gesehen. »Was ist mit deiner Mutter?«

Alanna zuckte mit den Achseln. »Ich halte es für besser, dass ich den Anfang mache. Falls es wirklich … Falls etwas dran ist, können wir Mum zum richtigen Zeitpunkt einbeziehen.«

»Und wann?«, fragte Mina in der Hoffnung, für den Zeitraum schon eine Entschuldigung zu haben, auch wenn nichts weiter als ihr Telefonjob und die Farmarbeit in ihrem Kalender stand.

»Ich hatte gehofft, sofort abzureisen, aber meine Chefin hat so schnell keine Vertretung für mich gefunden. Sie gibt mir erst die erste und zweite Aprilwoche frei.«

»Das ist trotzdem schon sehr bald«, bemerkte Mina. Sie sah auf ihren Wandkalender. Gott, bis zum ersten April war es keine Woche mehr. »Dann wäre ich zu meinem Geburtstag weg.« Sie zuckte bei ihren eigenen Worten zusammen. Die Entschuldigung war so fadenscheinig wie beleidigend. Vor allem aber war sie darüber schockiert, wie sehr sie sich instinktiv dagegen sträubte, so weit von zu Hause weg zu sein. Was, wenn gerade in der Woche … was? Was glaubte sie denn, was in ihrer Abwesenheit passieren sollte?

»Gut! Dann könnten wir ihn richtig feiern. Zum Beispiel mit einer von diesen Uluru-Sunset-Touren. Wir trinken Champagner und stören die Leute mit Zwischenrufen beim Aufstieg.«

»Ich kann hier nicht einfach so weg«, protestierte Mina. »Es gibt jede Menge Arbeit, und ich habe Echo und die Tiere …«

»Könnten die Tamms nicht für die Zeit einspringen?« Alanna holte hörbar Luft. »Ich weiß nicht, ob ich es allein schaffe.«

Bevor sich Mina zu einer weiteren Ausrede aufschwingen konnte, ertönte zum zweiten Mal die Alarmanlage.

»Was ist das?«, fragte Alanna.

»An den Toren befindet sich ein Sensor; er springt an, wenn jemand vorfährt«, erklärte Mina. »Das muss Lane sein.«

Alanna fielen die Augen aus dem Kopf. »Er kommt hier ins Haus?«

»Nicht hier rein. Aber ich habe ihm erlaubt, sich umzusehen. Immerhin hat er dir geholfen.« Alanna wirkte nicht überzeugt. Bevor sie etwas sagen konnte, schrillte es wieder, diesmal ein zweifacher Ton, was bedeutete, dass jemand zum hinteren Tor in der Nähe des Tamm-Hauses hereingefahren war.

Und dann schon wieder.

»Ich glaube, die ist kaputt«, sagte Alanna und wedelte mit der Hand vor dem Bedienfeld an der Wand, als versuche sie, Küchendämpfe von einem empfindlichen Rauchmelder zu vertreiben.

»Nein«, brachte Mina mühsam heraus, während sich in ihrer Kehle ein Ballon aufzublähen schien. »Das sind vier Autos. Eins kommt die Auffahrt hoch, die anderen drei auf dem Weg hinterm Haus.«

Jemand klopfte an die Tür, so energisch, als wolle er sie aus dem Rahmen reißen. Alanna sprang auf, Mina rannte hin und spähte durch den Spion.

Sergeant Emily Starrett stand auf der Eingangsveranda. Sie trug keine Uniform – nur eine Businesshose mit Bügelfalte und eine weiße Bluse –, aber das war nicht ungewöhnlich.

Sie machte ein ernstes Gesicht, das schlechte Neuigkeiten verhieß. Mina musste sofort an ihren Vater denken: Sein Camper-Van hatte sich irgendwo zwischen Cairns und Townsville überschlagen. Als Nächstes kam ihr der kühne Gedanke, einfach nicht aufzumachen und den Moment, in dem sie noch nichts davon wusste, bis in alle Ewigkeit auszudehnen. Sie holte tief Luft und machte auf.

»Darf ich reinkommen?«, fragte Starrett.

»Natürlich.« Mina trat zur Seite. Sie sollte ihr Kekse anbieten, noch eine Kanne Tee aufbrühen. Doch sie brachte kein Wort heraus. Sie sah Starrett einfach nur an und wartete auf die Schocknachricht.

»Es sind einige neue Informationen ans Licht gekommen«, sagte die Polizistin. »Ich habe weitere Beamte zum hinteren Tor geschickt.«

»Ich weiß«, sagte Mina. Sie konnte ihre eigene Stimme hören, hatte aber nicht das Gefühl, Teil dieser Unterhaltung zu sein, sondern sie aus der Ferne zu verfolgen. Alanna trat neben sie, nahe genug, um sie, wenn nötig, in die Arme zu nehmen. Mina kannte diese Geste aus der Selbsthilfegruppe: Jemandem, der unter hohem emotionalem Stress stand, beizuspringen, wenn man gebraucht wurde. Sie selbst war nicht so ein Mensch.

»Wir holen Hendrik zu einer Befragung aufs Revier«, sagte Starrett behutsam.

»Hendrik?«, fragte Mina nach.

»Jemand hat uns zwingende Beweise dafür vorgelegt, dass Hendrik am Abend des 30. April 1999 in Nannine war«, erklärte Starrett. »Im Moment ist es noch ein Indizienbeweis, aber der Umstand, dass er uns angelogen und diese Lüge zwanzig Jahre lang aufrechterhalten hat … ist vielsagend.«

»Entschuldigen Sie mich«, sagte Mina, kehrte Starrett den Rücken zu und ging ohne Eile durch den Flur zur Gästetoilette. Fast hätte sie es bis zum Waschbecken geschafft.

Aber nur fast, und so erbrach sie sich quer über die blauen Bodenfliesen ihrer Mutter.

Als ihr Magen leer war, schaffte sie das letzte Stück zum Becken. Sie spritzte sich Wasser ins Gesicht und spülte sich den Mund.

Jemand berührte sie an der Schulter. Sie dachte an Alanna, doch als sie sich umdrehte, sah sie, wie sich Starrett über sie beugte.

»Kann ich Ihnen helfen?«, fragte sie. Ihre mütterliche Fürsorge brachte eine Erinnerung wieder hoch, an Hendriks Frau Maggie, die wie eine beschützende Vogelmutter um sie herumflatterte.

»Sie haben mich zu den Tamms rübergebracht«, sagte sie heiser. »Für ein paar Tage. Sie meinten, das wäre weniger traumatisch für mich, solange die Polizei da war. Solange die Spurensicherung da war. Ich habe unter seinem Dach geschlafen.« Im Spiegel trafen sich ihre Blicke. Starrett schien es das Herz zu brechen. »Es tut mir leid«, sagte sie. »Ich hätte damals besser …« Sie verstummte.

Mina erfasste eine Woge des Zorns. Natürlich fiel ihr sonst nichts ein. Ganz offensichtlich waren die Beweise zu Hendriks Alibi nicht allzu gründlich hinterfragt worden. Und jetzt musste

Starrett, bei aller mütterlichen Fürsorge, ihr Department vor den negativen Konsequenzen schützen, musste jedes Wort, mit dem sie sich ein Dienstverfahren einhandeln konnten, auf die Waagschale legen.

Sie brauchte sich keine Sorgen zu machen. Ihr Vater würde sicher niemanden verklagen; und Mina wollte nur, dass es endlich vorbei war. Dieses Drama sollte keinen dritten Akt bekommen.

FÜNFUNDZWANZIG

Lane zog die Reißzwecken heraus, mit denen er seine Notizen und Fotos an die Wand geheftet hatte, und ließ seine gesammelten Erkenntnisse zu Boden flattern. Die Reißzwecken packte er wieder in die Schachtel. Die Papiere würde er schreddern und in der Wertstofftonne entsorgen, wenn er hier fertig war. Es gab keinen vernünftigen Grund, sie zu behalten. In seinem Wagen war kein Platz für Rührseligkeit.

Er strich mit den Fingerspitzen über die Landkarte und zog von Fähnchen zu Fähnchen die Linie nach. Er glaubte, alle Straßen führten hierher, nach Nannine, aber das war nicht mehr als ein ungutes Bauchgefühl.

Als er damals den Fall Fermin löste, war in seinem Siegesrausch und dem plötzlichen Geldsegen kein Platz für Enttäuschung gewesen. Als auch der Fall Tammie Peterson nicht in die erhoffte Richtung ging, war ihm von Anfang an klar gewesen, dass es nur eine kühne Vermutung gewesen war. Sein Vater war erst fünfzehn gewesen, als Tammie ermordet wurde, was es nicht unmöglich, aber unwahrscheinlich machte. Außerdem hatte er geglaubt, alle Zeit der Welt zu haben.

Jetzt blieben ihm gerade einmal ein paar Wochen. Wechselte er jetzt sofort zu einem anderen Fall, konnte er in diesem Zeitraum vielleicht etwas erreichen. Bei einigen dieser Fälle gab es die eine oder andere heiße Spur, bei anderen verfügte er bereits über Kontakte, die ihm dabei helfen würden, schnell Tritt zu fassen. Aber wenn ihm nur noch ein einziger Versuch blieb, musste er ganz sicher sein, dass sein Vater dahintersteckte. Hätte ihn jemand gefragt, welcher Fall dafür der aussichtsreichste sei, hätte er bis vor einer Woche im Brustton der Überzeugung auf den Fall Evelyn McCreery verwiesen.

Sein Unterkiefer tat weh, und er konzentrierte sich darauf, die Muskeln zu entspannen, die wegen der aufsteigenden Panik blockierten.

Er lief in der kleinen Wohnung herum und brachte ein halbes Dutzend Dinge halb zu Ende. Er warf seine Hygieneartikel in einen Plastikbeutel und ließ ihn auf dem Waschbeckenrand stehen, als ihm einfiel, dass er seine Sachen aus der Waschmaschine holen und in den Trockner packen musste. Sobald der vor sich hin surrte, lief er in die Küchenecke und sortierte seine Vorräte nach haltbaren Sachen wie Suppendosen und Pasta, die er mitnehmen konnte, und dem Rest, den er dann wegschmeißen müsste.

Er benahm sich lächerlich. Er sollte einfach zu Lynnie fahren, noch heute. Er konnte bis zur Anhörung bei ihr bleiben und alles daransetzen, dass sie sich sicher fühlte, und mit ihr wegziehen, falls es doch noch anders kam als erhofft. Falls er das Belohnungsgeld doch schon früher ausgezahlt bekam, konnten sie sich eins von diesen Visa für die Vereinigten Staaten oder Europa kaufen, wie sie nur reiche Arschlöcher bekamen. Sein Vater durfte bis zum Ende seiner Bewährungszeit New South Wales nicht verlassen, und mit seinem Vorstrafenregister ließen ihn viele Länder auch dann nicht herein.

Aber dass ihr Vater ihnen beiden folgte, war nicht seine größte Angst. Und auf der ganzen Welt gab es keinen Ort, an dem Lynnie nicht abends ins Bett gehen und auf das Geräusch des sich drehenden Türknaufs horchen würde.

Als der Wäschetrockner piepste, zuckte er so heftig zusammen, dass er sich die Schulter an der Wand stieß. Er zog seine Reisetasche ins Bad und rollte dabei die Schulter gegen die Schmerzen. Er warf die noch warmen frischen Shirts und Shorts zu den Winterklamotten, die er nie hatte auspacken müssen.

Er zog langsam den Reißverschluss zu und atmete im gleichen Tempo aus. Er genoss die Wärme an der Hand, die seine Kleidung durch den Stoff der Tasche abgab. Als er im nächsten Moment das plötzliche Bedürfnis verspürte, seinen Frust an etwas auszulassen, schlug er mit voller Wucht auf die Tasche ein, die jedoch nur ein Stück über den glänzenden Fliesenboden rutschte und unbeschadet stehen blieb. Er richtete sich auf und holte mit dem Fuß aus.

Ein Geräusch ließ ihn aufhorchen, und er erschrak zu Tode, als er, die untergehende Sonne im Rücken, Mina im Türrahmen stehen sah.

Er rührte sich nicht und starrte auf die Tasche vor seinen Füßen. Sein keuchender Atem war nicht mit dem Packen seiner bescheidenen Habe zu erklären, das war ihm klar.

Mina musterte ihn von oben bis unten, bevor ihr Blick zur Reisetasche und von dort zu den kahlen Wänden wanderte. Er erinnerte sich nur zu gut an ihren angewiderten Gesichtsausdruck, als sie seine Wohnung das erste Mal betreten und ihr das Gesicht ihrer Schwester von allen Wänden entgegengeblickt hatte. Jetzt war sie offenbar genauso entsetzt darüber, dass sie verschwunden war. Er konnte es ihr nicht recht machen.

»Wieso packen Sie Ihre Sachen?«, fragte sie.

»Ich …« Mit dieser Situation hatte er nicht gerechnet. Er hatte vorgehabt, ein paar Zeilen für Mina bei Starrett zu hinterlassen, da ihm ansonsten nichts anderes übrig geblieben wäre, als zu ihr rauszufahren und sich persönlich von ihr zu verabschieden, und sie hätte sich bestimmt darüber gewundert, dass er die Mühe auf sich nahm. »Ich muss weg.«

»Das geht nicht«, sagte sie und war von ihrem angespannten Ton selbst überrascht. »Es ist alles andere als vorbei. Das ist nur der Anfang. Hendrik hat noch nicht gestanden, und wir müssen schließlich immer noch die … Leiche finden.« Sie schluckte. »Ihre Leiche.«

»Das muss jemand anders übernehmen«, sagte Lane. »Ich kann Ihnen die Namen von ein paar Forensik-Spezialisten geben, falls die Polizei Hilfe braucht, aber nach meiner Erfahrung ist es denen lieber, wenn ich ihnen nicht in die Quere komme.«

»Ich will nicht, dass du gehst«, sagte sie und wunderte sich selbst mindestens so über ihre Worte wie er. Und wahrscheinlich meinte sie auch, was sie sagte.

»Willst du reinkommen?«, fragte er, weil ihm nichts Besseres einfiel.

In dem Moment, als sie zur Tür hereintrat, erkannte er, dass es ein Fehler war. Ohne das blendende Licht hinter ihr sah er ihre dunklen Augenringe und die geröteten Wangen. Da er ihr keine Sitzgelegenheit anbieten konnte, musste er auf sein Bett verweisen, das ihm zugleich als Sofa diente.

Er ging in die Küchennische und füllte ein Glas mit dem leicht kupferfarbenen Leitungswasser. »Ich halte immer gerne weiter Kontakt, wenn meine Fälle gelöst sind«, sagte er über die Schulter. »Falls erforderlich.«

Ein paar Familien blieben tatsächlich pro forma in Verbindung und schickten ihm zu Weihnachten eine E-Mail oder gelegentlich auch zum neuen Jahr eine SMS. Die meisten verabschiedeten sich mit einem festen Händedruck und vergaßen ihn. Sie hielten es für genauso überflüssig, mit ihm in Kontakt zu bleiben wie bei einem Handwerker, der ihre Fußbodenleisten erneuert hatte, oder dem Zahnarzt, der die Zahnspangen der Kinder überwachte. Er war zu einem spezifischen Zweck in ihr Leben getreten und wieder daraus verschwunden.

»Das fände ich schön«, sagte sie und nahm mit einem zaghaften Lächeln das Glas entgegen.

Lane rieb sich mit der Hand über die Brust. Egal, was das hier werden sollte, es ging nicht. Bis gestern hatte er geglaubt, Lynnie und Mina gleichzeitig helfen zu können. Doch jetzt führten die Wege in unterschiedliche Richtungen, und Lynnie musste Vorrang haben.

»Ich halte dich auf dem Laufenden, okay? Wenn ich dir etwas mitteilen will, brauche ich wahrscheinlich nur eine kleine Anzeige in der *Mid West Post* aufgeben.«

Es war ein blöder Witz, aber Hauptsache, er rettete die heikle Situation zwischen ihnen.

Sie nahm sein Handy vom Nachttisch. »Du hättest meine Nummer finden können, wenn du es versucht hättest. Der Presse ist das immer gelungen.«

Natürlich hätte er das. Es hätte ihn ein paar Minuten gekostet. »Ich rufe nicht unter einer Nummer an, die ich nicht haben soll.«

»Ha.« Sie tippte lächelnd etwas in sein Handy und drückte auf Speichern. »Da.«

Er nahm sein Handy wieder an sich und fühlte sich irgendwie geehrt. Bestimmt hatten nicht viele Menschen auf der Welt diese Nummer.

Sie trank einen Schluck Wasser und wirkte ein wenig gefasster. Ihr Gesicht war nicht mehr ganz so gequält.

»Nicht, dass ich etwas gegen den Besuch habe«, sagte er, »aber wolltest du etwas Bestimmtes?«

»Ich war einfach rastlos und dachte, ich lasse mich mal bei Alanna in der Bibliothek blicken«, sagte sie. »Aber ich kam an deiner Straße vorbei und« – sie starrte in ihr Wasserglas – »ich dachte, ich komme mal auf einen Sprung hoch, und wir reden über das Geld.«

Er wusste, dass das eine Ausrede war. Wenn der Anwalt ihrer Familie kein völlig nutzloser Trottel war, hatte er Mina davor gewarnt, mit ihm über Geld zu sprechen, aus Sorge, sie könnte unbedacht etwas sagen, was ihr als juristisch verbindliches Versprechen ausgelegt werden könnte. Das hier wäre nicht seine erste Belohnungsauszahlung, wenn auch die erste in einer so stattlichen Höhe, und er bezweifelte, dass die Abwicklung mit jeder zusätzlichen Null weniger strittig würde.

»Sicher«, sagte er. »Wann kommt dein Vater zurück?«

»Starrett hat ihn gerade erst erreicht«, antwortete sie. »Ich hatte wahnsinnige Angst, er würde es aus den Nachrichten erfahren.

Sein Flieger landet um elf, dann sind es noch ein paar Stunden Fahrt.«

»Mein Gott, die Medien«, sagte Lane. »Wann gibt Starrett ihre Presseerklärung?«

»Einerseits versucht sie, es noch eine Weile rauszuzögern, damit sie am Flughafen nicht über Dad herfallen, andererseits will sie vermeiden, dass es vorher an die Presse durchsickert. Wahrscheinlich geht sie heute Abend an die Öffentlichkeit, und dann kommen die Sendewagen, um es im Frühstücksfernsehen zu bringen.« Sie schloss die Augen, und etwas in ihm geriet ins Wanken. »Du machst dir keine Vorstellung davon, wie das ist, wenn sie einen da draußen am Tor belagern.«

»Bleib hier«, sagte er. Sie spannte die Schultern an und ballte die Hände auf den Knien zu Fäusten. Er hob die Arme. »Nicht bei mir«, stellte er hastig klar. »Ich ziehe aus. Die Wohnung steht dann leer, du kannst sie ebenso gut benutzen.«

»Du ziehst hier einfach die Tür hinter dir zu, obwohl du noch Miete zahlst?« Sie runzelte die Stirn. »Gibt es einen Haftbefehl gegen dich, oder was ist los?«

»Nein.« Er seufzte. Wieso schenkte er ihr nicht einfach reinen Wein ein? Wenn sich Evelyn McCreery gerade eben als eine weitere Sackgasse erwiesen hatte, wollte er nicht länger daran herumpfuschen. Und es hatte fast etwas Tröstliches zu wissen, dass Mina wahrscheinlich mit einer abfälligen, brüsken Bemerkung reagieren würde, statt Verständnis zu zeigen. »Nach dem Uniabschluss habe ich sofort meine Ausbildung bei der Bundespolizei angetreten«, sagte er. Ihrem Gesichtsausdruck nach war ihr das nicht neu und für ihn die Bestätigung, dass sie zu ihm und seinen Qualifikationen recherchiert hatte. Wie viel hatte sie wohl herausgefunden?

»Aber ungefähr zur Halbzeit wurde ich eines Tages wegen eines dringenden Anrufs geweckt.«

Wie aufs Stichwort klingelte sein Telefon, und vor Schreck zog es ihm das Herz zusammen. Sie fuhren beide zu dem Geräusch herum und hatten, während sie auf das Handy zwischen ihnen auf der Bettdecke starrten, wahrscheinlich ein und denselben Gedanken: Rief ihn jemand an, weil er seinen Namen in den Nachrichten gehört hatte?

Er nahm es und rechnete mit dem Profilbild seiner Schwester, doch auf dem Display leuchtete eine andere vertraute Nummer auf. Alanna Rennold.

»Lane«, meldete sie sich, bevor er ein Wort sagen konnte. »Ich habe gerade einen hysterischen Anruf von Liam McCreery bekommen. Mina geht zu Hause nicht ans Festnetztelefon, und, na ja, ich kann ja wohl schlecht bei den Tamms anrufen. Ich weiß, das ist ziemlich viel verlangt, aber könnten Sie vielleicht rausfahren und …«

»Mina ist hier.« Er stellte den Anruf auf laut. »Wie meinen Sie das, Mr McCreery hätte Sie angerufen? Der müsste doch im Flieger sitzen.«

»Vielleicht schalten Sie mal die Nachrichten ein«, erwiderte Alanna. »Ich gebe Liam Ihre Nummer«, fügte sie hinzu und trennte die Verbindung. Er griff nach der Fernbedienung zu dem alten Fernseher, der ihm mit der Wohnung zur Verfügung gestellt worden war, diese Art Mini-Flachbildschirm, wie man sie beim Kauf eines großen oft als Zugabe bekam. Mina war schneller und drückte auf die Einschalttaste. Glücklicherweise war das Gerät schon auf einen 24-Stunden-Nachrichtenkanal eingestellt und nicht auf den DVD-Player.

Zu seiner Überraschung erschien nicht Evelyns Foto auf dem Bildschirm. Vielmehr drehte sich der laufende Bericht um einen Dopingskandal, während allerdings auf dem Nachrichtenticker am unteren Bildschirmrand zu lesen war: BRISBANE – FLUG DURCH AGGRESSIVEN FLUGGAST ZUR UMKEHR GEZWUNGEN.

»Na klasse, das hat uns gerade noch gefehlt«, sagte Mina. »Dass Dad in einem anderen Bundesstaat festsitzt.«

Für einen Moment gefror dem Moderator das Lächeln auf den Lippen, bevor er vom Alltags- in den Krisenmodus wechselte.

»Mehr dazu später. Wie wir soeben erfahren, handelt es sich bei dem Passagier, der einen Qantas-Flug fünfzehn Minuten nach dem Start zur Umkehr zum Flughafen Brisbane gezwungen hat, um Liam McCreery, den Vater von Evelyn McCreery, die 1999 aus ihrem Elternhaus in Central New South Wales spurlos verschwunden ist. Ein Sprecher der örtlichen Polizei Nannine hat für 17:15 Uhr eine Pressekonferenz einberufen, und wir schalten im Lauf des Abendprogramms live dazu.«

Hier wechselte der Sender zu Evelyn-McCreery-Archivmaterial, und Lane machte den Apparat aus.

»Mist. Scheiße. Verdammt«, sagte Mina in seltsam ausdruckslosem Ton und schob den Rest ihres überschaubaren Repertoires an Flüchen gegen den Sender hinterher. »Ihr Arschlöcher … Diese Reise war Dads Chance, von dem ganzen Mist mal Abstand zu bekommen.«

»Und ich dachte, du versuchst, davon Abstand zu bekommen, indem du dich nicht vom Fleck rührst«, sagte Lane.

Damit entlockte er ihr tatsächlich ein Lachen, und er war stolz darauf, auch wenn es ein Zufallstreffer war.

»Davon kommt man nicht weg«, sagte Mina. »Der Schatten wandert immer mit, ob man wie meine Mutter darunter ein verfluchtes Picknick veranstaltet oder wie mein Vater versucht, davor wegzulaufen. So oder so reagiert man immer auf den Schatten.«

Als Lanes Handy klingelte, warf er es ihr hin, ohne auch nur aufs Display zu schauen.

»Dad«, meldete sie sich bedrückt und stellte das Gespräch auf laut. Sie hatte es aufgegeben, Lane etwas vorzumachen.

Liam McCreerys Stimme hallte blechern durch den Raum.

»Ach, mein Schatz.« McCreery war hörbar am Boden zerstört. Man konnte seinen keuchenden Atem hören. »Hendrik hat deine Schwester nicht umgebracht, Mina.«

»Aber er hat uns zwanzig Jahre lang belogen, Daddy«, entgegnete Mina.

»Ich auch«, sagte McCreery. »Ich weiß, dass er deiner Schwester nichts getan hat, weil ich für jede Minute der Nacht, in der sie verschwunden ist, für ihn bürgen kann. Es tut mir so leid. Es tut mir leid. So unendlich leid.«

Minas Gesicht gab keine Regung preis. »Du hast auch darüber gelogen, wo du in der Nacht warst?«

»Nein, Schatz …«

»Hör auf, mich Schatz zu nennen!«, schrie sie.

»Ist gut. Nein, ich war, so wie ich gesagt habe, in Sydney, als deine Mutter am Samstagmorgen anrief. Hendrik auch. Wir beide.«

Lane erfasste eine Woge der Erleichterung. Natürlich musste die Polizei diese Behauptung noch überprüfen – vermutlich gründlicher, als sie Hendriks erstes Alibi unter die Lupe genommen hatten –, doch wenn McCreery die Wahrheit sagte, war der Fall wieder völlig offen.

»Bitte versuch, mich zu verstehen. Was hätte ich denn machen sollen? Du und deine Mutter, ihr wart mit einer unerträglichen Situation konfrontiert. Und ich auch. Hätte ich euch da noch einen weiteren Schlag versetzen sollen? Ich weiß, dass die Wahrheit für die Ermittlungen keinen Unterschied gemacht hätte, weil keiner von uns beiden in der Nacht irgendwo in der Nähe des Hauses war.« Seine Stimme schwankte. »Hendrik hatte seine Kreditkarte an seinen Cousin geschickt, damit seine Frau, falls sie das Konto überprüfte, wie erwartet Einkäufe in Adelaide zu Gesicht bekam. Die hat er der Polizei gezeigt. Hätte er das nicht getan und hätten wir die Wahrheit gesagt, dann hätte die Polizei so viel kostbare Zeit auf uns verschwendet, und es hätte fünf Menschen das Herz gebrochen. Es war die richtige Entscheidung, Mina.«

Trotz seiner hörbaren Verzweiflung kamen ihm die Worte selbst aalglatt über die Lippen, und Lane fragte sich, wie oft Liam diese Ansprache eingeübt hatte – nicht erst jetzt, sondern über die letzten zwanzig Jahre. Wie oft er sie sich im Dunkeln vorgeflüstert hatte.

»Danke, dass du mir die Wahrheit sagst«, erwiderte Mina. Ihr Ton war jetzt wieder unbeteiligt, und sie starrte an die Wand, an der die Fotos gehangen hatten. »Du musst sofort Starrett anrufen, bevor sie mit der Pressekonferenz beginnt.«

Lane saß auf dem Bett und hatte weiche Knie. Zu seinem ungläubigen Staunen lehnte sich Mina an ihn. So an seine Seite geschmiegt, fühlte sie sich viel wärmer an, als er erwartet hätte. Er legte ihr den Arm um die Schulter und drückte sie an sich.

»Okay, Schatz … mache ich«, sagte Liam. »Die Airline hat mir schon für den nächsten Flug einen Platz reserviert. Heute Abend bin ich bei dir.«

»Ich denke, es wird das Beste sein, wenn du bleibst, wo du bist«, erwiderte Mina, immer noch in diesem gleichgültigen Ton. »Ich denke, das ist die richtige Entscheidung.«

SECHSUNDZWANZIG

MyMurder-Forum

Unterforum: Evie McCreery

Thread: Die Pressekonferenz, die abgeblasen wurde: Theorien, Gerüchte, was wir wissen

Inspektor: Also, die Sache stinkt. Ich hatte es mir mit einer Tasse Tee gemütlich gemacht und gewartet, dass es anfängt – kann mich nicht erinnern, wann ich das letzte Mal Free-TV gesehen habe, ich musste erst den Sender suchen –, und dann nichts. Nicht mal eine Erklärung, wieso sie abgeblasen wurde.

VolcanicJudo: Der Nachrichtensprecher schien sich in Grund und Boden zu schämen. Ich schätze mal, bei dem Stichwort »Evie McCreery« haben sie sich ein bisschen zu früh gefreut und sind vorgeprescht. Wahrscheinlich hat sich dann herausgestellt, dass es sich bei der »Nachricht« allenfalls um so was wie eine Pressemeldung zu einer Neuauflage von Bevs Buch handelt.

Waffletoid: Glaube ich nicht. Es hieß, die Pressekonferenz hätte die Polizei anberaumt und nicht die Familie. Irgendwas ist da passiert, und aus irgendeinem Grund haben sie in letzter Minute einen Rückzieher gemacht. Ihr braucht euch nur mal die Kommentare zu *diesem* Artikel anzusehen, da ist ein User, der in Nannine wohnt und schreibt, ein Privatdetektiv wäre in der Stadt, der den Fall neu aufrollt.

Zweimal hatte Lane mitternächtliche Anrufe bekommen, die sein Leben gehörig ins Schleudern brachten. Das erste Mal war er noch Polizeikadett gewesen und hatte sich mit Hängen und Würgen durch ein mörderisches Ausbildungsprogramm gequält, das ihm eine strahlende Zukunft mit festem Gehalt, Jahresurlaub und

Pensionsberechtigung versprach. Doch dann wurde er aus dem Tiefschlaf gerüttelt und ins Büro ans Telefon geholt.

»Lane«, sagte seine Mutter in einem so verzweifelten Ton, dass er nur den einen Gedanken fassen konnte, Lynnie sei etwas zugestoßen. »Lane, Daddy ist verhaftet worden.«

»Dein Vater?«, fragte Lane benommen. Sein Großvater lebte in einem Altenpflegeheim in Young. Kaum vorstellbar, dass er etwas ausgefressen haben sollte.

»Nein, *dein* Vater. Dad.«

Sein erster, beschämender Gedanke war die Frage, ob damit seine Karriere im Eimer war, bevor sie angefangen hatte. Es sollte tatsächlich so kommen, wenn auch nicht so, wie er in diesem Moment dachte. »Weswegen?«

»Autodiebstahl.« Sie schniefte. »Er hat einen BMW vom Parkplatz eines Restaurants gestohlen. Aber die Polizei sagt, er hätte die Adresse des Halters im Handschuhfach gefunden, und jetzt wollen sie ihm auch noch versuchten Einbruch anhängen. Offenbar hatte er auf dem Beifahrersitz einen Stadtplan liegen, der auf der Seite mit der richtigen Straße aufgeschlagen war.«

»Mist«, erwiderte Lane und rieb sich die Augen. Bei nüchterner Betrachtung war es wahrscheinlich das Beste, was seiner Mutter passieren konnte, wenn der Mann hinter Schloss und Riegel käme, aber das hätte sie in diesem Moment sicher nicht hören wollen. »Haben sie ihm einen Anwalt gegeben?« Nachdem er schon gewisse Bewährungsauflagen hatte, würde ihm Fahrzeugdiebstahl drei Jahre einbringen, mindestens. Vielleicht auch mehr, erst recht, wenn die Einbruchsklage vor Gericht standhielt. Das wäre gut; es würde Lane Zeit verschaffen, um ein paar Jahre als Polizist zu arbeiten, etwas Geld für die beiden beiseitezulegen und dafür zu sorgen, dass seine Mutter in Psychotherapie kam. Das war eine gute Nachricht. Eine großartige Nachricht.

»Deshalb rufe ich an«, fuhr sie fort. »Du weißt, dass Dad sich immer um die Finanzen gekümmert hat …«

Das war ein Euphemismus für: *Er sackt jeden Cent ein, sodass ich nicht genug zusammenkratzen kann, um ihn zu verlassen.* »Ich kann dir kein Geld für einen Anwalt schicken, Mum. Das habe ich nicht.«

»Sagt auch keiner, lass mich ausreden«, antwortete sie gereizt. Er hörte sie weinen. »Tut mir leid. Leg nicht auf, Schatz.«

»Hatte ich auch nicht vor.« Lane kam sich wie ein Arschloch vor. »Was wolltest du mir sagen?«

»Ich bin an seinen Laptop gegangen, um die Zugangsdaten für die Bankkonten zu finden. Ich habe mich durch seine Dateien gewühlt.«

»Und was hast du gefunden?«, fragte Lane. Er bekam Ohrensausen.

»Fotos«, würgte sie heraus.

»Hat er eine Affäre?«, hakte Lane hoffnungsvoll nach. Bitte lass es Fotos von einer erwachsenen Frau sein. Oder auch von einem erwachsenen Mann, egal.

»Lane«, wimmerte seine Mutter, und seine Hoffnung hatte sich erledigt.

In dem Moment fühlte er sich, als sei er aus sich herausgetreten und verfolge das Gespräch von der Zimmerecke aus. »Es wird alles gut, Mum.«

»Ich sollte sie wohl am besten löschen, oder?«, fragte seine Mutter leise.

»Was? Nein!« Panik durchzuckte ihn. »Du darfst sie auf keinen Fall löschen.«

»Er kommt doch auch so schon ins Gefängnis. Wir müssen uns doch nicht auch noch damit herumschlagen. Für Lynnie würde es die Sache doch nur noch schlimmer machen, wenn das alles vor Gericht gezerrt würde?«

Irgendwo in seinem Hinterkopf sah er alles – wie seine Mutter die Fotos löschte und sich dabei einredete, damit doch nur Lynnie zu schützen und nicht ihren Vater. Er käme ins Gefängnis und nach drei Jahren, bei guter Führung vielleicht sogar nach zwei, wieder raus. Und sie würde dort, mit Lynnie auf dem Rücksitz, auf ihn warten, denn seine gerechte Strafe abzusitzen hatte ihm doch sicher eine Lehre erteilt.

Sie hatte mit angesehen, wie er seinem eigenen Sohn – *ihrem* Sohn – buchstäblich das Gesicht zertrümmert hatte, und es über sich gebracht, zu vergeben und zu vergessen. Genauso würde sie ihm vergeben, was er Lynnie angetan hatte. Das durfte er nicht zulassen. Dazu hatte sie kein Recht.

»Tu gar nichts«, sagte er. »Bleib einfach, wo du bist. Ich komme rüber, ich fahre gleich los, ich kümmere mich um alles, okay?«

»Aber du hast bestimmt keine Erlaubnis, die Kaserne zu verlassen, oder?«, fragte sie, klang jedoch erleichtert. Jemand nahm ihr den Schlamassel ab.

Er legte auf und blieb in dem dunklen Büro sitzen, bis seine Knie nicht mehr zitterten. Dann griff er erneut zum Telefon und wählte die Nummer der Polizei von New South Wales.

* * *

Er wollte glauben, dass sie die letzten sechs Jahre ihres Lebens in Frieden verbracht hatte. Sie zog mit Lynnie nach Byron Bay und blieb dort länger an einem Ort denn je zuvor. Er malte sich gerne aus, wie die beiden bei Sonnenuntergang am Strand geröstete Marshmallows aßen, wie Lynnie nachts unbeschwert bei offenem Fenster schlief und seine Mutter draußen an einem Tisch saß und ihre letzte Zigarette des Tages rauchte, während ihr eine Meeresbrise um die Wangen strich. Er wollte einfach glauben, dass es glückliche Jahre gewesen waren. Sicher wusste er es nicht, weil seine Mutter nie wieder mit ihm gesprochen hatte, nachdem die Polizisten vor der Tür standen, um den Laptop zu holen.

Aber es war die Sache wert. Denn sechs Jahre später bekam er wieder einen Anruf mitten in der Nacht, diesmal von einem Sozialarbeiter, der sich aus der Notaufnahme des städtischen Krankenhauses Byron meldete. Seine Mutter war auf dem Weg vom Supermarkt zum Campingpark von einem Betrunkenen am Steuer überfahren worden. Und wenn Lane Holland Senior nur für Autodiebstahl eingesessen hätte, wäre er da schon wieder auf freiem Fuß gewesen und hätte den Anruf entgegennehmen können.

* * *

Lane lag wach. Jeder Klumpen in seiner Matratze fühlte sich wie eine Eisenkugel an. Er bereute es, den Anruf gegenüber Mina nicht erwähnt zu haben. Er hatte alles wieder neu aufgerollt, und da lag er nun und ächzte unter dem Gewicht jedes vergeudeten Tages. Er drehte sich auf die Seite und sah zu, wie auf seinem Handy Minute um Minute verstrich. Bis es endlich früher Morgen war und er aufstehen konnte. Um Punkt sieben klingelte das Handy in seiner Hand, so als hätte Lynnie in Canberra genau dasselbe getan und auf eine akzeptable Zeit gewartet.

Er verdrängte das schlechte Gewissen dafür, sich mehrere Tage lang nicht bei ihr gemeldet zu haben. So kurz vor der Anhörung hätte er mit ihr regelmäßig Kontakt halten sollen. Aber er war sich nicht ganz sicher, mit der Nachricht über Hendrik Tamm hinter dem Berg halten zu können, und er wollte ihr jetzt nicht auch noch die Enttäuschung aufbürden, das Belohnungsgeld zu verlieren. Dabei rief er sich ins Gedächtnis, dass es keinen Grund gab, enttäuscht zu sein. Das hier war ein Fortschritt. Eine Lüge, eine Verschleierung weniger, und wer weiß, was dabei noch alles ans Licht kommen würde.

»Hey, was gibt's?«

»Ach, nichts, wollte nur ein bisschen quatschen«, sagte sie und holte mit diesem Zittern Luft, das verriet, dass man entweder gerade geweint hatte oder in Tränen auszubrechen drohte.

»Ist schon okay, wenn du dich mies fühlst«, sagte er.

»Ich fühle mich nicht mies«, beteuerte sie. »Ich habe nur viel zu tun. Die Klausuren stehen schon bald an, ist das zu fassen?«

»Wow, echt?«

»Ja.«

»Und was hast du für ein Gefühl? Kommst du gut durch?«

Ihre Stimme klang jetzt fester. »Glaube schon, ja. Ich genieße das Studium. Es ist leichter als an der Schule; ich kann mir aussuchen, was ich machen möchte, also kein Mathe mehr.«

»Ja, war bei mir auch so im ersten Jahr. Du arbeitest hoffentlich nicht zu hart. Bekommst du auch genug Schlaf? Und isst du vernünftig?« Damit begab er sich auf einem Umweg auf gefährliches Terrain.

»Alles gut. Hey, das glaubst du jetzt nicht«, sagte Lynnie, »beim Einkaufen neulich bin ich dieser Frau über den Weg gelaufen, der du auf Instagram hinterherhechelst.«

»Ich habe nicht die leiseste Ahnung, was du meinst«, erwiderte Lane.

»Die Blonde«, half sie ihm auf die Sprünge. »War echt bizarr, ihr hier in Canberra zu begegnen.«

»So bizarr auch wieder nicht; sie wohnt in Yass. Und im Übrigen hechle ich ihr nicht hinterher. Sei nicht geschmacklos.«

»Hey, entspann dich, okay? Solange du ihr keine Nachrichten schickst und ihr anbietest, Fotos von ihren Füßen zu kaufen, ist alles gut. Du darfst ein paar komische kleine Crushes haben. Ich bin erwachsen, wir leben nicht mehr zusammen, du brauchst also nicht länger so zu tun, als ob Sex ein Fremdwort für dich wäre, so sehr ich das immer zu schätzen gewusst habe.«

»Ich habe gar nicht …« Lane seufzte laut. »Was soll das hier eigentlich werden?«

Er wusste es genau. Sie versuchte mit aller Macht, sich unbeschwert zu geben, und er spielte mit.

»Ich sehe mir ihre Seite nicht an, weil ich auf sie stehe, okay? Es ist kompliziert.« Er schluckte seine Verlegenheit herunter. Hatte er sie tatsächlich so oft aufgerufen, dass es Lynnie nicht nur aufgefallen war, sondern dass sie Alexandra sogar auf der Straße erkannt hatte?

»Obwohl ich es andererseits doch wieder ein klitzekleines bisschen gruselig finde, schließlich ist sie ungefähr in meinem Alter. Du warst schon an der Highschool, als sie geboren wurde. Du könntest ihr Dad sein.« Lynnie schwieg. »Mein Gott, du bist doch nicht etwa ihr Dad, oder?«

Lane kniff sich in den Nasenrücken. »Nein.«

»Weil ich nämlich keine Ahnung habe, was du in den Jahren damals so getrieben hast, außer dass du und Mum und … außer dass ihr alle ständig auf Achse wart. Du könntest überall Kinder haben.«

»Habe ich nicht, da bin ich mir absolut sicher, und selbst wenn, Alexandra würde nicht dazugehören.«

»Gut, denn als ich sie sah, hat sie sich nach Kinderwagen umgeschaut.«

»Und was hattest du in einem Babyladen zu suchen?«

»Ich war bei Target und habe nach einem richtigen Mantel gesucht, denn der, den ich von zu Hause mitgebracht habe, ist höchstens zu Dekorationszwecken zu gebrauchen. Die Damenbekleidung und die Babyabteilung liegen direkt nebeneinander.«

War es in Canberra wirklich schon Zeit für einen Wintermantel? Er hätte angenommen, dass es allenfalls ein bisschen frischer wurde, besonders für jemanden, der das milde Wetter im Norden gewohnt war. Hier machte sich der Jahreswechsel kaum bemerkbar – statt glühend heiß war es nur noch heiß. »Und? Hast du einen gefunden? Brauchst du Geld für warme Sachen?«

»Nein, alles bestens. Ich habe das Geld«, sagte sie.

Sie redeten noch ein paar Minuten über nichts Besonderes, bevor sie sich entschuldigte, um frühstücken zu gehen. Er starrte noch lange auf sein Handy und fragte sich, ob sie sich nach dieser Unterhaltung wirklich beide besser fühlten.

* * *

»Hey, Kumpel«, sagte Neil. Bevor Lane etwas bestellen konnte, schenkte er ihm ein Bier ein und stellte es auf den Tresen. »Fühlst dich sicher ziemlich mies, was? Zwei Millionen schon so gut wie in der Tasche und wieder futsch.« Er pfiff durch die Zähne.

Lane zwang sich zu einem Lächeln. Tatsächlich war es ihm ein paar Stunden lang gelungen, die Sache zu verdrängen. »Man hat es nie in der Tasche, bevor man es tatsächlich in der Tasche hat. Ist ein langer Weg vom Anspruch auf eine Belohnung bis zur Auszahlung. Selbst wenn sie eine rechtskräftige Verurteilung haben, führt man mit der Polizei noch einen langen Kampf mit harten Bandagen, bis sie damit rausrücken. Ich habe es nie für mein Geld gehalten.«

»Trotzdem. Und bei Mina hättest du es dir nicht erkämpfen müssen; sie hätte das Richtige dir gegenüber getan.«

Lane zuckte mit den Achseln. Sobald Geld im Spiel war, konnte sich selbst der netteste Mensch auf der Welt von seiner unangenehmen Seite zeigen, und Mina war auch sonst nicht besonders nett gewesen. »Da die neueste Entwicklung noch unter dem Deckel gehalten wird, gehe ich davon aus, dass Starrett dich befragt hat.«

»Stimmt. Und keine Sorge, ich trete die Geschichte nicht breit.«

»Klar, bei dir ist ein Geheimnis immer gut aufgehoben.«

Neil hielt die Hände hoch. »Eins zu null für dich.«

Lane strich mit dem Daumen das Logo am Bierglas nach.

»Wusstest du, als wir danach fragten, schon, dass das ›H‹ in deinem Reservierungsbuch für Hendrik stand, oder hast du dir das erst zusammengereimt, als Starrett dir das Foto zeigte?«

»Ich habe eins und eins zusammengezählt. Gewusst habe ich es nicht. Ich wusste nur, dass er ab und zu das Zimmer buchte, ich konnte es mir also denken. Allerdings habe ich das nie mit Evelyn in Verbindung gebracht.«

»Na ja, in dem Punkt lagst du ja auch richtig.« Lane seufzte. »Gehört einfach zu deinem Job, wie? Du hilfst Männern dabei, etwas vor ihren Frauen zu verheimlichen.«

Neils Lächeln verflog. »Du meinst, wie bei Reg und Syl?«

»Genau. Aber nein, ich meine, ist schon ziemlich komisch, oder? Da ruft eine Frau hier an, die um ihren Mann besorgt ist, und du hilfst ihm dabei, sie abzuwimmeln. Schätze mal, das erhält die Freundschaft und die Kundschaft.« Lane sollte besser gehen. Er hatte ein paar miese Tage hinter sich und auch noch schlecht geschlafen, und eigentlich war er Neil dafür, dass er ihn belogen hatte, nicht einmal böse. Es tat einfach nur gut, bei ihm ein bisschen Dampf abzulassen.

»Dann will ich dir mal was über Reg erzählen, Kumpel«, sagte Neil. »Diesen Sommer musste er seine Herde so stark verkleinern, dass er anfing, seine Zuchttiere zum Schlachten zu schicken. Diese Blutlinie ist sein Lebenswerk, und er bringt das Futter für die Tiere nicht mehr auf. Selbst für den Fall, dass sich der Boden noch mal erholt, fehlt ihm dann das Zuchtvieh, um wieder auf die Beine zu kommen. Er ist sechzig Jahre alt. Er ist im Arsch. Ist ein gutes Zeichen, ihn hierzuhaben, unter Freunden. Besser, als wenn er zu Hause allein trinkt.«

»Und wieso erzählst du das dann nicht seiner Frau? Sodass sie es miteinander ausmachen können, wie erwachsene Menschen?«

»Hey, wenn es dir nicht passt, wie ich den Laden hier führe, kannst du gern dein eigenes Pub aufmachen.«

Trotz seiner Zurechtweisung sah er Lane mit einer Miene an, als fürchte er, dass er jeden Moment zusammenbrechen könnte. Lane fragte sich, ob Neil vielleicht eine Art Helfersyndrom hatte. Immerhin hatte er an dem Tag, an dem sie sich kennengelernt hatten, Mina als edler Ritter zur Seite gestanden, und die Lüge gegenüber Syl legte er sich so zurecht, dass sie ihn zum Helden machte.

Lane seufzte. »Hat das dein Onkel auch schon so gehalten?«, fragte er. »Ich meine, hat er Leute gedeckt, wenn jemand für sie anrief?«

Neil nickte. »Er war ziemlich oldschool.«

»Hätte er auch das Gegenteil getan? Ich meine, einer Frau gesagt, ihr Mann wäre hier, auch wenn es nicht stimmte?«

»Ja, so was kam schon vor. Das würde ich nicht machen; ich kann Fremdgeher nicht ausstehen.«

»Du weißt nicht zufällig, ob an dem Freitagabend damals jemand angerufen hat? Am Vorabend der Show?«

»Schwingst dich schon wieder in den Sattel, was?« Neil lachte leise, doch es klang eher verlegen als amüsiert. Er schwankte einen Moment, und Lane rechnete schon wieder mit einer Abfuhr. »Beverley hat nicht angerufen, jedenfalls nicht, solange ich hier war. Und an dem Abend bin immer ich ans Telefon gegangen.«

»Hat vielleicht jemand anders angerufen?«

»Keine Ahnung, Kumpel. Freitagabend …« Neil schüttelte den Kopf. »Sonntagmorgen, da kann ich mich an jede Sekunde erinnern. Wie mich meine Mum weckt und mir erzählt, Evelyn wäre verschwunden, und wie mein Dad loszieht, um bei der Suche zu helfen. In der ganzen Stadt herrschte eine schreckliche Atmosphäre, alle waren am Anschlag. Ich glaube, das hat sich jedem hier eingebrannt. Einer von diesen ›Wo waren Sie bei einem bestimmten Ereignis?‹-Momenten. Aber der Freitag davor? Ich wusste damals nicht, dass es wichtig ist. Das ist alles verschwommen.«

Immer wieder das gleiche Lied. Niemand hatte auf etwas geachtet, weil sie nicht ahnen konnten, dass eines Tages jedes noch so kleine Detail wichtig werden könnte.

»Weißt du vielleicht noch, wer im Pub war?«

»In der Nacht hatten wir viele Gäste von auswärts.«

»Würdest du dir Fotos ansehen? Du könntest mir sagen, ob dir irgendjemand darauf bekannt vorkommt.« Dabei musste Lane allerdings sehr behutsam vorgehen. Einfach ein Foto von seinem Vater zu zeigen und ihn zu fragen, ob er an dem Abend da gewesen sei, hätte vor Gericht keinen Bestand und könnte ihn bei künftigen Befragungen voreingenommen machen. Wohl aber könnte man ihm ein paar Fotos von Männern nach Zufallsprinzip vorlegen und dazwischen eins von seinem Vater – eine Gegenüberstellung im Fotoformat. Wenn er es so machte und Neil dann immer noch bestätigte, dass sein Vater im Pub gewesen war, hielte es stand. Dann hätte er einen Zeugen dafür, dass sein Vater in der Stadt gewesen war.

»Hör mal, das ist alles so lange her …« Seinem Gesichtsausdruck nach tat es Neil ehrlich leid, Lane einen Korb zu geben.

Neil wollte der Held sein, dachte Lane und schämte sich ein wenig dafür. Der Mann wollte ihm helfen. Er wollte Mina helfen. Damit war er nur allzu leicht zu manipulieren. Eine einfache Suggestivfrage konnte schon genügen. Oder er zeigte ihm jetzt ein Foto von seinem Vater und kam in ein paar Tagen wieder, um es auf korrekte Weise zu machen. Er könnte …

Hinter der Bar ging eine Tür auf – Lane hatte angenommen, dass sie zu einem Schrank oder Vorratsraum führte –, und Liam McCreery kam herein. Die Überraschung verscheuchte seine Idee, und er richtete sich auf.

Offenbar hatte das Pub sehr wohl Zimmer zu vermieten, für die richtige Person. Andererseits führte diese Tür nicht nach oben. Liam hatte sie offen gelassen, sodass Lane in ein Wohnzimmer mit einem protzigen Plüschsessel und einem Couchtisch aus Holzfurnier blicken konnte. Lane ging jede Wette ein, dass Neils Onkel in diesen Räumlichkeiten gewohnt hatte, als er das Pub noch führte.

»Guten Morgen, Mr McCreery«, sagte er und erschrak darüber, wie alt Liam aussah. Sein genaues Alter kannte er nicht, jedenfalls war er älter gewesen als Bev und musste demnach inzwischen mindestens Ende sechzig sein. Aus seinem schwarzen Haar war Stahlwolle geworden, und von seinem kräftigen Brustumfang war wenig geblieben. Er hatte schmale Schultern und dünne Arme, an denen die Ellbogen und Handgelenke vorstachen, als wollte sich sein Körper größer machen. Der Schock, überlegte Lane, kam wohl daher, dass bei Beverley mit ihrem frühen Tod kurz vor dem fünfzigsten Geburtstag die Zeit stehen geblieben war und er unbewusst erwartet hatte, auch Liam würde nicht altern.

»Morgen.« Liam rieb sich den Nacken. Er wirkte ein wenig desorientiert – es war schon weit nach elf, aber anscheinend war er gerade erst aufgewacht. Nach der schlimmen Woche konnte Lane nachempfinden, dass er ausgeschlafen hatte.

»Lane Holland«, sagte er und streckte die Hand zum Gruß aus.

»Sie sind der junge Mann, der am Telefon war.« Liam schüttelte ihm die Hand, und Lane entspannte sich ein wenig.

»Ich organisiere dann mal Kaffee, ja?«, sagte Neil und ging in den Essbereich hinüber.

»Weiß Mina, dass Sie in der Stadt sind?«

»Das hängt ganz davon ab, ob sie meine Nachrichten abhört oder sie löscht.« Liam setzte sich auf einen Barhocker. »Hat sie Ihnen was darüber gesagt?«

Lane überlegte sich seine Antwort gut. Falls Mina nicht bereit war, mit ihrem Vater zu reden, wäre es ein schrecklicher Fehler, sich ihm als Vermittler anzubieten. Schloss er diese Möglichkeit andererseits allzu deutlich aus, hätte Liam womöglich kein Interesse mehr, mit ihm zu reden.

Drüben im Restaurantbereich drehte sich Neil ein wenig in ihre Richtung, offensichtlich, um herauszufinden, wie nah sich er und Mina standen.

»Seit unserem Gespräch mit Ihnen habe ich nicht mehr mit ihr gesprochen«, räumte Lane ein. »Ich wollte sie bald anrufen.«

Auch wenn es kein Angebot war, ihr von Liam etwas auszurichten, hellte sich das Gesicht des Mannes auf, und er sah ihn so hoffnungsvoll an, dass sich Lane wie das letzte Arschloch vorkam.

»Ich mache mir Sorgen um sie«, sagte Liam. »Sie hat bald Geburtstag, und sie ist mit alledem so allein.«

»Sie haben sie fast zwanzig Jahre lang angelogen«, erwiderte Lane. »Es ist ja gerade erst ein paar Tage her – geben Sie ihr Zeit, es zu verarbeiten.«

»Fast dreißig Jahre«, sagte Liam kleinlaut.

»Mr McCreery …«

»Einfach nur Liam, mein Junge.«

»Liam, ob ich Ihnen vielleicht ein paar Fragen stellen könnte?«

»Kommt auf die Fragen an.« Liam warf einen Blick zu Neil hinüber, der mit einem Kaffee für ihn zurückkam.

»Vielleicht setzen wir uns da drüben hin?« Lane nahm sein Bier und zeigte auf einen Tisch an der Rückwand.

Liam zögerte einen Moment und nickte dann.

Als sie es sich bequem gemacht hatten, holte Lane einen kleinen Spiralblock heraus. Er hatte einen Bleistift vom Tresen mitgenommen. Natürlich hätte er lieber sein Handy gezückt und alles aufgezeichnet, hatte aber Angst, damit Liam noch mehr zu verschrecken.

»Ich werde meine Nase nicht in Ihr Verhältnis mit Mr Tamm stecken …«

»Wir haben kein Verhältnis. Ich meine, schon seit Langem nicht mehr. Nicht mehr seit … Seit dem Wochenende damals ist er nur noch mein Angestellter, nichts weiter.«

»Selbst nachdem Sie den Schafbetrieb eingestellt haben?«

»Läuft Ihre Frage darauf hinaus, dass er sich sozusagen nur noch aushalten lässt? Oder dass er mich erpresst?«

Lane schwieg und fragte sich, ob er schon voll reingetreten war. Die Gerüchte, die über die Familie kursierten, konnten Liam unmöglich entgangen sein, egal, wie stoisch er sich immer gegeben hatte. »Im Internet hat immer mal wieder jemand spekuliert, dass das Gehalt, das Sie ihm weiterzahlen, in Wahrheit eine Art Abfindung ist, ja. Und selbst wenn Starrett die neuen Informationen vorerst unter dem Deckel halten kann, bekämen die Verdächtigungen neue Nahrung, sobald die Wahrheit bekannt würde.«

»Diese verfluchten Internetschnüffler.« Liam verzog das Gesicht, und Lane erkannte in seinem Ausdruck Mina wieder. »Sicher, wahrscheinlich hätten wir ein bisschen Geld einsparen können, hätten wir Hendrik entlassen. Aber wir bauten schließlich immer noch Getreide an, und wir konnten die Gerätschaften und die Scheunen für die Schafzucht nicht einfach verfallen lassen. Wir wollten uns Optionen für die Zukunft offenhalten, erst recht, wenn Mina sich erst einmal entschieden hätte, die Farm eines Tages zu übernehmen. Bis sie alt genug war, musste jemand den Betrieb am Laufen halten.«

»Und was ist mit Ihnen?«

Liams Finger schlossen sich fester um seinen Kaffeebecher, und er schwieg.

»Haben Sie je daran gedacht zu verkaufen?« Lane war vor allem neugierig, ob Liams Antwort Minas widersprach.

»Oft. Ich hatte sogar schon einen Käufer rauskommen lassen, in der Hoffnung, mit einem konkreten Angebot Bev umzustimmen. Sie ging an die Decke.« Liam lachte leise. »Ich glaube, das war das einzige Thema, bei dem sie und Mina je einer Meinung waren.«

»Beverley wollte bleiben?« Das erstaunte ihn. Bei all ihren Medienauftritten und Lesereisen hatte er eher den Eindruck gehabt, dass Minas Mutter nur wenig Zeit auf dem Anwesen verbracht hatte.

»Sie, ähm …« Liam schluckte. »Sie hatte Angst, wenn wir wegzögen, würde Evelyn uns vielleicht nicht finden. Aus demselben Grund verlangte sie von mir, immer dieselbe Telefonnummer zu behalten, sogar nachdem die Schmierfinken von der Presse sie in die Finger bekommen hatten.«

Diese Sorge kannte Lane von anderen Angehörigen vermisster Personen nur zu gut. Für den immer unwahrscheinlicheren Fall, dass Evelyn noch am Leben war, hätte sie keine Probleme gehabt, mit ihren Eltern in Kontakt zu treten. Doch seit wann waren Ängste vernunftgeleitet?

»Also, worüber wollen Sie wirklich mit mir sprechen? Und dabei gehe ich mal davon aus, dass Sie nicht hier sind, um meine Farm zu kaufen.« Der Scherz klang gequält und kaschierte offensichtlich nur sein Unbehagen über den Wechsel zu einem so emotional aufgeladenen Thema.

Lane schmunzelte. »Mir fällt auf Anhieb nichts ein, bei dem ich mich schlimmer anstellen würde als in der Landwirtschaft. Nein, ich hatte nur gehofft, jetzt, wo alles ans Licht gekommen ist, die zeitlichen Abläufe an dem Freitag für mich zu klären. Wer wann wo gewesen ist. Ich weiß, dass Hendrik hier früh zu Abend gegessen hat. Waren Sie bei ihm?«

Liam nickte. Eine winzige Entscheidung, dachte Lane. Hätten sie sich auch nur andere Plätze ausgesucht, wäre Liam auf dem Foto gelandet, und Hendrik hätte außerhalb des Bildausschnitts gesessen, und sein Geheimnis wäre nie aufgeflogen. Die kleinsten Zufälle, unmöglich vorherzusagen, machten einen Riesenunterschied.

»Haben Sie hier im Pub mit irgendjemandem gesprochen, oder ist Ihnen etwas Ungewöhnliches aufgefallen?«

»Nein.« Liam verlagerte das Gewicht. »Wir sind für uns geblieben. Ich hatte es eilig, loszufahren.«

»Wieso?«

»Ich hatte den Eindruck, dass Hendrik kalte Füße bekam. Er sagte, er habe kein gutes Gefühl dabei, Bev und Maggie allein zu lassen. Was für mich keinen Sinn ergab, denn Bev war tougher als er, und ich vermutete, dass nur das schlechte Gewissen an ihm nagte. Wäre er eingeknickt und wieder heimgefahren, wäre es unmöglich gewesen, seinen Sinneswandel zu erklären. Er sollte ja längst in einem anderen Bundesstaat sein. Ich wollte also los, bevor es mit ihm noch schlimmer wurde.«

»Wann sind Sie losgefahren? Und haben Sie unterwegs irgendwo Pause gemacht?«

»So um halb sechs, und nein, wir sind bis Sydney durchgefahren. Ich wollte als Vertreter des Farmerverbands zu einem Meeting im Landwirtschaftsministerium, das heißt, mein Wochenende war mit einem Konferenzgespräch nach dem anderen verplant, während die Herren vom Ministerium uns über Entlastungspakete totquatschten. Ich kam nicht weiter als bis zum Hotel. Dafür gibt es stapelweise Belege – ich hatte meine Benzinquittungen für die Steuer aufgehoben, und der Hotelrezeptionist hat zu Protokoll gegeben, dass ich um Mitternacht eingecheckt und um fünf Uhr morgens gefrühstückt habe.«

»Das war nicht viel Zeit zum Schlafen«, bemerkte Lane.

»Da ich mich mit Hendrik am Steuer abgewechselt habe, konnte ich unterwegs ein bisschen schlafen.«

Lane rechnete schnell nach, indem er in seinem Notizbuch ein Kästchen zeichnete und die entsprechenden Zahlen eintrug. Von Nannine nach Sydney waren es etwa sieben Stunden – sechs ohne Verkehr, und wenn der Fahrer durch jede Stadt mit hundertzwanzig Sachen raste. Von Sydney zur Farm der McCreerys zurück waren es eher acht, und wer versuchte, auf dem letzten Streckenabschnitt noch einmal Gas zu geben, riskierte, sich auf der Nannine Nationalpark Road, die sich in einem schlechten Zustand befand, die Achse zu brechen.

Evelyn und Mina gingen laut Beverleys Aussage und laut ihrem Buch um acht Uhr abends schlafen, und Mina wachte um fünf Uhr morgens auf und stellte fest, dass Evelyn verschwunden war. Selbst wenn Liam aus irgendeinem Grund in das Hotel eingecheckt hätte und sofort wieder nach Hause aufgebrochen wäre, um seiner Tochter etwas anzutun, hätte er frühestens mehrere Stunden später eintreffen können.

Aber was war mit Hendrik? Hätte Hendrik sich in Sydney für Liam ausgeben können, während Liam heimlich in Nannine geblieben wäre?

Ziemlich unwahrscheinlich. Damals war Liam mit seiner kräftigen Statur und dem dunklen Haar eine imposante Erscheinung, Tamm dagegen blond und eher schmächtig. Binnen weniger Tage hatten sich die Gesichter der McCreerys ins kollektive Gedächtnis Australiens eingebrannt. Selbst wenn die beiden die Frau oder den Mann am Hotelempfang eingewickelt hätten, so hätte diedoder derjenige die Unstimmigkeit schon sehr bald bemerkt.

Er starrte auf das Blatt. Keine besonders einleuchtende Theorie.

»Warum sind Sie die weite Strecke mit dem Auto gefahren, statt zu fliegen?«

»Wenn Sie in dieser Gegend hier leben, erscheint einem eine achtstündige Fahrt nicht besonders lang. Und davon abgesehen, sind Sie schon mal mit einem dieser winzigen Propellerflugzeuge von Regional Express geflogen?«

»Nein, aber vor ein paar Wochen hatte ich das Vergnügen mit einem von diesen Fliegern des Flying Doctor Service.«

Liam nickte. »Stimmt, das waren ja Sie. Also, auch wenn der Vergleich vielleicht hinkt, kann ich Ihnen versichern, dass die Autofahrt vorzuziehen ist.«

»Wo wir gerade beim Fliegen sind – Hendrik hat sich ein Flugticket nach Adelaide besorgt. Ziemlich teurer Spaß, nur um eine Affäre zu verschleiern.«

»Er hat gebucht und Maggie das Ticket gezeigt, danach aber auf einen späteren Flug umgebucht. Wir hatten geplant, dass er das Wochenende mit mir in Sydney verbringt, ich ihn dann auf dem Heimweg am Flughafen absetze und er für den Rest der Woche tatsächlich seinen Cousin besucht. Aber dann rief Beverley an, und alle Pläne lösten sich in Luft auf.«

»Ihren Betriebsleiter mit auf eine Geschäftsreise zu nehmen, klingt nach meinem Gefühl eigentlich nicht irgendwie verdächtig. Können Sie mir sagen, wieso Sie sich solche Mühe gemacht haben, zu vertuschen, dass er dabei ist?«

Statt einer Antwort folgte gedehntes Schweigen. Lane wurde bewusst, dass er, mit Ausnahme von Hendrik, wahrscheinlich der erste Mensch war, mit dem Liam offen darüber sprach. Liam sollte sich ruhig ein paar Minuten Zeit lassen, um die richtigen Worte zu finden.

»Beverley war … Mir liegt das Wort ›eifersüchtig‹ auf der Zunge, aber das trifft es nicht. ›Eifersüchtig‹ klingt unbegründet, aber sie hatte ja recht, ich ging ja wirklich fremd. Sie verstand die Zeichen zu lesen, wissen Sie? Ich war mit einem Mal besser gelaunt, und wenn ich morgens rausging, achtete ich plötzlich darauf, ob mein Hemd sauber und meine Hose an den Knien nicht durchgewetzt war.«

»Der Klassiker«, bemerkte Lane.

Liam sah ihn mitfühlend an. »Sie kennen das, wie? Eine Ehefrau oder Freundin?«

Lane brachte ein verhaltenes Lachen heraus. Die Vermutung lag nahe, auch wenn ihm die Vorstellung, verheiratet zu sein, absurd erschien. Das war nichts für Leute wie ihn. »Ich habe mich nur im Lauf meiner Berufsjahre mit ein paar Fällen von Untreue befasst. Sind Sie sicher, dass Beverley davon wusste?«

»Wir haben nie darüber geredet. Sie hat es mir auch nie auf den Kopf zugesagt oder eine Szene gemacht. Aber ich bin mir sicher, dass sie mich durchschaute, weil sie offensichtlich wusste, dass es Hendrik war. Plötzlich interessierte sie sich für das, was auf der Farm vor sich ging, während sie sich bis dahin ums Haus gekümmert und sich ehrenamtlich bei den Country Women engagiert hatte. Auf einmal tauchte sie überraschend mit frischen Scones am Schurschuppen auf oder schickte die Mädchen raus, damit sie uns beim Einsenken der Zaunpfosten zusahen.«

Lane musste an die Fotos denken, die Beverley auf dem Festplatz geschossen und dabei versucht hatte, die Menschenmenge und die versteckten Winkel einzufangen. Sie hatte nach ihrem Mann Ausschau gehalten. Falls sie gerochen hatte, dass er ihr übers Wochenende entwischen wollte, hätte die Vermutung durchaus nahegelegen, dass er eigentlich zu der das ganze Wochenende dauernden Party auf dem Campinggelände des Festplatzes wollte. Wäre sie so wie die Ramseys zum Abendessen ins Pub gegangen, hätte sie ihn vielleicht entdeckt.

Stattdessen fuhr sie heim. Er konnte sich vorstellen, wie aufgewühlt sie gewesen sein musste, und nach allem, was er von Mina und von Maggie Tamm wusste, hatte sie ihre Anspannung an den Mädchen ausgelassen. Und dann war sie, während Mina schlief, immer noch schäumend vor Wut, mit Evelyn allein gewesen.

Nein. Lane verwarf den Gedanken. Beverleys Liebe zu Evelyn beherrschte ihr restliches Leben; sie war keine Medea.

»Hätte sie gewusst, dass wir beide allein nach Sydney fahren, hätte sie versucht, daraus einen Familienausflug zu machen.« Liams ohnehin schon gerötete Augen wurden nass. »Und hätte sie das getan, wäre alles anders gelaufen.«

»Oder auf dem Heimweg wäre ein Sattelschlepper in Sie reingefahren, und Sie wären alle vier tot«, erwiderte Lane. »Es ist verführerisch zu glauben, man hätte nur eine einzige Sache ändern müssen, um ein glückliches, unbeschwertes Leben zu führen. Aber das Leben hätte nur einen anderen Weg gefunden, Ihnen vors Schienbein zu treten.«

»Oh, Mann«, brachte Liam nur heraus und schluckte.

Lane musste einen Moment wegsehen und sich auf die Tischkante konzentrieren, bis sich seine Kehle nicht mehr zuschnürte. »Und was war vor dem Besuch im Pub?«, fragte er und zwang sich zu einem forschen Ton. »Was haben Sie von dem Freitag noch in Erinnerung, bevor Sie von zu Hause aufgebrochen sind?«

»Ich glaube nicht, dass ich etwas Brauchbares weiß«, fing Liam an. »Ich bin wie gewohnt um fünf Uhr früh aufgewacht. Als ich das Haus verließ, haben die Mädchen und Beverley noch geschlafen. Wir hatten alle Männer ermuntert, zum Volksfest in die Stadt zu fahren. Deshalb habe ich an dem Morgen einige Dinge selbst gemacht, die ich normalerweise delegiere, und bin dann wieder ins Haus, um zu packen. Wir haben mittaggegessen, danach habe ich noch eine Weile mit den Kindern zusammengesessen, um noch etwas Zeit mit ihnen zu verbringen und Bev ein bisschen zu entlasten.« Er schmunzelte. »Evelyn bearbeitete mich, ihr aus Sydney ein Furby, so eine Art Robotertier, mitzubringen. Schließlich musste ich los, und Beverley verkündete, sie und die Mädchen würden nach Nannine mitkommen, um zum Eröffnungsabend der Show zu gehen und den Papierkram für den Showgirl-Wettbewerb zu erledigen. Natürlich eine fadenscheinige Erklärung – sie hätte die beiden genauso gut am Tag des Wettbewerbs anmelden können – aber …«

»Aber sie wollte sehen, ob Hendrik bei Ihnen im Wagen saß«, vermutete Lane.

Liam mimte einen Golfschlag. Eingelocht. »Ich konnte mich kurz davonschleichen und ihm Bescheid geben, dass wir uns erst in Nannine treffen.«

»Hatten Sie denn keine Angst, dass Bev Sie im Pub erwischt?«

»Nennen wir es kalkuliertes Risiko. Im Neeny konnte es am Show-Wochenende schon mal ziemlich laut werden.« Mit einem verzagten Lächeln sah er sich in dem verwaisten Pub um. »Vielen Familien machte das nichts aus, aber Bev wäre nie mit den Mädchen reingekommen.«

Lane hielt mitten im Schreiben inne. »Dürfte ich Ihnen eine etwas seltsame Frage stellen?«, sagte er mit trockener Kehle. »Befand sich irgendetwas in Hendriks Ute mit der Adresse der Farm darauf?«

»Wie bitte?« Liam zermarterte sich sichtlich das Gehirn. »Ist anzunehmen. Er gehörte zur Farm; es muss ein Fahrtenbuch darin gewesen sein. Wahrscheinlich auch Post – die haben wir immer reingeholt, wenn wir am Briefkasten vorbeikamen.«

Nicht nur Hendrik war dank seines falschen Alibis von der Verdächtigenliste gestrichen worden. Dasselbe galt für seinen Wagen und die Reifenspuren, die er auf dem Grundstück hinterlassen hatte.

Es war wie eins dieser Logikrätsel vom Fuchs, dem Huhn und dem Getreide. Drei Fahrzeuge und vier erwachsene Personen, die alle auf der Farm ein und aus gingen beziehungsweise fuhren und sich in Nannine entweder trennten oder wieder vereinten. Ein Wagen, Liams, fuhr mit zwei Insassen nach Sydney, ein anderer, Maggies, von der Farm nach Nannine und zurück.

Und ein weiteres Fahrzeug, Hendriks, wurde unbeaufsichtigt hier am Pub stehen gelassen. Ein Fahrzeug, von dem die Polizei glaubte, es habe am Flughafen einer anderen Stadt geparkt.

SIEBENUNDZWANZIG

MyMurder-Forum
Unterforum: Allgemeine Diskussion
Thread: Steht jemand von euch in persönlicher Verbindung mit einem der Fälle, die wir hier diskutieren?
Inspektor: Drin, was draufsteht. Ist hier irgendjemand persönlich involviert? Oder seid ihr alle nur solche Creeps wie ich?
LionSong: Ich kenne Mina McCreery im realen Leben.
MODERATOR: LionSong hat den Mods Beweise für die Aussage geliefert, also hört auf, den Kommentar zu melden.
Inspektor: Heilige Scheiße. Weiß sie, dass du hier mitmachst?
AgentKHole: Trägt sie zu Hause ihr Miss-Nannine-Showgirl-Kostüm wie Mrs Havisham?

Mina breitete den Plan des Grundstücks neben dem Computer aus und markierte den Abschnitt für diesen Morgen mit energischen Strichen. An bedeutungsträchtigen Tagen stieg, ob sie wollte oder nicht, ihre Erwartung. Es würde sich in der Geschichte einfach so gut machen, Evelyns Leichnam an ihrem Geburtstag zu finden oder am Jahrestag oder am Weihnachtsmorgen, dass sie sich innerlich weit genug verrenkte, um am Ende selbst an eine höhere Wahrscheinlichkeit zu glauben. Die Enttäuschung verlieh diesen ohnehin schon schwierigen Tagen einen zusätzlichen bitteren Beigeschmack.

Eine Nachricht wartete auf sie. Das konnte nur ihr Vater sein. Er hatte einen sechsten Sinn dafür, immer dann anzurufen, wenn er auf der Mailbox landete, der Feigling. Sie verschob den Eingang zu den gespeicherten Nachrichten.

Sie ging in die Küche, wo sie ein weißes Teelicht auf einer Untertasse bereitgestellt hatte. Eigentlich tat sie das lieber draußen im Blumengarten, doch dieses Jahr gab es in der ganzen Region strenges Feuerverbot. Sie zündete ein Streichholz an, hielt es an die Kerze und warf das Streichholz ins Spülbecken.

»Also, Evelyn«, sagte sie mit einem Seufzer. »Happy Birthday. Du nimmst es mir hoffentlich nicht übel, wenn ich nicht singe.«

Achtundzwanzig. Unglaublich. Sie konnte es sich nicht vorstellen. Natürlich hatte sie Alterungsbilder von ihr gesehen, aber die waren kaum weniger gut geraten als irgendeine Vorstellung von ihrer Schwester in ihrem Kopf. Wäre Evelyn zu einer Copy-and-paste-Version von Beverley herangewachsen, so wie sie es als Kind vermuten ließ? Oder wären mit den Jahren die Züge ihres Vaters zur Geltung gekommen, so wie bei ihr selbst? Vielleicht sähe sie aber auch keinem von beiden ähnlich. Vielleicht hätte sie sich für aufgespritzte Lippen und Implantate begeistert oder sich das Haar neonbunt gefärbt oder Piercings stechen lassen.

Sie wünschte sich, ihr Geburtstag und der Jahrestag lägen weiter auseinander. Mit gerade mal drei Wochen dazwischen blieb nicht genügend Zeit, um das emotionale Gleichgewicht wiederzufinden, bevor einen der nächste Gedenktag traf. In diesen drei Wochen waren sie alle drei immer ungenießbar gewesen. Ihr Vater schlich schweigsam durchs Haus, während er mit den Depressionen kämpfte – und, wie sie inzwischen wusste, mit den erdrückenden Schuldgefühlen. Ihre Mutter verfiel in einen fiebrigen Tatendrang, blieb die halbe Nacht auf und hämmerte in die Tasten, um Blogeinträge und Artikel und E-Mails an alle erdenklichen Pressekanäle und Medienportale zu schicken. Mina selbst wurde sarkastisch und hoffte, mit ihrer scharfen Zunge einen von beiden bis aufs Blut zu reizen.

Dieses Jahr wären sie nun aber beide nicht da.

Was dieses Jahr noch lange nicht leichter machte. Diesmal konnte sie sich nicht einmal darauf freuen, es danach ein Jahr lang hinter sich zu haben, denn das wäre Tag eins der Zeit bis zum zwanzigsten Jahrestag. Der mit neuen Artikeln, Büchern und

Sondersendungen im Fernsehen, Anfragen zu Kommentaren und Journalisten einhergehen würde.

Das Telefon klingelte und schreckte sie aus ihren Gedanken. Ihr Anrufbeantworter schaltete sich ein, und bevor sie auf leise stellen konnte, hörte sie Lane: »Hi, Mina.« Er klang fast ein wenig überrascht, als habe er damit gerechnet, dass sie ihm eine falsche Nummer eingespeichert hatte.

Sie ging ran. »Hey.«

»Hey. Hallo«, sagte er, und während er von der Nachricht, die er ihr hatte aufsprechen wollen, in den Gesprächsmodus umschaltete, trat eine Pause ein. »Ich melde mich nur, um dir zum Geburtstag zu gratulieren.«

Gott, ganz schön schwach für einen angeblichen Spitzendetektiv. »Das ist nicht mein Geburtstag.«

Lane schwieg einen Moment. »Es ist der zehnte April.«

»Ja«, erwiderte Mina. »Heute ist Evelyns Geburtstag.«

»Ihr seid Zwillinge«, sagte Lane und seufzte, als ihm sein Fehler dämmerte. »Ah, verstehe. Evelyn kam vor Mitternacht zur Welt?«

»Du hast es erfasst«, bestätigte Mina.

»Tut mir leid.«

»Macht nichts. Dadurch kann ich Evelyns Geburtstag begehen, mit den Gefühlen, die dabei hochkommen … ohne meinen eigenen Geburtstag einzubüßen.« Was nicht ganz der Wahrheit entsprach. Wäre ihrer beider Geburtstag auf denselben Tag gefallen oder hätte Monate auseinandergelegen, hätte das kaum einen Unterschied gemacht. Minas Geburtstag war nichts weiter als ein besonderes Ereignis mit einem Evelyn-förmigen Loch darin. »Als Kinder haben wir es geliebt; auf diese Weise hatte jede von uns ihren besonderen Tag. Nur meine Mutter war nie besonders glücklich darüber.«

»Weil es deshalb zwei Tage hintereinander Kuchen zum Frühstück gab?«

Mina lachte. »Weil es sie Jahr für Jahr daran erinnerte, dass sie von beidem etwas gehabt hatte – Evelyn hat sie auf natürlichem Weg zur Welt gebracht und mich eine halbe Stunde später durch einen Notkaiserschnitt.«

»Autsch. Das gibt es? Tatsächlich?«

»Ich fürchte, ja«, sagte Mina. »Es kommt allerdings äußerst selten vor – nur bei drei Prozent aller Zwillingsgeburten. Na los, frag mich, wie ich diese exakte Zahl so aus dem Hut zaubern konnte.«

»Es wurde dir regelmäßig ins Gedächtnis gerufen?«

»Wenigstens hat es ihr der Seltenheitsfaktor etwas versüßt. Die Entbindungsärztin holte in den Tagen danach sämtliche Azubi-Hebammen an ihr Bett. Sie war zweifellos in ihrem Element.«

»Muss trotzdem beängstigend gewesen sein; wenn ein Kaiserschnitt notwendig wurde, hätten Sie sterben können.«

Von der Seite hatte es Mina noch nicht betrachtet. Ihre Mutter hatte sie nie wie etwas Kostbares behandelt, das sie beinahe verloren hätte. Wahrscheinlich konnten sie alle von Glück sagen, dass die Geburt in den Neunzigerjahren in einem gut ausgestatteten Krankenhaus stattfand. Fünfzig Jahre früher wäre es ganz anders gelaufen, besonders wenn eine Mutter weitab auf dem Land lebte. Der Gedanke, sie drei könnten *von Glück* sagen, fühlte sich allerdings nicht richtig an.

»Wenn dein Geburtstag auf den 11. April 1990 fällt … dann also auf einen Mittwoch.«

»Bravo, Mr Schnüffler«, sagte Mina. »Du hast den Geheimcode geknackt. Stimmt, deshalb hat mich Mum Wednesday genannt, und nicht, weil sie so schrecklich enttäuscht darüber war, wie ich aussah.«

Was es kaum besser machte. Statt sie wegen ihrer blutleeren Gesichtsfarbe zum dunklen Haar zu piesacken, hatte sie ihr immer wieder ein Ereignis unter die Nase gerieben, für das sie nichts konnte.

»Evelyn fand das natürlich toll, weil sie *full of grace* war, voller Gnade, und ich den Kummer abbekommen hatte, *stuck with woe*«, fuhr Mina fort.

»Ich fürchte, ich komme nicht ganz mit.«

»Dann kennst du diesen alten Kinderreim nicht? Mom hat ihn geliebt, weil sie an einem Montag geboren ist und schön war. Ein Montagskind ist *fair of face,* ein Dienstagskind *full of grace,* ein Mittwochskind *full of woe …*«

»Und ein Donnerstagskind?«

»Ist das dein Geburtstag? *Far to go.* Ein Donnerstagskind hat weit zu gehen.«

»Ah, das passt. Ich sehe mal eben den Geburtstag meiner Schwester nach. Die ist verrückt nach solchen abergläubischen Dingen.« Lane verstummte, während er vermutlich eine Kalender-App durchging. Als er sich wieder meldete, klang er enttäuscht. »Noch ein Mittwoch.«

»Ah. Na, dann kann ich nur für sie hoffen, dass ihr der Kummer erspart bleibt«, erwiderte Mina.

»Gibt es das überhaupt?«, fragte Lane.

»Theoretisch schon. Beim Münzenwerfen jedes Mal Kopf zu bekommen, ist, glaube ich, nicht weniger wahrscheinlich als jede andere Kombination. Vielleicht läuft da draußen doch der eine oder andere herum, der durchs Leben schwebt und immer das gute Ende erwischt.«

»Jedenfalls entschuldige ich mich für meinen Fehler. Soll nicht wieder vorkommen. Was hältst du davon, dass ich dich einlade«, sagte er. »Als Wiedergutmachung und zur Feier deines Geburtstags. Auf einen Drink.«

»Oh, du gibst einen aus. Und ich muss dafür nur eine Stunde fahren.« Mina lachte.

»Tut mir leid, das war ein blöder Vorschlag«, ruderte er zurück. Er klang besorgt, mehr, als der Anlass rechtfertigte.

Sie fühlte sich mies. Wieso reagierte sie immer so verdammt bitter?

»Wie auch immer«, fuhr er fort, »du hast zu deinem Geburtstag bestimmt schon was anderes vor.«

»Ha!« Ihre ach so wichtigen Pläne bestanden darin, sich nach ihrem gewohnten morgendlichen Rundgang einsam und allein zu betrinken und Kuchen zu essen. Spontan antwortete sie: »Hättest du Lust, morgen herzukommen?«

ACHTUNDZWANZIG

Lane stellte den Wagen neben Minas Ute ab, an genau derselben Stelle wie beim ersten Mal, und holte seine Sachen vom Beifahrersitz. Er brachte ihr eine Flasche Wein mit, eine recht gute, aber nicht teure Sorte. Er hatte fast eine halbe Stunde vor Mrs Gilligans bescheidenem Angebot gestanden und versucht, genau die richtige Flasche zu finden, der man die sorgfältige Wahl nicht ansah. Als sie den Vorschlag, sich im Pub zu treffen, ausschlug, war er erleichtert gewesen. Die Einladung war ihm herausgerutscht, bevor ihm bewusst wurde, dass ihr Vater dort war und er es ihr hätte behutsam beibringen müssen, falls sie immer noch nichts davon wusste. Je weniger er sich in diese heikle Situation hineinziehen ließ, desto besser.

Was er von der Einladung zu ihr nach Hause halten sollte, war ihm noch nicht klar. Ging es darum, auf Minas Geburtstag anzustoßen, oder hatte sie sich doch noch dazu durchgerungen, ihn das Haus inspizieren zu lassen? Den Tatort.

Mina öffnete ihm in einem gelben luftigen Sommerkleid, das Haar zu einem hohen Pferdeschwanz frisiert und mit einem Hauch Farbe auf den Lippen, was zur Klärung der ambivalenten Situation wenig beitrug.

»Du hast es mit heiler Haut zur Haustür geschafft«, sagte sie. »Keine Schlangen heute.«

»Ich verlasse mich ganz auf deine Trainingsmethoden«, erwiderte er, »und heute bin ich ja willkommen.«

Sie lachte leise. »Ich habe Wasser aufgesetzt. Kann ich dir eine Tasse Tee anbieten?« Dann fiel ihr Blick auf die Flasche Wein. »Oder wir trinken am helllichten Tag. Auch gut.«

»Du meinst … Du hast …«, stotterte er.

»War nur ein Witz«, sagte sie. »Komm rein.«

Schon wieder von ihr aufgezogen zu werden, half nicht gerade gegen sein Gefühl, dass es gefährlich war, über diese Schwelle zu treten. Sicher, über ihre Streiche unter dem Vorwand, ihm zu helfen, waren sie hinaus, aber instinktiv war er immer noch auf der Hut. Möglicherweise war die Einladung insgeheim ein Test, und er wappnete sich für die Frage, wie er sich anmaßen könne, in ihre streng gehütete Privatsphäre einzudringen.

Drinnen sah es mehr oder weniger so aus, wie er dem Äußeren nach vermutet hatte. Massive Holzdielen. Kein Klickparkett aus dem Baumarkt oder Laminat, das wie Echtholz aussieht.

Vom Eingang ging es direkt in die Küche. Neben einer tiefen Farmhouse-Keramikspüle stand ein großer Gasherd. Auf einer separaten Insel hatte Mina eine Teekanne und zwei Tassen bereitgestellt.

Sie bot ihm einen Hocker an, und er nahm etwas linkisch darauf Platz. Er wollte sie fragen, wer sich sonst noch heute bei ihr gemeldet hatte. Hatte ihr Vater angerufen? Und wenn ja, war sie rangegangen? Doch die Worte blieben ihm im Hals stecken. Zwar wusste er, dass es nicht seine Schuld war, wenn seit seiner Ankunft in der Stadt Minas Beziehungen in die Brüche gegangen waren, aber zu wissen, dass man nicht schuld war, und sich nicht schuldig zu fühlen, war zweierlei.

»Ich habe deine Post mitgebracht«, sagte er und legte den kleinen Stoß Briefe, den er in dem Kasten am Eingang vorgefunden hatte, auf die Theke.

Sie hob die Augenbrauen. »Du machst dich ohne meine Erlaubnis an meinem Briefkasten zu schaffen? Für einen Mann des Gesetzes begehst du eine Menge kleinerer Vergehen.« Sie sichtete die Post, legte das meiste zur Seite, verweilte aber bei einer Ansichtskarte mit einer Frau, die offenbar im Nationalpark Kakadu in einem Wasserloch stand.

»Ich weiß nicht, ob ich mich so beschreiben würde«, meinte Lane.

»Aber natürlich«, sagte sie, und ihre Augen blitzten auf, wie sie es immer taten, wenn sie eine boshafte Bemerkung auf der Zunge hatte. »Immerhin hast du die Polizeiakademie geschmissen, oder?«

»Das Entwicklungsprogramm der Bundespolizei«, stellte er richtig. »Ja.«

Mina sah ihn gespannt an, wohl um festzustellen, ob er ihr mehr verraten und den Faden da wieder aufnehmen würde, wo er ihn in seiner Wohnung hatte fallen lassen. Als er schwieg, seufzte sie und musterte den Wein, den er mitgebracht hatte.

Sie schob ihn sich unter den Arm und verschwand in die Speisekammer. Sie kehrte mit zwei Gläsern, einem Korkenzieher und einer anderen Flasche zurück, einem Hunter Valley Shiraz mit einem eleganten, minimalistischen Etikett. Er stand vom Hocker auf, um für sie den Wein zu öffnen, doch während er noch den Mund aufmachte, hatte sie den Korkenzieher geschickt in den Flaschenhals getrieben und den Wein entkorkt. Sie schenkte ihnen zwei Gläser ein; nicht so voll, wie es die meisten Leute taten, sondern exakt bis zum Eichstrich.

Er fragte sich, wo sie das gelernt hatte. Die genaue Füllung – noch dazu nach Augenmaß – wirkte professionell. »Hast du an der Uni mal an der Bar gearbeitet?«

So wie Lane selbst, wenn auch nur sporadisch. Er war nie besonders gut darin gewesen, schon weil er bis dahin kaum wusste, dass es außer Bier noch andere alkoholische Getränke gab. Doch es war eine gute Übung in der Kunst des Zuhörens gewesen, die ihm noch von Nutzen sein sollte.

»Nein. Meine Mutter …« Sie seufzte und kämpfte wahrscheinlich mit sich, ob sie ihm antworten oder die Frage mit einem Witz vom Tisch fegen sollte. Allmählich war ihm diese vielsagende Pause bei ihr vertraut. »Ihre Mutter, meine Großmutter, war schon fast ein Profi darin, Dinnerpartys zu schmeißen. Sie las die Werke von Emily Post und June Dally-Watkins, so wie andere

Frauen in ihrer Position die Bibel lasen. Und sie hat dafür gesorgt, dass auch meine Mutter die Regeln kannte.«

»Sie war bestimmt auf einem Mädchenpensionat?«

»Mädchenpensionat«, wiederholte Mina und verdrehte die Augen. »Sie war auf einem Internat in der Nähe von Melbourne. So wie damals viele Mädchen vom Land.«

»Und du?«

»Wie, das steht nicht längst in deinem Notizbuch?« Sie trank einen Schluck von ihrem Wein. »Nein. Wir haben es versucht; ist in die Hose gegangen.«

»Wie das?«

»Ist das wieder einer von deinen Tests, wo du weißt, was passiert ist, und du überprüfst nur, ob ich dich belüge?«

Er zögerte. »Es gibt Gerüchte. Aber nein, ich weiß nicht, was passiert ist.«

»Du kennst mich ja jetzt. Ich mache mir nicht so leicht Freunde. Das erste Jahr lief ganz okay. Die anderen Mädchen waren freundlich zu mir, aber letztlich wohl nur, weil ihnen eingebläut worden war, dass mir etwas Schreckliches passiert war, weshalb sie nett zu mir sein sollten.«

»Und was hat sich nach dem ersten Jahr geändert?«

»Sagte ich doch schon. Das TV-Special. Mit einem Schlag kam das Gerücht auf, vielleicht wäre mir in Wirklichkeit nichts Schreckliches passiert. Vielleicht hätte ja ich etwas Schreckliches *getan*. Und gegenüber jemandem, der etwas Schreckliches getan hat, braucht man sich nicht nett zu benehmen. Wie auch immer!« Sie wechselte in einen krampfhaft unbeschwerten Ton. »Nachdem das also schiefgegangen war, hat sich meine Mutter wahrscheinlich gedacht, ein bisschen Übung in gesellschaftlichem Umgang könne mir nicht schaden. Benimmregeln und all dieser Schwachsinn. Ich hatte sogar einen Debütantinnenball.« Sie deutete mit dem Kinn auf ein Bild über der Spüle. Darauf posierte sie in einem Abendkleid aus weißer Seide auf der Kante eines kleinen Stuhls; ihr Gesicht war professionell geschminkt, und das Kinn ruhte auf ihrer in weißen Satin gehüllten Hand. Neben ihr stand ein Junge im Smoking, der ihr eine Hand auf die Schulter legte.

»Und wer ist das?«, fragte Lane.

Mina zuckte mit den Achseln. »Ich glaube, er hieß Gerald. Keine Person von besonderem Interesse, falls du das meinst. Er war der Sohn von einem Freund meines Vaters. Sie sind nach Nannine gezogen, als ich elf oder zwölf war.«

»Verstehe«, sagte er. Neben dem Bild auf dem Wandregal stand, allem Anschein nach bewusst so platziert, ein gerahmtes Foto von den beiden Mädchen im Kommunionkleid, auf dem ebenfalls weiße Handschuhe ins Auge sprangen, dazu Silberschmuck. Dieses Foto betonte die Abwesenheit eines der Mädchen vom ersten Bild, das dort ebenfalls in einem weißen Kleid hätte posieren sollen.

»Ich kenne also alle Regeln. Ich weiß, wie man einen Tisch deckt, und alles über royale Umgangsformen. Eigentlich käme ich gesellschaftlich blendend zurecht, würden alle anderen auch die Regeln kennen und sich daran halten.«

Sie trank einen größeren Schluck von ihrem Wein. »Bei Evelyn war alles natürlicher. Die Leute liebten sie, und nicht nur, weil sie hübsch war. Sie war so freundlich. Sie sprach auch gerne mit Fremden.« Das Wort »gerne« betonte sie wie etwas Schockierendes. »Ich war dagegen schon vorher nicht besonders kontaktfreudig. Evelyn fand schnell Anschluss, und ihre Freundinnen waren dann einfach auch meine. An der Uni hatte ich keine Freunde.«

»Und Alanna?«

»Das war später. Streng genommen habe ich sie von meiner Mutter geerbt. Anfangs waren die beiden befreundet.«

Lane stellte sein Glas ab und musterte Mina. Sie wirkte irgendwie anders, mit einer Offenheit, die er von ihr nicht gewohnt war.

Ihr sonst blasser Hals war gerötet. »Hattest du bereits was getrunken, bevor ich kam?«, fragte er.

»Na und?«, fragte sie. »Ich habe Geburtstag. Wenn man sich an seinem Geburtstag kein Duschbier gönnen darf, wann dann?«

»Das sollte auch keine Wertung sein.« Er überlegte. »Sagtest du Duschbier?«

»Ja.« Sie lachte. »Kaltes Bier und heißes Wasser, es gibt nichts Besseres, als beim Duschen ein Bier zu trinken. Macht man normalerweise, wenn man danach noch ins Pub geht oder so. Aber es war nur eins. Ich habe Geburtstag. Dass du jetzt ja nicht herumposaunst, ich wäre Alkoholikerin.«

»Hatte ich auch nicht vor«, sagte er. Doch er fragte sich ernsthaft, ob er mit ihr reden sollte, wenn sie nicht vollkommen nüchtern war.

»Hier, zum Gleichziehen.« Sie beugte sich vor und schenkte ihm nach, obwohl er sein Glas kaum angerührt hatte.

Wo sie recht hatte, hatte sie recht. Er hob es an die Lippen und trank einen Schluck. Sie waren hier schließlich einfach nur zusammen, um ihren Geburtstag zu feiern. Was sollte daran unethisch sein? »Weißt du, ich habe an der Uni auch keine Freundschaften geschlossen«, gestand er. »So ungewöhnlich ist das nicht.«

»Tatsächlich?«

»Ich bin mit achtzehn aus dem Haus, und ich bekam von meiner Familie keine finanzielle Unterstützung. Hätte ich Klausuren vermasselt, hätte ich das entsprechende Seminar nicht wiederholen können, und ich musste mir nebenher meinen Lebensunterhalt verdienen, mir blieb also nicht viel Zeit, mit den anderen Jungs was zu unternehmen.«

Damit hatte er gehofft, ihr ein bisschen näherzukommen, doch er hatte sich verschätzt. Sie zog so ruckartig den Kopf zurück, als habe er nach ihr geschnappt.

»Schon klar«, sagte sie. »Ich sollte dankbar dafür sein, dass ich im Studium nicht schuften musste, um über die Runden zu kommen.«

»So habe ich das nicht gemeint.«

»Ach so.« Sie starrte in ihr Glas. »Ich bin nicht gut in so was. War ich nie und werde ich nie sein. Evelyn wäre ein Naturtalent gewesen. All die Aufmerksamkeit, die Interviews. Mum hat das auch einmal zu mir gesagt, als ich in einem Greenroom geschmollt habe und partout nicht vor die Kamera wollte. Ich weiß nicht mal mehr, was für eine Sendung das war. ›Evelyn würde sich nicht so benehmen. Sie würde dir helfen wollen.‹ Ist nicht ganz dasselbe wie: ›Ich wünschte, sie hätten dich entführt und mir Evelyn gelassen‹ …«

»Läuft aber mehr oder weniger auf dasselbe hinaus«, bemerkte Lane.

»Allerdings, sie konnte ein ziemliches Biest sein …«, seufzte Mina. »Aber ich habe sie geliebt.« Mit einem gedämpften Klirren stellte sie ihr leeres Weinglas auf der Insel ab. Lane nippte an seinem Wein, um sich seine Reaktion gut zu überlegen. Sie wusste immer noch nicht, dass er Beverley persönlich begegnet war. Es gab eine Menge Dinge, die sie immer noch nicht über ihn wusste, über seine Verbindung zu Nannine. Gegen ihre sonstige Natur war sie so ehrlich mit ihm, und so viel, wie er vor ihr verbarg, lief letztlich jede Antwort von ihm auf eine Lüge hinaus.

»Kuchen?«, fragte sie.

»Ja, bitte«, sagte er, genau wie sie darauf bedacht, das Gespräch in ruhigeres Fahrwasser zurückzuführen.

Sie ging an den Kühlschrank und holte einen Kuchenbehälter heraus. Es war eine Schokotorte mit Erdbeeren und Schlagsahne. Das Stück, das sie ihm abschnitt, war eine Handbreit hoch, und schon von seinem Anblick tat ihm der Kiefer weh. Offenbar erwartete sie, dass er es mit der Hand aß.

»Könnte ich bitte eine Gabel haben?«, fragte er. Der Teig sah ziemlich weich aus, doch er war sich nicht sicher, ob er einfach einen großen Bissen hätte nehmen können, und er wollte sich die Peinlichkeit ersparen.

Zur Antwort lächelte sie nur leicht, und er fragte sich, ob sie die Bitte provoziert hatte. Nach all dem Gerede über June Dally-Watkins fand er es merkwürdig, dass sie ihm kein Besteck gegeben hatte.

Sie öffnete eine Schublade und reichte ihm eine kleine silberne Kuchengabel. »Mir ist aufgefallen, dass du Sachen zerschneidest, die die meisten Leute in einem Stück essen würden«, sagte sie. »Kannst du den Mund nur eingeschränkt öffnen?«

»Hast du diesen Kuchen gebacken, um diese Theorie auszuprobieren?«

Sie verdrehte die Augen. »Ich habe diesen Kuchen gebacken, weil ich Geburtstag habe. Aber ich hatte recht, stimmt's?«

»Nah dran.«

»Knapp daneben ist auch vorbei«, sagte sie.

»Das Problem habe ich nicht beim Öffnen, sondern beim Schließen«, räumte er ein. »Ich verfüge über sehr wenig Kaustärke, weil mein Kiefer aus mehr Metall als Knochen besteht.«

»Du meinst, er wurde rekonstruiert?«

»Als Jugendlicher habe ich ihn mir gebrochen.« Er erwiderte ihren Blick und hielt ihm stand. »Bin eine Steintreppe runtergefallen.«

»Hmm.« Sie nahm einen Bissen von ihrem eigenen Stück und kaute bedächtig. »Du siehst mir immer fest in die Augen, wenn du lügst. Erfordert das viel Übung?«

Er erstarrte. Es verwunderte eigentlich nicht, dass sie den Versuch, sie zu manipulieren, schnell durchschaute. Jeder lernte, was er zum Überleben brauchte. »Du hattest deine Schulung, ich hatte meine.«

»Ah.« Sie widmete sich wieder ihrem Kuchen, sah Lane aber erwartungsvoll an.

Bei ihm zog die Masche nicht. Er hatte kein Problem damit, zu schweigen. Aber sie hatte sich ihm geöffnet, und wenn sie morgen aufwachte und sich dafür schämte, sich schwach gezeigt zu haben, konnte er sich damit ihr Vertrauen gänzlich verscherzen. »Wie gesagt, ich bin schon mit achtzehn ausgezogen, du erinnerst dich? Mein Vater hat mir den Unterkiefer zertrümmert. Und meine linke Augenhöhle, nur dass das weniger bleibende Schäden hinterlassen hat.«

»Das tut mir leid«, sagte sie leise.

»Schon okay. Das Gute daran war, dass ich ihn danach nie wiedergesehen habe. Allerdings musste ich mich in den folgenden Jahren heimlich ins Haus schleichen, um meine Mutter und meine Schwester zu besuchen. Er, ähm ...« Lane schob den Kuchen weg und griff nach seinem Weinglas. »Er hatte auf einmal die fixe Idee, dass ein heranwachsender Junge seiner kleinen Schwester nicht zu nahe kommen sollte. Dass ich nachts die Hälfte der Windelwechsel und Fläschchen übernahm und die beiden schlafen konnten, dagegen hatte er nichts.« Das war zunächst dem reinen Selbsterhaltungstrieb geschuldet gewesen, bevor Geschwisterliebe daraus wurde – unter Schlafmangel war ihr Vater ein Albtraum. »Aber dann wurde ihm unsere Nähe plötzlich zu viel, und er ging auf mich los.«

Projektion, wie Lane inzwischen wusste. Abschaum glaubte immer, alle anderen könnten nur genauso sein, und sahen bei jedem die eigenen Sünden. Vielleicht hatte er aber auch bewusst die Voraussetzungen dafür schaffen wollen, mit dem Finger auf Lane zu zeigen, sollte er einmal erwischt werden. Jedenfalls hatte er gegenüber der Polizei behauptet, die Fotos auf seinem Computer könnten schließlich von Lane stammen. Die Anschuldigung war ins Leere gelaufen – den Beamten war von Anfang an klar, dass er nur einen Sündenbock suchte –, doch da das alles mitten in Lanes AFP-Ausbildung passierte, vergiftete es diesen Brunnen. Zumindest hatte es ihm die Entscheidung leichter gemacht, seinen Abschied zu nehmen.

»Ich …« Von seiner eigenen wackeligen Stimme überrascht, geriet er ins Stocken. Er wollte nicht weiterreden, aber nachdem er angefangen hatte, konnte er dem Drang, sich auszusprechen, nicht länger widerstehen. »Ich bin gegangen. Es war hart, aber ich habe es überlebt. Jahrelang habe ich versucht, Mum dazu zu bringen, ihn zu verlassen, und sie war immer kurz davor. Sie brauchte nur noch ein bisschen mehr Geld, ein bisschen mehr Zeit. Ich wusste, dass es da für Lynnie nicht sicher war, und ich habe meine eigene Sicherheit über ihre gestellt.«

Mina starrte ihn mit großen Augen an, und er konnte nicht sagen, was er darin sah. Abscheu?

»Kann ich mal deine Toilette benutzen?«, fragte er und sprang auf. Fast hätte er seinen Hocker umgestoßen, fing ihn aber im letzten Moment auf. Er brauchte ein paar Minuten, um sich wieder zu fassen.

»Klar«, sagte sie so leise, dass er sich vorbeugen musste, um sie zu hören. »Die mittlere Tür im Flur.«

* * *

Ihr Badezimmer war so schön wie das übrige Haus, mit blauen Kacheln und einer alten frei stehenden Badewanne mit Füßen. Er setzte sich auf den Wannenrand und konzentrierte sich auf seine Umgebung, um sich von seinen Gefühlen abzulenken. Die Armaturen waren ganz im Stil der Neunzigerjahre vergoldet, aber noch gut in Schuss und offensichtlich von exklusiver Qualität. Wetten, dass da Beverley nach ihrer Heirat Hand angelegt hatte.

Ihm wurde bewusst, dass es ein beachtlicher Vertrauensbeweis war, ihn hier hereinzulassen. Sie musste damit rechnen, dass er in diesem Moment ihre Badezimmerschränke inspizierte. Er sollte also nicht zu lange bleiben. Zum Schein betätigte er die Toilettenspülung und wusch sich die Hände.

Als er herauskam, stand Mina im Flur. Er warf einen Blick in die Küche und bemerkte, dass sie das Geschirr und die Gläser abgeräumt hatte. Er sah sie wieder an und machte sich darauf gefasst, den Laufpass zu bekommen.

»Ich vermute mal, du möchtest jetzt ins Schlafzimmer gehen?«, sagte sie stattdessen.

* * *

Zu seiner Erleichterung handelte es sich bei dem »Schlafzimmer« um ein kleines Wohnzimmer, mit einem bequemen Ledersessel und einem Regal, das von Büchern überquoll, alle mit rissigen Rücken, manche sogar ohne. Es stand in scharfem Kontrast zu dem Regal mit makellosen Büchern, das man von der Küche aus sehen konnte, jedes davon gekauft, um gut auszusehen und nie gelesen zu werden. Diesem behaglichen Raum dagegen sah man an, dass darin gelebt wurde – so wie es in den meisten vornehmen Häusern Zimmer gab, die Gäste nie zu Gesicht bekamen und die deshalb nicht vorzeigbar sein mussten.

Er brauchte einen Moment, um es mit dem Tatortfoto zusammenzubringen, das er über seinem Computertisch an die Wand geheftet hatte. Sie hatten die Wände neu gestrichen und die Gardinen ausgetauscht. Und natürlich waren auch die Betten der Zwillinge verschwunden.

»Ungefähr ein Jahr lang haben wir es so gelassen, wie es war«, erklärte Mina. »Wie eine Zeitkapsel. Für den Fall, dass Starrett noch einmal wiederkommen musste, um Details zu überprüfen, und nicht, weil wir es so wollten. Das heißt, wäre es nach Mum gegangen, hätten wir es wohl noch länger so gelassen. Dad bestand darauf, es umzudekorieren; er wollte nicht mit einem Schrein im Haus leben. Also haben wir das hier daraus gemacht.«

»Wow«, sagte Lane. Er war tief gerührt. Ihn in dieses Zimmer zu lassen, war sehr viel intimer als in den Raum, in dem Mina jetzt schlief. »Darf ich mich ein bisschen umsehen?«

»Ich habe dich nicht hergeführt, damit du meine Büchersammlung bewunderst«, erwiderte sie.

»Die aber durchaus beeindruckend ist«, sagte Lane. Unter anderen Umständen hätte er gerne in ihren vollständigen Pratchetts und Anne McCaffreys geblättert.

Als Erstes trat er ans Fenster. Es hatte einen altmodischen Holzrahmen mit Drückerschloss und ohne Fliegengitter. »Darf ich?«

»Du darfst tun und lassen, was du willst«, sagte Mina und machte es sich auf dem Sessel bequem.

Er schob das Fenster auf, und die Metallrollen ächzten, als sich das Paneel hob. »War das damals auch schon so laut?«

Sie nickte. »Neunzehn Jahre haben es nicht besser gemacht, aber wenn man das Alter dieses Fensters bedenkt, ist das gar nichts.«

»Wärst du davon aufgewacht?«

Sie schüttelte den Kopf.

Lane schloss das Fenster und schob es wieder hoch, um sich den Lärm, den es machte, noch einmal anzuhören. »Weißt du«, sagte er sanft, »niemand würde sich etwas dabei denken, wenn du etwas gehört und Angst gehabt hättest. Du warst neun – die Augen zuzukneifen, sich nicht zu rühren und schlafend zu stellen, wäre eine vollkommen normale Reaktion. Niemand würde dich dafür verurteilen.«

»Jede Menge Leute würden mich dafür verurteilen, verlass dich drauf«, sagte Mina mit zusammengebissenen Zähnen. »Aber ich habe nicht gehört, wie das Fenster auf- oder zugegangen ist. Ich bin nicht aufgewacht. Ich hatte einen festen Schlaf. Im Unterschied zu Evelyn.«

Lane machte große Augen. »Evelyn hatte einen leichten Schlaf?«

Mina nickte. »Sie wäre davon aufgewacht, dass ein Blatt vom Baum fällt, besonders wenn es heiß war.«

»Das habe ich noch nirgends gelesen.«

»Meine Eltern konnten zuweilen komisch sein. Manchmal logen sie über etwas, weil sie glaubten, es machte sie in den Augen anderer zu schlechten Eltern. Meistens bildeten sie sich das nur ein, niemand hätte sich etwas dabei gedacht. Aber Evelyns Schlafprobleme gehörten in diese Kategorie. Sie glaubten, ihr seltsames Schlafmuster könnte von elterlicher Nachlässigkeit zeugen oder einfach nur ihr Markenzeichen als ›perfekte Familie, von einer Tragödie zerstört‹ ankratzen.«

»Glaubst du, dass du« – Lane suchte nach einem Wort, das sie nicht verletzte – »dass du deshalb unbehelligt bliebst? Evelyn ist aufgewacht und du nicht? Und mit zwei Kindern fertigzuwerden, wäre schwierig gewesen.«

»Die Theorie gefällt mir zumindest besser als die, wonach er sich Evelyn ausgesucht hat, weil ich zu hässlich war.«

»Du bist nicht hässlich«, sagte Lane. »Und warst es auch damals nicht.«

Mina lachte. »Keine Angst, ich suche nicht nach Selbstbestätigung. Glaub mir, ich weiß, dass ich nicht der Glöckner von Notre-Dame bin. Aber mir ist auch klar, dass Evelyn im konventionellen Sinn hübscher war. Auch Mum hat kein Geheimnis daraus gemacht, dass sie es so sah. Hätten wir in der Stadt gelebt, hätte sie wahrscheinlich dafür gesorgt, dass Evelyn für die Kmart-Kataloge modelt.«

Lane lehnte sich aus dem Fenster und blickte nach unten. Die Höhe wäre machbar – bei einem Sprung hätte man sich nicht verletzt, wohl aber Geräusche verursacht. Hier hochzuklettern, wäre allerdings eine andere Geschichte – für jemanden, der um einiges größer war als er, jedoch wohl machbar. Oder für jemanden, der eine Trittleiter zur Hand hatte.

»Verschwende nicht zu viel Zeit mit diesem Fenster«, sagte Mina. »Das ist eine Sackgasse.«

»Du meinst, das haben schon zu viele vor mir untersucht?«, fragte Lane. »Und ich kann deshalb nichts Neues finden?«

Statt zu antworten, starrte Mina auf ihre gefalteten Hände.

Lanes Magen verkrampfte sich. »Mina«, sagte er behutsam, »wieso ist das Fenster eine Sackgasse?«

»Wieso redest du immer in diesem Ton mit mir?«, fauchte sie, »als versuchtest du, ein Katzenjunges, das du gerade aus dem Tierheim geholt hast, hinter dem Kühlschrank hervorzulocken. Miiiiina … Miiina.«

Ein treffender Vergleich. Mina hatte ihm etwas zu sagen, doch wenn er sie erschreckte, würde sie sich flach machen und erst recht an eine Stelle verkriechen, wo er nicht an sie herankam.

»Tut mir leid«, sagte er und bemühte sich um einen neutralen Ton. Er öffnete das Fenster noch einmal, langsamer diesmal, um zu sehen, ob es geräuschlos hochzuschieben war. Stattdessen quietschte es noch lauter. Er lehnte sich auf die Fensterbank und blickte über die rotbraunen Weiden und die Baumgruppen. Ein einziger Windradflügel ragte über die Kronen.

»Das muss ein prächtiges Kinderzimmer gewesen sein«, sagte er. »Mit einem fantastischen Blick, noch dazu gemütlich und groß.«

»Dabei haben wir uns immer darüber beklagt, dass wir es miteinander teilen mussten«, sagte sie mit trauriger Miene, und er fragte sich, wie oft sie sich bis zu ihrem neunten Lebensjahr wohl über einer Pusteblume oder beim Anblick eines Sterns gewünscht hatte, ein eigenes Zimmer zu haben, ein Wunsch, der auf so entsetzliche Weise in Erfüllung gehen sollte.

»Ich hatte nie ein eigenes Zimmer«, gestand er.

Sie blickte auf und sah ihn interessiert an. »Ist deine Schwester nicht viel jünger als du? Bis zu ihrer Geburt musst du doch ein eigenes Zimmer gehabt haben.«

Er schüttelte den Kopf. »Ich hatte überhaupt kein Zimmer. Wir lebten in einem Camper-Van, und ich habe mich in den Zwischenraum über dem Fahrerhaus gezwängt. Wenn ich morgens runterstieg, stand ich direkt in der Küche.«

»In einem Van? So einem, wie mein Dad ihn hat? Die sind winzig!«

»Unser Modell war überdurchschnittlich groß. Andererseits hatten wir es mit mehr Kram vollgestopft als dein Vater seins.« Er schob das Fenster quietschend zu.

»Ich denke, es kommt auch auf die Menschen an«, überlegte Mina laut. »Kein Haus ist groß genug, wenn man es mit einem Arschloch teilt.«

»Wie wahr«, erwiderte er. Er und Lynnie hatten sich sogar in einem noch kleineren Wohnwagen bestens verstanden. »War dieses Haus groß genug?«

»Meine Schwester und ich haben uns nicht gehasst«, stellte Mina klar.

»Und deine Mutter? Sie und Evelyn haben sich in der Nacht gestritten, oder?«

»Auf dem Volksfest gab es ein bisschen Streit, ja. Aber später …? Keine Ahnung.«

»Weil du dann geschlafen hast, richtig? Nachdem ihr vom Volksfest aufgebrochen seid, hast du Evelyn nie wieder gesehen.«

»Doch, habe ich, ich …« Sie runzelte die Stirn. »Woher weißt du, dass ich geschlafen habe?«

»Von Mrs Tamm. Du hast also geschlafen, sie aber trotzdem gesehen? Wann?«

Sie sah panisch aus. »Du bist doch wohl nicht einer von denen, oder? Du glaubst nicht, meine Mutter hätte sie getötet? Oder ich?«

»Nein«, antwortete Lane. »Das glaube ich nicht.«

»Und wieso nicht?«, hakte sie nach. »Das glauben schließlich viele. Höre ich da vielleicht ein kleines bisschen Neugier heraus? Zehn Prozent? Ein Prozent?«

»Null Prozent«, sagte Lane. »Zu einem großen Rätsel muss es nach der Erwartung vieler Leute auch eine sensationelle Lösung geben. Du brauchst dir nur anzusehen, was für ausgeklügelte Theorien in sich zusammenbrachen, als der Golden State Killer gefasst wurde. Die Leute wollten einfach an ein kriminelles Superhirn glauben, statt sich mit einem wütenden, gewalttätigen Mann abzufinden, der eigentlich genug Spuren hinterlassen hatte, um ihn schon viel früher zu schnappen. Bei Evelyn wünschen sie sich eine überraschende Wendung. Es soll jemand sein, dessen Namen sie schon kennen. Du hast Evelyn nicht umgebracht, das ist absurd.«

Mina schloss die Augen und holte tief Luft. Als sie sie wieder öffnete, waren ihre Wimpern feucht. »Aber du glaubst schon, dass sie jemand umgebracht hat, oder?«

»Ich glaube nicht, dass sie ein tolles Jobangebot in Sydney bekam und ohne sich zu verabschieden weggegangen ist«, sagte Lane. »Bleiben nur die zwei Möglichkeiten, dass sie entweder jemand in seine Gewalt bekommen und getötet oder sie entführt hat und gefangen hält. Letzteres finde ich so entsetzlich, dass ich es mir gar nicht ausmalen will.«

Mina nickte. »Ich weiß noch, wie, kurz bevor meine Mutter starb, diese zwei Frauen in Cleveland gefunden wurden, die zehn Jahre lang gefangen gehalten wurden.« Sie drückte sich die Fingerknöchel an die linke Augenbraue. »Die Namen fallen mir nicht mehr ein.«

»Ich weiß, wen du meinst«, sagte Lane. »Das muss so um 2012 gewesen sein, oder?«

»2013. Wir sahen in Mums Krankenhauszimmer gerade die Nachrichten, und sie war richtig glücklich. ›Seht ihr?‹, fragte sie immer wieder. ›Seht ihr?‹ Bis zu ihrem Tod hatte sie daran glauben wollen, dass Evelyn irgendwo bei irgendjemandem im Keller eingesperrt ist, und ich dachte immer nur …«

Lane streckte zögernd die Hand aus und berührte sie an der Schulter. Statt sie abzuschütteln, schmiegte sie sich hinein, und er fragte sich, wann sie das letzte Mal liebevoll berührt worden war. »Das tut mir leid.«

»Meine Mutter hat mich für ein Monster gehalten, weil ich hoffte, sie sei tot, aber das tue ich. Ich hoffe, sie ist tot.« Sie stieß einen langen, gequälten Seufzer aus. »Meine Vorstellung von einem Happy End geht so: Eines Tages gehen Echo und ich draußen spazieren, und ich stolpere über ihre sterblichen Überreste. Ich wünsche mir, dass es ein Unfall gewesen ist. Dass eine Schlange sie gebissen hat oder sie im Dunkeln gestürzt und auf den Kopf gefallen ist. Ich will, dass sie schnell und ohne Angst oder Schmerzen gestorben ist.«

»Das erscheint mir unmöglich«, erwiderte Lane. Nach ihrer Aufforderung, ihr nicht länger etwas vorzuspielen, war eine schonendere Formulierung unmöglich, und so sagte er es geradeheraus.

»Leichen sind schwerer zu finden, als die meisten glauben«, sagte sie. »Besonders auf unebenem Gelände. Es hat schon …« Ihr versagte die Stimme. »Es hat schon viele Fälle gegeben, wo Leichen auf einem Areal gefunden wurden, das bereits abgesucht worden war. Manchmal sogar mehrfach.«

»Nein, das Problem ist nicht nur die fehlende Leiche. Wie soll das möglich sein? Sie schlief in ihrem Bett. Wie soll sie nach deiner Version von hier nach da draußen gekommen sein, um dort irgendwo zu verunglücken?« Er zeigte zum Fenster.

Minas Gesicht verhärtete sich. »Ich habe der Polizei und der Presse gesagt, ich hätte sie das letzte Mal gesehen, als wir abends um acht ins Bett gegangen sind. Unsere Mutter hätte uns zwei Kapitel aus *Black Beauty* vorgelesen, eins für jeden von uns, dann das Licht ausgemacht, und ich hätte Evelyn nie wiedergesehen. Habe ich aber. Sie hat mich geweckt – wann, weiß ich nicht; ihrem Schlafrhythmus nach um Mitternacht oder etwas später. Sie wollte zum Windrad rüberlaufen und die Lichter vom Festplatz sehen. Ich habe ihr gesagt, sie soll mich in Ruhe lassen, und weitergeschlafen. Und ich habe sie nie wiedergesehen.«

Lane rauschte das Blut in den Ohren. »Sie war gar nicht hier? Sie könnte irgendwo anders im Haus gewesen sein? Oder irgendwo draußen?«

Mina nickte. »Vermutlich.«

»Wieso hast du das verheimlicht?«, platzte er heraus.

»Ich sehe nicht, was das für einen Unterschied macht«, erwiderte Mina. »An den Ermittlungen hätte es doch kaum etwas geändert.«

»Hast du schon mal darüber nachgedacht, diesen Spruch zu deinem Familienmotto zu machen?«, fragte Lane.

»Untersteh dich, mich mit meinem Vater zu vergleichen«, fauchte Mina und sprang auf.

Lane trat vor und stellte sich ihr entgegen. »Jede Ermittlung, meine eingeschlossen, ist davon ausgegangen, dass dieses Zimmer hier der Nullpunkt ist; von der Unmöglichkeit, unter der Nase ihrer schlafenden Schwester und Mutter ein Mädchen herauszuschmuggeln. Plus die fehlenden Reifenspuren und Fußabdrücke rings ums Haus. Keine Fingerabdrücke, keine Fasern, kein einziges Haar. Das macht den Fall so rätselhaft. Wenn die Annahme nicht stimmt, ändert sich damit alles.«

Sie starrte zu Boden und schien unter jedem Wort zusammenzuzucken. »Ob drinnen oder draußen ist doch egal.«

»Egal? Wieso hast du es nicht einfach gesagt?« Lane hatte Mühe, nicht die Stimme zu erheben. »Wieso hast du nicht die Wahrheit gesagt?«

»Ich wollte meine Mutter nicht wütend machen«, sagte sie kleinlaut. Sie kniff wieder die Lider zusammen und bekam diese roten Flecken unter den Augen, aber sie blieben trocken.

Lane war fassungslos. »Bei einer Neunjährigen kann ich das nachvollziehen, aber als du erwachsen warst, musst du doch gesehen haben …«

»Ich habe Nein gesagt«, unterbrach ihn Mina barsch. »Ich habe Nein gesagt, und deshalb ist sie alleine rausgegangen. Wäre ich mitgekommen, hätte ich vielleicht Hilfe holen können. Vielleicht wäre derjenige – wer oder was es auch immer war – abgehauen, wenn da statt eines Mädchens zwei gewesen wären. Hätte ich Ja gesagt, wäre sie vielleicht noch am Leben.«

Oh.

»Hey«, sagte Lane. Er fasste sie behutsam an den Oberarmen, und auch diesmal entspannte sie sich unter seinen Händen. »Dich trifft hier überhaupt keine Schuld. Hättest du Ja gesagt, wärt ihr jetzt beide tot.«

NEUNUNDZWANZIG

Es wäre so leicht, ihr Kinn ein wenig zu heben und das, was da zwischen ihnen aufkeimte, zuzulassen. Wenn sie jetzt den Kopf zurücklegte und durch die Wimpern zu ihm aufsähe, würde er sich – so sicher, wie das Licht anging, wenn man den Schalter umlegte – zu ihr vorbeugen und sie küssen.

Aber sich erst die Kindheitstraumata gestehen und dann rummachen? Wäre das nicht genau das Muster, das ihr ein Leben lang alles kaputt gemacht hatte? In dem Fall würde Evelyn auch noch ihr Liebesleben übernehmen und es vergiften. So toxisch wie eine Baumwoll-Seidenpflanze.

Sie seufzte, lehnte den Kopf an seinen Oberarm und schloss die Augen. Sie staunte, wie gut es tat, das Geheimnis nicht länger mit sich herumzuschleppen. So eine kleine Sache und von solchem Gewicht.

Lane schien zu spüren, dass der emotional aufgeladene Moment verebbte. Er ließ ihre Arme los. Sie vermisste den Körperkontakt, aber jagte ihm nicht nach.

»Bring mich zum Windrad«, sagte Lane.

»Das hast du doch schon gesehen«, wandte Mina ein. »Es ist dasselbe, auf das ich dich bei deinem ersten Besuch mitgenommen habe.«

Dabei war es keine bewusste Entscheidung gewesen, sondern ihr nur vernünftig erschienen. Es stimmte, dass man von da oben aus fast die ganze Farm überblicken konnte. Im Nachhinein dämmerte ihr allerdings, dass das Windrad die ganze Zeit in ihrem Unterbewusstsein gelauert hatte und ein Teil von ihr gehofft hatte, Lane könnte ihren geheimen Wunsch bestätigen.

»Ich weiß«, sagte er. »Bring mich hin. Zeig mir, auf welchem Weg sie dahin gegangen wäre.«

»In Ordnung«, antwortete sie mit wackliger Stimme. »Ihr Bett war auf dieser Seite und meins da. Sie ist folglich hier langgegangen.« Sie führte ihn zur Tür.

Sie folgte Evelyns Geist durch den Flur zur Dreckschleuse am anderen Ende. Lane kam hinterher.

»Bist du sicher, dass sie zur Hintertür gegangen wäre? Wenn sie nun etwas aus der Küche wollte?«

»Um in die Küche zu kommen, hätte sie an Mums Zimmer vorbeigemusst, und Mum schlief immer bei offener Tür. Schon möglich, dass sie da entlanggegangen ist, aber wohl eher hinten raus.«

Sie öffnete die Tür zur Dreckschleuse. Ihre Mutter wäre entsetzt, wenn sie jetzt sehen könnte, wie sie einen Besucher hierherführte – es war gelebtes Leben hinter den Kulissen, sorgfältig verborgen. An einer Wand war Brennholz gestapelt, an der anderen stand eine niedrige Bank, mit Schuhen und Stiefeln darauf und darunter. Darüber hingen jede Menge Jacken, Mäntel, Mützen und Schals an einem Hakenbrett. Der Waffenschrank war in einer Ecke im Boden verbolzt. Sie überlegte einen Moment, ob sie auf einem so langen Weg das Gewehr mitnehmen sollte, aber da es Lane beim ersten Mal eine Höllenangst eingejagt hatte, entschied sie sich dagegen.

Sie griff nach der Maglite-Taschenlampe, die auf der Fensterbank stand. Auch wenn es erst Nachmittag war, wurde es um diese Jahreszeit früher dunkel, als man dachte.

Lane fasste sie am Ellbogen. »Stand die damals schon hier?«

»Ja, wir haben hier schon immer eine Taschenlampe stehen«, sagte sie. »Nicht diese hier – die halten zwar lange, aber so lange nun auch wieder nicht.«

»Müsste sie die nicht mitgenommen haben, wenn sie mitten in der Nacht rausgegangen ist?«, fragte Lane. Er klang seltsam.

»Ich denke schon.« Sie starrte auf die Taschenlampe. Wann genau hatten sie die ersetzt?

»Wurde dieser Raum von der Spurensicherung fotografiert?«, fragte er. »Ich habe nie Aufnahmen davon gesehen.«

»Keine Ahnung«, sagte sie. »Ich war nicht hier, als der Fotograf kam. Meine Mutter müsste Abzüge in ihren Unterlagen haben.«

Er machte auf dem Absatz kehrt und lief den Flur entlang, ohne sie nach dem Weg zu fragen. Mit einem Mal folgte sie ihm, in ihrem eigenen Haus. »Ist das hier das Arbeitszimmer?«, fragte er und zeigte auf die geschlossene Tür zum Gästezimmer.

»Nein«, sagte sie. »Geh wieder in die Küche, ich bringe dir die Fotos.«

Sie schlüpfte in das Arbeitszimmer und war froh, für einen Moment seinem plötzlichen Enthusiasmus zu entkommen. Sie wusste, dass er sie abblitzen lassen würde, wenn sie ihn fragte, was an der Taschenlampe so wichtig sei. Sie lehnte sich mit dem Rücken an die geschlossene Tür und spielte mit dem Gedanken, zu ihm zurückzugehen und ihn zu bitten, das Haus zu verlassen. Aber sie hatte ihn hergeholt, um zu ermitteln, oder? Wieso sollte sie ihn vor den Kopf stoßen, wenn er versuchte, genau das zu tun?

Dank des perfekten Ablagesystems ihrer Mutter fand sie die Bilder binnen Sekunden.

Als sie wieder in die Küche kam, saß Lane buchstäblich auf der Stuhlkante. Dafür, dass sie gerade eben noch geglaubt hatte, da wäre etwas zwischen ihnen, kam sie sich jetzt ziemlich dämlich vor. Keinen Moment lang hatte er sie so angesehen wie den Umschlag mit den Fotos in ihrer Hand.

Er öffnete ihn so aufgeregt wie ein Kind, das ein Päckchen Tauschkarten aufreißt, und legte die Bilder auf der Küchentheke aus. Sie goss sich noch ein Glas Wein ein, um das unangenehme Gefühl hinunterzuspülen, das es ihr bereitete, ihm bei seiner Sichtung zuzusehen. Auf den Fotos waren die Spielsachen aus ihrer Kindheit, ihre Notenblätter zu *My Little Pony*, Evelyns Fahrradhelm auf einem Beistelltisch. Auf einem Bild vom Badezimmer hing ein winziger rosa Schlüpfer an einem Handtuchhalter.

»Da!«, sagte Lane aufgeregt und zeigte mit dem Finger auf das Foto von der Dreckschleuse. Das Fensterbrett war leer. Keine Taschenlampe.

»Und was heißt das jetzt?«

»Ich habe diese Taschenlampe schon mal gesehen«, sagte Lane.

Bevor er sich weiter erklären konnte, klingelte sein Handy. Das Leuchten in seinen Augen verlosch. »Da muss ich rangehen.« Mit einem entschuldigenden Lächeln verschwand er vor die Tür.

Sie wartete auf seine Rückkehr, doch wenige Minuten später sprang draußen der Motor seines Wagens an, und durchs Fenster sah sie, wie er in einer Staubwolke davonfuhr.

DREISSIG

»Hey, Lynnie, was gibt's?«, fragte er in aufgesetzt unbeschwertem Ton. Sie würden sich in wenigen Tagen wiedersehen, sodass er bei ihr wäre, wenn die Bewährungskommission zu einer Entscheidung kam. Er hoffte, sie wollte ihn nur bitten, ihr irgendetwas mitzubringen, doch so kurz vor der Anhörung tat sich beim Anblick ihres Namens auf dem Display in der Magengegend ein Abgrund auf.

Ihrem schweren Atem nach meldete sie sich nicht nur, um zu hören, wie es ihm so ging. »Die wollen ihn entlassen.«

»Lynnie, hey, alles gut«, sagte er. »Das lasse ich nicht zu, versprochen.« Aus Sorge, dass Mina ihn von drinnen hören könnte, trat er von der Tür zurück. »Ich habe was rausgefunden, okay? Ist zwar noch nicht genug, aber ich brauche nur noch ein paar Tage …«

»Nein, ich meine es ernst. Die Kommission hat seinem Antrag stattgegeben.«

Mist, sie musste einen Albtraum gehabt haben oder so. »Die Anhörung ist doch erst in einer Woche.«

»Nein«, sagte sie so leise, dass er sie kaum hören konnte. »Die Anhörung war heute.«

»Nein.« Unmöglich, dass er das Datum durcheinandergebracht hatte. Sie hatte ihm den achtzehnten April genannt, die konnten also unmöglich … »Du hast mir das falsche Datum genannt?«

»Tut mir leid.« Jetzt weinte sie.

Lane stützte sich mit der Handfläche am Stamm des Apfelbaums ab. Wie schlimm musste er es als Vormund vermasselt haben, wenn sie ihn anlügen musste, um ihn von der Anhörung fernzuhalten? Hatte sie gefürchtet, er würde eine Szene machen?

Er hatte geglaubt, seine Gefühle immer gut unter dem Deckel gehalten und seine eigenen Belange hintangestellt zu haben. Offenbar lag er damit falsch.

»Ich bin jetzt erwachsen«, sagte sie. »Ich dachte, ich könnte … Du solltest nicht immer alles stehen und liegen lassen müssen, um mir beizustehen.«

»Nein, Süße, nein, das ist doch keine Last. Nicht, wenn es um dich geht.«

Panik breitete sich in ihm aus. Er brauchte mehr Zeit. »Ich hätte meinen Einspruch einreichen sollen«, schluchzte sie. »Das ist meine Schuld.«

»Nein«, widersprach er. »Du kannst nichts dafür.«

»Und wenn er nun jemand anderem was antut, und ich hätte verhindern können, dass er rauskommt? Ich hätte einfach nur einen Brief schreiben müssen. Wieso bin ich zu feige, einen einzigen Brief zu schreiben?«

»Du wirst niemals für etwas verantwortlich sein, das er tut. Niemals.« Er schloss die Augen und musste sich beherrschen, um nicht mit der Faust gegen Minas Haustür zu schlagen. Wieso war er hier? Wieso hatte er auf Lynnie gehört, statt auf der Stelle nach Canberra zurückzufahren, als er von der Bewährungsanhörung erfuhr? »Wie viel Zeit bleibt noch bis zu seiner Entlassung?«

»Sieben Tage.«

Besser als nichts. Er war so nah dran. »Hast du jemanden, der heute Nacht bei dir sein kann? Ich komme so schnell wie möglich, ich muss hier nur noch was erledigen.« Er sah auf die Uhr. Vier. Wenn er Vollgas gab, konnte er es noch zur Polizeiwache schaffen, bevor sie Feierabend machten.

»Chelsea ist hier«, sagte sie.

Das musste genügen.

* * *

Diesmal war die Sicherheitstür zur Station abgeschlossen, und Starrett zeigte sich auf sein Klingeln mit misstrauischer Miene. Es hatte nichts mit dem herzlichen Empfang bei seinem letzten Besuch gemein, aber er konnte es ihr nicht verübeln. Seit seiner Ankunft hatte er ihr nichts als Unannehmlichkeiten bereitet.

Die Sache mit Hendrik Tamm war nicht nur ein Schuss in den Ofen gewesen; sie hätte Starrett und sämtliche Kollegen wegen ihres Umgangs mit dem Alibi in große Verlegenheit bringen können. Und für den Fall, dass er oder einer der anderen, die davon wussten, mit der ganzen Geschichte an die Öffentlichkeit ging, hing das Damoklesschwert immer noch über ihr.

Wäre er am Tag seiner Ankunft in Nannine zu ihr gegangen und hätte ihr die Wahrheit gesagt, wäre alles anders gelaufen. Aber er hatte mehr gewollt. Er hatte derjenige sein wollen, der den Fall löst.

Er hatte sicherstellen wollen, dass er das Geld bekommt.

Jetzt war er auf Starretts Hilfe angewiesen, und er verfügte über keine zusätzlichen Beweise, um zu rechtfertigen, dass er sie so lange im Dunkeln gelassen hatte.

Sie führte ihn nicht in den Pausenraum, sondern ins Vernehmungszimmer und wies ihm den Stuhl des Befragten zu.

»Ich bin Ihnen gegenüber nicht ganz aufrichtig gewesen«, sagte er. »Ich bin in den Fall persönlich involviert.«

Starretts Gesicht gab keine Regung zu erkennen, doch sie lehnte sich auf ihrem Stuhl zurück und verschränkte die Arme. »Inwiefern?«

»Im Mai 1999 war ich hier. Meine Familie war in Nannine. Ich war damals vierzehn und habe mit meiner Mutter als Schausteller gearbeitet. Sie, mein Vater und ich waren in der Nacht, in der Evelyn entführt wurde, auf dem Festgelände.«

Starrett stand auf, verließ den Raum und schloss die Tür hinter sich. Minuten verstrichen, und er fragte sich, ob sie vielleicht nach nebenan verschwunden war, um ihn durch den Einwegspiegel zu beobachten. Er hielt den Blick gesenkt und setzte eine unschuldige Miene auf.

Sie kehrte mit einer Akte zurück. Diesmal achtete er auf den Namen darauf – MCCREERY, mit einem Aktenzeichen dahinter, demzufolge dies ein Teil einer ganzen Reihe war. Endlich die echte McCreery-Akte. Starrett drehte sie so um, dass er, wenn sie den Ordner aufschlug, nicht hineinsehen konnte. Eine gute Strategie. Gib dem Befragten nie zu erkennen, was du weißt.

»Ich habe noch nie auf dieser Seite des Tisches gesessen«, witzelte er. Es klang wie der krampfhafte Versuch, sich heiter zu geben, und das war es auch. »Brauche ich einen Anwalt?«

Starrett sah ihn über ihre Brille hinweg an. »Bitten Sie um einen Anwalt?«

»Nein.« Es hätte zu viel Zeit gekostet, einen aufzutreiben. »Ich habe nichts angestellt.«

»Mm-hmm.«

Sie legte ein Blatt auf den Tisch. Es war die Liste mit den Schaustellern, auf der jede Person mit einer Reihe Symbolen gekennzeichnet war, deren Bedeutung vermutlich nur die ermittelnden Beamten kannten. »Ich habe einen Moment gebraucht, Sie zu finden. Lane Holland, geboren 1983, für den ›Gewichtratenstand‹ verantwortlich. Kein Vorstrafenregister, Alibi durch einen anderen Angestellten, nicht befragt. Ich bin nicht mal auf die Idee gekommen, in der Akte nach Ihrem Namen zu suchen.«

Lane an ihrer Stelle hätte danach gesucht.

»Und da haben wir Ihre Mutter.« Sie zeigte auf Sharon Holland, geboren 1961. Zwei der Symbole neben ihrem Namen waren mit denen zu Lanes Eintrag identisch, eins anders. Demnach bedeutete das Sternchen neben seinem Namen »Nicht befragt« und das Sternchen mit einem Kreis neben ihrem »befragt«. »Zu einem weiteren Holland haben wir hier keinen Eintrag. Hat Ihr Vater einen anderen Nachnamen?«

»Er heißt auch Lane Holland, so wie ich.« Der arrogante Bastard, seinem Sohn denselben Namen aufzubürden. »Aber er war hier.«

Lane schwieg. Vielleicht sollte er sich doch diesen Anwalt nehmen. Aber falls sie Anklage erheben wollte, hatte seine Mutter mit ihrer Falschaussage eine Straftat begangen, und die war für den Arm des Gesetzes nicht mehr erreichbar. »Er hätte eigentlich nicht vor Ort sein dürfen. Er hatte ein paar Wochen zuvor einen Platzverweis bekommen und meine Mutter der Festleitung erzählt, sie hätte ihn ebenfalls vor die Tür gesetzt.«

»Weshalb der Platzverweis?«

»Keine Ahnung. Ich war noch ein Kind.«

Das stimmte insofern, als ihm keine Einzelheiten bekannt waren, aber er hatte es trotzdem gewusst. Man konnte einem Vierzehnjährigen erzählen, dass sein Dad des Diebstahls angeklagt war. Man konnte ihm auch etwas von Trunkenheit am Steuer erzählen, oder dass er in einem Wutanfall mit der Faust zugeschlagen hätte oder dass er einfach nur einmal zu oft zu spät gekommen sei. Aber wenn man dem Vierzehnjährigen erzählte: »Darum mach du dir mal keine Sorgen, ist sowieso nichts dran«, engte das die Bandbreite auf einige wenige Verbrechen ein.

»Verstehe.« Sie blätterte ein paar Seiten hin und her und hielt inne, um eine davon zu lesen. »Aber in Wirklichkeit war er noch da?«

»Er hätte sich eigentlich im Camper-Van verstecken sollen. Wir brauchten nur noch eine weitere Veranstaltung, um das nötige Geld zusammenzuhaben und uns eine andere Truppe zu suchen. Aber er schlich sich für die Nacht nach draußen und kam erst am Morgen zurück. Er sagte, er sei im Pub gewesen, aber das war unmöglich. Der machte um elf Uhr dicht, und das einzige Zimmer war an Hendrik Tamm vermietet. Folglich hat er von elf Uhr nachts bis ungefähr acht am nächsten Morgen kein Alibi.«

Auch wenn sie es blitzschnell kaschierte, verzog sie bei der Erwähnung von Hendrik das Gesicht. Er wünschte sich, ihn nicht nennen zu müssen, aber es ging nicht anders. »Sie wissen, dass Hendrik Tamm sein Firmenfahrzeug, seinen Ute, in der Nacht am Pub geparkt hatte?«

»Ja, und ich weiß auch, dass er noch da war, als er zurückkam. Meinen Sie nicht, er hätte es angezeigt, wenn sich jemand an dem Ute zu schaffen gemacht hätte?«

»Nur wenn er es bemerkt hätte. Betrunkene Jugendliche, die für eine Spritztour einen Wagen klauen, hinterlassen daran ihre Spuren. In den Neunzigerjahren gab es all die Sicherheitsvorkehrungen noch nicht, die jetzt Standard sind. Ich weiß, wie man einen mit einem simplen Taschenmesser zünden kann.« Er verstummte und setzte ein charmantes Lächeln auf. »Ich meine, als ich es zu reinen Lehrzwecken und mit der ausdrücklichen Genehmigung des Fahrzeughalters versucht habe, war es erstaunlich leicht, und zwar ohne die Werkzeuge, die ein gewohnheitsmäßiger Autodieb dabeihat.«

Sie wirkte nachdenklich, aber nicht so beeindruckt wie erhofft. Sie tippte auf die Namensliste. »Wenn Ihr Vater nicht auf dieser Liste steht, dann muss Ihre Mutter eine Aussage unterschrieben haben, wonach nur Sie beide in Ihrem Van lebten.«

»Gegen meinen Vater war ein Haftbefehl in Kraft. Sie hatte Angst, dass er festgenommen würde und es der Festleitung zu Ohren käme, sodass wir beide vielleicht für die letzten beiden Tage nicht mehr bei ihnen arbeiten dürften. Mein Vater prophezeite uns, wie wir, wenn er hinter Gittern schmorte, mit fünfzig Cent in der Tasche auf der Straße liegen blieben, ohne genug Benzin bis zur nächsten Stadt.« Er wechselte in die gedehnte Sprechweise seines Vaters. »›Gott, Sharon, ich hatte schließlich nichts damit zu tun. Für die Suche ist das doch total egal.‹«

»Und wofür war der Haftbefehl?«

Er beugte sich vor. »Autodiebstahl.«

Wieder stand Starrett auf und ging. Wahrscheinlich hatte sie vor, den Namen durch die Datenbank zu jagen und festzustellen, ob er die Wahrheit sagte.

Auf dem Tisch klingelte sein Handy. Es war eine unterdrückte Nummer, und er ließ es klingeln, bis es von selbst verstummte. Der Anrufer hinterließ keine Nachricht.

Starrett kam wieder herein. Auch wenn sie nach wie vor keine Miene verzog, ließ sie sich schwer auf den Stuhl fallen. Unter der ungerührten Oberfläche hatte sich aus dem anfänglichen Misstrauen ein Sturm der Entrüstung zusammengebraut. »Ihr Vater sitzt nicht wegen Autodiebstahls im Gefängnis.«

»Es ist eine verstörende Akte, ich weiß«, sagte er. »Und da steht nur die halbe Wahrheit drin.«

Die Anklage wegen Autodiebstahls nahm sich verglichen mit dem, was die Polizei auf seinem Laptop gefunden hatte und was bei Lynnies Befragung in der Gerichtsmedizin ans Licht gekommen war, harmlos aus. Seines Wissens sah die Polizei zwischen der ursprünglichen Verhaftung seines Vaters und den weitaus schwereren Verbrechen im Gefolge keine Verbindung.

»In der Nacht, in der er verhaftet wurde, hatte er einem Ehepaar, das in einem Restaurant seinen Hochzeitstag feierte, einen Wagen gestohlen. Ursprünglich lautete die Anklage auf versuchten Einbruch, weil er mit ihren Schlüsseln in der Hand auf dem Weg zu ihrem Haus war. Aber ich glaube nicht, dass er einen Einbruchdiebstahl plante. In dem Haus war die sechsjährige Tochter Alexandra mit einem Babysitter.«

Starrett blickte ihm ungerührt ins Gesicht. Innerlich flehte er sie an, die Puzzleteile, die er ihr vorlegte – Hendriks Ute, Evelyn, der gestohlene Wagen, Alexandra, Lynnie – zu nehmen und so wie er zu einem Bild zusammenzufügen.

Doch unter dem grellen Neonlicht klang das alles lächerlich. In all den Nächten, die er wach gelegen und darüber nachgegrübelt hatte, war es ihm offensichtlich erschienen, dabei waren es letztendlich nur Schlussfolgerungen. Er war sich sicher gewesen, dass sein Vater Evelyn entführt hatte, weil er sich sicher gewesen war, dass er geplant hatte, Alexandra zu entführen. Und er war sich sicher gewesen, dass er geplant hatte, Alexandra zu entführen, weil er sich sicher gewesen war, dass er Evelyn entführt hatte.

»Alexandra ist jetzt einundzwanzig. Sie bekommt bald ein Baby.«

Starrett seufzte. »Was ist das eigentlich für ein Spiel, das Sie hier spielen, Mr Holland? Als Sie das erste Mal zu mir kamen, zum Fall Christa Rennold, wenn ich das bemerken darf, hielten Sie das alles offenbar nicht für erwähnenswert.«

Darauf fiel ihm keine Antwort ein. »Bitte«, sagte er nur. »Er wird in einer Woche entlassen.«

»Und ich nehme an, das wollen Sie verhindern.« Ihre Miene wurde einen Hauch freundlicher. »Ich verstehe, wenn Sie Angst vor Rache haben. Ich kann Ihnen dabei helfen, ein gerichtliches Kontaktverbot …«

»Es ist mir egal, ob er hinter mir her ist«, fauchte Lane. »Soll er doch. Hören Sie! Er war für fünfzehn Jahre hinter Gittern, weit weg von allem, was ihm je Spaß gemacht hat. Was glauben Sie, was jemand wie er tut, wenn er rauskommt? Er genehmigt sich ein Bier, einen McChicken und reichlich Fritten dazu, und dann geht er auf die Jagd nach jemandem, dem er wehtun kann. Ich hoffe, dass ich das bin. Das wäre hier das beste Szenario. Aber ich glaube nicht, dass er hinter mir her ist.«

Starrett öffnete eine andere Akte, diesmal ohne darauf zu achten, ob Lane den Inhalt sah oder nicht. Darin befanden sich mehrere Dokumente, mit je einem Briefumschlag an die Vorderseite geheftet. »In letzter Zeit sind sie weniger geworden, aber im Durchschnitt bekommen wir noch alle drei Jahre Briefe von Leuten, die davon überzeugt sind, dass ihr Vater Evelyn ermordet hat. Oder ihr Bruder. Oder ihr Großvater. Oder Sohn. Und die glauben das alle aufrichtig. Dieses Land ist voll von Männern mit einer Gewaltbiografie, die in den späten Neunzigerjahren entweder als Saisonarbeiter auf Farmen oder als Fernfahrer unterwegs oder zu dem Zeitpunkt einfach nur arbeitslos und unauffindbar waren.«

»Wie viele von denen können beweisen, dass ihr Verdächtiger an dem Tag genau hier in Nannine war?«

»Und können Sie das beweisen? Mit einem Foto? Einer Aussage von Ihrem Vater, in der er zugibt, dass er hier war? Oder durch einen Mitarbeiter des Volksfestes, der Ihre Geschichte bezeugen kann?«

»Nein. Aber *ich* habe ihn gesehen. Auch *mein* Zeugnis ist ein Beweis.«

»Ihre Zeugenaussage ist von Ihrem verzweifelten Wunsch beeinflusst, die Entlassung Ihres Vaters zu verhindern. Er kann auf die Aussage Ihrer Mutter verweisen, dass er nicht hier war, eine Zeugenaussage, die sie selbst nach seiner Verurteilung nie widerrufen hat.«

Lane spürte, wie ihm alles zwischen den Fingern zerrann. Das hier war seine letzte Chance, und er bekam Starrett nicht dazu, ihm zuzuhören. »Da ist noch etwas. In meiner Jugend hatten wir eine Maglite-Taschenlampe. Ich weiß bis heute, wie sie in der Hand lag, sie war so schwer. Wir hatten sie vier Jahre lang, und als sie schließlich den Geist aufgab, habe ich die Marke nachgeschlagen, um eine neue zu kaufen. Aber die kostete mehrere Hundert Dollar. Ich weiß, das klingt nicht nach furchtbar viel, aber für uns war das damals ein irrer Batzen Geld. Zehn Dollar für eine neue Taschenlampe auszugeben, wäre uns schon schwergefallen. Aber auf wundersame Weise kam mein Vater mit so einer Maglite heim. Ich schwöre, dass ich sie vor dem Mai 1999 nie gesehen hatte. Und Mina McCreery hat mir erzählt, ihre sei in der Nacht, in der Evelyn verschwand, plötzlich nicht mehr da gewesen.«

Starrett sah ihn an und verzog genervt den Mund.

Ihm hatte die Entdeckung mit der Taschenlampe genügt. Plötzlich hatte alles zusammengepasst und ihn überzeugt, dass er sich das Ganze nicht zusammengesponnen hatte. Doch als er es jetzt Starrett gegenüber laut aussprach, wurde ihm klar, wie wenig das alles tatsächlich bewies. Er konnte sie nicht dazu bringen, dasselbe Bild zu sehen. Sie war nicht dabei gewesen. Sie hatte nicht das Grinsen im Gesicht seines Vaters gesehen, jedes Mal, wenn er die Taschenlampe benutzte.

»Mr Holland«, sagte Starrett eisig, »womit Sie mir hier kommen, ist eine Zeugenaussage, die einer anderen Zeugin widerspricht und die besagt, dass Sie Ihren Vater mit einer teuren Taschenlampe gesehen haben. Einer teuren Taschenlampe, die im damaligen Tatortverzeichnis nicht aufgeführt ist.«

»Mina hat erst jetzt gemerkt …«

»Ja. Im Lauf Ihrer Ermittlung ist Miss McCreery plötzlich wieder eine fehlende Taschenlampe eingefallen, die Ihren Vater mit diesem Verbrechen in Verbindung bringen könnte. Weil Sie sich in diese Ermittlung eingebracht und dabei verschwiegen haben, dass Sie eine Person von besonderem Interesse sind. Haben Sie jemals gesehen, wie sich ein Verteidiger vor Glück in die Hose macht, Mr Holland? Denn wenn ich auf der Grundlage dessen, was Sie mir heute hier erzählt haben, versuche, eine Anklage zu erwirken, dann bekommen Sie genau das zu sehen.« Starrett knallte die Akte zu. »Raus. Und ich meine nicht nur, aus dieser Wache. Verschwinden Sie aus dieser Stadt und von dieser Familie, bevor Sie weiteren Schaden anrichten können.«

EINUNDDREISSIG

Mina angelte sich eine Gabel aus der Schublade. Sie spießte ein Stück Kuchen auf und schob es sich in den Mund. Scheiß drauf, sie war allein, und sie hatte Geburtstag.

Ihre Haut im Nacken kribbelte, ein Flush, der langsam höher stieg. Sie holte tief Luft. Noch nie hatte sie eine Panikattacke im Haus bekommen. Sie wollte hochrennen, die Tür abschließen und sich im Bett verkriechen. Aber im Haus sollte sie sich sicher fühlen. Der Bereich, in dem sie klarkam, schrumpfte immer mehr zusammen, und wenn sie sich jetzt in ihr Schlafzimmer zurückzog, traute sie sich vielleicht nie wieder die Treppe hinunter.

Für Momente, in denen ihre Angststörung außer Kontrolle geriet, hatte sie ein verschreibungspflichtiges Medikament. Sie ging ins Badezimmer und öffnete den Medizinschrank. Sie hatte eine Murmel so von innen an der Tür platziert, dass sie herausgerollt wäre und Lane überführt hätte, wenn er versucht hätte, darin herumzuschnüffeln. Hatte er offensichtlich nicht, denn die Murmel fiel jetzt herunter und drehte sich im Waschbecken im Kreis, bis sie klirrend im Abfluss liegen blieb.

Sie griff nach der Packung und zögerte. Sie hatte getrunken, und beides vertrug sich nicht. Na schön. Scheiß drauf.

Sie kehrte in die Küche zurück und goss sich noch ein Glas Wein ein. Wo die Flasche schon mal auf war, konnte Mina sie auch zu Ende trinken.

Es war gut, dass er weggefahren war, sagte sie sich. Wäre er geblieben, hätte sie etwas Dämliches getan.

Sie hätte einfach mit Alanna ins Northern Territory fahren sollen. Sie hätte jetzt dort sein können, und sie hätten zusammen den Sonnenuntergang über dem Uluru beobachtet. Nein, stimmte nicht ganz. Das Territory war eine halbe Stunde hinterher und nicht voraus. Aber egal, wie spät es dort gerade war, Alanna war in diesem Moment wahrscheinlich mit ihrer Schwester da draußen in goldenes Licht getaucht.

Sie griff nach der Ansichtskarte, die Lane mit der Post hereingebracht hatte. Es war nichts Besonderes – einfach nur Alannas hübsche, schnörkelige Handschrift. *Happy Birthday. Ich denke an dich.* Sie musste die Karte nach ihrer Landung noch am Flughafen gekauft und eingeworfen haben, damit sie rechtzeitig eintraf. Alanna war immer so verdammt fürsorglich. Und sie hatte so viel Verständnis gezeigt; natürlich hatte Mina nach allem, was passiert war, nicht verreisen können.

Es entbehrte nicht einer gewissen Ironie, dass ihre Mutter ernsthaft geglaubt hatte, Mina würde Alanna von Hilfe sein.

Sie sollte diesen schrecklichen Wein öffnen, den Lane mitgebracht hatte, überlegte sie. Da sie schon eine Flasche zu drei Vierteln intus hatte, wäre das hier wahrscheinlich die einzige Gelegenheit, zu der er ihr trinkbar erschien.

Schon ein bisschen seltsam, dass Alanna noch nicht angerufen hatte. Sie leerte den Rest der ersten Flasche in ihr Glas und dachte darüber nach. Andererseits lag es auf der Hand, dass in dem Moment, wo Christa ihr die Tür aufmachte, Mina der letzte Mensch war, an den Alanna dachte.

Sie könnte sich die Fotos ansehen, fiel ihr ein. Alanna machte pausenlos Schnappschüsse und stellte sie online. Offensichtlich verband sie das mit ihrer Schwester, den Fotos nach zu urteilen, die Lane von ihr hatte. Sie konnte einfach mal nachsehen, was Alanna so trieb.

Sie ging an ihren Computer. Er war alt, aber funktionstüchtig – vollkommen ausreichend für Heimarbeit und für ihren Vater und seine Investmentfonds. Darüber hinaus benutzte sie ihn gelegentlich für Lebensmittelbestellungen und Onlinekäufe. Sie hatte eine

App darauf installiert, die eigentlich für Eltern gedacht war, um ihre Kinder von Pornoseiten fernzuhalten, und die alle anderen Webseiten blockierte. Sie war als eine zusätzliche Hürde gedacht, damit sie in dunklen Nächten nicht in Versuchung geriet, den Computer einzuschalten und ins Internet zu gehen. Es sollte ihr nur Zeit verschaffen, es sich zu überlegen.

Es dauerte eine Ewigkeit, das Ding hochzufahren, sodass sie sich fragte, ob es nun endgültig draufgegangen war. Doch nach ein paar Minuten hatte sie das Passwort eingegeben, um sämtliche Sperren auszuschalten.

Sie hatte vergessen, wie sie auf Alannas Instagram-Seite kam – am Ende behalf sie sich einfach damit, ihren vollen Namen bei Google einzugeben. Die Seite kam als zweites Suchergebnis.

Das erste war ein Thread auf MyMurder.

Sie biss die Zähne zusammen und scrollte zum Instagram-Link weiter. Sie machte sich auf all die Erlebnisse gefasst, die ihr nicht vergönnt waren – Wasserfälle und Cocktails und Selfies von Christa und Alanna Wange an Wange. Sie fand nichts dergleichen. Das letzte Bild war von vor einer Woche, dem Abreisetag, ein Buch auf einem schwarzen Koffer, mit einer Bordkarte als Lesezeichen.

Sie verließ Instagram und lehnte sich zurück. Von der unerwarteten, herben Enttäuschung oder auch vom Wein war ihr schwindelig.

Definitiv sollte sie den MyMurder-Link nicht anklicken.

Es war eine katastrophale Idee. Sie würde nur die ganze Nacht aufbleiben und sich den ganzen Schrott, all die Gemeinheiten über sich reinziehen und danach eine Woche lang mit dem Gefühl herumlaufen, dringend duschen zu müssen, selbst während sie unter der Dusche stand.

Sie klickte auf den Link.

MyMurder war ein Internet-Fossil: Ein australisches Diskussionsforum über Verbrechen, das genau im richtigen Moment ins

Leben gerufen worden und dann auf der Welle der Aufmerksamkeit mitgeschwommen war, die das Verschwinden ihrer Schwester auf sich gezogen hatte. Das Forum hatte es nie nötig gehabt, seine Ästhetik der frühen Nullerjahre weiterzuentwickeln, stellte folglich so etwas wie eine Zeitkapsel dar. Die User eröffneten Threads, und die Antworten erschienen untereinander in einem einzigen fortlaufenden Chat. Neben jedem Post war ein Kästchen mit dem Avatar des jeweiligen Users, dem Usernamen und einem kurzen Text, etwa mit einem Zitat oder einer Kurzbiografie. Die meisten stellten kein Bild von sich ein, sondern eins von ihrem Lieblingsfall, sodass das Ganze wirkte, als habe sich da eine Gruppe berühmter Mordopfer zu einer Post-mortem-Unterhaltung versammelt. Mina schluckte die aufkommende Übelkeit herunter.

Der Thread war kurz – der Post bestand aus nur wenigen Sätzen über Christas Entführung, er erwähnte Alanna mit Namen und enthielt einen Link zu einem Artikel, den Mina bereits gelesen hatte. Nur zwei Leute hatten geantwortet: Der eine User kritisierte die Pflegemutter der Mädchen dafür, sie unbeaufsichtigt draußen vor dem Haus gelassen zu haben, der andere argumentierte, Gunthers Handlungsweise sei verständlich, da die Familiengerichte nun einmal Väter hassten und ihnen nicht zu trauen sei.

Darunter folgte die Kategorie: »Die beliebtesten Posts von heute«. Mina blieb an ihrem eigenen Namen hängen.

Inspektor: Ist hier irgendjemand persönlich involviert? Oder seid ihr alle nur solche Creeps wie ich?

LionSong: Ich kenne Mina McCreery im realen Leben.

Mina fühlte sich, als wäre sie aus sich herausgetreten, stünde hinter dem Stuhl und sähe zu, wie sich ihre Hand bewegte und den Thread öffnete. Der User LionSong hatte mit den anderen eine spontane Frage-und-Antwort-Session eröffnet. Sie überflog die Antworten auf der Suche nach einem Irrtum, einer von diesen modernen Legenden, einer erfundenen Geschichte, die zeigte, dass derjenige log oder dass es sich dabei um einen Troll handelte. Dann hätte sie die Sache abhaken können. Käme man gegen die Trolle an, hätten ihre Mutter und ihr Vater das schon vor langer Zeit getan. Ihre Mutter hatte sie einfach ignoriert. Das mit den Trollen bewies nur, dass die Leute zuhörten. Gib noch mehr Interviews, schreibe noch mehr Zeitungsartikel, bring dein trauriges Gesicht in die Frauenzeitschriften. Ihr Vater hatte Mina ermutigt, sich rarer zu machen und aus den Interviews herauszuhalten. Die Schule zu verlassen und zu Hause unterrichtet zu werden. Sich aus dem Internet zu verabschieden und auf der Farm zu bleiben. Früher oder später, so sein Kalkül, würden sie das Interesse an ihr verlieren.

Seitdem waren neunzehn Jahre vergangen, und die anderen User hatten sofort nach dem Köder geschnappt. Die Fragen umfassten das ganze Spektrum, von leicht zu recherchierenden Informationen bis zu unverhohlen gehässigen Bemerkungen. Die Antworten fielen kurz und knapp aus und waren zu hundert Prozent korrekt.

Ein User fragte nach Minas Miss-Nannine-Showgirl-Kostüm. *Trägt sie das auch zu Hause, wie Miss Havisham?* – irgendwie witzig, nur leider auf ihre Kosten. Tatsächlich hatte ihre Mutter ständig Evelyns Sonntagskleid aus dem Schrank gezerrt. Manchmal entdeckte Mina sie in ihrem ehemaligen Zimmer, wo sie, das verknitterte Kleid auf dem Schoß, vor dem Fenster auf dem Boden saß und nur stumm an die Wand starrte. Einmal war Mina zu ihr gegangen und hatte sich neben sie gesetzt. Ihre Mutter ließ sich zur Seite fallen, und Mina stemmte sich gegen ihr Gewicht. *Ich will meine Tochter wiederhaben,* schluchzte ihre Mutter. Mina war damals zehn. Von da an hatte sie Abstand von ihr gehalten.

Es hat nie ein Kostüm gegeben, erwiderte LionSong. *Sie trug dasselbe Kleid wie jede Woche in der Kirche. So wie alle anderen Mädchen auch. Es hatte nichts mit diesen perversen Schönheitswettbewerben für Kinder zu tun.*

Minas Magen zog sich zusammen. Der Wind wehte in ihren Haaren, und unter ihren Füßen schwankte der Metallboden des Windrads. Genau das hatte sie zu Lane gesagt, oder?

ZWEIUNDDREISSIG

Lane taumelte in die Sonne hinaus. Als ihn eine Woge der Übelkeit überkam, musste er sich an einen Laternenpfosten lehnen. Er kniff die Augen zu und hoffte, nicht in den Streifen trockener Erde zu kotzen, in dem einmal eine Wonga-Wonga-Rebe gesteckt hatte. In dem Fall würde Starrett wahrscheinlich herauskommen und ihn wegen Vandalismus anzeigen.

Verflucht noch mal, er hätte um einen Anwalt bitten sollen.

Okay, okay. Er musste erst mal einen klaren Kopf bekommen. Starrett brauchte mehr Beweise. Vielleicht konnte er noch einmal mit anderen Schaustellern von damals reden. Als sein Vater am Samstagmorgen zurückgekommen war, waren schon einige Leute auf gewesen. Irgendjemand hatte ihn bestimmt gesehen. Er benötigte nur ein bisschen mehr Zeit. Das war zu schaffen.

In der Tasche klingelte sein Handy. Wieder war die Nummer auf dem Display anonym. Für eine Sekunde kämpfte er mit sich, ob er rangehen sollte. Bei einer anonymen Nummer war die Wahrscheinlichkeit hoch, dass es sich um eine Inkassofirma handelte, es konnte aber auch jemand vom Gericht sein, der wegen der Entlassung seines Vaters anrief. Er tippte auf Grün. »Hallo?«, meldete er sich vorsichtig.

»Lane.«

»Mina, hey, ich muss mich …«

Mina schnitt ihm das Wort ab. »Ich weiß Bescheid.«

Mist. Offenbar hatte Starrett in der Sekunde angerufen, als er die Tür hinter sich zuzog. »Hör mal, lass mich dir bitte …«

»Nein. Spar dir deine lahmen Erklärungen, Lane. Ich habe dir vertraut. Du weißt, wie scheiße ich es finde, wenn mich …« Sie ließ den Satz unvollendet und holte mühsam Luft. Sie weinte.

»Mina, bitte …«

»Wenn du mir noch einmal unter die Augen trittst, beantrage ich ein Kontaktverbot. Verzieh dich, Lane.«

Sie trennte die Verbindung.

* * *

Auf der Fahrt von der Polizeiwache setzte die Aura ein – Vorbote einer Migräne, die sich wie ein Schraubenzieher durch sein Gehirn ins Auge bohren würde. Er verließ die Straße und parkte auf dem Rasen vor der Kirche. Er war nur einen Kilometer von seiner Wohnung entfernt, traute sich aber nicht zu, es sicher bis dorthin zu schaffen. Das hier durfte nicht damit enden, dass er gegen einen Baum fuhr.

Er holte sein Handy heraus und schrieb Lynnie, dass er es nicht schaffen würde. Wahrscheinlich brachte er sämtliche Buchstaben durcheinander, und die Autokorrektur machte einen Wortsalat daraus, doch er hoffte, dass sie das Wesentliche verstand. Dass er sie, so wie jedes Mal, hängen ließ.

Wenn er seine letzte Nacht so wie seine ersten Nächte in Nannine zusammengekauert auf dem Rücksitz seines Wagens verbrachte, schloss sich der Kreis.

DREIUNDDREISSIG

Am nächsten Morgen lief Mina nach ihrem gewohnten Marsch zu ihrem Ute und stellte fest, dass sie sich an nichts erinnern konnte, was sie auf ihrem Weg gesehen hatte. Sie war gelaufen, so viel war klar, weil ihr die Beine wehtaten und Grassamen an ihrer Hose hingen, doch vor Wortfetzen aus dem Forum schwirrte ihr derart der Kopf, dass sie blind vor sich hin gestapft und mit den Gedanken woanders gewesen war. Sie sicherte das Gewehr in der Halterung auf der Ladefläche und stieg ein. Sie verstaute die Karte, ohne den Abschnitt zu markieren, setzte sich hinters Lenkrad und versuchte, sich zu sammeln. Sie brauchte jemanden, der ihr dabei helfen konnte, Klarheit in das alles zu bringen. Normalerweise wäre das Alanna gewesen, doch jetzt musste sie jemand anderen finden. Deirdre? Starrett? Ihr Vater?

Sie wünschte, ihre Mutter wäre hier.

Sie nahm die Kurve auf die Straße zu schnell, sodass das Heck in der staubigen Erde ausbrach. Instinktiv trat sie mit aller Kraft auf die Bremse – der schlimmste Fehler, den sie machen konnte. Sie kam noch mehr ins Schleudern, und in der Windschutzscheibe drehte sich der Himmel. Sie schoss von der Straße und landete, mangels Randstein oder Bankett, geradewegs im Graben. Der Sitzgurt schnitt ihr in Schulter und Hüfte, ihr Kopf flog zur Seite und schlug gegen die Scheibe.

Der Ute hing in einem gefährlichen Winkel auf der Seite. Sie wartete und horchte auf das Zischen des Motors, um zu sehen, ob der Wagen ganz umkippen würde. Als er ganz sicher zum Stehen gekommen war, schnallte sie sich ab, kroch heraus und kletterte auf die Straße hinauf.

Sie drückte die Finger an die Schläfen. Möglicherweise hatte sie für einige Tage einen hässlichen Bluterguss, aber Schlimmeres war offenbar nicht passiert. Ihre Ohren klingelten nicht, und in ihrem Gesichtsfeld schwammen keine blinden Flecken. Sie betastete ihren Nacken, um schmerzempfindliche Stellen auszumachen.

Alles in bester Ordnung.

Sie musterte den Wagen, der in weniger guter Verfassung war, entdeckte auf Anhieb aber nichts, was ein Mechaniker nicht wieder reparieren könnte. Es sei denn, das Fahrgestell hätte etwas abbekommen, das sie so nicht sehen konnte.

Sie ging ihre Möglichkeiten durch. Sie befand sich an ihrem eigenen Gartentor, würde bis zum Haus jedoch zu Fuß eine Stunde brauchen. Oder sie holte das Satellitentelefon aus dem Handschuhfach und rief Hilfe. In der Zeit, die jemand bis hierher brauchte, wäre sie allerdings längst daheim. An diesem Morgen war es noch relativ kühl – sie hatte im Wagen nicht einmal die Klimaanlage eingeschaltet. In wenigen Stunden würde die Temperatur auf dreißig Grad steigen, doch im Moment war keine der beiden Optionen gefährlich, sondern nur beschwerlich.

Sie hatte die halbe Strecke bis zum Haus geschafft, als es hinter ihr hupte. Sie sah sich um und erblickte Alanna, die in ihrem kleinen grauen Corolla in ihre Richtung kam. Als sie Mina sah, machte Alanna ein besorgtes Gesicht und fuhr heran.

»Alles in Ordnung bei dir?«, rief sie und öffnete ihre Tür. »Ich habe den Ute gesehen.«

»Oh, alles super«, antwortete Mina und strich sich mit der Hand übers Gesicht. Es fühlte sich heiß an und hatte mit Sicherheit rote Flecken, so wie immer, wenn sie sich aufgeregt hatte. Wahrscheinlich hatte sie schon vor dem Unfall so ausgesehen. »Ich habe mich gelangweilt und beschlossen, mit einer kleinen Spritztour querfeldein etwas Pepp in mein Leben zu bringen.«

»Soll ich einen Abschleppwagen rufen?«

Mina staunte nicht schlecht. Der nächste Abschleppdienst war in Danby, aus der Luft gar nicht mal so weit, doch am Boden lagen Welten dazwischen.

»Auf keinen Fall. Erstens liegen wir hier außerhalb von deren Servicebereich, und wenn sie doch rauskämen, kostete das zweitens ein Vermögen. Kannst du mich bis zum Haus mitnehmen? Ich komme heute Nachmittag mit dem Traktor zurück und hole ihn selbst raus.«

Sie stieg auf der Beifahrerseite ein. Während sie auf die Straße zurückfuhr, musterte Alanna sie mit einem verstohlenen Blick. Offensichtlich war ihr nicht entgangen, dass Mina vollkommen neben sich stand, und zwar so, dass es durch den kleinen Unfall nicht zu erklären war. Doch ihre Freundin sprach sie nicht darauf an, was Mina zu schätzen wusste.

»Wieso bist du hier? Solltest du nicht noch im Norden sein?«

»Ich bin gestern Nacht gelandet. Eigentlich wollte ich länger bleiben, aber ich musste mich nach den billigsten Flügen richten. Außerdem warst du nicht dabei, und diese zusätzlichen Tage waren eigentlich dafür gedacht, zusammen deinen Geburtstag zu feiern.«

Richtig. Hätte sie Ja gesagt, würde sie jetzt in einem Hotel aufwachen und ihren Kater pflegen, statt sich zu fühlen, als hätte Lane ihr Innerstes nach außen gekehrt.

»Ich habe übrigens vorher angerufen«, sagte Alanna in aufgesetzt heiterem Ton. »Bin aber direkt auf deiner Mailbox gelandet. Ich dachte mir, wenn ich rauskomme, bin ich auf der sicheren Seite – wenn du nicht zu Hause bist, dann bist du in Nannine, und ich würde deinen Ute auf der Durchfahrt sehen.«

Die messerscharfe Analyse gab Mina ein seltsames Gefühl. »Clever.«

»Hast du meine Karte bekommen?«

»Jetzt vergiss mal meinen Geburtstag. Was ist auf deiner Reise passiert?«

»Also, ich habe mit Keva gesprochen«, antwortete Alanna. Ihr ausdrucksloser Ton sagte mehr als ihre Worte.

»O nein«, sagte Mina. »Mein Gott. Bist du sicher?«

»Hundert Prozent«, erwiderte Alanna. Sie holte mit zusammengebissenen Zähnen Luft, um nicht loszuheulen. »Sie haben mir ihre Babyfotos gezeigt. Hunderte davon. Sie und ihre Mum waren erstaunlich nett, wenn man bedenkt, dass sie meine Anrufe ignoriert hatten und ich einfach bei ihnen auf der Matte stand und wegen meiner ach so lange vermissten Schwester geschluchzt habe. Was sie übrigens ist, aber« – sie rieb sich mit der Innenseite des Handgelenks das Auge – »die falsche.«

»Im Ernst?«

»Im Ernst.« Alanna fuhr bis vors Haus und stellte den Motor ab. »Dad hatte eine ganze verfickte zweite Familie da draußen im Northern Territory. Keva ist vier Jahre jünger als ich und ein Jahr älter als Christa.«

»War er da?«

Alanna schüttelte den Kopf. »Nein. Sie haben auch schon lange nichts mehr von ihm gehört. Hat sich wahrscheinlich davongemacht und eine dritte Familie gegründet.«

»Himmel. Das tut mir so leid.«

Gespielt beiläufig zuckte Alanna mit den Schultern. »Na ja, zurück auf Start, schätze ich mal. Meinst du, ich kann mir deinen Privatdetektiv noch mal ausleihen?«

Mina stieß ein bitteres Lachen aus. »Den kannst du behalten. Falls Lane Holland es wagt, noch mal hier aufzukreuzen, kann er sich mit meinem Gewehr unterhalten.«

»Was zum Teufel ist passiert?«

Mina war sich nicht sicher, wie viel sie Alanna preisgeben sollte. Sie wollte ihr nichts von dem Trinkgelage an ihrem Geburtstag erzählen oder davon, wie es weitergegangen war, oder davon, was in ihr vorgegangen war, als er sich über die Fotos beugte. »Ich habe herausgefunden, dass er im Internet meine persönlichen Angelegenheiten vor aller Welt breitgetreten hat.«

Alanna erbleichte. »Wie meinst du das?«

»Ich bin auf MyMurder gegangen und …«

»Ich dachte, du schaust da grundsätzlich nicht rein«, fiel ihr Alanna ins Wort. »Du findest es doch schrecklich.«

»Ja, schon, aber wie gut, dass ich doch mal reingegangen bin, sonst würde ich diesem schmierigen Arschloch immer noch den roten Teppich ausrollen. Manches von dem Mist, den er in dem Forum geschrieben hat, ist so persönlich, so vertraulich, dass ich kotzen könnte. Er hat mir weisgemacht, er sei ein anständiger Kerl, wo er in Wahrheit ein Soziopath oder was weiß ich sein muss. Ich werde wohl oder übel ein Kontaktverbot gegen ihn erwirken müssen.«

»So schlimm kann es doch nicht sein«, sagte Alanna leise.

»Nicht so schlimm? *Nicht so schlimm?*«, brüllte Mina. »Hier, hör dir das an.« Sie schnappte sich Alannas Handy von der Mittelkonsole und versuchte, das Forum aufzurufen.

»Hey, lass das«, sagte Alanna und riss ihr das Gerät aus der Hand. Sie deutete mit dem Kinn aufs Haus. »Oder willst du, dass ich da reingehe und in deiner Unterwäscheschublade wühle?« Sie drehte das Handy mit der Rückseite zu Mina und tippte wie wild auf dem Display. »Nach welchem Usernamen soll ich suchen?«

»LionSong«, sagte Mina. »Mit großem S.«

Alanna wurde blass, als habe schon der Name einen fürchterlichen Klang, doch bevor Mina sie danach fragen konnte, drückte Alanna ihr das Telefon wieder in die Hand. Mina scrollte den Thread herunter und hielt das Handy so, dass es auch Alanna sehen konnte, und selbst beim zweiten Mal drehte sich ihr der Magen um. Sie hatte ihn in ihr Haus gelassen. Sie hatte ihm so viele Dinge erzählt, die sonst niemand wusste. Wie schnell würde das alles jetzt auf MyMurder auftauchen, erst recht, nachdem

Lane nun nicht mehr verbergen musste, wer hinter dem Account steckte?

Sie war so nah dran gewesen, mit ihm zu schlafen. Ein einziger verstohlener, hoffnungsvoller Blick oder ein weiterer Schritt von ihm in dem Moment, in dem sie geschwankt hatte, und sie hätte es getan. Sie wirbelte auf ihrem Sitz herum und riss die Tür auf, um sich jeden Moment zu übergeben.

»Diese Kommentare sehen doch ganz vernünftig aus«, sagte Alanna. »Die auf der ersten Seite richten sich größtenteils gegen die Spinner und verteidigen dich.«

Mina zählte ihre Atemzüge, bis sich der bittere Geschmack im Mund legte. »Es geht um die Heimlichtuerei«, sagte sie. »Selbst wenn jeder Post mich in den Himmel heben würde, wäre es trotzdem hinterhältig von ihm, sich jeden Tag in einem Forum über mich auszulassen.« Sie scrollte zu dem Post herunter, nach dem sie suchte. »Aber nicht alle davon verteidigen mich. Hör dir das hier an. Ein anderer User fragt: *Was sehen die meisten Leute falsch an Mina?* Und er schreibt: *Mit dem, was die Leute richtig sehen, wäre man schneller durch.* Und viele der typischen Legenden werden hier immer wieder durchgekaut. Zum Beispiel das hier – *viele glauben, Beverley hätte Mina nicht gemocht, und Mina hätte ständig ihrer Anerkennung hinterhergehechelt. In Wahrheit war ihre Beziehung zwar schrecklich, aber das meiste Gift kam von Mina. Nach Beverleys Tod hat Mina* Woman's Day *ein Statement von ihr drucken lassen, in dem es heißt: ›Wir haben beschlossen, die sterblichen Überreste meiner Mutter einäschern zu lassen und ihre Asche hier auf der Farm zu verstreuen. Meine Mutter kennt jetzt die Wahrheit. Ich hoffe einfach nur, dass ein Teil von ihr mit Evelyn die letzte Ruhe findet.‹ Gott, mit Sicherheit hat jeder, der in der Schlange im Supermarkt in dem Heft geblättert hat, verzweifelt nach seinem Taschentuch gekramt. Aber wer Mina kennt, wer weiß, wie sie über ihre Mutter redet, sieht in diesem Statement genügend Sarkasmus, um damit Glas zu ätzen.*«

Mina starrte auf das Handy. Sie hatte Lane ihre Wut über ihre Mutter gestanden, aber erst an ihrem Geburtstag. Dieser Post hier war aber älter. Stammte er doch nicht von ihm?

Alanna war jetzt weiß wie die Wand. »Aber es stimmt«, sagte sie leise.

»Das ist *meine* Wahrheit«, konterte Mina. »Sie gehört mir und nicht ins verfickte Internet.«

»Ich …« Alanna beugte sich herüber und nahm ihr Handy wieder an sich. Mit zitternden Händen schaltete sie das Display aus, und Mina hatte das Gefühl, als würde ihr Herz in den Magen heruntergezogen.

»Das bist du«, sagte sie.

Für den Bruchteil einer Sekunde schien Alanna mit sich zu kämpfen, ob sie es leugnen sollte. Schließlich nickte sie. »Ich hatte anfangs gar nicht vor, über dich zu reden«, gestand sie. »Du hast wahrscheinlich nicht bis zu den frühesten Posts gelesen, denn ich habe mich nur angemeldet, um über Christas Fall zu reden und zu sehen, ob jemand interessante Ideen oder Vorschläge für mich hat. Aber der Fall hat nun mal keinen Bekanntheitsgrad. Er ist kein Markenzeichen. Meine Threads bekamen nur eine Handvoll Aufrufe und vielleicht ein, zwei Kommentare, die nutzlos waren. Und wenn ich dann sah, wie jemand etwas Schreckliches über dich oder Evelyn schrieb, habe ich gekontert und etwas dazu gesagt.« Sie streckte und schloss die Finger auf dem Lenkrad. »Und jeder Post über Evelyn bekam im Vergleich zu meinen früheren Nachrichten die zehnfache Aufmerksamkeit. Und dann bin ich zu Keva gefahren. Ich hatte wohl ein kleines bisschen Hoffnung geschöpft, Christa zurückzubekommen. Und so« – sie schluchzte auf – »habe ich mich betrunken und angefangen, das Forum vollzuspammen. Ich dachte, wenn ich nur ein bisschen Aufmerksamkeit bekomme, sehen sie sich vielleicht auch endlich einmal einen Post über Christa an.«

»Aber du wusstest«, sagte Mina, »du wusstest, wie sehr ich dieses Forum hasse. Wie sehr mich das verletzen würde. Noch dazu von meiner Freundin.«

»Du bist meine Freundin«, sagte Alanna. »Ich habe dich lieb. Aber Christa liebe ich mehr.«

»Mein Gott!« Mina hielt sich die Hände vors Gesicht. »Mein Gott, ich habe Lane angeschrien deswegen.«

»Ach, das ist dir das Wichtigste bei der ganzen Sache?«, fragte Alanna mit erhobener Stimme. »Mina, du weißt so gut wie ich, dass du ihm scheißegal bist, oder? Genauso, wie ihm Evelyn scheißegal ist und Christa.«

»Er war näher dran, sie zu finden, als alle anderen in neunzehn Jahren.«

»Nein, das stimmt nicht. Erst hat er bei meiner Familie all den Mist wieder aufgerührt und meine Mutter damit verrückt gemacht, Christa käme wieder heim, und in dem Moment, wo du seine Anrufe entgegengenommen hast, hat er auf meine nicht mehr reagiert. Christa und ich waren nur das Trittbrett, um an dich heranzukommen. Und nicht etwa, weil du ihm so wichtig bist.« Alanna brüllte jetzt. »Du hältst dich für so misstrauisch, aber er brauchte dir offenbar nur ein bisschen die Hand zu halten, die Wange zu tätscheln, und du himmelst ihn an. Dabei will er nichts weiter als das Geld und seinen Namen in den Nachrichten.«

»Willst du mich allen Ernstes darüber belehren, wem ich wirklich etwas bedeute?«, schnauzte Mina. »Und wer mich nur benutzt, um Aufmerksamkeit zu schinden? Es tut mir leid, okay? Es tut mir leid, dass Keva nicht Christa ist. Es tut mir leid, dass meine Schwester anders als deine während einer Nachrichtenflaute verschwunden ist. Es tut mir leid, dass wir uns die Sendezeit nicht mit den Olympischen Spielen teilen mussten. Es tut mir leid, dass meine Familie so gottverdammt fotogen war und die Medien mit hochauflösenden Fotos füttern konnte. Falls du es nicht bemerkt hast, hat uns das herzlich wenig gebracht.«

»Christas Fall ist wegen deiner Mum untergegangen, Mina, verflucht noch mal«, schrie Alanna zurück.

Mina zuckte wie unter einem Schlag zurück. »Was?« Alanna und ihre Mutter waren befreundet gewesen. Wo kam das auf einmal her? »Was? Du meinst, sie hat die Geschichte unterdrückt, damit sie nicht von Evelyn ablenkt? Meine Mutter hatte zwar ein Händchen für die Medien, aber so viel Einfluss hatte sie denn doch nicht. Das ist absurd.«

»So habe ich das auch nicht gemeint. Ich habe es auch gerade erst erfahren. Deirdre und ich haben uns brutal offen ausgesprochen, als ich nach Hause kam. Als Christa entführt wurde, hat sich deine Mum bei meiner gemeldet. Mehr oder weniger ist daraus die Selbsthilfegruppe entstanden. Aber dann kam diese kleine Nummer von dir mit dem Hund …«

»Das war keine Nummer. Der Polizist hat …«

»Darum geht es nicht. Ich wollte damit sagen, dass deine Mutter sah, wie dir das alles um die Ohren flog, und ihr dämmerte, dass sie mit dem Medienrummel ein Monster geschaffen hatte, das ihr über den Kopf wuchs. Und dich aufgefressen hat. Deshalb hat meine Mutter Christas Geschichte nicht an die große Glocke gehängt, sondern alles darangesetzt, dass sie in der Versenkung verschwindet. Sie hoffte, die Polizei würde im Stillen daran weiterarbeiten und Christa könne ohne diesen Medienzirkus eines Tages wieder nach Hause kommen. Aber …«

»Nein«, protestiere Mina. »Nein, das … nein. Meine Mutter hat bis zuletzt nichts davon bereut. Sie ist in der Gewissheit gestorben, die richtigen Entscheidungen getroffen zu haben. In ihrem Testament hat sie die Belohnung noch mal verdoppelt, um weiter für Schlagzeilen zu sorgen. Noch auf dem Sterbebett musste ich ihr versprechen, bei einer Neuauflage ihres Buchs zu helfen.«

»Ich habe immer …« Alanna schnappte nach Luft. »Was bei den Gruppentreffen passiert, ist eigentlich vertraulich. Deine

Mutter hat lange daran teilgenommen, lange bevor du und ich uns kennengelernt haben. Sie war vor dir meine Freundin. Und was das alles mit dir machte, tat ihr unendlich leid. Aber damals glaubte sie aufrichtig daran, dass Evelyn noch am Leben ist. Und jedes Mal, wenn sie mit der Presse sprach, hoffte sie, dass es Evelyn vielleicht sah. Für sie war es die einzige Möglichkeit, mit ihrer Tochter zu reden.«

Mina starrte durch die Windschutzscheibe, bis ihre Augen brannten. »Ich muss jetzt rein. Es tut mir leid, dass du dir den weiten Weg gemacht hast, aber ich muss rein.« Sie stieg aus und knallte die Wagentür hinter sich zu.

* * *

Sie rief Lane an und wurde sofort auf seine Mailbox geleitet. Sie legte auf, ohne eine Nachricht zu hinterlassen, doch es klingelte prompt. Sie meldete sich in der Hoffnung, dass er es war.

»Miss McCreery«, sagte Starrett. »Ich rufe an, um Ihnen mitzuteilen, dass Lane Holland gestern auf die Wache gekommen ist.«

Oh. Das ergab Sinn – da Mina seine Erklärungen nicht hatte hören wollen, hatte er sich damit eben an Starrett gewandt.

»Keine Sorge«, sagte Mina. »Ist alles ein ziemlicher Schlamassel, aber es war nur ein Missverständnis.«

»Ein Missverständnis?«, wiederholte Starrett perplex. »Ich verstehe nicht, wie …«

Mina wollte sich nur wieder ins Bett verkriechen. »Ich versuche, es zu klären, okay? Alles gut.«

»Mina«, erwiderte Starrett ernst, »sein Verhalten gibt mir zu denken. Reden Sie nicht mit ihm. Und falls er noch einmal auf der Farm auftaucht, rufen Sie mich bitte sofort an.«

»Was ist denn passiert?«, fragte Mina. Starrett neigte nicht zu Übertreibungen, was nahelegte, dass sich Lane auf der Wache nicht nur über ein Missverständnis zu ein paar Posts in einem Forum ausgelassen hatte.

»In Evelyns Fall ist Bewegung gekommen. Wir verfolgen einen neuen Ermittlungsansatz.«

»Oh.« Mina versuchte, einen Funken Interesse, einen Funken Hoffnung zu zeigen, doch sie war einfach nur entsetzlich müde. Nach den letzten Wochen fiel es ihr schwer, daran zu glauben, dass irgendetwas, bei dem Lane eine Rolle spielte, sie weiterbrachte.

»Bitte«, sagte Starrett, »halten Sie sich von ihm fern.«

VIERUNDDREISSIG

Lane bog auf die Straße zum McCreery-Anwesen ab. Nachdem er seine Wohnung geräumt hatte, war er am Morgen aufgebrochen, um Mina zu sehen, ihr ein letztes Mal seine Gründe zu erklären und sie um Verzeihung zu bitten. Vielleicht würde sie ihm zuhören, wenn sie sich persönlich gegenüberstanden. Doch als die kilometerlangen Baumreihen an ihm vorüberfegten, dämmerte ihm eine Einsicht. Die Zeit für diese Ermittlung war um. Was hoffte er, fast zwanzig Jahre später, dort noch zu finden, was beweiskräftiger wäre als alles, was Starrett bereits zurückgewiesen hatte? Jedes Fitzelchen DNA war längst verschwunden, sämtliche Fingerabdrücke tausendmal abgewischt. Wenn er weiter Zeugen befragte, konnte er auf keine unvoreingenommenen Aussagen mehr hoffen. Nein, die Ermittlung war gelaufen. Er brauchte einen Plan B.

Lane hielt vor Minas Tor. Er hatte den Wagen dort abstellen und zu Fuß weiterlaufen wollen, um die Sensoren zu umgehen und sich das, was er brauchte, heimlich zu holen. Doch wie sich zeigte, war das nicht nötig. Auf der anderen Straßenseite stand Minas Ute, vollkommen unbewacht.

* * *

Canberra hatte zu viele Farben auf einmal, die Gebäude waren zu gepflegt und zu frisch gestrichen, die Bäume und das Gras nach den graubraunen Tönen von Nannine zu grün. Selbst das Braun des Herbstlaubs war zu kräftig. Diese Bäume starben nicht ab; sie ruhten nur.

Lynnie stürzte ihm entgegen. Nach einer fast schlaflosen Nacht und der langen Fahrt taumelte er erschöpft zurück.

»Hey«, flüsterte er. Das Wiedersehen rief ihm schmerzlich in Erinnerung, wie er das erste Mal die Nacht durchgefahren war, weil sie ihn brauchte. Das hier wäre das letzte Mal. Dafür würde er sorgen.

Mit einem Sofakissen und einer Strickdecke richtete sie ihm ein Bett auf der Couch. »Wir dürfen in diesen Wohnungen eigentlich keine Gäste übernachten lassen«, erklärte sie. »Aber unter diesen Umständen drücken sie sicher ein Auge zu.«

Um den Grund für sein Kommen lavierte sie herum. Ihm sollte es recht sein, erstens, weil sie das offenbar brauchte, und zweitens, weil sie ihn folglich auch nicht auf ihrer beider Pläne für die nahe Zukunft ansprechen konnte.

* * *

Ihr leises Wimmern weckte ihn auf. Er sah auf sein Handy – etwa drei Uhr früh. Er ging auf Zehenspitzen, um keinen Lärm zu machen, und spähte durch ihre offene Schlafzimmertür. Sie hatte ein Kissen an die Brust gedrückt und sich eingerollt. Selbst in ihrem stillen Zimmer war ihr Weinen kaum zu hören, doch sein Gehör war darauf sensibilisiert.

»Lynnie?«, flüsterte er.

Sie reagierte nicht. Sie schlief und war in einem ihrer Träume gefangen, von denen sie ihm nie erzählte. Er trat von der Tür zurück. Sie hatte ihn gebeten, sie nicht zu wecken, falls sie wieder träumte, egal, wie verstörend es anzusehen wäre, weil sie sonst nur verängstigt im Dunkeln wach liegen und versuchen würde, wieder einzuschlafen. Wenn er es seinen natürlichen Gang nehmen ließ, würde sie am Morgen aufwachen und nicht mehr wissen, was gewesen war.

Gut. Er konnte nicht sagen, ob sich ihm noch einmal eine Gelegenheit bieten würde, zu tun, was getan werden musste. Er schlich sich lautlos in die Küchennische. Lynnie hatte an einem

Ende der Arbeitsplatte einen Haufen Papiere abgelegt, genau an derselben Stelle, an der sie ihre Post zu Hause immer angehäuft hatte. Sie holte die Briefe rein, öffnete sie auf dem Weg nach drinnen und ließ alles auf die erstbeste Ablage fallen, bis Lane sie damit nervte, aufzuräumen.

Er blätterte den Stapel durch, versuchte, nur das Nötigste zu lesen, um festzustellen, ob es der gesuchte Brief war. So konnte er sich einreden, Lynnies Privatsphäre nicht verletzt zu haben.

Der Brief von Tante Beth lag zuunterst. Er las ihn nicht – diese Nacht hatte er nicht die Kraft, sich erneut darüber aufzuregen. Er überflog ihn nur, bis er fand, was er brauchte: die Kontaktinformation zum Anwalt seines Vaters. Er faltete das Blatt zusammen und stopfte es in die Tasche seiner Pyjamahose.

Er ging ins Bad, öffnete den Medizinschrank und zuckte beim Quietschen der Tür zusammen. Er kam sich wie das letzte Arschloch vor, so zwischen Zahnpasta und Tampons zu kramen, doch wenn ihm schon diese Verfehlungen zu viel wurden, waren die nächsten Schritte in seinem Plan ein Witz. Er drängte die Zweifel beiseite.

Ihre Medikamente standen im obersten Fach. Ihre Antidepressiva stellte er sofort zurück. Was er brauchte, waren die Schlaftabletten. Er öffnete die Packung und steckte sich einen Blister in den Ärmelaufschlag.

Als er sich umdrehte, stand Chelsea im Türrahmen und sah ihm zu.

Er fluchte. »Hast du mich erschreckt«, sagte er und brachte ein selbstironisches Lachen heraus. »Ich bin es offenbar nicht gewohnt, nicht nur zu zweit zu wohnen.«

»Ich auch nicht«, sagte sie und beäugte die Schachtel in seiner Hand. »Kannst du nicht schlafen?«

»Ja, leider«, gestand er und strich sich verlegen mit der Hand durchs Haar.

»Das wundert mich nicht.« Sie sah ihn mitfühlend an. »Aber die da brauchen eine Ewigkeit, bis sie wirken. Willst du was Stärkeres?«

»Wie meinst du das?«

»Du bist die halbe Nacht durchgefahren und liegst auf diesem schrecklichen, klumpigen Futon«, sagte sie. »Kein Wunder, dass du nicht schlafen kannst. Aber die da wirken zu langsam. Du brauchst etwas, das dich auf der Stelle ausknockt, oder willst du noch wach liegen, wenn wir aufstehen und mit der Kaffeemaschine Krach machen.« Sie verschwand wieder in ihrem Zimmer und kehrte mit einem amerikanischen Pillendöschen zurück. »Die habe ich mir für meinen Flug besorgt, und wenn ich zurückfliege, ist das Verfallsdatum überschritten. Wäre schade, sie wegzuschmeißen.«

»Danke«, sagte er. Auch wenn ihm die Vorstellung nicht behagte, dass Lynnie mit jemandem zusammenwohnte, der es mit Betäubungsmitteln so locker nahm, war dies im Moment sein geringstes Problem. Er nahm das Döschen und steckte es in die Tasche zu dem Brief.

»Deine Schwester ist eine tolle Mitbewohnerin«, sagte Chelsea. »Ein bisschen still, aber ein Schatz. Ich bin froh, dass du gekommen bist, um ihr zu helfen.«

* * *

Die Woche verflog wie im Traum. Nach der Zeit in einer Stadt, in der die Fleischlotterie freitagabends im Pub das kulturelle Highlight war, ließ er sich von Lynnie nur zu gern auf eine Tour durch ihre Lieblingsrestaurants mitnehmen, auch in die, von denen sie bis jetzt nur hatte träumen können. Sie protestierte nicht dagegen, wie er mit Geld um sich warf, und akzeptierte es wohl als den Versuch, ihr in diesen schrecklichen Tagen ein wenig Freude zu machen.

Er verbrachte die Zeit in der ständigen Erwartung – vielleicht auch Hoffnung –, dass jemand kam und dem Treiben ein Ende setzte. Jedes Mal, wenn er von einer Schüssel Laksa oder einem Massaman-Curry aufblickte und einen Streifenwagen am Fenster vorbeifahren sah, setzte sein Herzschlag ein paar Takte aus. Mit Sicherheit hatte Mina inzwischen gemerkt, dass ihr Gewehr verschwunden war.

Immer wenn Lynnie Seminare oder einen Termin bei der psychologischen Beratungsstelle des Campus hatte, bei einer Frau, die sie nicht für »einen totalen Schwachkopf« hielt, fuhr Lane zum Schießstand der Stadt und übte mit der Waffe. Am Ende der zweiten Runde zitterten seine Hände nicht mehr, wenn er das Gewehr an die Schulter hob, und bis Mitte der Woche hatte sich beim Anlegen, Zielen, Schießen fast schon Routine eingestellt. An dem Tag ging er in den kleinen Laden und kaufte sich Ohrstöpsel.

* * *

Lynnies Handy klingelte auf dem Tisch, und auf dem Display erschien eine anonyme Nummer. Sie waren gerade zu dritt in einem mexikanischen Restaurant, und als sie ranging, traten die Musik und das Stimmengewirr in den Hintergrund. »Hallo?«, sagte sie, gefolgt von einem gedämpften: »Hi, Remy.« Chelsea nahm ihre andere Hand und hakte ihre Finger bei ihr ein, was Lynnie nicht einmal zu merken schien, während sie sich anhörte, was Remy zu sagen hatte.

Als sie die Verbindung trennte, schwieg Lane, um ihr Zeit zu geben. Chelsea platzte hingegen sofort heraus: »Ist er draußen?«

»Morgen«, erwiderte Lynnie tonlos.

»Hey«, erwiderte Lane. »Habt ihr das Schild gesehen, als wir an dem Kino am See vorbeigefahren sind? Da läuft morgen ein Filmmarathon. Sämtliche Marvel-Filme, nacheinander.«

»Die hasst du doch«, wandte Lynnie ein. Auf seinen Schwindel fiel sie keine Sekunde herein – dafür hatte er eine halbe Woche lang auf der verzweifelten Suche nach Aktivitäten, die sie, wenn es so weit war, ein wenig ablenken konnten, zu oft auf seinem Handy herumgeklickt. Dennoch sah er in ihren Augen einen Funken Interesse.

»Na ja, vielleicht geht eben nur ihr beide hin. Ich spendiere euch die Spitzenplätze.«

FÜNFUNDDREISSIG

Mina schreckte aus dem Schlaf auf. Sie hatte geträumt, wie sie und Evelyn mit dem antiken Puppenhaus spielten, das in ihrem Zimmer stand. Dabei war sie selbst erwachsen, mit langen Beinen und breiten Schultern, und zusammen fanden sie vor dem Puppenhaus nur Platz, indem Evelyn auf ihrem Schoß saß.

Sie richtete sich auf und griff nach der Jeans, die über der Stuhllehne hing, als ihr der ramponierte Ute wieder einfiel. Sie konnte nicht damit zu dem Areal fahren, das sie heute abschreiten wollte.

Mit einem Schlag fühlte sie sich vollkommen schutzlos ausgeliefert. Sie war auf diesem riesigen Grundbesitz vollkommen allein, ohne Fahrzeug und ohne dass sie jemand hätte hören können, wenn sie schrie. Die Tamms hatten ein paar Tage vor ihrem Geburtstag ihr Haus geräumt. Mina hatte ihnen nicht gekündigt. Vielmehr hatte Maggie Tamm ihr auf blumenverziertem Briefpapier ein paar Zeilen geschrieben und ihr mitgeteilt, dass sie so bald wie möglich aus dem Betriebsleiter-Cottage ausziehen würden. Sie fühlte sich schrecklich dabei. Schließlich waren sie dort zu Hause. Andererseits hatte sie ihnen nichts getan. Es war nicht ihre Schuld.

Sie hatten Hendriks Nutzfahrzeug dagelassen, für das ihr Vater als Sonderzulage aufkam. Laut einer zweiten Nachricht, die Mrs Tamm am Tag ihres Auszugs in den Briefkasten an der Straße eingeworfen hatte, stand er in ihrer Einfahrt, und die Schlüssel lagen auf der Küchenanrichte. Sie könnte also zum Haus der Tamms hinüberlaufen, diesen Wagen nehmen und wie gewohnt ihr Tagwerk angehen. Doch falls ihr auf dem Weg dorthin etwas passierte, wenn sie hinfiel und sich den Knöchel verstauchte oder wenn die Braunnatter wiederkäme oder wenn sie plötzlich krank würde, wäre niemand da, um ihr zu helfen. Niemand in einem Umkreis von hundert Kilometern.

Sie ließ sich wieder aufs Kissen fallen.

Sie hatte einen Zoom-Termin mit ihrem Psychologen. Sie füllte Dr. Zhangs Fragebogen für die Sitzung aus, um ihm zu zeigen, dass sie in bester mentaler Verfassung war. Sie bekam ausreichend Schlaf, sie widmete sich all ihren gewohnten Aktivitäten und hatte Freude daran. Sie fühlte sich kein bisschen hoffnungslos.

Bei einer persönlichen Sitzung in der Praxis oder bei einem klügeren Psychologen wäre sie damit nicht durchgekommen.

»Sie sprechen langsamer als gewöhnlich«, stellte er fest. »Und legen viele Pausen ein. Gibt es etwas, das …«

»Wie bitte? Ich habe Sie nicht gehört.« Die Verbindung war kristallklar. Seit sie einen Haufen Geld in eine Satellitenschüssel investiert hatten, damit sie von zu Hause arbeiten konnte, waren sie mit einer für die Gegend ungewöhnlich zuverlässigen Internetverbindung gesegnet. Doch das wusste Dr. Zhang nicht.

»Ich sagte, Sie sprechen langsamer als sonst, mit einer Menge Unterbrechungen …«

»Sie auch. Offenbar ist die Verbindung schlecht.«

Sie beendete den Call, ließ ein paar Minuten verstreichen und schickte ihm eine E-Mail mit der Information, sie habe es noch ein paarmal versucht, komme aber offenbar nicht durch.

* * *

Am fünften Tag nach dem Unfall zahlte Mina einem gnadenlos teuren Rufbereitschaftsdienst eine horrende Summe, damit sie einen Mechaniker rausschickten, der sich ihren Ute vornahm. Er beulte eine Delle am Kühlerblech aus, überprüfte den Motor sowie die Kraftstoffleitungen und Bremsen, richtete die Räder neu aus und erklärte das Fahrzeug im Großen und Ganzen für unbeschadet. Sie lud ihn nicht auf eine Tasse Tee ein. Im Geist hörte sie den enttäuschten Seufzer ihres Vaters, aber egal. Er hatte sie laut und deutlich gehört, und seit Tagen hatte das Lämpchen am Anrufbeantworter nicht mehr geblinkt, wenn sie morgens die Treppe herunterkam. Auch Alanna hatte sich noch nicht wieder gemeldet. Ebenso wenig Lane.

Genauso, wie sie es sich immer gewünscht hatte.

Am nächsten Tag ging Mina nicht zu ihrem gewohnten Spaziergang nach draußen.

SECHSUNDDREISSIG

Wieso hatten sie ein so schönes Gefängnis gebaut? Dachte man sich die Stacheldrahtzäune weg, hätte das Goulburn Correctional Centre mit den roten Ziegeln und den Bögen und dem Glockenturm aus Sandstein auf eine Ansichtskarte gepasst.

Lane hegte ernsthaft die Befürchtung, auf der Stelle tot umzufallen, wenn er ihm von Angesicht zu Angesicht gegenüberstünde, so als habe sein Vater ein Gorgonenauge. Stattdessen spazierte er in einem billigen Hemd und einer alten Hose, ein wenig dünn geworden, aber immer noch als ein Mensch aus Fleisch und Blut durch das Tor. Er ließ den Blick über den Parkplatz schweifen, sah Lane, und Lane überlebte es.

»Chip«, sagte Lane Holland Senior barsch.

»Nenn mich nicht so«, fauchte Lane. Sein Vorhaben verlangte nach einem freundlichen, versöhnlichen Umgangston, doch das war zu viel verlangt. Nein.

»Und wie soll ich dich dann nennen?«

Der Sohn, den du nie siehst, dachte Lane, doch er zuckte nur mit den Achseln, als sei es ihm egal. »Einfach nur Lane. Kann doch nicht so schwer sein.«

»Meinetwegen.« Sein Vater musterte ihn. »Bist ja doch noch ganz ansehnlich geworden, was?«

Lane rang sich ein Lächeln ab. Die Bemerkung seines Vaters war wortwörtlich gemeint. Als sie sich das letzte Mal so gegenübergestanden hatten, war Lane achtzehn Jahre alt und ein heulendes Elend gewesen, hatte sich mit einer Hand den Unterkiefer zusammengehalten und mit der anderen zu verhindern versucht, dass sich Rotz mit Blut vermischte.

Er öffnete die Beifahrertür und bedeutete seinem Vater, einzusteigen. Als Senior große Augen machte, hatte Lane Angst, sich verkalkuliert zu haben und mit der allzu beflissenen Geste sein Misstrauen zu erregen. Sein Vater durfte keinen Verdacht schöpfen, zu nett durfte er deshalb nicht zu ihm sein.

Doch sein Vater stieg ohne zu zögern ein. »Ich habe nicht damit gerechnet, dass du mir gleich den roten Teppich ausrollst«, scherzte er. Dann wurde er ernst. »Ich habe überhaupt nicht damit gerechnet, dass du kommst. Meine Schwester Beth sagt, sie hätte dir geschrieben, aber du hättest nie geantwortet.«

Lane hatte keinen Brief bekommen, aber vielleicht verrottete der ja im Briefkasten seiner alten Adresse in Byron Bay. »Ich war auch überrascht«, sagte er, was nicht gelogen war. »Ich dachte, uns blieben noch ein paar Jahre.«

»Klar«, antwortete sein Vater, »aber die Zeit, die ich abgesessen habe, plus gute Führung und, schätze ich mal, die Hand unseres Herrn Jesus Christus … Tja, da wären wir.«

»Amen«, sagte Lane. Er fuhr vom Parkplatz und um die Ecke – außer Reichweite der flächendeckenden Kameraüberwachung auf dem Gefängnisareal. »Was meinst du? Sollen wir uns eine Pastete besorgen?«, schlug er vor und zeigte auf den Imbissladen. Die Veranda war verwaist; keine Fernfahrer und reisemüden Familien aßen ein hastiges Mittagessen an den Tischen. Vor allem aber gab es hier keine Kameras – er hatte sich zum Frühstück ein Brötchen mit Eiern und Speck geholt und sich davon überzeugt.

Lane Seniors Augen leuchteten, als habe man ihm den Thron von England angeboten. »Her damit.« Er rieb sich den Stoppelbart am Kinn, der rings um den Mund weiße Stellen zeigte. »Im Bau haben wir bestenfalls diesen schockgefrorenen Fraß bekommen.«

Der Imbiss hatte einen eigenen kleinen Parkplatz, und Lane fuhr in die Lücke hinter einem Jacaranda-Baum. Er stieg aus, legte den Kopf in den Nacken und starrte zwischen dem grünen

Laub hindurch in den blauen Himmel. Das war also der Moment. Der letzte Moment, in dem er noch der Mensch war, für den er sich einmal gehalten hatte. Ab jetzt gab es kein Zurück.

Er ging hinein und kam mit zwei dampfenden Pasteten und zwei Flaschen Cola zurück. Eine davon reichte er seinem Vater.

»Cheers«, sagte Lane Senior und schraubte den Deckel auf. Falls er bemerkte, dass das Siegel bereits gebrochen war, hinderte es ihn nicht daran, sie an die Lippen zu setzen und einen gierigen Schluck zu nehmen.

SIEBENUNDDREISSIG

Das Alarmsignal ertönte. Einmal. Mina saß senkrecht, bevor sie ganz wach war, und blinzelte in die Dunkelheit. Hatte sie das wirklich gehört oder nur geträumt?

Am Fußende regte sich Echo und hob den Kopf, um zu sehen, wieso Mina wach war. Sie hatte sein Bett von der gewohnten Stelle in der Vorratskammer in ihr Zimmer verlegt, was rätselhafterweise nach wenigen Tagen dazu geführt hatte, dass er auf ihrem Bett schlief. Er stellte die Ohren auf und gab dieses leise Winseln von sich, das er ausstieß, wenn er eigentlich bellen wollte, aber wusste, dass er es nicht durfte.

Mist. Demnach war tatsächlich ein Wagen durchs Tor gekommen.

»Schh!«, flüsterte sie. »Braver Junge. Bleib.«

Egal, was da los war, es hätte gerade noch gefehlt, dass sich Echo in Gefahr brachte. Sie nahm ihre Jeans von der Stuhllehne und zog sie unter dem Schlafshirt an.

Sie schlich sich zur Hintertür. Es konnte wieder Starrett sein oder auch jemand, der sich auf einer unbekannten Straße verfahren hatte, oder auch jugendliche Idioten, die sich betrunken hatten und Ärger suchten. Doch eine Stimme sagte ihr, dass sie besser ihr Gewehr holen, in ihr Zimmer zurückkehren und hinter sich die Dachtreppe hochziehen sollte.

In der Dreckschleuse hing eine alte kompakte Leuchtstofflampe, die eine halbe Minute zum Aufwärmen brauchte. Mina schlüpfte im Dunkeln in ihre Stiefel. Als das Licht endlich anging, stellte sie fest, dass die Tür zum Waffenschrank angelehnt war. Sie zog sie auf, obwohl sie vorher wusste, was sie darin sehen würde. Noch nie hatte sie die Tür offen gelassen, wenn das Gewehr darin war.

Ihr wurde heiß und kalt. War schon jemand im Haus? Nein. Ausgeschlossen, dass jemand in den zwei Minuten seit dem Alarm vorgefahren und eingebrochen war und den Safe geknackt hatte. Wann hatte sie das Gewehr das letzte Mal gesehen? Seit einer Woche hatte sie ihre Tagesroutine unterbrochen und das Haus nur zu unerlässlichen Erledigungen verlassen. Somit hatte sie die Waffe das letzte Mal am Tag nach ihrem Geburtstag herausgeholt. Nach ihrem Morgenspaziergang hatte sie das Gewehr auf der Ladefläche des Ute arretiert, wo es sich immer noch befunden haben musste, als sie von der Straße abkam.

Okay, okay. Demnach befand es sich dort.

Sie öffnete die Hintertür. Inzwischen hörte sie den Wagen kommen, ohne ihn zu sehen. Derjenige kroch mit zehn Stundenkilometern und ausgeschalteten Lichtern die Einfahrt herauf. Sie schlich sich seitlich ums Haus und fiel vor Erleichterung fast auf die Knie, als sie den Ute erreichte.

Sie tastete über die Ladefläche. Ihre Fingerspitzen strichen über kühles Metall. Über eine gefaltete Abdeckplane. Über die Rundung des Zehn-Liter-Wasserkanisters, den sie immer für Notfälle bei sich hatte. Eine Schaufel. Schließlich fand sie das Gewehrgestell, eine im Boden der Ladefläche verbolzte Vorrichtung, in der die Waffe mit zwei großen Krokodilklemmen arretiert wurde.

Normalerweise.

»Scheiße«, zischte sie.

Das Reifengeräusch änderte sich, als der Wagen von der unbefestigten Straße auf das Kiesbett vor dem Haus wechselte. Sie duckte sich hinter den Ute und kauerte sich auf den Boden, von wo aus sie sehen konnte, was passierte. Es war Lanes alter Subaru.

Lane hielt vor dem Haus; er hatte sie offensichtlich nicht bemerkt. Er lief vorne um den Wagen herum und ließ dabei seine Tür offen, sodass das Innenlicht anblieb, und zog etwas vom

Rücksitz. Eine XXL-Reisetasche, ähnlich wie diejenige, die sie in seiner Wohnung gesehen hatte?

Nein.

Lane legte das Gepäck auf dem Boden ab, wo es sich bewegte. Es war ein Mensch. Sein Kopf fiel zur Seite, bevor er sich langsam hob, als habe derjenige geschlafen. Aber so seltsam, wie er sich bewegte, stimmte etwas nicht. Die Hände waren gefesselt, vielleicht auch die Füße.

Lane drehte sich wieder zum Wagen um und zog einen anderen Gegenstand heraus, den sie auf Anhieb erkannte. Ein Gewehr. Ihr Gewehr?

Sie ging in die Hocke und hätte bei einem Schritt zurück beinahe das Gleichgewicht verloren. Sie musste unbedingt zur Tür und an ihr Handy, um Starrett anzurufen.

Doch in diesem Moment rief die krächzende Stimme eines älteren Mannes: »Hey, Sie da! Helfen Sie mir!«

Shit. Da er auf dem Boden lag, konnte er sie genauso gut sehen wie sie ihn.

Lane erstarrte. »Mina?«

Ohne zu antworten, machte Mina einen weiteren Schritt nach hinten, und ohne den Zuruf des Mannes hätte sie es vielleicht auch geschafft, doch wenn sie jetzt losrannte, wäre Lane binnen Sekunden bei ihr.

»Keine Angst«, rief Lane. »Ich weiß, wonach das aussieht, aber ich werde alles in Ordnung bringen. Ich wollte dich nicht wecken.«

»In Ordnung bringen?«, fragte der Mann. »Er hat den Verstand verloren. Helfen Sie mir, bitte.«

»Wer ist das?«, fragte Mina.

»Der Mann, der deine Schwester umgebracht hat«, sagte Lane im selben Moment, in dem der Mann auf dem Boden sagte: »Sein Vater.«

ACHTUNDDREISSIG

Lane zog ihn hoch. Sein Vater ließ sich zur anderen Seite fallen, um Lane aus dem Gleichgewicht zu bringen, doch die Jahre, die er wie ein Sack Kartoffeln in einer Zelle weggesperrt gewesen war, hatten ihn all der Kraft beraubt, die er einst gegen Lane gerichtet hatte.

Der Blick, mit dem Mina ihn ansah, war fast beängstigend ruhig. Sie presste die Lippen zusammen und musterte zuerst Lanes Gesicht und dann das seines Vaters. »Soll ich eine Kanne Tee aufsetzen?«, fragte sie und stieß über ihren eigenen Witz ein fast hysterisches Lachen aus.

»Sie müssen mir helfen, Lady«, sagte sein Vater. »Er hat so was wie einen psychotischen Anfall.«

Mina wirkte verunsichert und warf einen verstohlenen Blick zum Haus.

Lane hasste sich dafür, ihr Angst eingejagt zu haben. Sie hatte es nicht verdient, in die Sache hineingezogen zu werden.

»Lass mich dir eine Geschichte erzählen«, sagte Lane. »Über einen Mann, seine Frau und ihren Sohn. Sie sind in einem Camper-Van über Land gefahren und haben sich bei regionalen Volksfesten ihren bescheidenen Lebensunterhalt verdient. Die Mutter hat Gesichter geschminkt und beschissene Kerzen verhökert. Der Vater hat die Gewichtratenbude geführt, bis er so viel Mist gebaut hatte, dass ihm die Geschäftsleitung einen Platzverweis erteilte und ihr Sohn übernahm.«

Mina gab einen erstickten Laut von sich.

»Es tut mir leid«, sagte Lane. »Ich dachte, es hätte keinen Einfluss auf die Ermittlungen, wenn ich das für mich behalte.« Da das gelogen war, sah er ihr dabei fest ins Gesicht. Er wusste, dass die Ermittlungen anders verlaufen wären, hätte er an dem Tag auf dem Windrad den Mund aufgemacht und ihr gesagt, dass er da gewesen sei. Dieses Geständnis hätte die Tür zu tausend Fragen geöffnet, und sie wäre ihm gegenüber noch misstrauischer als ohnehin schon gewesen.

»Der Vater war ein jähzorniger Rüpel. Die Mutter und ihr Sohn wollten sich nach diesem letzten Show-Wochenende von ihm trennen. Aber es ging schief. An dem Samstag, der fette Einnahmen bringen sollte, wurde bekannt, dass ein kleines Mädchen verschwunden war. Es kamen kaum Besucher, und die waren nicht in Feststimmung. Mit Ausnahme eines Mannes.«

Er zog an den Kabelbindern, mit denen die Hände seines Vaters gefesselt waren. »Er hier hatte in der Nacht so was wie ein Damaskuserlebnis. Als er aufwachte, war er ein richtiger Sonnenschein. Die Familie fuhr zusammen los und ließ die traurige kleine Stadt hinter sich. Willst du ihr vielleicht erzählen, wie es weiterging?«

»Keine Ahnung, worauf du hinauswillst«, sagte sein Vater. »Du brauchst Hilfe, mein Sohn.«

»Angesichts seiner mit einem Mal so positiven Lebenseinstellung beschloss die Mutter, ihrer Ehe eine zweite Chance zu geben. Sie bekamen sogar noch ein Baby. Ein wunderschönes Mädchen. Und wie habt ihr sie gleich genannt?«

»Nach deiner Großmutter.«

»Meine Großmütter hießen Gwen und Maeve. Zweiter Versuch.«

»Dann eben nach einer Großtante oder so, woher soll ich das wissen?«

»Falsche Antwort. Mum hat ihr erzählt, du hättest den Namen ganz allein ausgesucht. Du hättest darauf bestanden. Sie hat sich eingeredet, es sei ein Beweis, was für ein liebevoller, engagierter Vater du gewesen seist, doch ich habe ihr angemerkt, dass ihr dabei unbehaglich war. Aber sie hat dir ja immer nachgegeben, nicht wahr?«

Lanes Vater sah Mina an. »Bitte. Wenn Sie ins Haus gehen, tut er Ihnen nichts. Er hasst mich, schon immer, aber er hat nicht den Mumm, Ihnen was anzutun.«

»Sag ihr, welchen Namen du dem Kind gegeben hast!«, brüllte Lane.

»Evelyn«, antwortete Lanes Vater. »Wir haben sie Evelyn genannt.«

Minas Gesicht fiel in sich zusammen. Sie presste die Hand an den Mund, kniff die Augen zu, und ihre Schultern zuckten ein paarmal so heftig, als müsse sie sich jeden Moment übergeben. »Sind Sie der Lane Holland aus der Haftanstalt Goulburn?«

»Willst du ihr vielleicht erzählen, was dich da reingebracht hat?«, fragte Lane. »Meinst du, wenn sie es weiß, kannst du sie immer noch dazu überreden, dir zu helfen?«

»Ich hätte dich in einem Eimer ertränken sollen«, antwortete Lane Senior resigniert.

»Ich habe mir immer wieder ausgemalt, dich im Schlaf umzubringen«, brüllte Lane zurück. »Wie viel Leid hätte ich verhindern können, hätte ich den Mumm dazu gehabt.«

Lanes freundliches Wesen hatte seinen Vater zur Weißglut getrieben. Er hatte sich immer sein eigenes Ebenbild gewünscht, jemanden zum Saufen und Raufen. Als Lane jedoch zu einem Mann heranwuchs, der lieber seiner Mutter in der beengten kleinen Küche half oder sich zu seiner Schwester setzte und mit ihr Duplo-Städte baute, reizte er seinen Vater bis aufs Blut. Es verschaffte Lane eine gewisse Befriedigung zu wissen, dass das, was in den Augen seines Vaters Schwäche war, der einzige Grund war, weshalb er noch lebte.

»Und stattdessen spinnst du dir diese Geschichte über Evie McCreery zusammen. Sie kam ständig in den Nachrichten, als du vierzehn, fünfzehn warst. Du warst ganz besessen davon, in einem Alter, wo du lieber heimlich auf dem Klo in *Playboy*-Heften hättest blättern sollen. Das hat dir ins Gehirn geschissen, Sohn.«

»Nein«, sagte Lane ruhig. »Endstation, Dad. Rück mit der Wahrheit raus.«

»Lane«, schaltete sich Mina ein. »Du hast eine Waffe. Ein Geständnis ist daher nichts wert.«

»Du hast recht«, seufzte Lane. Er legte das Gewehr an. »Wenn du am Leben bleiben willst, bring mich zu ihrer Leiche.«

In seinem Vater ging eine Veränderung vor. Lane hatte seine ganze Kindheit als eine Art Wetterfahne zugebracht und sich als Überlebensstrategie nach dem Wind richten müssen.

»Okay«, sagte Lane Senior.

»Das ist ein Trick«, warnte Mina. »Es geht ihm nur ums Überleben, Lane.«

»Mag sein«, sagte Lane. »Du musst fahren.«

Mina bebte vor Angst. »Lane …«

»Wenn ich dich hier zurücklasse, holst du die Polizei. Wenn die kommen, bevor er mich zu der Leiche bringt, war das hier alles umsonst. Er wird verhaftet, ich werde festgenommen, und die bekommen nie im Leben etwas aus ihm heraus. Die einzige Möglichkeit, dem allen ein Ende zu setzen, besteht darin, dass ich ihn zwinge, uns die Leiche zu zeigen. Oder ich bringe ihn um.«

»Okay, ich rufe nicht die Polizei. Versprochen.«

Er wusste nicht, ob sie log, aber das war letztlich egal. Wenn sie es nicht tat, würden sich alle für den Rest ihres Lebens fragen, warum. Das konnte er ihr nicht antun. »Ich muss dich bitten zu fahren.«

»Ich kann nicht.« Sie hielt die zitternden Hände hoch.

»Doch, du kannst«, erwiderte er leise. »Du hast keine Wahl. Die einzige andere Möglichkeit ist, dass du mir als Beifahrerin das Gewehr an die Schläfe hältst. Wenn du fährst, bist du meine zweite Geisel. Wenn ich fahre, bist du Komplizin. Bitte steig in den Ute ein.«

NEUNUNDDREISSIG

Mina wischte sich die Tränen aus den Augen. Sie hatte so lange nicht mehr geweint, dass sich die Nässe an den Fingerspitzen gut anfühlte.

»Da lang«, sagte Lane Senior und hob die gefesselten Hände, um in die Richtung der breitesten Straße auf dem Anwesen zu zeigen, zum Haus der Tamms.

Es war ein Trick, mit Sicherheit. Lane war offensichtlich nicht mehr ganz bei Verstand. Ein Kindername und die unberechenbare Launenhaftigkeit eines beschissenen Vaters sagten unterm Strich nicht viel. Sie wusste zwar nicht, wie diese Nacht enden würde – mit Sicherheit in Gewalt, doch gegen wen? –, aber die Lösung brachte sie sicher nicht.

Sie fuhren auf der dunklen Straße zuerst an dem Windrad und dann weiter an der Lichtung mit dem alten umgestürzten Eukalyptusbaum vorbei. Als die Frontscheinwerfer den Stamm erfassten, schnürte es Mina die Kehle zu, und hinter ihr raschelte es leise, als Lane Senior die Stellung wechselte. Aber niemand sagte etwas, und der Ute rollte am Haus der Tamms vorbei.

Lane neben ihr auf dem Beifahrersitz strich schweigend mit dem Daumen über den Holzschaft des Gewehrs. Er drückte seinem Vater den Lauf so in die Brust, dass ein Durchschuss in der Sitzlehne hinter ihm stecken bleiben würde. Zwar wäre es umständlich, aus diesem Winkel zu schießen, doch Mina wusste zu schätzen, dass er sie damit schützen wollte.

Womit klar war, dass er sie nicht zu töten beabsichtigte. Dass er es nicht vorhatte, hieß natürlich noch lange nicht, dass es doch noch dazu kommen konnte, wenn diese verrückte Nacht völlig aus dem Ruder lief. Ob Lane Senior sie nur irgendwo hinführte, um sie beide auszutricksen und die eigene Haut zu retten, konnte sie nicht sagen. Doch wenn Lane erst einmal dämmerte, dass Senior ihm nicht geben konnte, was er sich von ihm erhoffte, würde sie ihm durchaus zutrauen, den alten Mann zu erschießen.

»Durch das Tor?«, fragte sie und dachte an all die Vormittage, an denen sie das Farmgelände abgesucht hatte.

»Durch das Tor«, bestätigte Lane Senior. »Und dann links.«

Im Geist hörte sie die Alarmanlage im Haus klingeln, als sie über die Schwelle fuhren.

Nach links ging es Richtung Westen, anders gesagt, ins Nirgendwo. Im Westen schlossen sich weite Landstriche im Staatsbesitz an – so überweidet, mit so stark verfestigten Böden, dass sich die Kosten für die Regeneration nicht lohnten. Die dort beheimateten Farmen waren keine echten Nachbarn, sondern von Robotern und Drohnen betriebene Nahrungsmittelfabriken. Wenn sie weit genug fuhren, erreichten sie irgendwann den Nationalpark. Mit anderen Worten, Lane Senior führte sie auf ein gänzlich unbewohntes Territorium, weit weg von jeglichem Verkehr und jeder menschlichen Hilfe.

Er führte sie genau in die Richtung, die jemand einschlagen würde, um eine Leiche zu verstecken.

Dennoch war sie sicher, dass er sie auszutricksen versuchte. *Das ist ein Trick, das ist ein Trick, das ist ein Trick,* dachte sie immer wieder. Mit jeder Wiederholung verlangsamte sich ihr Herzschlag, und ihr Atem wurde regelmäßig. Sie wechselte den Gang und beschleunigte auf der vertrauten Straße. Ihr Vater hatte ihr beigebracht, wie sie am geschicktesten darauf fuhr. Sie hatte seine Stimme im Ohr, die er immer erhob, wenn er nervös war. »Langsamer, Minchkin. Auf einer unbefestigten Straße solltest du nicht so rasen.«

Falls sie in dieser Nacht starb, würde er für den Rest seines Lebens denken, sie sei noch sauer auf ihn.

Sie ging vom Gas, auch wenn es sie große Überwindung kostete. Sie wollte schneller fahren, um das hier hinter sich zu bringen.

Im Rückspiegel sah sie, wie Lane Senior jedes Mal, wenn sie an einem Tor vorbeikamen – nicht oft –, für einen Moment die Augen zukniff.

Irgendwann hielt es Mina nicht mehr aus. »Lane«, sagte sie, »das ist zwanzig Jahre her. Selbst wenn …« Nein, sie würde seine Theorie nicht infrage stellen. Es war sicherer, so zu tun, als stünde sie uneingeschränkt hinter der Sache. »Das ist zwanzig Jahre her. Diese Farmen haben den Besitzer gewechselt, fusioniert, wurden geteilt. Er wird es nicht finden.«

»Die nächste rechts«, fiel ihr Senior ins Wort.

Die nächste Abbiegung rechts konnte man kaum als Straße bezeichnen. Sie fuhren ratternd über einen Viehrost, bevor der Wagen in zwei so tiefe Furchen sackte, dass Mina getrost die Hände vom Lenkrad hätte nehmen können. Sie verlangsamte das Tempo, und Lane Senior ließ wie jemand den Blick über den Straßenrand schweifen, der auf einem voll besetzten Parkplatz nach einer Lücke Ausschau hält.

»Der Baum da«, sagte er und zeigte auf eine Akazie, die sich über einen Stacheldrahtzaun neigte. »Der war zwar kleiner, aber das ist er.«

Mina konnte nicht mehr. Mitten auf der Straße ließ sie den Wagen ausrollen, beugte sich über das Lenkrad und schluchzte so heftig, dass es sie fast zerriss.

»Bleib du hier«, sagte Lane. Sie hatte die Augen zugekniffen, um nicht zu sehen, ob er besorgt zu ihr herübersah und ob er zögerte, bevor er die Tür öffnete. Sie wollte es glauben. Die Tür ging quietschend auf, und Lanes Körperwärme verflüchtigte sich neben ihr.

»Ich zeige dir die genaue Stelle, wenn du mich graben lässt«, sagte der alte Mann mit leiser Stimme.

»Glaubst du wirklich, ich falle darauf rein?«, fauchte Lane.

»Wenn du die ganze Nacht lang suchen willst, soll es mir recht sein. Aber du warst noch nie gut im Graben, nicht wahr, Junge? Oder mit Heben oder Treten oder sonst irgendetwas, das einen stolz darauf macht, einen Sohn zu haben.«

Lane lachte. »Du glaubst im Ernst, die Tour zieht bei mir noch, alter Mann? Ich wünsche mir nichts sehnlicher, als für dich eine Enttäuschung zu sein.«

Mina blickte auf und rieb sich die Augen. Die beiden Lanes leuchteten im Scheinwerferlicht wie Geister auf und funkelten einander an.

»Benutz deinen Verstand, Junge«, sagte Lane Senior. »Wo bleibt das Gewehr, wenn du zur Schaufel greifst? Du kannst nicht beide halten. Oder willst du es der Kleinen überlassen? Sie mit vorgehaltener Waffe aus dem Wagen holen und sie zwingen, das Grab ihrer eigenen Schwester zu öffnen? Denn ich muss schon sagen, das würde mich nicht enttäuschen, Chip.«

Lane entfuhr ein wutentbrannter animalischer Laut, während er das Gewehr schwang und seinem Vater den Lauf ins Gesicht schlug. Der Ältere taumelte nach hinten und stürzte mit immer noch gefesselten Händen zu Boden.

»Na schön!«, schnauzte Lane und beugte sich über ihn. Im nächsten Moment stapfte er zum Ute zurück. Mina drehte sich um und beobachtete ihn durch die Heckscheibe, doch er sah sie nicht an, während er die Schaufel herunterholte. Dann kam er zur offenen Beifahrertür und holte das Multifunktionswerkzeug aus dem Handschuhfach.

»Lane«, sagte sie. »Tu das nicht.«

»Schon in Ordnung«, sagte er. »Was ist schon eine Schaufel gegen ein Gewehr?«

Eine Menge, wenn sich die Schaufel in den Händen eines Mörders befindet und das Gewehr in den Händen eines mitfühlenden Mannes. Aber war denn wirklich einer von beiden ein Mörder?

Mina schaltete die Warnblinker ein und stieg aus. So unwahrscheinlich es war, dass mitten in der Nacht jemand diese Straße entlangfuhr, war der Ute zumindest sicherer, wenn er weithin sichtbar war, statt auf dem zu schmalen Seitenstreifen zu stehen.

Lane hatte gerade die Kabelbinder durchtrennt, und sein Vater massierte sich die Handgelenke. »Hätte nie gedacht, dass ich noch mal Handschellen vermissen würde«, witzelte er.

»Du hältst ab jetzt besser den Mund«, sagte Lane. »Grab!«

Lane Senior rappelte sich stöhnend und murrend auf. Er ging zum Akazienbaum hinüber, und Mina trat zurück, damit er ihr nicht zu nahe kam. Er zwinkerte ihr auf eine Weise zu, bei der sich ihr Magen hob, und lehnte sich mit dem Rücken an den Baumstamm. Dann machte er einen genau bemessenen, weiten Schritt, dann noch einen. Drei, vier, fünf, sechs, sieben, acht, neun, zehn. Falls er damit eine Show abzog, machte sie Eindruck.

Er markierte einen Punkt in der Erde, indem er mit der Schuhspitze ein Kreuz zog. Danach griff er zur Schaufel, rollte die Schultern und hieb das Blatt in die krümelige, sonnenverkrustete Erde.

Lanes Gesicht verbarg nichts. In dem Glauben, mit seiner Theorie richtigzuliegen, war er so weit gegangen und hatte so viel riskiert, doch als er jetzt seinen Vater schaufeln sah, drohte er die Fassung zu verlieren.

»Lane«, sagte Mina. »Gib mir das Gewehr.« Ihm war damit nicht zu trauen. Er war zu aufgewühlt; er war unberechenbar.

»Nein«, stöhnte er leise.

»Es wird langsam schwer, nicht wahr? Lass es mich halten und setz dich hin.«

Lane sah ihr in die Augen. »Nein. Ich schaffe das schon.«

Später sollte ihr diese Weggabelung schlaflose Nächte bereiten und nicht das, was danach kam. Wäre alles anders gekommen, hätte sie in diesem Moment nichts gesagt, hätte sie ihn nicht abgelenkt und gezwungen, sich zu ihr umzudrehen? Wäre es dann besser oder schlimmer gekommen?

Hätte sie jemand aufgefordert, sich das Geräusch vorzustellen, wenn eine Schaufel auf einen Menschen niedersaust, hätte sie auf Anhieb an etwas Nasses, Fleischiges gedacht. Die brutale Tat hätte im Mittelpunkt gestanden, und so schockierte es sie, dass der Laut, mit dem die Schaufel Lane in den Rücken traf, so metallisch war. Es klang so, als ob jemand mit einem Schraubenschlüssel auf ein widerspenstiges Autoteil einhämmert. Lane schnappte nach Luft, stolperte nach vorn und ging in die Knie.

Das Gewehr fiel ihm aus den Händen.

Der warme, tröstliche Nebel der Dissoziation, die die meiste Zeit für Minas Ruhe gesorgt hatte, verflog, als es auf dem Boden aufschlug. Sie hatte keine Ahnung, ob es geladen war – bestimmt war es geladen –, jedenfalls war es gespannt und entsichert. Es war eine Waffe erster Güte, wahrscheinlich fallgeschützt, dennoch verschlug es ihr den Atem.

So wie es dalag, warf es im Scheinwerferkegel einen überlebensgroßen Schatten. Mit einem tiefen, gequälten Stöhnen richtete Lane sich auf.

Sie griffen beide nach der Waffe. Vielleicht auch alle drei. Mina hatte keine Ahnung, was Lanes Vater tat. Sie hatte keine Zeit, sich umzusehen. Mina war als Erste dran, aber nicht schnell genug, um zu verhindern, dass Lane den Schaft zu fassen bekam. Sie packte den Lauf und zog mit aller Kraft daran. Lane schnappte vor Schmerzen nach Luft und ließ los.

Die Waffe in Feuerstellung zu bringen, hatte sie in Fleisch und Blut. Das Gewehr gehörte in ihre Hände. Zwar bebte der Lauf, weil sie zitterte, aber das war ihr egal. Wenn sie einem Wildschwein entgegentreten konnte, sagte sie sich, dann schaffte sie auch das hier.

Zu ihrem Entsetzen konnte sie Lanes Vater nirgendwo sehen. Er hatte offenbar das Gerangel zwischen ihr und Lane um die

Waffe genutzt und sich aus dem Lichtkegel der Scheinwerfer ins Dunkel geflüchtet. Er konnte kaum mehr als ein, zwei Meter weit weg sein, aber wo? Hinter dem Wagen? Hinter ihr?

Mit einer Schaufel.

Wenn sie jetzt Lane den Rücken kehrte, konnte er immer noch die Waffe an sich reißen, und sie wären wieder zurück auf Start. Falls Lanes Vater es darauf abgesehen hatte, sie anzugreifen, wären sie beide einem äußerst gefährlichen Mann ausgeliefert.

Aber war er das?

Lanes Beweise dafür, dass sein Vater Evelyn getötet hatte, waren äußerst dürftig, wenn er sich das alles nicht am Ende nur einbildete. Er war von Anfang an davon besessen gewesen und hatte keine Ruhe gegeben, egal, wie oft sie Nein sagte. Er hatte so verständnisvoll, so empathisch gewirkt, aber dann an ihrem Geburtstag in dem Moment, als er hatte, wonach er suchte, das Interesse an ihrer Trauer verloren. Als hätte er einen Schalter umgelegt. So verhielten sich Psychopathen, oder? War das alles hier vielleicht nur ein ausgeklügelter Plan, um einen Mann loszuwerden, den er eindeutig verabscheute, aus Gründen, für die eine Jury sogar Sympathie aufbringen würde? Er hatte keine Probleme damit gehabt, Alanna als Sprungbrett zu benutzen, weshalb sollte das bei ihr anders sein?

»Wir werden jetzt Folgendes tun«, sagte sie und war stolz auf ihre energische Stimme. »Keine Bewegung, alle beide. Ich hole das Satellitentelefon aus dem Wagen und rufe die Polizei, verstanden?«

Aus dem Augenwinkel heraus sah sie Metall aufblitzen. Das Blatt der Schaufel geriet ins Scheinwerferlicht des Wagens, als sich Lanes Vater an sie anschlich.

Sie riss das Gewehr herum und drückte ab.

Lane sagte etwas und sackte auf die Knie, als hätte sie ihn getroffen. Seine Worte gingen im Dröhnen in ihren Ohren unter. Lane Seniors Brust war zerfetzt, sein weißes Hemd so blutgetränkt, als hätte er sich darin gewälzt. Er atmete zwar noch, doch jeder Zug gurgelte, während sich seine Lunge mit Blut füllte.

Wäre er unschuldig, hätte er sich nicht bewegt, sagte sie sich. Sie hatte angekündigt, die Polizei zu rufen. Der einzige Grund, weshalb er ihre Anweisung nicht befolgt hatte, konnte nur der Versuch sein, das zu verhindern.

Demnach war er tatsächlich ein gefährlicher Mann, richtig?

»Bitte«, sagte sie. »Wenn Sie sie umgebracht haben, sagen Sie es mir!«

Lane Senior lächelte, und das gurgelnde Geräusch verstummte.

Sie wusste nicht, wie lange sie so dagesessen und in das grinsende Gesicht des Toten gestarrt hatte, bevor Lane ihr vorsichtig die Hand auf die Schulter legte. Sie zuckte zusammen und schrie, und Lane beschwichtigte sie wie einen verschreckten Hund. »Alles wird gut«, sagte er.

»Ich habe ihn erschossen«, sagte sie.

»Nein«, erwiderte Lane mit fester Stimme. Er legte die Hand auf das Gewehr, und diesmal ließ sie es sich abnehmen. »Hast du Wasser im Wagen?«

»Natürlich.«

»Dann geh jetzt und wasch dir die Hände. Bis zu den Ellbogen. Trink ein bisschen. Wechsel das Shirt, falls du ein frisches dabeihast. Um das Übrige kümmere ich mich.«

»Die Hände waschen?« Sie senkte den Blick. Sie konnte kein Blut an sich erkennen.

»Die Schmauchspuren«, sagte er. »Wahrscheinlich überprüfen sie deine Hände nicht mal, aber wir sollten auf Nummer sicher gehen.«

Sie ging zum Ute, öffnete den Hahn an dem Zehn-Liter-Wasserkanister und wusch sich die Hände. Der Nebel kam zurück und hüllte sie ein. Sie ließ Wasser in die hohlen Hände fließen und trank. Hinter ihr ertönte ein Schuss.

»Lane?«, schrie sie und wirbelte herum.

Er stand am Zaun und zielte mit der Waffe ins Gras dahinter. »Schmauchspuren«, sagte er zum zweiten Mal und lehnte das Gewehr an einen Pfosten. Dann trat er vor die Leiche seines Vaters und starrte darauf, als rechne er damit, dass sie wie der Bösewicht in einem Horrorfilm plötzlich wieder aufspränge. Schließlich bückte er sich nach der Schaufel und schnappte dabei vor Schmerzen nach Luft.

Mina schloss die Augen. Kurz darauf hörte sie wieder das schürfende Geräusch von Metall in ausgedörrtem Erdreich.

Sie hatte gerade einen Mann erschossen, und jetzt begruben sie ihn neben einer gottverlassenen Straße im Hinterland. Und dann? Ein Handschlag und die Übereinkunft, für den Rest des Lebens kein Wort darüber zu verlieren?

Das Schaufeln hörte plötzlich auf, und Lane stieß einen leisen Fluch aus.

»Mina«, sagte er.

Sie wollte es nicht wissen. Sie wollte es nicht sehen. Doch langsam und mit größter Überwindung drehte sie sich um und spähte in das Loch auf einen kleinen menschlichen Schädel, den er freigelegt hatte.

VIERZIG

MyMurder-Forum

Unterforum: Evie McCreery

Thread: Lane Holland

Comet: Ich habe eine Theorie zu Lane Holland. Wir wissen jetzt aus der Berichterstattung zur Voruntersuchung, dass Holland das Schlangenbissopfer auf dem McCreery-Anwesen im Februar war. Sein ganzer Lebenslauf spricht für einen anständigen Kerl – Vorzeigestudent, Auszubildender bei der australischen Bundespolizei, Privatdetektiv, dessen frühere Klienten ihn in den höchsten Tönen loben. Er hat alles stehen und liegen gelassen, um nach dem Tod ihrer Mutter seine kleine Schwester aufzuziehen. Ich glaube, es kann kein Zufall sein, dass er wenige Wochen nach dem Biss anfing, sich seltsam zu benehmen, was sich dann hochschaukelte. Hat sein Anwalt eine medizinische Untersuchung beantragt? Klingt doch sehr nach einem Schädel-Hirn-Trauma.

Inspektor: Der Typ hat eine Entführung und einen Mord akribisch geplant. Das spricht nicht für ein SHT, sondern für einen Psychopathen. Ich denke, der Apfel fault nicht weit vom Stamm.

LionSong: Wo habt ihr euren Abschluss in Medizin gemacht, Leute?

VolcanicJudo: Nur dass ihr es wisst, jedes Mal, wenn einer von euch Wichsern das Wort »Psychopath« benutzt, spende ich einen Dollar für sein GoFundMe. Lane Holland ist ein Held. Er hat Australiens schlimmsten Serienkiller seit Mr Cruel ausgeschaltet.

Inspektor: Hmm, Lane Holland Senior geht aber nicht als Serienmörder durch. Das Minimum sind drei.

VolcanicJudo: Ich bitte dich, du weißt so gut wie ich, dass sie noch mehr finden werden.

Der makellose graue Anzug von Lanes Anwalt passte zur Farbe des Tisches. Alles an William Magala war makellos, von seinen manikürten Fingernägeln bis zur akkuraten Taper-Frisur. Damit stand seine Aufmachung im krassen Gegensatz zum schmuddeligen Erscheinungsbild der Männer, mit denen er sich seit Tagen abgegeben hatte, Männer, die aus ihrer gewohnten Körperpflegeroutine herausgerissen worden waren oder auch nie eine gehabt hatten.

Magala war außerdem irritierend jung und hatte erst vor wenigen Jahren an der Sydney University sein Prädikatsexamen gemacht, der einzige Grund, weshalb Lane ihn sich leisten konnte. Binnen Stunden nach Bekanntwerden seiner Verhaftung war im Internet ein Fundraising-Link für seine Verteidigung kursiert.

Als erste Amtshandlung für ihn hatte Magala darauf bestanden, das Geld strikt abzulehnen, um nicht mit dem Gesetz zum Gewinn aus Straftaten in Konflikt zu geraten. Aber das machte nichts, denn Magala hatte für das Mandat als Lane Hollands Prozessbevollmächtigter auf den größten Teil seines Honorars verzichtet. Dies versprach einer jener Fälle zu werden, der einem Verteidiger für den Rest seiner beruflichen Laufbahn einen klingenden Namen einbrachte, die Art von Schauprozess, die im Klappentext seiner Memoiren Erwähnung fände.

»Gibt es noch irgendetwas, das ich wissen sollte?«, fragte Magala.

»Nein.« Lane hatte sowohl ihn als auch die Polizei tagelang konsequent belogen, und er hegte die volle Absicht, später auch einen Richter und eine Jury zu belügen.

»In Ordnung. Ich habe gute Neuigkeiten. Die Staatsanwaltschaft strebt eine Verständigung im Strafverfahren an.«

Darüber hätte er hocherfreut sein sollen. Zumindest sprang dabei für ihn ein verkürztes Verfahren heraus und damit weniger Rechnungen, über die sich Lynnie den Kopf zerbrechen müsste. Doch er fühlte sich einfach nur wie taub.

»Kann ich Sie etwas fragen? Es geht um Notwehr …«, fing er an.

»Sie hielten ihn«, fiel ihm sein Anwalt ins Wort, »mit vorgehaltener Waffe in Schach, nachdem Sie ihn entführt hatten und mit ihm quer durch den Bundesstaat gefahren waren. Dass er die Schaufel geschwungen hat, war Notwehr.« Trotz der harten Worte war Magalas Ton fast heiter. Starrett irrte. Dieser Verteidiger freute sich nicht über die schwache Position der Gegenseite, sondern war von der Komplexität dieses Falls entzückt sowie von der Aufmerksamkeit, die er ihm einbringen würde.

»Das heißt«, hakte Lane nach, »wenn ich ihn erschossen hätte, ohne ihn zu entführen, wäre es Notwehr gewesen?«

»Angesichts des unmittelbaren Zusammenhangs zwischen seinem Angriff und Ihrer Entführung ist das von rein spekulativem Interesse.«

»Aber nehmen wir mal an, jemand anders hätte ihn entführt und …«

»War denn noch eine andere Person involviert?« Magala beugte sich vor und faltete die Hände auf dem Tisch. »Denn das hätten Sie definitiv erwähnen müssen, als ich Sie befragt habe.«

»Nein. Ich meine nur, rein hypothetisch. Wenn ich ihn nicht entführt hätte. Sagen wir, ich wäre eine der Geiseln gewesen …« Lane presste die Lippen zusammen. Er war dabei, sich auf gefährliches Glatteis zu begeben.

»Wenn Sie hypothetische Fragen erörtern wollen, empfehle ich, es mit dem Subreddit zu Rechtsberatungen. Wenn Sie sich von Ihrem Anwalt zu Ihrer tatsächlichen Situation Rat einholen wollen, dann lautet er so: Notwehr ist selbst im besten Fall eine ziemlich heikle Angelegenheit. Selbst da, wo sie dem Laien gerechtfertigt erscheint, kann es zu einer Verurteilung kommen, sei es, weil die tödliche Gewalt im Verhältnis zur Gefahrensituation exzessiv war, sei es, weil der vermeintliche Angreifer zu flüchten versuchte oder weil der Schütze bessere Alternativen zur Gewaltanwendung ignoriert hat. Bekennen Sie sich schuldig und nehmen Sie den Deal an.«

Bei Lane machte sich ein Gefühl der Erleichterung breit. Die Entscheidung, den tödlichen Schuss auf sich zu nehmen, war zwar in der Panik des Augenblicks gefallen, doch sie erwies sich als richtig. So oder so hätte er für die Entführung seines Vaters geradestehen müssen, und hätte er die Wahrheit gesagt, hätte Mina schlimmstenfalls riskiert, als Mitverschworene und Mörderin angeklagt zu werden, und bestenfalls für den Rest ihres Lebens unter Verdacht zu stehen.

Er hatte die Dinge in Gang gebracht, die Mina keine Wahl ließen, so gesehen hatte tatsächlich er seinen Vater umgebracht.

»Das Angebot ist großzügig«, sagte Magala. »Sie sind bereit, nur auf Totschlag zu plädieren und Sie die Strafe für die beiden Entführungsanklagen gleichzeitig verbüßen zu lassen.«

»Gleichzeitig?«, hakte Lane nach. Hatte er sich verhört?

»Das heißt, Sie werden wegen mehrerer Straftaten verurteilt, verbüßen Ihre Strafe aber für alles in einem. Das ist natürlich viel besser als aufeinanderfolgende Urteile, wo Sie eins nach dem anderen absitzen müssen.«

»Ich weiß, ich bin nur …« Lane winkte mit der Hand, um seine Fassungslosigkeit zu signalisieren. Unterm Strich lief es offenbar darauf hinaus, dass er für die Entführung und den Mord dieselbe Haftstrafe bekam wie für die Entführung allein.

Das war die Bestätigung, dass es die richtige Entscheidung gewesen war, den tödlichen Schuss auf sich zu nehmen.

»Mal ehrlich, das einzige reale Risiko sehe ich darin, dass der Richter, der das Strafmaß festsetzt, uns einen Strich durch die Rechnung macht, weil es zu mild ausfällt. Andererseits hat die Opferaussage …«

»Mina hat eine Opferaussage eingereicht?«, fiel ihm Lane ins Wort.

»Nein.« Magala wirkte unbehaglich. »Das war Ihre Schwester, als nächste Angehörige des Toten. Sie brachte ihre Vergebung zum Ausdruck und den starken Wunsch, Sie von einer Haftstrafe zu verschonen.«

Lynnie hatte ihm von diesem Vorhaben nichts erzählt, wahrscheinlich, weil er ihr entschieden davon abgeraten hätte. Tagelang hätte sich ihre Beziehung nur darum gedreht: Er hätte ihr gesagt, sie solle sich aus seinem Schlamassel heraushalten, und sie hätte ihm erklärt, wo er sich die Idee hinstecken sollte. Es war also kaum verwunderlich, dass sie hinter seinem Rücken versucht hatte, ihm zu helfen; sie hatte den besten Lehrmeister gehabt. »Aber das nehmen die sicher nicht ernst?«

»Alles wird untersucht.« Magala zählte die Punkte an den Fingern ab. »Da ist auch noch der Umstand, dass Sie sich gestellt haben. Und Ihr guter Ruf, Ihr Lebenslauf. Die öffentliche Meinung ist entschieden auf Ihrer Seite. Aber wenn Sie wollen, dass der Richter das unterschreibt, müssen Sie angemessene Reue zeigen.« So wie Magala ihn ansah, war klar, dass ihm Lanes überglückliche Reaktion nicht entgangen war, selbst wenn er sich über die Gründe irrte.

»Dann müsste ich lügen«, gab Lane zu. »Ich wollte nicht, dass es so ausgeht. Ich wollte ihn lebendig. Er sollte jetzt hier sitzen und nicht ich. Aber es ist nun mal, wie es ist. Wenn ich ins Gefängnis muss, dann muss ich eben ins Gefängnis. Lynnie ist vor ihm sicher. Mina hat ihre Antworten. Liam McCreery hat endlich eine Leiche, die er begraben kann. Ich kann damit leben.«

Magala sah ihn staunend an. »Haben Sie denn heute noch keine Nachrichten gesehen?«

Lane schüttelte den Kopf. Er machte um die Zeitungen und um den Fernsehraum einen großen Bogen. Es war verstörend, überall sein eigenes Gesicht zu sehen oder die Moderatoren, die sich über das, was er getan hatte, miteinander ausließen.

»Hätte ich das gewusst, hätte ich es Ihnen erzählt, als ich reingekommen bin. Der DNA-Test, der an den weiblichen Überresten, die am Tatort gefunden wurden, vorgenommen wurde, ergab keinerlei verwandtschaftliche Beziehung zu Wilhelmina oder Liam McCreery. Es ist vollkommen ausgeschlossen, dass Sie die Leiche von Evelyn McCreery gefunden haben.«

Wie vom Donner gerührt sah Lane auf. »Wen dann?«

»Die weiteren Untersuchungen dauern an«, sagte Magala. »Aber nach einer ersten Untersuchung durch einen forensischen Anthropologen passen die Überreste zu einem anderen Cold Case hier aus dem Bundesstaat. Zu einem Mädchen namens …«

»Christa Rennold«, brachte Lane den Satz für ihn zu Ende. Als ein letzter makabrer Streich hatte sein Vater sie zu der falschen Leiche geführt.

Lane sackte auf seinem Stuhl zurück. In gewisser Weise war es eine Erleichterung. Er hatte nachts wach gelegen und sich das Hirn darüber zermartert, weshalb sein Vater sie tatsächlich zu der Leiche geführt hatte. Falls er vorgehabt hatte, Lane zu überwältigen und zu fliehen, hätte er sie ins Leere laufen lassen können. »Mein Gott, die arme Mina«, sagte er. »Wie hält sie sich?«

Der Anwalt wurde ernst. »Ich werde Ihnen keine Informationen über Ihr Opfer erteilen.«

»Natürlich nicht«, sagte Lane hastig. »So war das auch nicht gemeint.«

»Bedauern Sie, wie viel Leid Sie Wilhelmina McCreery zugefügt haben?«

»Ja«, sagte Lane wie aus der Pistole geschossen.

»Dann verlegen Sie sich darauf. Man ist sich allgemein einig, dass Ihr Vater trotzdem auch Evelyn McCreery auf dem Gewissen hat. Mit ziemlicher Sicherheit war es eine Strategie – er wusste, dass sie ihn früher oder später erwischen würden und er, diesmal lebenslänglich, wieder ins Gefängnis käme. Also plante er wahrscheinlich, das Versteck von Evelyns Leiche als Trumpf für sich zu behalten.«

»Das bezweifle ich«, sagte Lane.

»Das bezweifeln Sie?«

»Sie sind ein brillanter Anwalt, deshalb stellen Sie sich vor, wie ein brillanter Anwalt vorgegangen wäre. Aber mein Vater hatte mit Verhandlungstrümpfen oder einem Plan oder einer Strategie nichts am Hut. Er hatte einfach nur den Drang, Menschen wehzutun. Wenn Sie verstehen wollen, was ihn antrieb, müssen Sie sich fragen: Wo tut's weh?«

»Immerhin hat er sich einen Plan ausgedacht, der raffiniert genug war, um zwanzig Jahre lang mit dem Mord an Evelyn davonzukommen.«

»Nein, hat er nicht.« Lane trommelte mit den Fingern auf dem Tisch. »Alle tun so, als gehörte ein Mastermind dazu, keine Spuren zu hinterlassen. Aber worum ging es ihm? Stellen Sie sich Folgendes vor: Er ist im Pub. Er kocht vor Wut, weil er gefeuert wurde, sich verstecken muss und auf seine Frau und seinen Sohn angewiesen ist. Dann hört er, wie sich zwei Typen darüber streiten, ihre Frauen und zwei Kinder auf einem einsamen Anwesen allein gelassen zu haben, keine Nachbarn kilometerweit. Wahrscheinlich hat er keinen Gedanken daran verschwendet, sich nicht erwischen zu lassen, sondern nur vor Wut über seinen Platzverweis geschäumt und etwas gesehen, woran er sie auslassen konnte. Er war bereits ein geübter Autodieb; er wusste, dass er Handschuhe tragen musste, um keine Fingerabdrücke zu hinterlassen.«

Magala machte ein nachdenkliches Gesicht. »Er hatte vielleicht keine Ahnung von DNA. Wir sprechen hier von 1999 – bis 2001 hatten wir noch nicht einmal eine landesweite Datenbank, oder?«

»Genau! Er stiehlt also Hendriks Wagen, findet die Adresse im Handschuhfach und fährt dort raus, um sich gewaltsam Zugang ins Haus zu verschaffen …« Lane stockte, ihm kam die Galle hoch. »Und wie sich zeigt, muss er das nicht einmal. Weil Evelyn ganz allein da draußen herumlief.«

Er schwieg und kämpfte gegen die Übelkeit an. »Dann fährt er in die Stadt zurück, stellt den Wagen wieder zurück und schlüpft in sein altes Leben, als sei nichts gewesen. Und dann sieht er, wie seine Tat zum Jahrhundertfall stilisiert wird. Die Presse ließ sich über ihn aus, als sei er ein Genie.«

Er sah es vor Augen, wie sich für seinen Vater auf wundersame Weise alles perfekt zusammenfügte. Er musste sich wie ein Gott gefühlt haben. »Vielleicht hat ihn die unablässige Berichterstattung einige Jahre lang befriedigt. Und als er dann beschließt, erneut zu töten, versucht er, es nachzustellen. Er hört im Pub, wie Gunther darüber lamentiert, dass ihm das Jugendamt die Kinder gestohlen hat. Dass sie jetzt ganz allein bei einer Pflegemutter sind. Er stahl Gunthers Wagen, weil das für ihn zum Ritual gehört. Und dann hat er versucht, dasselbe noch einmal bei Alexandras Eltern abzuziehen, doch da verließ ihn das Glück.«

Magala schüttelte den Kopf. »Sie klingen schon wie einer von den Leuten in diesem Forum.«

Lane prustete so laut los, dass es wehtat. »Sie haben recht. Aber ich bleibe dabei. Vergessen Sie, dass er nach irgendeinem Masterplan vorgegangen ist. Vielleicht haben Sie recht damit, dass er auf einen Deal gehofft hat. Oder er konnte einfach nicht mehr klar denken, nachdem ich ihm die Cola mit …«

Magala verzog das Gesicht. »Bitte gestehen Sie mir nichts, was Sie nicht gestehen müssen.«

»Tut mir leid.« Lane rieb sich die Stirn. Ein Gedanke jagte den anderen, und er sah sich schon mit einer fürchterlichen Migräne auf seiner Pritsche liegen. »Ist eigentlich Gunther aus der Deckung gekommen, nachdem seine Unschuld bewiesen ist?«

Magala schüttelte den Kopf. »Kein Lebenszeichen von ihm.«

Lane fühlte mit Alanna. Binnen weniger Wochen hatte sie die ganze Skala der Gefühle durchlebt, von der Nachricht, dass ihre Schwester wundersamerweise am Leben war, bis zur eindeutigen Bestätigung ihres Todes, und die Wahrscheinlichkeit war groß, dass auch ihr Vater tot war und zu den fünfhundert nicht identifizierten Leichen im Land zählte.

Es war zu viel. Er musste aus diesem Raum raus, gegen die Schmerzen den Kopf unters Kissen stecken und die Augen zukneifen. »Okay, erzählen Sie mir von dem Deal.«

»Acht Jahre«, sagte Magala. »Nach sechs auf Bewährung.«

Lane krümmte sich und schnappte nach Luft, als hätte ihm Magala einen Schlag in den Solarplexus verpasst. »Sechs Jahre?«

»Das ist um einiges weniger als fünfzehn oder zwanzig. Sie wären dann, warten Sie, vierzig? Sie könnten immer noch heiraten, eine Familie gründen, eine andere berufliche Laufbahn einschlagen. Mein Dad war so alt, als er mich bekam.«

Lane hörte ihn kaum. Sechs Jahre klangen wie lebenslänglich. Genauso viele Jahre lang hatte er Lynnie großgezogen. Das hier hatte sie beschützen und alles in Ordnung bringen sollen, aber was hatte er tatsächlich getan? Er hatte sie im Stich gelassen.

EINUNDVIERZIG

Folgende Geschichte: Ein kleines Mädchen schleicht sich bei Nacht aus dem Haus. Die Tür schnappt hinter ihr zu, doch das Schloss ist fünfzig Jahre alt, und sie weiß, dass es sich öffnet, wenn sie auf eine bestimmte Weise an dem losen Messingknauf rüttelt. Sie läuft den Pfad entlang, schwenkt dabei den Lichtstrahl ihrer Taschenlampe vor sich hin und her, um nach Schlangen Ausschau zu halten, die von den warmen Ziegelsteinen angezogen werden. Am Ende des Pfades meidet sie den Lehm, in dem man stecken bleiben kann, und tritt stattdessen auf die Grasbüschel und die Flächen mit Rindenmulch.

Kommt sie bis zum Windrad? Findet sie heraus, dass sie von da oben doch nicht die Lichter sehen kann? Wo ist sie, als sie, viel früher als erwartet, das vertraute Motorengeräusch hört und sich freudig danach umdreht?

* * *

Der Tee gluckerte aus Minas Thermosflasche in den Deckelbecher, und sie atmete den duftenden Dampf ein. Dort unten waren die Suchtrupps ausgeschwärmt, die gelben Signalwesten der Frauen und Männer verschwanden in den Baumgruppen und tauchten wieder auf.

Nach dem Urteil der Gerichtsmedizinerin, dass Evelyn für tot erklärt werden konnte, hatte der Bundesstaat die Mittel für eine Großfahndung freigegeben, für das gesamte Areal, von der Farm bis zu Christas Leichenfundstelle sowie an beiden Seiten vorsichtshalber noch ein paar Kilometer dazu. Minas Geständnis, von Anfang an gewusst zu haben, dass Evelyn nicht aus dem Haus entführt worden war, hatte angesichts der viel sensationelleren Ereignisse bei der Presse so gut wie keinen Nachhall gefunden, bei den polizeilichen Ermittlern hingegen für Aufregung gesorgt. Zog man zusätzlich in Betracht, dass mutmaßlich Holland ihre Leiche vergraben hatte, und machte von den technologischen Fortschritten wie zum Beispiel dem Bodenradar Gebrauch, standen die Chancen gut, etwas zu finden, das ihnen bei früheren Suchaktionen entgangen war.

Für den Fall, dass die Suche ergebnislos verlief, war die Rede davon, eine weitere auf dem Festplatz von Wentworth, der nächsten Station der Familie Holland, anzuberaumen, was allerdings aufgrund der Grenznähe zu Victoria mit Schwierigkeiten verbunden war.

Mina hatte ihre Hilfe angeboten, Starrett hatte sie aber taktvoll davon abgebracht. Sie hatte es damit begründet, Mina solle sich schonen, doch sie hegte den leisen Verdacht, dass sie in Wahrheit neuerliche Gerüchte über Minas Einmischung vermeiden wollte.

In der Ferne bellte ein Tier der Hundestaffel. Echo hatte sie am Abend zuvor zu Alanna gebracht, damit er bei all den fremden Hunden und Menschen auf seinem Territorium nicht verrücktspielte. Sie tröstete sich damit, dass Echo, wenn er schon nicht bei ihr sein und ihr helfen konnte, Alanna Gesellschaft leistete. Nachdem Christas wahres Schicksal aufgeklärt war, hatte sie versucht, für Alanna da zu sein, doch ihre Freundschaft war immer noch angeschlagen und kompliziert. Der Trost, den Echo ihr geben konnte, nicht.

* * *

Das Windrad ächzte unter dem Gewicht von jemandem, der die Leiter hochkam. Sie drehte sich danach um, und absurderweise rechnete sie einen Moment lang damit, Lane Hollands Kopf würde zum Vorschein kommen. Doch er war weg, auf Jahre. Sie hatten ihr ein Formular gegeben, das sie nur hätte unterschreiben müssen, um auf dem Laufenden zu bleiben, wo er jedes Jahr war, doch sie hatte es in den Papierkorb geworfen.

»Hi, Mina«, sagte ihr Dad und hievte sich auf die Plattform hoch. Bei seinem Anblick war sie dankbar, in welch guter Verfassung er für sein Alter noch war, und fragte sich, von welchem Elternteil sie beide ihre Gesundheit geerbt hatten und ob Evelyn ein langes oder kurzes Leben beschieden gewesen wäre, hätte sie es nicht so früh verloren.

»Hey, Dad«, sagte sie und schlenderte zu ihm. »Gibt's was Neues?«

»Sie haben ja gerade erst angefangen.«

Unter ihnen breitete eine Gruppe eine Decke aus, und einer von ihnen hatte einen Picknickkorb dabei. Die Suche nach ihrer Schwester nutzten sie zugleich für einen Familienausflug. Ihr Vater folgte ihrem Blick und sagte: »Das sind Freiwillige, Schatz. Sie müssen was essen.«

»Ich weiß«, antwortete sie, »es ist trotzdem seltsam.«

Aus dem Augenwinkel heraus sah sie eine andere Gruppe in einheitlichen weißen T-Shirts mit dem MyMurder-Logo darauf. Einer von ihnen drehte sich um und zeigte auf etwas, und sie sah, dass auf der Vorderseite ein Slogan aufgedruckt war. Sie war froh, dass sie ihn auf die Entfernung nicht lesen konnte.

»Du musst nicht hier oben ausharren und zusehen, wenn es zu viel für dich ist. Die halten uns per Funk auf dem Laufenden.«

Sie nickte und starrte über das endlose Weideland. »Wirst du verkaufen, wenn sie sie finden?«

Ihr Vater räusperte sich. »Ich würde nichts tun, wofür du nicht bereit bist.«

Zwischen »nicht, bis du bereit bist« und »nein« lagen Welten. Er war nicht ins Haus zurückgezogen, und sie glaubte nicht, dass er es in Erwägung zog. Sie wusste auch nicht, ob er Hendrik wiedersehen würde, wohin auch immer er als Nächstes ging. Sie hatten schon immer Geheimnisse voreinander gehabt, und selbst nachdem sie reinen Tisch gemacht hatten, waren neue dazugekommen. Manchmal versuchte sie sich vorzustellen, wie es wäre, wenn sie ihm gestand, was sie Lanes Vater angetan hatte, doch sie erhoffte sich nichts Gutes davon. Entweder würde er sie zu einem Geständnis drängen, oder sie zwang ihn, ihr Geheimnis zu bewahren. Sie würde sich entlasten, indem sie die halbe Last ihm aufbürdete.

»Ich glaube, selbst wenn sie sie finden, ertrüge ich es nicht, dass die Bulldozer kommen«, sagte sie. »Die Naturschutzprojekte, die Neupflanzungen …« Natürlich war das gegen die Rodungen ringsum wie Wassertropfen gegen ein Buschfeuer, aber es kam für sie einer Lebensaufgabe am nächsten.

»Dann stellen wir es unter Naturschutz«, sagte er mit einem Achselzucken.

»Und versauen uns den Preis.«

»Das hat keine Eile. Denk in Ruhe darüber nach, was du wirklich willst. Lass uns jetzt nicht über Landpreise reden.«

Mina hatte viel darüber nachgedacht, was sie wollte. An Angeboten fehlte es ihr jedenfalls nicht. Die Verleger drängten nunmehr sie, ihre eigenen Memoiren zu schreiben. Drei der größten Fernsehsender hatten ihr Angebote für Interviews gemacht, besonders wenn sie bereit war, darüber zu sprechen, was in jener Nacht passiert war und in den anderthalb Stunden, die die Polizei brauchte, um sie nach ihrem Anruf zu finden. Sie hatte jedes Mal dankend abgelehnt.

»Wie fändest du es, wenn ich mir deinen Camper-Van für eine Weile ausborgen würde?«, fragte sie. Mit einer sicheren Internetverbindung konnte sie ihren Job von überall erledigen.

Zu den Beweisstücken in Lanes abgewendetem Mordprozess sowie bei den anschließenden gerichtsmedizinischen Ermittlungen zu Evelyns Vermisstenfall gehörte eine Landkarte aus Lanes Wohnung. Sie war ein Zeugnis seiner lebenslangen Obsession und zeichnete die Reiserouten seines Vaters nach, mit Daten und eventuellen Cold Cases in der näheren Umgebung. Die User auf MyMurder lechzten nach einer Kopie davon. Es war der neue Heilige Gral der Amateurermittler. Doch als Evelyns direktes Familienmitglied brauchte Mina dafür nur ein Antragsformular auszufüllen.

Sie bildete sich nicht ein, auf eigene Faust ermitteln zu können, doch sie war sehr wohl in der Lage, ein Schlaglicht auf den einen oder anderen dieser Fälle zu werfen. Falls gewünscht.

Unten trat gerade eine Freiwillige unter den Bäumen hervor. Sie blickte zum Windrad hoch, als suche sie nach Mina.

»Dass sie keine Kopfbedeckung trägt, wird sie noch bereuen«, sagte Mina. Die Frau hatte ihr honigblondes Haar zu einem Pferdeschwanz hochgebunden und trug keinen Sonnenschutz.

Die Frau schob unschlüssig die Hände in die Hosentaschen und wartete. Mina erhob sich mit einem Seufzer. »Ich sehe mal, was sie will.«

Die Frau wollte eindeutig mit ihr sprechen, denn als Mina von der letzten Leitersprosse sprang, kam sie zu ihr und blieb unsicher ein paar Meter vor ihr stehen.

»Wir geben heute keine Kommentare an die Presse ab«, erklärte Mina.

»Ich bin nicht von der Presse«, antwortete die Frau. »Ich bin Evelyn.«

Einen schönen, absurden Augenblick lang war Mina verwirrt. Dann dämmerte es ihr. »Evelyn Holland. Lanes Schwester.«

»Ja, so kennt man mich jetzt wohl.«

Und das wirst du auch nie mehr los, dachte Mina, aber sie war nicht so grausam, ihr das zu sagen. »Ich brauchte einen Moment. Er hat immer von Lynnie gesprochen.«

»Ja, er ist der Einzige, der mich so nennt. Ich denke, ich weiß jetzt, wieso.«

Mina versuchte, sich zu entspannen, ihre Schultern zu lockern, die ihren Nacken zerquetschten. Es kam, wie es hatte kommen müssen. Sie wartete darauf, von Lynnie zu hören, was sie dafür, dass Lane sie deckte, im Gegenzug von ihr erwartete.

»Ich komme auf eigene Faust«, fing Evelyn an. »Ich wollte nur … Er weiß nicht, dass ich hier bin, das schwöre ich.«

Mina blinzelte. Zu Lanes Urteil hatte auch eine Kontaktsperre gehört, und falls Lynnie versuchte, ihr etwas von ihm auszurichten, stand es in Minas Macht, ihm im Handumdrehen eine Strafverlängerung aufzubrummen. Das Risiko wäre Lynnie wohl kaum eingegangen, sie wusste also nichts von der Kontaktsperre. Mina nahm ein paar tiefe Atemzüge und zählte sie ab. »Wie kommst du klar?«, fragte sie Lynnie.

»Geht schon.« Evelyn blickte Mina über die Schulter. Mina drehte sich um, doch nur ein Suchtrupp kam vorbei.

»Das mit dem Geld tut mir leid«, sagte Mina. »Das muss hart gewesen sein, zusätzlich zu alledem.«

Das Gericht hatte entschieden, dass die für die Lösung von Christas Ermordung ausgesetzte Belohnung nicht an Lane und seine Familie ausgezahlt werden könne, da es sich dabei um einen Gewinn aus einem Verbrechen handeln würde. Und Evelyn war zwar für tot erklärt worden, doch die Gerichtsmedizinerin war zu dem Urteil gelangt, dass die Täterschaft noch ungeklärt, die Belohnung der Polizei NSW somit vorerst nicht auszuzahlen sei. Die zusätzliche Belohnung von Minas Mutter sah vor, dass Evelyn gefunden werden musste.

Inzwischen waren einige Artikel von Anwälten erschienen, die argumentierten, falls Evelyns Leiche nun doch gefunden wurde und die Gerichtsmedizinerin Lane Holland Senior zu ihrem Mörder erklärte, könne die Belohnung vielleicht doch ausgezahlt werden, da Sergeant Starrett unverzüglich Ermittlungen gegen Lane Holland Senior eingeleitet hatte, sobald Lane sie auf ihn aufmerksam gemacht hatte. Kämen die Mühlen der Justiz irgendwann zu demselben Schluss, hätte er die Bedingungen für die Belohnung also bereits erfüllt, bevor er ein Verbrechen beging. Es war eine interessante Frage, und Mina war froh, dass die Gerichte darüber zu entscheiden hatten und nicht sie.

»Das kam nicht unerwartet; William hatte uns schon gesagt, dass wir damit rechnen müssten«, sagte Evelyn. »Ist schon okay. Ich habe jetzt einen Job, und ich bin ziemlich gut darin, preiswert zu essen. Ich habe, ähm, ein paar Angebote für Interviews bekommen.«

Sie sah Mina mit einer unausgesprochenen Frage an. Mina zuckte mit den Achseln. Sie konnte ihr wirklich nicht sagen, ob sie es machen sollte oder nicht. Wahrscheinlich würde mehr Geld dabei herausspringen, als sie für ein ganzes Jahr Kellnern bekäme, und wenn sich die erste Aufregung erst einmal legte, verginge auch sehr schnell das Interesse an ihrer Person. Doch sobald sie erst zu einer Person des öffentlichen Lebens geworden war, konnte sie es nicht mehr ungeschehen machen.

Evelyn nickte und starrte auf ihre Füße. »Jedenfalls wollte ich mich bei dir bedanken. William – ich meine, Lanes Anwalt – sagt, du musst die Staatsanwaltschaft gebeten haben, dich nicht bei einem Prozess vorzuladen. Sonst hätten die sich nicht so leicht auf einen Deal eingelassen.«

»Damit habe ich nur die Wahrheit gesagt«, erwiderte Mina.

»Kommt immer drauf an, *wie* man die Wahrheit sagt.«

Mina lächelte sie an. »Hast du schon mal darüber nachgedacht, das zu deinem Familienmotto zu machen?«

Evelyn sah sie nur verständnislos an, was sie ihr nicht verübeln konnte. Lane hätte gelacht.

»Mina!«, rief ihr Vater.

Sie drehte sich um, hielt sich gegen die Sonne die Hand über die Augen und sah zu ihm auf. Sie rechnete halb mit einer Rüge, doch er zeigte zu einer Stelle hinter den Bäumen, die er von dort oben sehen konnte, sie beide aber nicht.

Dort passierte etwas.

* * *

Sie warteten eine Ewigkeit am Fuß des Windrads. Lange vor Starrett kamen andere herüber. Als die erste Gruppe aus der Baumgruppe trat, packte Mina die Wut, weil sie die Leute für sensationslüsterne Geier hielt, die es dorthin zog, wo die Action war. Doch als sie sich näherten, erkannte sie unter den gelben Westen alte Bekannte wieder – Mrs Gilligan und Neil und ein paar junge Frauen, mit denen sie zur Schule gegangen war, Mary und Sandra. Cherise vom Maklerbüro und Marc vom Schnellimbiss, Menschen aus der Stadt, die fast das gleiche Anrecht darauf hatten, die Wahrheit zu erfahren wie sie.

Als Starrett erschien, las ihr Mina vom Gesicht ab, was los war.

»Haben Sie sie gefunden?«, fragte ihr Vater.

Starrett nickte. Sie nahm ihre Kappe ab und klemmte sie sich unter den Arm. »Liam, es tut mir so …«

»Bringen Sie mich hin«, fiel ihr Mina ins Wort. Sie musste wissen, wo. Starrett kam zu Fuß, es konnte folglich nicht weit sein. Ihr war ein schrecklicher Verdacht gekommen.

»Ich denke, es wäre wohl besser, wenn …«, fing Starrett an, doch Mina lief los. Starrett hielt sie nicht auf, sondern schloss zu ihr auf, als Mina die Straße entlangrannte.

Es dröhnte in der Luft, ein heftiges Knattern wie der Warnruf eines Emus. Es war ein bescheidener Trost, aufzublicken und tatsächlich einen Hubschrauber am blauen Himmel zu sehen, mit dem grellbunten Logo eines Nachrichtensenders an der Seite. Sie nahm einen tiefen Atemzug und ließ ihn langsam entweichen. Egal. Alles war egal außer dem Gang, der vor ihr lag.

Starrett musste ihr nicht den Weg zeigen – man brauchte sich nur an der Gruppe Freiwilliger zu orientieren, die sich um den umgefallenen gefleckten Eukalyptusbaum scharte. Die Polizei hatte sie zurückgedrängt und eine Fläche mit Flatterband abgesperrt, auf der die Leute von der Spurensicherung in weißen Schutzanzügen Boden- und Pflanzenproben und den Flaum der

Dienste in der Förderung australischer Literatur und Dr. Carol Major für ihren fachkundigen Rat.

ACT Writers und Hardcopy. Nigel Featherstone, Claire Delahunty, Katy Mutton, Sophie Mannix, Nadine Davidoff. Kylie, Karen, Sky und Steve für euer umsichtiges und großzügiges Feedback. Elle the ML, die mir beim NaNo 2017 dringend riet, mich direkt an Hardcopy zu wenden und nicht zu warten, bis ich dafür bereit zu sein glaubte, weil Kunst nur spärlich gefördert wird. Leider hattest du recht.

Meine Familie, die für keine der Figuren im Buch als Vorlage gedient hat.

Alle meine Freundinnen und Freunde für ihre unendliche Unterstützung, Motivierung und Geduld angesichts meiner Quengelei. Lana, Abra, Amelia, Bea, Claire, Deb, Ella, John, Maree, Mick, Maureen, Natalie, Craig, Patrick, Jordan, Marita und Nick. Nikki und Chris. Sarah. Emma. Gill und Jeff. Rosalind. Sue.

Jeden Gruppenchat, in den ich mit Probeumfragen zu regionalen Besonderheiten hineingeplatzt bin.

Die Crew des Westpac Rescue Helicopter, die mir zu Hilfe kam, als ich diejenige war, die durch hohes Gras lief, ohne auf Schlangen zu achten.

Meine Englischlehrerin. Ms MacNaughton, ich entschuldige mich für die geschwänzten Stunden während des Ergänzungskurses zum Kriminalroman, als ich die Zeit mit einem süßen Typen verbrachte.

Diesen süßen Typen. Es gab Zeiten, da warst du der Einzige, der an dieses Buch glaubte, mich selbst eingeschlossen. Ich danke dir für jeden Sonntag im Park, dem ich ein Haus ganz für mich verdankte. Für jede Randbemerkung im Rohmanuskript. Für jedes Gespräch in der Küche. Auf dass es noch viele davon geben möge.

Sie warteten eine Ewigkeit am Fuß des Windrads. Lange vor Starrett kamen andere herüber. Als die erste Gruppe aus der Baumgruppe trat, packte Mina die Wut, weil sie die Leute für sensationslüsterne Geier hielt, die es dorthin zog, wo die Action war. Doch als sie sich näherten, erkannte sie unter den gelben Westen alte Bekannte wieder – Mrs Gilligan und Neil und ein paar junge Frauen, mit denen sie zur Schule gegangen war, Mary und Sandra. Cherise vom Maklerbüro und Marc vom Schnellimbiss, Menschen aus der Stadt, die fast das gleiche Anrecht darauf hatten, die Wahrheit zu erfahren wie sie.

Als Starrett erschien, las ihr Mina vom Gesicht ab, was los war.

»Haben Sie sie gefunden?«, fragte ihr Vater.

Starrett nickte. Sie nahm ihre Kappe ab und klemmte sie sich unter den Arm. »Liam, es tut mir so …«

»Bringen Sie mich hin«, fiel ihr Mina ins Wort. Sie musste wissen, wo. Starrett kam zu Fuß, es konnte folglich nicht weit sein. Ihr war ein schrecklicher Verdacht gekommen.

»Ich denke, es wäre wohl besser, wenn …«, fing Starrett an, doch Mina lief los. Starrett hielt sie nicht auf, sondern schloss zu ihr auf, als Mina die Straße entlangrannte.

Es dröhnte in der Luft, ein heftiges Knattern wie der Warnruf eines Emus. Es war ein bescheidener Trost, aufzublicken und tatsächlich einen Hubschrauber am blauen Himmel zu sehen, mit dem grellbunten Logo eines Nachrichtensenders an der Seite. Sie nahm einen tiefen Atemzug und ließ ihn langsam entweichen. Egal. Alles war egal außer dem Gang, der vor ihr lag.

Starrett musste ihr nicht den Weg zeigen – man brauchte sich nur an der Gruppe Freiwilliger zu orientieren, die sich um den umgefallenen gefleckten Eukalyptusbaum scharte. Die Polizei hatte sie zurückgedrängt und eine Fläche mit Flatterband abgesperrt, auf der die Leute von der Spurensicherung in weißen Schutzanzügen Boden- und Pflanzenproben und den Flaum der abgefallenen Blüten in Beweisbeutel steckten. Der Tatortfotograf knipste ununterbrochen und hielt etwas fest, auf das ihr gnädigerweise der Stamm den Blick versperrte. Er stützte sich mit einem Knie ab, sodass er näher herankam, ohne den Halt zu verlieren – genau auf die Stelle mit der abgeschälten Rinde, auf der Mina so oft gesessen hatte.

DANKSAGUNG

Mein Dank gilt zuallererst den Ngunnawal, auf deren Land ich gelebt habe, während ich dieses Buch schrieb. Nginggada Dindi dhawura Ngunnawalbun yindjumaralidjinyin. Den Alten von einst und jetzt zolle ich meinen Respekt.

Nannine ist eine fiktive Kleinstadt in einem realen Landesteil von Australien. Ich bedanke mich bei den Barkandji, den Hütern jenes Grunds und Bodens, auf dem dieser Roman spielt, und zolle den Alten von einst und jetzt meinen Respekt.

Ferner richtet sich mein Dank an:

Das unglaubliche Team bei Hachette. Rebecca Saunders, Fiona Hazard, Lee Moir, Melissa Wilson, Emma Dorph, Sarah Brooks. Meine Lektorinnen Emma Rafferty, Samantha Sainsbury, Ali Lavau und Meaghan Amor. Debra Billson für das Cover meiner Träume.

Das großartige Team bei Hodder and Stoughton: Eve Hall, Jo Dickinson und Melissa Dagoglu.

Meine außergewöhnliche Agentin Sarah McKenzie.

Nicholas Cole, Anwalt und das beste Investment, das ich je getätigt habe.

Die Crime Writers' Association des Vereinigten Königreichs und der Jury des Debut Dagger und des Bath Novel Award für ihr Feedback.

Kill Your Darlings: Rebecca Starford und Alan Vaarwerk. Denen, die mit mir auf der Shortlist des Unpublished Manuscript Award des Magazins standen: Matt Millikan, Sam van Zweden, Lisa Emanuel.

Varuna, das National Writers' House und die Copyright Agency. Besonders danke ich Sheila Atkinson für ihre unschätzbaren

Dienste in der Förderung australischer Literatur und Dr. Carol Major für ihren fachkundigen Rat.

ACT Writers und Hardcopy. Nigel Featherstone, Claire Delahunty, Katy Mutton, Sophie Mannix, Nadine Davidoff. Kylie, Karen, Sky und Steve für euer umsichtiges und großzügiges Feedback. Elle the ML, die mir beim NaNo 2017 dringend riet, mich direkt an Hardcopy zu wenden und nicht zu warten, bis ich dafür bereit zu sein glaubte, weil Kunst nur spärlich gefördert wird. Leider hattest du recht.

Meine Familie, die für keine der Figuren im Buch als Vorlage gedient hat.

Alle meine Freundinnen und Freunde für ihre unendliche Unterstützung, Motivierung und Geduld angesichts meiner Quengelei. Lana, Abra, Amelia, Bea, Claire, Deb, Ella, John, Maree, Mick, Maureen, Natalie, Craig, Patrick, Jordan, Marita und Nick. Nikki und Chris. Sarah. Emma. Gill und Jeff. Rosalind. Sue.

Jeden Gruppenchat, in den ich mit Probeumfragen zu regionalen Besonderheiten hineingeplatzt bin.

Die Crew des Westpac Rescue Helicopter, die mir zu Hilfe kam, als ich diejenige war, die durch hohes Gras lief, ohne auf Schlangen zu achten.

Meine Englischlehrerin. Ms MacNaughton, ich entschuldige mich für die geschwänzten Stunden während des Ergänzungskurses zum Kriminalroman, als ich die Zeit mit einem süßen Typen verbrachte.

Diesen süßen Typen. Es gab Zeiten, da warst du der Einzige, der an dieses Buch glaubte, mich selbst eingeschlossen. Ich danke dir für jeden Sonntag im Park, dem ich ein Haus ganz für mich verdankte. Für jede Randbemerkung im Rohmanuskript. Für jedes Gespräch in der Küche. Auf dass es noch viele davon geben möge.

Ein Mord erschüttert die idyllische amerikanische Vorstadt – und bringt ihre Lügengebäude zum Einsturz

Stephen Amidon

DAS ENDE VON EDEN

Kriminalroman

Emerson ist eine wohlhabende, scheinbar idyllische amerikanische Vorstadt. Doch dann wird die 19-jährige Eden in einer der schönsten Villen dort tot aufgefunden. Bald stellt sich heraus, dass drei Jugendliche in der Mordnacht bei Eden waren: Hannah, ein liebes, aber psychisch labiles Mädchen; ihr launenhafter Freund Jack, Sohn der reichsten Familie vor Ort; und Christopher, ein Außenseiter, der verzweifelt versucht dazuzugehören.
Die Eltern der drei tun alles, um ihre Kinder zu schützen – selbst auf Kosten der anderen. Und noch dazu haben sie ihre je eigenen Motive, um verhindern zu wollen, dass die Wahrheit ans Licht kommt …

DROEMER